ハヤカワ・ミステリ

BEN H. WINTERS

その少年は語れない

THE QUIET BOY

ベン・H・ウィンタース
上野元美訳

TOKYO HAYAKAWA BOOKS

A HAYAKAWA
POCKET MYSTERY BOOK

THE QUIET BOY
by
BEN H. WINTERS

Translated by
MOTOMI UENO
First published 2022 in Japan by
HAYAKAWA PUBLISHING, INC.
This book is published in Japan by
arrangement with
JOËLLE DELBOURGO ASSOCIATES, INC.
through JAPAN UNI AGENCY, INC., TOKYO.

装幀／水戸部 功

ダイアナ・ウィンタース、
アンドルー・ウィンタース、
シャーマン・ウィンタース、
そして故ミルトン・ウィンタースへ

これまでに出会ったすばらしい弁護士たちへ

おれは戦闘態勢に入って
不公平な利益をあらゆる角度から見てやる。
おれは役人を買収し、
裁判官を皆殺しにしてやる。
ダメージから回復するには数年かかるぞ。

——ザ・マウンテン・ゴーツ、〝アップ・ザ・ウルブズ〟より

目次

その少年は語れない

登場人物

ジェイ・アルバート・シェンク………弁護士

ルーベン（ラビ）・シェンク…………その息子

ウェスリー（ウェス）・キーナー……感情を失った少年

エリザベス（ベス）・キーナー………その母

リチャード（リッチ）・キーナー……その父

イヴリン（イービイ）・キーナー……その妹

ノア
バーニー
キャル
マーコ
………………………………その友人

テリーサ・ピレッジ……………………殺人事件の被害者

サニー…………………………………〈キラーグリーンズ〉店長

エルシー・スキャンロン………………ロサンゼルス郡上級裁判所判事

トーマス・アンジェロ・カタンザーロ……バレービレッジ病院医師

ジョン・リッグズ………………………保険会社専属弁護士

サミール…………………………………謎の男

第1部
キーナー少年

二〇一九年一月十四日

　キラーグリーンズで電話が鳴っている。が、ラビの担当はなんだった？　ひたすら刻むことだ。店の表《おもて》には出ないし、レジに触らなくていいし、オーダーを取らなくていい。彼の務めは、彼のまな板の上に載ったものに包丁を入れることだった。つやつやでふっくらしたサツマイモを大きさのそろった黄金の立方体へ変化させる。ブロッコリの太い軸をはずし、蕾部分を一口サイズに切り分ける。細いネギをスープやサラダに散らすために小口切りにする。

　一時間に二度か三度は持ち場から出て、スチールテーブルのうしろに積み上げた使用済み食器のところへ行き、竹製の容器と茶色の生物分解性ナプキンを取り除いたりする。必要なら、モップを持ち出して、こぼれたジュースやスムージーを拭き取ることもあった。男女共用トイレの掃除をさせられたことも一度あった。

　でも、ラビの仕事内容に客に応対することは含まれていなかった。接客なし、会話なし。そしてもちろん——たいへんありがたいことに——電話に出る必要なし。

　鳴り続けているとしても。

　ラビは悩んだ。三徳包丁を置いて、あたりを見回した。サニーはどこにいる？　レジを担当するローレンスが電話注文を取ることになっていたが、彼がいつもの遠大なタバコ休憩に出ている場合は電話を取るのは勤務中の店長の役目だ。

「サニー？」ニンジンの太い端を四本並べながらラビは大きな声で呼んだ。「電話」

「あいよ」どこからともなく現われたサニーがするりと彼の横に来て、彼の持ち場の端で両肘をついた。

「聞こえてる」

再び鳴り始めた電話に向かって彼女は中指を突き立てた。

「十一時半か。てことは、しち面倒くさい注文を大量にしてくる記者室よ」サニーはそのわずらわしさを、この店で金を使いたがる変人たちのことを考えて腹を立て、目玉をぐるりとまわした。

サニーが離れると、ラビは顔をしかめて野菜を刻むことに没頭した。

この手の横着な責任放棄を見るとひどく不快になる。彼は、ひとが何かにきちんと取り組んでいるときが好きだった。整然とした秩序が好きだった。ラビはとても几帳面に仕事をした。時間に遅れずにやってきて、店が閉まったあとも、翌日の準備を終えて、最後の一枚までまな板を磨き、ぴかぴかな状態で吊るして乾かしてから職場を出た。まな板の食べ物をくすねたりしなかった——たとえば、ハムの切れ端をときどき口に放り込んでシマリスみたいに頬を膨らませて笑うローレンスとは違う。

それに、またローレンスとは逆に、ラビは決められた時間だけきっちりと休憩を取った。といっても、彼の好みは三度の十五分間の短い休憩を一度にまとめて四十五分の休憩をシフトの終わりに取ることだった。そのあと仕事場を出て、パークラブレアからコリアンタウンまで三・五マイルを走って帰る。イヤホンをせず、うつむき加減で走る。ひび割れたロサンゼルス《LA》の歩道を打つテニスシューズのソール。激しい鼓動、背中を伝い落ちる汗。休みの日は二回走った。朝六マイル、午後四・五マイル。

ええと、これは——ま、いっか。電話が再び鳴っていた。

彼は包丁を置いて、レジのそばに太った黒いカエルのように鎮座する安っぽいプラスチックの電話をじっと見た。また鳴っている。

ラビはかぼそく震える不安を感じた。ときどきあることだ。

仕事中にときどき。道を歩いているときにときどき。彼が薄暗い影のカーテンをたまたまかすめたかのように、それともカーテンが彼をかすめたかのように。

「サニー？　電話だよ？」

「無視して、ラビ」彼女は叫んだ。「無視」

いま彼女は、白い台ふきんを肩に引っかけてぶらぶら歩いてきた。「ところであんた、元気なの？　あんたは超セクシーよ。言ったっけ、あんたが入ってきたときに？」

言った。＃MeToo運動の拡がりにもかかわらず、またはそのせいかサニーはたびたびしつこくセクハラしてきたが、ラビにしかしないように彼には思えた。彼がシフトで仕事場に入っていくと、アニメ並みになまめかしい溜息をつく。うしろから忍び寄って両腕をぎゅっと握る。野菜を細かく刻んでいるときにそれをされたら危ないことこのうえない。彼の二頭筋（と広い胸とつぶれた右耳は大昔の高校時代のレスリング部の置きみやげ）はサニーによれば〝国宝もの〟らしい。サニーは彼を女泣かせと呼んだ。もっとぴったりしたズボンを穿けと勧めてきた。だから雇ったんだと彼女は言い張った。

電話の呼び鈴がまた止まった。ラビはそれを見やった。もう鳴らないかもしれない。あきらめたかもしれない。

「ああ、そうだ、こう言うつもりだったの――昨日のあたしたちの雑談のことよ。いつかこのふたりがヤる可能性は？」

サニーは切実なささやき声を出そうとしたけれど、こらえきれずに笑いが漏れた。あれは雑談ではなかった。どっちかというと一人語りだ。ラビは、いまやっているように野菜を切りながら、首を振って聞いていた。「言っとくけど、うちのパパは銃マニアなの。元海兵隊。えーと——なんだっけ？　SEALs《シールズ》よ」

「わかったよ、サニー」

「だからあたしはノーと言わない。あたしはこう言うだけ。買った人の責任」

　シールズは海兵隊ではなく海軍なのをラビはたまたま知っていたし、特にわかりにくい話だとは思わなかった。それが問題でないこともわかっていた。そんなのでたらめだぜと詰め寄られても、サニーならウインクして肩をすくめるだろう。ラビはまな板をペーパータオルで拭いてから、ごつごつしたビーツが詰まったビニール袋を開けて仕事にかかった。

　ラビはじつはサニーがわりと好きだった。ともかく好きな人がほとんどいないことを考えると驚くべきことだ。〝あんたエロいね〟だのは全部冷やかしにすぎない——自分がどう見えるかはよくわかっている——し、彼女がここで働きだして五ヵ月経った二〇一六年十月に彼女がつけてくれた呼び名ももちろんそう。いつだかの水曜日は私用で休みたいと願い出た彼に、サニーはどんな私用かとしつこく食い下がり（「女関係？　男？　ひとりずつ？」）、とうとう、贖罪の日《ヨムキプル》で断食をするという答えを引き出した。

「なんだって？」サニーはわめいて両手を口にあて、息を飲んで驚いた。「あたしをかついでるんだ！」

　サニーは、彼がユダヤ人でありアジア人であることに付随する事実をなぜか魅力的で楽しいものだと思ったようだ。キラーグリーンで一緒に働く人たちのほとんど、またフェアファクス-ラブレア界隈のおそらく全員がそうであるように彼女自身もかなり複雑に血が混じっている。サニーの父親は黒人とラテン系のハーフ、母親は白人とラオス人のハーフだ。「つまりあたしは」——彼女は笑って、計算するふりをしながら言いたがる——「豪華絢爛」

そのときドアが陽気なチャイムを小さく鳴らすと、サニーは言った。「さあどうする、ラビ。彼女が来たよ」

「だれ？」と言ったものの彼は知っていた。顔を上げるのが速すぎたので、サニーは鼻を鳴らし、口をすぼめて首を振った。

「ちぇっ、若いの、あんたがうらやましい。ほんとよ」

「うるさいよ、サニー」

　彼は最後に一度すぱっと切ってから、ビーツで殺人現場みたいに真っ赤に染まったままな板を流し台の泡立つ水に突っ込んだ。サニーが言った彼女というのは、店の周囲に半ダースほどあるスポーツスタジオに足繁くやって来る、たくさんの若くきれいな女性の一人だった。ピラティス、スピニング、その他さまざまの〝軍隊式短期集中エクササイズ《ブートキャンプ》〟。客もインストラクターもみな一様に美しく健康的だ。いま、黒板の本日のおすすめを澄ました顔でじっと見ていたのは、透明といっていいくらいのブロンドのやせ細った女性だった。今日の彼女は、ピンクに近いオレンジ色の明るいアスレジャーのパンツを穿いていた。通気性に富む薄いトップスの下、赤いスポーツブラの小さな胸。

　彼女はおすすめを見て溜息をつき、細い指で髪の毛をうしろにかきあげて、無人のレジからサラダバーの奥のキッチンへと視線を動かした。もし本気でがんばりたいなら、まあ、彼女がいくらか興味を持ってラビを見ていると想像できなくもなかった。

「あんたね」店に出ているはずのサニーがラビの耳に顔を寄せて、まじめくさった調子でささやいてきた。「あの子は入りたがってる。あんたのパンツにだよ。それか、あんたの式服《ローブ》かも。パンツじゃなくて。そういや——本物のラビは何を着るの？」

「サニー。やめて」

「彼女の注文を取ってきなよ」といやらしい口調で言

った。命令するように。「取ってきて」

「やだね」ラビはきれいなまな板を取って、三徳包丁をふきんで拭いた。「しないよ」

彼の仕事はともかく野菜を切ることだった。店には出ない。

彼はセロリの軸を並べた。それを猛烈な勢いで切る。

「ラビ。ねえあんた」サニーは指さした。女が待っていた。「本気よ。彼女の注文を取って」

「いやだ。サニー。やめろって」

電話がまた鳴って、驚いたはずみで三徳包丁が滑り、ラビは左手の人差し指の先を切った。

「しまった」彼は叫んだ。

エクササイズガールは怯えてレジから半歩下がり、血を見たサニーは片手を口にあてて目を見開いた。そのときタバコ休憩からやっと戻ってきたローレンスが電話を取った——「キラーグリーンです」——そして「待って」と言うと、信じられないという思いをにじませた声で呼んだ。

「おい、ラビ。きみにだ」

「へ？」

彼は店へ出て行って受話器を取った。指はそのままだった。切り傷から血がだらだらと流れ出ている。

男の声がした。「ルーベン？　おまえか？」

ラビは思わず目を閉じた。

感じがよくて魅力的なあの声。あの老いたペテン師の口車。

彼だった。彼が若かりしころに神とあがめた父親だった。

二〇〇八年十一月十二日

1

サクランボ色の折りたたみ式携帯電話は、彼がいつも使っている電話ではなく、特別な電話だったから、ベルが鳴った瞬間、ジェイ・シェンクはそれをぱちんと開いて口元に近づけ、期待のこもった声を張り上げた。

「もしもおおおおし?」彼は電話に呼びかけた。「もしもし?」

「今日はおれが大好きになるぜ、ブラザー・シェンク」この電話の番号を知っている唯一の男のどら声がした。

電話でマロイ・ザ・ボーイの声を聞いて、シェンクの全身は輝いた。肌がちくちくして火花を散らした。彼の精神は光を発し、天界へと浮上した。

彼はこぶしを強く振ってもっと速く走った。

弁護士のジェイ・アルバート・シェンクは自分の事務所で、オーバーランド通りとパームズ大通りの交差点を眺めながら、トレッドミルで時速六マイルというつものペースで走っていた。トレッドミルのパネルに内蔵された小型スピーカーで話せるように携帯電話と接続してある。下着のシャツとランニング用短パン姿のシェンクは、こめかみに汗をにじませ、ポニーテールを首筋で楽しげに跳ねさせ、重さ五ポンドのバーベルまで両手に持って上げ下げ、上げ下げしながら、階下のグロリアズ・グロリアス・ドーナツから窓を通って漂ってくる甘いそよ風に包まれて、若くセクシーな母親が歩道の幅いっぱい占拠した浮浪者をよけてベビーカーを押す様子を見つめるという、西ロサンゼルスの薄汚いありふれた魅力を楽しみつつ、いいニュースを知らせるマロイ・ザ・ボーイことボビーの低い声を聞いていた。

「おれをとことん愛しちまうぜ」とボビーが言うので、シェンクは笑った。

前からそうだ――否定はしない――シェンクは彼の情報員ボビーをこれまでも愛してきた。彼お抱えの種々の情報員のうちで最も信頼のおけるマロイ・ザ・ボーイに対する愛情は、満潮時に川幅いっぱいに広がって押し寄せる大逆流のようだった。シェンクは片方のバーベルを横に向けて、太い部分でトレッドミルの〝止める〟ボタンを押し、台からうしろ向きに下りてそのままデスクへ向かった。

「いいぞ、ブラザー」彼は言うと、前かがみになって新しいリーガルパッドに汗を滴らせ、カチカチカチと言わせてボールペンのペン先を出した。「何があった？」

「傷ついた鳥」ボビーが低い声で言い、シェンクの身体は期待で引き締まった。目は光った。

「悲しいことだ」彼は言った。

「ちがいない」ボビーは言った。「でも、おれが間違ってないかぎり、ジェイ、でかいヤマだぞ」

ボビーの声は、深夜放送のセクシーなラジオＤＪのように低く、たくらみを感じさせた。シェンクはその男を思い浮かべた。やぎひげを生やした男性看護師、六フィート七インチちょいあるごつい白人が職場のパサデナ病院の物置でしゃがんでいる。光るはげ頭と海賊ピアス、薄緑色のスクラブで包まれた三百ポンド以上ある巨体の持ち主ボビーが、たたんだシーツと血圧測定用カフ、ＩＤ用腕輪と注射器と寝巻きと一緒に詰め込まれている。

カリフォルニア州全体に張り巡らされた看護師と看護助手と用務係ネットワークを形成するメンバーの多くが、というか大半が小柄で有能で、慌ただしい病棟のわずかな異変も見逃さないフィリピン人女性で、業務そのものに秀でると同時に目端が利き、グラフの言外の意味を読み取れるばかりか、たった一度ちらりと横目で見ただけでそこに刻印された目に見えない$マークをとらえ、時を逃さず階段室に滑り込んで友人やひいきの客にテキストを送信するが、かたやそのネットワークの中心に居座るボビー・ザ・ボーイ・マロイは、小さな法律事務所のシェンク&パートナーズに電話報告するわけだ。

　シェンクはこの新しいヤマに関して詳細なメモを取り、血色のよい手でリーガルパッドのページを次から次へと埋めていった。ボビーはたいして細部を知らなかった。断片的な情報ばかりがボビー配下の看護師からボビーへ、そしてシェンクへと伝わってくるが、ボビーが果たす役割は仕事の核心ではなかった。慎重に集められた事実という散在する星々が意味ある星座となり、その後訴訟の可能性または実現性へと変換され――すべてがそのあとやってくる。そのすべてがシェンクの仕事だった。

　シェンクの胸元と腰のくびれの汗が乾いていく。窓の外では、ドジャーズの野球帽の男が紙袋の上部をつかみ、欲望を抱えてグロリアズ・グロリアスからせかせかと出てきた。

「よし、ボビー！　わかった！　すごいぞ」シェンクはメモを見直した。すごい。「で、この情報源は信頼できるんだな？」

「決まってるだろ」わずかに気分を害した声でボビーは言った。「ローサだ。ローサは要領を心得てる」

「わかってる、そうだったな」シェンクは言った。「確認しただけだ。私はこういう人間なんだよ。私はローサに会ったよな？　骨盤骨折のとき？　デイナポイントで？」

「ちがうよ、ジェイ。あれはマリーナだった」

「そうか、そうだった。マリーナだ」シェンクに女たちの見分けはつかなかったが、つける必要はなかった。看護師は一人いればいい。彼にはマロイ・ザ・ボーイがいる。

「で、ローサはどこで働いてる？　プロビデンス？　バーバンク？」

「ちがうって。バレービレッジ」

シェンクはうなずいて手早くメモした。いつのまにか彼は椅子に腰かけ、右足を落ち着きなく小刻みに上下させながら書き留めていた。バレービレッジ・メソジストは、その名に似合わずノースハリウッドにある中規模の非営利病院である。大忙しの救急センター《ER》があり、地域では整形外科と小児科の評判が高く、全営業収入は年に六億六五〇〇万ドルを超える。たしかバレービレッジは一般賠償責任と医療過誤の両方をウェルブリッジ保険グループと契約していたはずだが調べてみよう。それを確認することとシェンクはメモした。

シェンクは、気難しいが凄腕弁護士のJ・J・バーンズから独立して以来十九年間これをやってきた。バーンズは南カリフォルニアの外科医および病院とクリニックと急病診療所すべてを網羅する情報を握っていた。ピーナッツ入りM&Mみたいにオピオイドを投薬するのはどの医師？　セクハラと糾弾される危険に自らをさらし、生死のかかる仕事から気を散らすことがわかっていて、あえて看護師相手に魅力をひけらかさずにおれないのはどの医師？　ビバリーヒルズのめかした美容外科医のうちボトックスの扱いが下手なのは誰で、豊胸手術の失敗が最も多いのは誰か？　魅力的なほど忙しいものの、梯子から落ちたり庭仕事中に怪我したのに保険《メディカル》カードも持たない移民労働者で無意味に混んでいるERはどこ？

ボビーもそうした幅広い知識を持っていて、まったく異なるものの共通点もある双方の仕事の性質と微妙な雰囲気をシェンクと同様に理解しているおかげでこの数年間、二人の協力関係は効率よく利益を上げてきたのだった。シェンクと組んだボビーは、黄金の州《ゴールデンステート》というを愛称を持つカリフォルニア州の隅々にいる怪我人と悲嘆に暮れる近親者にシェンクの注意を向けさせた。最近では、マービン・トーマス三世なるなんでも屋が建物の三階から落下して骨盤が粉々に砕けたが、彼に落ち度はなく——責任は完全に、財力あるカナダの鉄鋼機械加工会社製造の不安定な脚立にあったことを認めさせた。言うべきことやるべきことをすべて終えたとき、ニューファンドランドツールズ社は二十五万ドルを提示し公判前に和解が成立したため、裁判費用はかからず、シェンク&パートナーズはじつに八万ドル少々を手にしたのである。その総額を銀行に預けた二、三週間後、サンセット大通り近くにあるボビーの驚くほど趣味のよい独身のゲイのアパートをたまたま訪ねていって、グロリアのすばらしく美味しいドーナツ六個入りの箱とともに四千ドル分のきつく丸めた百ドル札をうっかり置き忘れてきた。

ボビーの電話がいつも満足のいく結果に終わったわけではない——全然ちがう。息子のルーベンに後学のために声に出して妥当かどうか確認しながら訴訟の明細を読み上げるときにシェンクが言いたがるように、特に医療過誤の賠償請求は見かけよりもずっと注意を要する。ある医師に診療の責任があり、かつその医師がその分野の標準に従った診療をせず、かつその怠慢のせいで損害が発生し、かつその損害から実際に被害が起きたことを証明しなくてはならない。

「さらにだ、愛する息子よ」キッチンのテーブルにファイルを広げてシェンクは言う、「多くの条件が付帯する」

つまり、勝利は間違いなしに見える医療過誤事例の多くが、よくよく調査するうちに消えてしまう。予想される賠償金は安すぎて労力を費やすほどの価値はないとか、被害者または被害者の親族に裁判をする気力がないとか。なかでも最悪なのは、同業の悪徳弁護士に先を越されて、シェンクがものにする前に有望な客をかっさらわれることだ。

この件には――この電話の件には――特別なものがある。

ボビーが口にしたわずかな詳細の中に、打ち消しがたい可能性がきらりと光った。わかりにくいが、森の地面がぼんやりと光るように、はっきりと存在している。

シェンクは右手の指二本を頸動脈にあててジョギングしたあとの脈が通常の速さに戻るのを確かめながら、左手でメモをそっと撫で、子どものように情報の一つ一つに愛情こめて触れていった。

「じゃあ」黙って考えこんでいたシェンクにボビーは言った。「経過を知らせてくれるよな」

「いつもそうしているじゃないか。いろいろありがとうな、ブラザー」

「そのためのおれだ」

シェンクは携帯電話を閉じ、立ち上がってパームズ大通りを眺め、その瞬間をじっくり味わいながら、日光が両方の頬にあたるように少し顎を上向けた。この件ではボビーに少し割増ししてやろうか。そうだ――そうしよう。ボビーの不満が高まって、どこかの二階に事務所を構えるほかの弁護士に鞍替えするのではないかというぼんやりした不安はつねに感じていた。

シェンクはシャツをはぎとって、最近、真っ黒から中年にふさわしい黒ずんだスレートのような男っぽい色に変わりはじめた胸毛の汗を拭き取った。腕時計を見て、走って家へ帰ってシャワーを浴びてから四〇五号線に乗るまでの時間を計算したのに、まだ二時前だと知ってがっかりした。

ああ、まったく。ぼんやりしたまま、三時十五分過ぎだったらよかったのにと思った。その時間なら息子のルーベンを学校に迎えに行って一緒にバレービレッジへ行けたのに。せがれを連れてこの件を追いまわすぞ。

　一時間半待つべきか？　学校へ迎えに行って早引きさせるか？　ルーベンはプラヤビスタにあるこぢんまりした適度に高級なモーニングスター私立高校の一年生だ。その学校はつねづね〝子どもの全人格〟を伸ばすことが大切だと主張している——息子に法律活動の知識を与えよというシェンクに対する指令だと解釈したくなるモットーだ。

　いや、彼は思った。やめろ。そっとしておけ。

　彼の脳内の賢明な声は、これだけ時間が経っても、幸せな記憶の中のマリリンの懐かしいいらだった声で話してくる。その声は、学校が何より優先だ、月／水／金の放課後の詩作クラブをさぼらせてはならない、と彼を諭した。

　ジェイ・シェンクは笑みを浮かべて、小さなポニーテールをきつく縛り直した。彼は息子をとても自慢に思っている。今夜は二人きりで食事をすることになっているから、ルーベンは彼の小さな世界の忙しい生活について話し、ジェイは息子に新しい案件のことを話す。

　でかいヤマか、シェンクは思った。できれば。だといいが。

　事務所を出て金属製の外階段を軽快に下りていきながら、カウンターの奥に控えるドーナツ店の名の由来となったグロリア本人に手を振った。でかいヤマ。

2

病院のロビーにいるジェイ・シェンクは全力投球のシェンクだった。顎を上向け、胸を前に突き出し、ポニーテールをうなじで踊らせながら、パレードの先頭の男のように前進する。

シェンクは病院のロビーを、そこの情報満載の売店を、多層をなす臭気を、広大で天井の高いアトリウムを熱愛していた。これまで何度、しゅーっと開く自動ドアを抜け、傷だらけのリノリウムやベージュ色の通路をすたすた歩き、海の絵や静物画や初老の慈善家をふんわり描いた肖像画を通り過ぎたことだろう。

彼はどこのロビーも大好きで、偏見も差別もなかった。人間工学に基づいた調度品や瞑想庭園やミニマルアートの彫刻を備えたつややかな近代的ロビーが大好きだった。だが、バレービレッジのような質素な伝統的ロビー——水漏れする冷水器とアナログの案内板、ノーブランドの熊のぬいぐるみや細長い厚紙に弱々しくつなぎ留めたとりどりのマイラーバルーンを売っている、小さく陰気なギフトショップ——も同じく熱狂的に好きだった。

そして、そこにいる人々！ バレービレッジのロビーを弾むように歩くシェンクの胸に病院で働く人々への愛情がふつふつと湧いてきた。こっちにはエレベーターホールで小声で話すスニーカーとスクラブ姿の尊大な医師たち。こっちには病院でよく見る六種類の緑色をまとった元気な看護師の一群。そしてこっちには、無人の車椅子の取っ手をつかんで待機する巨体の雑役係。

では、シェンクがいちばん好きなのは誰か？ もちろん患者——客——依頼人だ。病人と病人の家族。ぼそぼそひそひそ話し、心配して疲れ、壁にもたれるか、自動販売機やお手洗いをさがして歩きまわっている。あるいは、明るすぎる照明の下、ロビーのでこぼこした柔らかいソファにぐったりと座りこみ、空腹なのに食べる気にならず、泣きたいのに泣けない。そういう人は一人で、または二、三人でかたまって立ち、ティッシュを握って生ぬるいコーヒーを飲みつつ、愛する人の死について、そして必然的に自分自身の死についてあれこれ考えながら色つきガラスを力なく見つめている。彼らはむっつりと座って、知らせを待っている。あちこちに電話をかけて、外の人間を引き入れておくために、または、ここにいるあいだも、病院での退屈な待ち時間にも続いている慌ただしい人生に自分をつなぎとめておこうとする。

「いいえ」引き止められて、通路の〝立ち入り禁止〟と表示されたドアに背中を押しつけた間抜けな事務員に、女が言って――叫んで――いた。「それは受け入れられない。そんなこと役に立たないわ」彼は答えようとしたけれど、女はそうさせなかった。女は男の胸に指を突きつけ、ハンドバッグが怒ったように肩ではずみ、声はますます高くなっていく。事務員は、相手をなだめているのか抗議しているのか、それとも自分の身をかばおうとしたのか、両手を宙に挙げた。

シェンクはこの女性が愛おしかった。怯えた事務員も愛おしかった。彼はそうしたみんなが大好きだった。大きな半円形のボランティアデスクへ向かうとき、シェンクのたましいは彼ら全員――煉獄のように薄暗いロビーに集まった病院の人々――へと飛び出し、彼の心は共感という光の輪となって傷ついた世界の外へ拡がっていった。

「おはようございます」ひどく年老いた女が、受付デスクの輝く表面に両手をぴたりとつけて身を乗り出したシェンクに言った。「何かお困りですか?」

「はい、ええ、ありがとう」色つきの遠近両用眼鏡の奥から冷静に彼を見つめ返す白髪のよきサマリア人に、シェンクは気遣わしげな笑みを見せた。小さな金色のバッジが彼女の名前は〝ミセス・デズモンド〟だと明言している。

「患者をさがしているんです」

「よろしいですよ」ミセス・デズモンドはキーボードに指を置いた。「お名前は？」

「じつは、そこが妙なんですが」シェンクは言って、笑顔の目盛りをそわそわからびくびくへ合わせた。「わからないんです」

　ミセス・デズモンドの目が怪しむようにさらに細められた。

「少年です」シェンクは続けて言った。「ティーンエイジャーと言っていいかな。九年生だから――ティーンエイジャーですよね？　学校で事故に遭ってここに運ばれました」

　ミセス・デズモンドが歯のわずかな隙間から空気を吸った。そしてわかりきった問いが発せられる前に、相手に代わって彼がその問いを口にした。

「どうして私が彼の名前を知らないか、ですね？　まあ、それが変な話なんです」彼はにっこりと笑った。

　ミセス・デズモンドは笑わなかった。「職場にダリルという友人がいて、その彼にゴルフ仲間がいます。その男が――ダリルではなくてゴルフ仲間です――三日間の出張中に子どものことで電話を受けたらしいんですが、話がよく聞き取れなかったとかで。確実にわかっているのは、彼が学校、このあたりの大規模高校のどこかでひどい落下事故に遭ったことです」

　シェンクは、ボビーから与えられたパンくずをいくつか撒いて、ミセス・デズモンドが何か思いつくのを待った。

「でも、そういうわけで私もそれ以上はよく知らんのです。そこから先に進まないというか」

　ミセス・デズモンドは無言のまま、年老いてやつれた表情で彼をじっとうかがい、いかにも嘘くさいたくさんの穴のどれを突っ込もうか考えているようだ。

　長年シェンクは〝病院でボランティアする老婦人〟をひそかに分類してきた。おばあさんと聞いて人が思い浮かべるイメージには基本的なパターンがある。まずは、えくぼがあって、ベビーパウダーのにおいをさせ、リンスで髪を青く染めた、絵本に出てくる小柄な老婦人。シェンクはそれを〝永遠の未亡人〟と呼ぶ。愛するハービーやスタンを亡くし、数カ月間出入りした病院で働くことを決意したご婦人。

　それに対して〝セミプロ〟は、教会事務員か秘書を退職したのち、仕事で培った能力を新しい環境に持ち込んだご婦人。それ以上にまれなのは〝悲嘆搾取者〟で、一日じゅう人々の苦悩のあいだを歩きまわることに異常でゆがんだ楽しみを見いだすご婦人。

　ところが、ミセス・デズモンドにまつわるあらゆることが、シェンクがいちばん苦手とする病院ロビーのご婦人階級〝白い目を向ける女校長〟にあてはまるようだった。彼女は唇をすぼめ、赤い色つきの眼鏡のせいでやたら大きく見える目で彼を観察していた。細い首の上の頭は鳥のように用心深く前に突き出され、整えられた白い眉毛はとても薄くて、一本一本数えられるほどだ。

「で、その職場のお友だちは、その子の名前を言わなかったんですか？　名字も？」

「ええ、そうなんです、信じられないですよね」シェンクは言って、めちゃくちゃだというように首を振った。「ですが、冗談抜きで、その子が収容されたかどうか、もしされたならどこの病室かを私はどうしても知りたいのです。それがわかればダリルに教えて、ダリルから父親に知らせられる。そういう」――またここで彼は微笑み、声を上げて問いかけた――「ことなのですが？」

　シェンクは待った。カウンターに置いた指先が汗ばんでいる。彼は病室の番号を入手しなければならなかった。彼に必要なのはそれだけだ。救急車追っかけ野郎どもがこれを嗅ぎつける前に獲得しなければならない。この世には他人の不幸で金もうけする怪物がいる。病室の窓をのぞきこみながら通路をうろうろするやつらが本当にいるのだ。

しかしミセス・デズモンドは行動に移らなかった。

「ここは大きな施設です。それはそれはたくさんの患者さんがいるんですよ」

「ええ、それはわかります」シェンクは口をはさんだ。「わかります」

実際にはバレービレッジ・メソジストは、国の基準によれば大病院だが、南カリフォルニアに関するかぎり、特にレベル一の外傷センターとしては明らかに中規模病院だった。でも、デズモンドさんがそうしたすべてを知っている必要はなかった。彼にはもちろん、こういう頑固な老婦人を、CVS社の老眼鏡と不格好な白いスニーカーの偏狭なやかまし屋を懐柔する手順があった。シェンクはおべっか使いの名人で、創意に富むでっちあげの泉は底なしで、それが駄目でも、指が二十本ある器用な手を持っていた。きっと大勢が驚くだろうが、普通の年配の奥様方は、悪徳警官やボーイ長並みに賄賂による裏取引に寛容なことをシェンクは知っていた。

とはいえ、状況が異なれば人間も異なる。声の調子も異なる。首の傾げ方も異なる。

そのはずだ。弁護士でいることは、一般的な人間であるのと同じく、つまるところ演技の連続である。即興か筋書き通りか、直線的か否か、実験的か伝統的か、型破りにやるか地に足をつけて日々着実にやるか。

「あのですね。奥さん。私はよき人間でいるべく努力しているんです。私の言う意味はおわかりでしょう？　私は」――彼は溜息をついて、手のひらに隠していた宝石を見せるかのように両手を開いた――「私も父親ですから、その男、友人の友人に状況がわかっていないことが嫌なんです、わかっていただけますよね？　それが嫌でたまらないんです。知らないことが」

シェンクは間を置いて、片目の端から本物の涙をこぼした。彼は父親だ。ダリルの友人を心から気の毒に思った。たとえダリルとダリルの友人は彼が数分前に作り出した存在だとしても。「その男はきっと気が変になるでしょうよ」

ミセス・デズモンドは少しむっとして首を横に振ったのだが——驚いたことに、奇跡的に——態度を軟化させて訊いてきた。「怪我のことは？　どんな怪我か少しでもわかります？」

「はい！」シェンクはほとんど叫ぶように言った。「わかります！」

その勢いに面食らったミセス・デズモンドは「まあ」と小さな声を出し、笑みさえ浮かべた。ごく小さな不安そうな笑み。この二人に絆が生まれようとしていた。何かが起きていた。近いうちに彼とミセス・デズモンドは結婚して一緒に暮らしはじめ、ラグーナに住まいを、二人の老骨を慰める優しい海風の吹く海沿いの1LDKでも見つけるのか。

「子どもが転んだ。頭を打った。ここ」シェンクは自分の額の、両目のあいだを軽く叩いた。「状況からして、ただちに手術したんだと思う。ここに送られてすぐに」

「へえ」ミセス・デズモンドの目にいまだ光はなかったものの、そのとき——そのとき——大きな馬蹄形デスクの遠くの端で——シュッ——鋭いシュッという音がした。キーボードを慎重に叩いていて、話を聞いていないように見えていた二人めのボランティアが突然顔を上げたのだ。彼女がこちらへやってきてミセス・デズモンドの真うしろに立った。

「キーナー少年のことを言ってるの？」

「私は——」シェンクの心臓が突然早鐘を打ち出した。

キーナー少年。彼は知らなかった。そのくせ彼は知っていた。それだ。キーナー少年。

「そうです」彼は言った。「それだと思います。キーナー」

「ビバリー?」ミセス・デズモンドは横槍を入れられたことに明らかにいらついて、首をまわしながら同僚を呼んだ。その鋭い一瞥から、ボランティア仲間のこれまでの対立の歴史、勤務時間や服装やその他いろいろなことに関する受動攻撃的闘争をシェンクは見た気がした。

ビバリーは背が低くずんぐりしていて、ピンクっぽいメイクアップで丸顔を明るく保ち、リボンキャンディーのように固くて薄い、いかにも美容院でセットした凝った髪型をしていた。ジェイ・シェンクをまじめな顔で見つめていなかったら、こっけいな、ロビーで騒ぐ典型的ながみがみばあさんに見えただろう。

「この人がさがしている患者はキーナーという名前よ」ビバリーはミセス・デズモンドに教えた。「ウェスリー・キーナー」

ウェスリー・キーナー。その名が生き生きと光った。小さな太陽のように燃えた。

ビバリーは腰をかがめてミセス・デズモンドにささやくと、こんどはミセス・デズモンドが目を見開いて厳粛な顔つきになった。

シェンクはデスクの向こうのささやきに耳をそばだてたけれど、何も聞こえなかった。

ミセス・デズモンドの権威主義的ないかめしさがその顔から消えた。同情をたたえた目で彼をまっすぐに見た。

「九階です」彼女が言うと、ビバリーがうなずいて念を押した。「九よ」

「ああよかった、どうもありがとうございます」シェンクは言った。「心から。で、えーと、部屋番号は?」

ビバリーが首を横に振った。そして手を伸ばし、指でシェンクの手の甲にそっと触れた。

「上がって。とにかく九階へ行って」

エレベーターが昇っていき、ベルが鳴り、ドアが音を立てて開くとそこは静まり返っていた。

シェンクはエレベーターの外へ踏み出した。あたりを見回した。

彼は思った。口にしたかもしれない。「みんなはどこへ行った？」

普通なら、言うまでもなく、真っ昼間に病院のエレベーターを下りるとそこらじゅうに人がいる。ぼやけて見えるほどの速い動き、マスクとスニーカーと叫び声、「彼女は持ち堪えてる？」とか「今朝はどんな感じですか、ジョーンズさん？」とか「何ミリリットル？」とか誰もがてきぱき動いている。

しかし、ここは完全な静寂だった。動きはまったくない。聞こえるのは、頭上の蛍光灯の不安げなジーという音だけ。

シェンクは一歩進んで、首を傾けた。右側に当番デスクがあるが、火災警報が鳴ったか銃乱射事件があったかのように放置されていた。カウンターに開いたままの雑誌。ナプキンにのせた食べかけのリンゴ。

いま、世界の反対側のどこかで、リノリウムの床をゴムの車輪がこするかすかな音がした。病室の人工呼吸装置が吸入し排出する音。

「だれか？」通路をゆっくりと歩いていきながら彼は声をかけた。「いませんか？」

世界の終わりのようだった。目覚めたら、知っていた世界が消えていたリップ・ヴァン・ウィンクルだった。

半開きのドアが二枚あったので、その一つの奥をのぞくと、部屋は無人、きちんと整えられたベッド、消されたテレビ、傷だらけの床をちらちら照らす日光。

彼は、遠く離れた惑星表面を探査するように、生命体の痕跡をさがしながら通路をゆっくりと進んだ。そして、ある角を曲がると、戸口に群がる人間たちを見つけた。

シェンクは歩調を少し速めて歩いた。部屋番号を見ながら近づいていく。九〇二。九〇四。

そして止まった。

九〇六号室に見るべき何かがあって、全員がそれを見ようとしていた。医師と看護師と雑役係が白衣と薄緑色のスクラブの海となって、パレードの見物客みたいに全員がその部屋の中が見える方を向き、有利な位置を確保しようとしている。

キーナー少年に何が起きたかは知らないが、この階の医師全員――それどころかこの病院の医師全員――が一目見ようと押しかけたようだった。

シェンクは近づいていった。そのとき何かが彼の心楽しい期待感（仕事！　新しい案件！　でかいヤマ！）を曇らせた。ずっと奥のほうで不安をかきたてる薄暗い影。この影が、立ち止まるべき一つの節目だったかもしれない。背を向けるべきだったかもしれない。

だがシェンクはそうはしないで、群衆のうしろに陣取り、横向きになって人々を押し分けて中へ近づこうとした。

「ちょっと失礼」と小声で言ったけれど、誰も譲ってくれなかった。誰も動かず、誰も振り向かなかった。

つま先立ちしても人々の頭の上からのぞけず、肩で押し分けて進むこともできなかった。首を伸ばして見ようとしていたら、世界の音が少しずつ、フィルターにかけられたかのように一つ一つ戻ってきたように思えた。医師のスニーカーが床をこする音。看護師が誰かに心配そうにささやく声。「いったいなにが……」

そしてそのあと、ついに、少年。

室内で円を描いてゆっくりと歩くティーンエイジャ

ー。

　少年の顔には何の表情もなかった。口をかすかに開き、目は真正面を見つめていた。両腕は脇に垂らしていた。

　彼はゆっくりと一歩一歩歩いた。堅苦しく機械的な足どり。まっすぐな背筋。人間ではない何か、人間の歩き方を学んだ何かのように歩いた。

　医師たちは少し離れた戸口からそれを見ていた。うしろのほうで。場所を空けておくために。

　シェンクは少年を見つめた。誰もが少年を見つめていた。歩いているだけ――だが、あの顔、こわばった上半身、妙に不自然でわざとらしい足の動かし方はどういうことだ？

　窓まで行くと、ウェスリー・キーナーは向きを変えてベッドのほうへ戻ってきた。

「どうなってる？」シェンクは誰にともなく小さな声で尋ねた。「なにがあった？」

「わからないらしいわ」シェンクは女を見た。髪を紙製キャップで包み、スクラブの下に黒いレギンスを穿いた若いアフリカ系アメリカ人医師だ。「どういうことか、いま調べているところ」

　シェンクはさまざまな状況にある医師を見てきた。証人席で気取って屁理屈をこねまわし、弁護士の攻撃から自分たちの下した専門的判断を守る医師を見たことがある。これと似たような病院で、数カ月以上にわたりマリリンを善き門のこちら側に留めようとして失敗した大勢の腫瘍内科医や専門医に安心か希望をくれと嘆願したとき、情深く思いやりに満ちた彼らを見たことがある。

　だが、この医師は？この若い女の目には、彼がこれまで見たことのある困惑と恐怖の混合物は何もなかった。

　シェンクはウェスリー・キーナーに視線を戻した。彼の口、彼の目、彼のぶらさがる両腕。そのころにはゆっくりと部屋の奥へ達していた少年はそこで再び向きを変えて、ドアへと戻り始めた。ドアから窓へ、窓から一歩ずつ、ただ歩いている。ドアへ。

からっぽ。

シェンクの頭にその言葉が力強く浮かび、まったくそのとおりだと彼は思った。

彼らは彼の中身をくりぬいた。

「ねえ」彼はその医師にささやきかけた。「彼の両親はどこにいる?」

さっきシェンクがそばを通ったその母親は、いまもロビーのそこにいた。白いブラウスと黒いスカートとそれに合った靴という文句なしの仕事着のベス・キーナーが、嘘つきの男事務員にまさに地獄の業火を浴びせていた。

「やめて」彼女は男に言った。これで百回め。千回かも。「ぜったいにやめて。もう一度言ってみて」

信じられないことに男はやった。こいつには嘆かわしいことにワンパターンの言葉しかなく、オウムのように何度もそれを繰り返すだけだった。「あなたのお名前と患者さんの氏名と部屋番号を教えていただければ、私が様子を見に行って確認——」

「だからいやなんだって。まったくもう」彼女は両手を上げた。そして叫んだ。「おことわり」

男はひるんだ。彼は痩せて、覇気がなく、金髪だった。髪はきちんと刈り上げて、たるんだ首のストラップから柔らかいビニールのホルダーをぶら下げていた。名札によれば、彼は〝患者相談センター副所長〟で、押しつけられている事務室のドアに同じことが書いてあった。また名札によると彼の名はブラッド、いかにもな名前だ。彼女が頭を壁に打ちつけ続けて半時間後、九階のあそこへ行けと誰も教えてくれなかったので、ベスはここに怒鳴り込み、対応してくれる人間を要求したが、ご心配はわかりますし、私を含めて係全員が患者様を高い水準でお世話いたしますとかなんとかしか言えないこのまぬけなでくのぼうに任されたということは、そうした人間の手は空いていなかったのだろう。

いいえ。やめて、もうけっこう。

「上で一時間待っていたのよ。これ以上座って待つ気はない。いい？　誰かに電話するふりをするあなたのそばでもう待ったりしない。あなたは誰も電話に出ないとか――」

「キーナーさん？」

「――わたしと話したいという人がこちらに向かっていますとかでたらめ言うんでしょ。やめてよ――」

「キーナーさん――キーナーですよね？――保証します、ここでは私たちはそういうやり方はしません。私がこの目で状況を確認して、できるだけ早くお知らせします」

「ブラッド、悪いけど」彼女はせせら笑った。「〝できるだけ早く〟じゃ遅いのよ」

ブラッドは青くなった。「声を抑えていただけませんか」

ベスは歯をむき出した。彼女は小柄だったが、生まれてこのかた小柄だったから、大きく見せる方法を知っていた。つま先立ちになった。安物の靴に包まれた足が中で踏ん張った。

「ブラッド、悪いけど」彼女は彼の顔のすぐ前で叫んだ。「声を抑えられないの」

彼女の息子ウェスリー――彼女の息子――は一時間半前に手術を終えたが何かがうまくいかなかった、何かがまずかったのに、白衣を着てクリップボードを手にした役立たずどもの誰ひとりとして、どうなっているのか彼女に説明するための二秒も割こうとしなかった。教えて、彼女は言い続けた。なんでもいいからとにかく教えて。すると、彼ら全員が、名前はわからないが担当医のふさふさの顎髭の太った神経外科医までも、わかったらすぐに知らせますと答えただけだった。

あんまりだ。これ以上我慢できない。

この状況でベスの意のままにできることは何もなかったが、彼女はこれを意のままにできた。彼女は青い顔をして口ごもるブラッドの宇宙を意のままにできた。

「あのね。わたしの息子――わたしの息子は――」

そのときすべてが、言いかけた途中で彼女にぶつかってきた。これまで彼女が拒絶していたものすべて、それがどう見えて、どう感じたかなど。ストレッチャーに乗せられたウェス、包まれて押されてストラップで固定された意識不明の彼の身体。強烈な手術用ライトで照らされ、知らない人たちに囲まれたウェス、シーツの下の形でしかない彼の身体。彼の頭皮、彼の皮膚、彼の頭蓋骨に穴を開けるときのドリルのいやな音。

ちくしょう、だめだ。誰も泣いていない。ロビーでは泣かない。ブラッドのいるところでは泣かない。

「やり方は知ってるわよ？」彼女は言った。「人によって対応を変える。でも、このわたしにそんなことはさせない。わかる？」

「はい、いいえ、わかってます。ひどいショックでうろたえておられることでしょう」

「そうよ。ショックでうろたえてる」ベスは熱く燃えていた。彼女は身を震わせていた。「息子が怪我したからうろたえてるわけじゃない。わかる？　手術しなくちゃならなかったからうろたえてるわけじゃない。あの子は頭を打った。医者は手術が必要だと言った、いいわ、わかった。手術がどんなかは知ってる。わたしも縫ったことがある。盲腸を取った。わたしは膣から人間二人を押し出したのよ、ブラッド」

彼は自信なさそうに微笑み、救いを求めて彼女の肩の向こう、通路の奥をちらりと見た。

「わたしは詳しいことを知りたいのに、あんたみたいなくそガキが何も教えてくれないから腹を立ててるの」ベスが前に出ると、ブラッドはいっそううしろに下がり、ドアにぴったりへばりついた。

「ぼくにできることがもっとあればよかったのですが」彼の目はすがりつくように真ん丸だった。ベスはストラップで彼を絞め殺してやろうと思っていたかもしれない。

「やあ、ちょっとすみません」

　誰かが患者相談センターのじゅうたん敷きの通路を歩いてきて、武器を持っていないことを示す人質解放交渉の担当者のように両手を挙げた。ベスがさっと振り向くと、男は彼女に優しく微笑みかけ、ブラッドに暖かい目を向けた。

「えっとあなたは――」

「ウィロビーです」ブラッドは応えた。ブラッド・ウィロビーか、ベスは思った。こんちくしょう。

「ウィロビーさん、ＨＯＡに電話しました？」

「はあ？」

「外科手術全般を管理する部局はありますか？」

「ああ――ええ。あります」

「それならいい。申し分ない！　ではとりあえず、担当医抜きで、というのも、その医師はまだ準備中かもしれないし、手術管理部を呼んでみて、現在の状況がわかるかどうか確認する。でしょう？」

「そうです」ブラッドはうなずいていた。「ええ。まったくそのとおりです」

　出現した男はベスに顔を向けてウインクした。「担当医というのはですね、彼らに幸あれ、すべて話せるまでは話すのをためらうものなんです。でも、あなたはあらゆることを知りたいわけではないですよね？　最新の状況を知りたいのでしょう？」

　ベスはブラッドから逸らした怒りの視線をその男に向けた。この男は病院の職員か？　銀色に光るスーツ。革靴。ポニーテールにひっつめた髪。

「ちがいますか？」男は尋ねた。

「そうよ」ベスは言った。うなずいた。アドレナリンの勢いが弱まりはじめた。彼女はもう一度うなずいた。

「ええ、そのとおり」

3

シェンクは感謝の言葉を手を振って退けた。自分が何をした？　何も。彼は何もしていない。

「どうか」彼は言った。「それには及びません」

「ここの連中と話していると頭がおかしくなりますよね。変になる」

いま、彼と例の母親ベス・キーナーは病院の外にいて、彼はコンクリートの外壁にもたれ、彼女は両足のあいだに置いたキャンバスの大きなバッグをごそごそやっていた。口紅、壊れたボールペン、弾丸のようなばらのタンポンがシェンクにちらりと見えた。

「彼らは、ひとの役に立たないことが仕事だというように振る舞うわね。できるかぎりあとまで何も言わないようにすることが」

「ええ、でもそれが彼らの仕事なんですよ」シェンクは言った。「全員ではないけれど何人かは。本当ですよ。前にも見たことがある」

ブラッド・ウィロビーはいま中で、シェンクにやんわりと説得されて電話をかけている。そしてベスは十五分後に戻って確認することになっていた。二人はガラス扉のすぐ外で並んで立っていた――駐車場のディーゼル臭、真昼の柔らかな陽の光、ミニゴルフのハザードのように上がり下がりする駐車場のゲートのバー――そして、シェンクはゆったり構えて、自分の時が来るのを待っている。いつもその時が来たように。

「あなたは――」彼はキャンバスのトートバッグの奥をかきまわしている彼女の頭頂部に向かって言った。「ひょっとして煙草をさがしているんですか？」

「そう、でも――見つからなくて――」彼女は顔を上げて息を吐きだした。「まあ、ありがとう。あなたは命の恩人よ」

「そんな気がしたんだ」

ジェイ・シェンクは煙草を吸わない。それどころか一般的にはかなり強硬な喫煙反対派だが、つねに用意はしていた。二十ドル札と口臭予防のミントキャンディーとノートとペンを持ち歩くように、名刺を一箱分とクリーニングから上がってきたままのきれいなシャツを車のトランクに入れているように、彼は煙草を持っていた。一本のキャメル・ライトを腕の先の二本指ではさんで、獰猛な煙を少しでも避けるために手を伸ばし、自分と他人とのあいだで最大の距離を取る。彼はセックス狂ではなくただのナイスガイ、ちょうどよいタイミングに現われ、彼女が必要とするものをすべて持っているように見える人物。

ウェスリー・キーナーの母親はキャメルを手に取った。シェンクはにっこりした。

そして、もちろん彼は日和見主義者だった。いや、そこまで言わせたいなら、わかった認めよう、彼は捕食者だった。彼女を追い求めて見つけ、飛びかかる時を待っていた。そしていまでさえ、彼女に取り入ったことで、彼の胸は思春期の少年のように弾んでいた。この女性が魅力的だからではなく、この状況が魅力的だから――さらには、そう、この仕事にかけては自分は最高だという自信があり、彼が提供するものは、少なくとも彼が手に入れたいと望んでいるものと同程度の価値があると信じているから――そして、どう考えてもその二つに嘘偽りはない。最終的に、ウェスリー・キーナーの母親に近づくのは、彼だけでなく彼女にも利益をもたらすはずだ。少なくとも、この二人の協力関係により、彼女は彼に劣らず勝者として浮かび上がるだろう。

　勝つ人／負ける人、与える人／もらう人、食う人／食われる人。世界をこうした不自然な二項に分けることにどんな意味があるのか？

　ベス・キーナーは背が低く、黒くまっすぐな目をした気の強そうな白人女性だった。安物のプラスチックのサングラスを額から上に押し上げていて、眼鏡の蔓は豊かな髪の毛に隠れて見えない。飾り気のない黒いスカートと白いブラウスという賃金の低い契約事務員のような身なりをしているが、前腕の上のほうにいくつか小さなタトゥーが入れてあった。回転するサイコロ二個のように見えるものと、小鬼か悪魔のような絵。雰囲気的には暴走族のガールフレンドというか、抜け目のないしっかりものの職人の妻タイプ――こうしてシェンクはのちのために人々を分析しカテゴリー分けしている――だが、ランチを詰めたり火種を消したりする悩めるママの雰囲気もあった。愛するもののために献身的に尽くす母。

　彼女はそっと目を閉じて、煙草の煙を吸い込む瞬間の快感を味わった。そして、その時が過ぎて次が始まったとき、シェンクは沈黙を破った。

「ところで、私はジェイ」彼は握手しようと手をぎこちなく突き出した。彼女は「ベス」とだけ言って、その手を握った。彼女の薄い唇がゆがみ、病院の壁に向かって煙が吐き出された。

「で、なに——ここで働いてるの？」彼女は彼に尋ね、彼は「まあそんなとこ」と答え、話題をビジネスに向けようとさらに言いかけたとき、いきなり彼女は鋭く舌打ちするような音を発して駐車場をにらみつけた。

「いったいうちの亭主はどこにいるんだろ。いまはここにいるべきなのに」彼女は時間を見るためにさっと腕を持ち上げたものの、時計はそこになかった。「いま何時かわかる？」

わかったので彼女に教えると、ベスは礼を述べ、そのあと「あきれたわ」と言った。

リチャードは大工よ、と彼女は言った。いまはサンセット大通りのスタジオでセットを作っていて撮影があるときは携帯電話の電源を切らないといけないから、事故が起きてから一時間はそのことを知らなかったし、いまは一一〇号線の渋滞で動きが取れない。一一〇はくそだからやめておけと彼に言った——〝フリーウェイは使うな〟とメールを送った——のに、いま彼女はここに一人でいて、いったいどうなるのだろうと考えている。

「わたしは——」

彼女は話すのをやめた。唇は固く結ばれて白くなり、シェンクにその目の奥でほとばしる混乱と恐怖のエネルギーが見えた。

あの病室の罪深い静寂。頭を固定し、真正面を見つめて無言でぐるぐる歩く彼女の子。ああ神よ、シェンクは思った、この女性の気持ちはいかに。

「十回は言ったわ」彼女は渋い顔で言いながら、灰を壁に向かって弾いた。「マルホランドにしろ。動かないフリーウェイはやめろって」

まもなく煙草を吸い終わる。彼女は中へ戻ってまたブラッドをさがし、九階へ上がるだろう。彼女の息子はそこにいる。だから長くはここにいないだろう。

「息子さんは」シェンクは慎重に始めた。「事故か何かですか？」

「うん」ベスは言った。「まあね」

歩く。ドアから窓へ、窓からドアへ。ぐるぐると。

両目を開けて。

からっぽ。

そして今また、ずっと奥で——接近するためのシェンクの温厚な見かけの下、弁護士として勇み立つ心情の奥で——彼はゆらゆらと揺らめく不安を感じていた。ベス・キーナーを見ると、最後に長々と煙を吸い込んでから燃えさしを弾き飛ばした。そのときシェンクは、いまならまだ離れられるとわかっていた。見知らぬ他人の幸福を願い、彼がこっそり滑り込んだ彼女の人生からそっと出る。

ところがそうではなく、「お気の毒に」と彼は言った。「何があったんですか？」

そして彼女は話した。急進派の人間がときどきやるように、その人たちにはときどきどうしてもそうしなければならないように、彼女は一気に吐き出し、シェンクはただ聞いていた。

彼には思いやりがあった。そして彼の思いやりは自在に操れた。サーチライトの光線のように幅を広げて共感力を放物線状に拡張できるし、いまの彼がやっているように、それをロウソクの火にまで狭めて彼自身を熱心で信頼できる親切な火に見せ、この悩める女性が心を落ち着けて、必要としているぬくもりを得られるようにもできる。

ウェスリーの学校で起きた事故のこと、病院でのできごとを彼女は語った。ERのめまぐるしい処置、慌ただしく動きまわる医師や看護師たちにまごついたこと、そして突然の手術。彼らはドリルで穴を開けた。

彼の頭に。彼の脳に。

　ベスが話しているときに、救急車の運転手二人が車の後部から現われて車道に立ち、スペイン語で雑談して笑いあった。彼らの平穏な日常のおしゃべりはベス・キーナーの苦悩、打ちのめされた彼女の表情とは対照的な背景となった。ある人間の手に負えない悪夢は、別人の仕事の一日である。

「本当にお気の毒なことです」話し終えた彼女にシェンクは両手を差し出し、彼女はその手を取ってぎゅっと握った。「想像もできません」

　本当に彼にはできなかった。シェンクは想像できなかったのだ。

　疑ってかかってもいいのだが、シェンクの小さな抜け目のない顔が悲嘆にくれた男の顔に見えたなら、それは彼が悲嘆にくれていたからだ。彼はとにかくこの女性の身になって打ちひしがれていた。この数時間で考えられる限り最悪の電話連絡を受け、自分の子の頭蓋骨に穴が開けられるのを目撃し、現在のわかりにくい複雑な状況に閉じ込められた女性。シェンクはこの女性の痛みを心から感じていたにもかかわらず、そのふりをしていた。

　具体的に彼女をさがしにここへ来たわけではないというふり、彼女のひどくつらい状況に第三者として親身に対処しているふりをしていた。シェンクの涙は本物、彼女に対する思いやりも本物、この案件をモノにしてこの病院を訴え、この悲劇を実りあるものに変えたいという彼の欲求と同じくらい本物だった。彼女にとって、少年にとって、彼自身にとっての実りに。それがその瞬間の真実だった。

　二人は、葬儀に出席したいとこ同士のように握りしめた両手を震わせて並んで立っていた。シェンクには、すべてが本物だった。

「あのね、ベス」彼は言った。「うちの妻はよく、苦しむための理由を作るなと言ったものだ。ものごとは最後にうまくいくかもしれないから、不必要に自分を苦しめるなって。ね？」

「ええ」彼女は下を向いてうなずいた。「そうね。ただ……」

「わかる。わかるよ」

彼は彼女を見て、彼女は彼の目をしっかり捕らえ、そのときかちりとつながった音を彼は身体の奥で感じた。

こうなるはずだった。それがその瞬間の事実、明快な真実だった。

ジェイ・シェンクは若くして結婚し、その後あまりにも早くに妻をなくしたのちは遊びでかじるだけで、不安を生み多くの時間を必要とするロマンスの世界へ頭から飛び込むことはなかった。結婚相談所やお見合いパーティや、月会費制のマッチングアプリなどには目もくれなかった。ディナーのデートをしたし、肉体関係を目的としたパートナーもたまにはいたけれど、弁護士と依頼人としての絆は、人間関係という点では彼が最も熟練し、最も報われたと感じる形態だった。むろん依頼人獲得は性的関係の追求とは異なるが、シェンクからすれば同じ部類に入る。最初は見知らぬ他人同士の二人の人間が暗黙のルールで駆け引きを始め、各自が相手を理解し、自分自身を理解しながら、小さな計算を無数に行ない、熟慮のうえで契約を結ぶ。双方とも、この状態は——移り変わるもの、一時的なもの——だと気づいているが、にもかかわらず、最後は事務的に始まった関係を超えて、相手に対して特別な感情を抱くようになる。

「まったくもう」ベスは言い、握りこぶしの甲で両方の目尻から涙を押し出して顔をゆがめた。「まるでガキね」

「それでいいんだよ」

「わたしは泣き虫じゃない」彼女は言った。「泣いたりしないのよ」

「泣いてもいいんだ」

「あなたはいい人ね」彼女は言った。「もう一度名前を教えて」

「ジェイ。ジェイ・シェンク」彼は息を吸って、自信と落ち着きを持って彼女を見た。「私は弁護士だ」

彼は名刺の片隅をつまんで差し上げた。それは印刷したばかりの真新しい名刺だった。持ち方の角度のせいで日光が反射して真っ白く、何も書かれていないように見えた。天使が持っている名刺のように白紙で光り輝いていた。ベスはそれを受け取って表裏をひっくり返し、両手で重みを感じた。

「人身事故」彼は言った。「転倒と落下。自動車事故。もちろん医療ミスも」

彼は魔法の言葉、〝医療ミス〟を、二人のあいだの宙に浮かぶフックにそっと引っ掛けるごとく、ごく慎重に口にした。

すべては売り込みのためだったと知ると、多くの人は名刺を投げ捨てるか半分に引き裂く。シェンクの魔法にすっかり魅了されはしても反感を抱く人は多かった。

ところがベス・キーナーは言った。「ほんとに？」

彼女は言った。「弁護士か」

彼は彼女を手に入れ、そのあと彼女を失った。タイヤのきしる音がして、ベスは顔をあげてそちらを見た。一台のトラックが病院前の私道に急停車して、男がよろめくように降りてきた。がっしりして肩幅の広い大男だった。アスファルトを叩く重いブーツの足音がして、ベスがとっさに彼を呼んだ。「リッチー！　あなた！　リッチ！」

二〇〇八年十一月十九日

1

嬉しくてたまらないとき、若いルーベン・シェンクがすることがある——細い身体をできるだけ動かさずにいるのだ。自分の中のひどく壊れやすいものがあばら骨のあいだでバランスを保っていて、すばやく動けばそれが落ちて割れてしまうという想定でやっている。何かに対する期待、というか気持ちが高まれば高まるほど、彼はその気持ちを人に見せたくなくなるし、そういうふうに感じていることを知られたくなくなる。どうしてそうなのかはわからなかった。前からずっとこうだったし、少し成長してティーンエイジャーになったいまでもそれは変わらなかった。それどころか、その傾向はいっそう強まった気がする。じっとしていろ。動くな。内心ひどく興奮していても、いつもと変わらず落ち着いた見かけを必死で保とうとした。

いまは間違いなくそのときだった。間違いなく。

父の興奮が彼を興奮させた。この新しい案件に好奇心をかきたてられて心が躍った。

新しい案件ではない。新しい案件になりそうな件。ポシャるな。ポシャらないでくれ。

小型ショッピングセンターの駐車場を見渡す金属製のキャットウォークに立つルーベンとジェイのシェンク親子は、足場に並ぶ二人の水兵のようだった。ルーベンはまったく無駄のない動きで眼鏡をはずしてシャツの袖でレンズを拭いてから、それを鼻の上に慎重に戻した。カーキ色のパンツとチェックのボタンダウンのシャツを着ている。父からきちんとした服装をしろと言われたことはない。言われるまでもなかった。

彼が父を見ると、父は彼に明るく晴れやかな笑みを見せて彼の肩を叩いた。

「おまえが来てくれてほんと嬉しいよ、なあ。冗談抜きで」

ルーベンはごく小さくうなずいて、一瞬笑顔をひらめかせた。「ぼくも」

駐車場は九台分しかなく、それをシェンク&パートナーズとグロリアズ・グロリアス・ドーナツとラーメンレストランとネイルサロンとハッピー-ゴー-ラッキーというマッサージ店と共同で使っていた。すでに七台駐まっているのでルーベンは心配になった。新しい依頼人が車を駐められなかったらどうなるんだろう？ そのまま帰ってしまうのか？

依頼人になりそうなお客さんだ、ルーベンは自分に念を押した。おいおい。しっかりしろ。

午前中に彼と父でキーナー家を迎える準備をし、会議室の椅子をきちんと半円形に並べた。ルーベンがグロリアズへ駆け下りてドーナツ十二個入り詰め合わせと保温箱入りコーヒー一つを買ってきて、準備はすべて整った。肩を並べて手すりに四本の手を置き、パームズ大通りを眺めて待ちながら、ルーベンは心臓の奥で小さな星が明るく光っているような期待を感じていた。これは大きな案件だ、たぶんでかいヤマになりそうだ、と父は言い、だから今日は月曜日で、シェンク&パートナーズでの体験学習は隔週の火曜日の一時から四時と決まっているのに、父は息子に学校を休ませた。

ルーベンの通う進歩的な私立高校はやる気のある生徒に、いわゆる〝校外職業体験〟をすることを認めている。一般的には、この職業体験は家業を念頭に置いたものではないが、ルーベンの父親は、学校と談判して特例を要求した。カブレラという学生部長の執務室へ行って、その点を熱心に主張し、すべての根拠を挙げた。「いいですか、ここの子どもたち全員が弁護士になることを希望したらどうします？　それしか望まなかったなら？」

「それにもし」――ここで笑い声をあげ、カブレラ氏に笑う許可を与えて――「その子の父親がたまたまLA郡で最高の人身事故弁護士だったら？　どうするんです――彼を処罰しますか？」

その面談のあとで車へ向かいながらジェイはルーベンにウインクし、大将の一枚上手を行ったことを二人だけの嬉しい手柄にした。

だが、そのすべてに嘘偽りはなかった。たわごとだけれど真実だった。なぜならジェイは（ルーベンは確かに知っていた）、息子にとって自分のそば以上によい場所はないと心から信じていたのだ。

〝シェンク＆パートナーズ〟ははっきり言って捏造だった。ジェイ・シェンクにパートナーはおらず、パートナーを作ることに興味もない。彼はルーベンに一度ならずそう言った。そのほうが名前の響きがよく、ウェブサイトや名刺で切れ味よく見えるからだが、シェンク＆パートナーズはシェンクだけだった。シェンクと、週に三日半働くだけの帳簿係のダーラ。シェンクと掃除係のアンジェラ。シェンクと、保健局およびアメリカ《A》障害者《D》法《A》遵守の検査と引き換えにいつでもドーナッツを四割引きにしてくれるグロリアズ・グロリアス・ドーナッツのグロリア・ヒメネス。

なによりシェンク＆パートナーズは、ジェイと息子、今日は学校を早引けして新しいビジネス案件を展開するために彼のそばに立つ、いつかパートナーになるはずの一人っ子だった。法律がジェイの血にあるようにルーベンの血にあった。彼はジェイと血のつながりはないが精神のつながりがある。ジェイの精神は法の――規制や法令集ではなく、正義と愛の法、悪を善に近づける法の精神だった。ルーベンには学ぶべきことがたくさんあり、彼はそれを学ぶつもりだった。

ジェイ・シェンクの実の、そしてたった一人の息子、善き心を持つ物静かな少年。

「いいか、来るかどうかもわからないぞ」ジェイは言い――突然、無造作に首の骨を鳴らしてあくびをした。

「わかってる」ルーベンは言った。

「ならいい。あんまりがっかりするなよ」ジェイはわざとらしいほどさりげなくネクタイの結び目をいじって締めなおした。「人の気は変わるものだ。おじけづくこともある。ケナリーに横取りされたかもしれん。どうなるかわからないんだ」

よその弁護士の名を聞いてルーベンは顔にしわを寄せた。ダリウス・ケナリーは、この王朝に君臨する宰相ハマンだ。目のくらむような真っ白な歯を持つ悪徳弁護士で、彼の特大の丸顔がウエストLAじゅうのバス停のベンチとセプルベーダ大通りとピコ大通りの角の巨大広告板で見られる。ジェイはケナリーを金ずくで働くいかさま師にして最大の敵とみなしていた。

「父さん」ルーベンは言った。「きっと来るよ」


父は神経過敏になっている。ルーベンは、ジェイの声の高さと間《ま》と抑揚の変化に細かく合わせて暮らしてきた。その声に含まれるいらいらや動揺、敵対心、ごくまれに恐怖を聞き分けることができた。特に依頼人と話しているときの父の声を聞くのが大好きだった。気乗り薄だったり先行きがわからずにいる客に対して、法的な事柄を迂回して彼らの心配を取り除き、彼らを誘い込んで勇気を与えるような話を聞くのが大好きだった。だからルーベンは今日、こんなにわくわくしている。新しい依頼人との面談に自分を同席させたいと父が思ってくれたと思うと、彼は有頂天になった。全力を尽くすつもりだ。ジェイのためならどんなことでもする気でいる。

それに、面談がある程度長引けば、古典派詩歌談話会を休むことになるだろうから、それを考えると目の回るようなうわつきと不安でいっぱいになる。談話会を主宰する国際言語の教師ハッチンズ女史は、週に一度の放課後の集まりを欠席したら、詩作競技大会の出場メンバーからはずす、そしていずれは談話会から追放すると明言していた。ルーベンは放課後はすぐ帰宅したいほうだし、じつは詩があまり好きではないので、そうなっても全然構わなかった。ハッチンズ先生はいつも、詩はひとにさまざまなことを感じさせると言うから、ルーベンは詩を読み、そのあともう一度読んでから、何も感じないまま、退屈で生気のない言葉をじっと見つめて自分はどこかおかしいのかと考えながらそこに座っていた。

でも、クラブを脱退するとハッチンズ先生を失望させることになる――それ以上に、父を失望させてしまう。もともとそのクラブに入ったのは父がそうしろと言って聞かなかったからだ。自分たちなりの寄宿学校時代のセピア色の思い出を抱えたモーニングスター校の保護者グループが週三度の詩中心の放課後活動を始め、シェンクが――週に一度Eメールで送られてくる〝キャンパスの風景〟をときどき走り読みして――これは楽しそうだと言った。古典の暗記と暗唱は、自信を育てるのに最高の手段だ、それが最優先だ、それと、ルービー、おまえはそこで人と出会うんだ、新しい友だちを作るんだ、おまえは高校生なんだから悪いことではないだろう。な？

じつを言うと、ルーベンには出会いがあった。その一人は、目に鮮やかな赤毛と光る黒いブーツが特徴のアネリース・マクタイアという二年生の女の子。（たとえば）ウィリー・ドリアンがイェイツを読んでいるときにこっけいな間違いをして、こっそり二人で目を白黒させたとき、二人のあいだに友情が芽生えたとさえ思った。でも、今日の面談が長引けば――父のそばにずっといて補助することになれば――ハッチンズ先生は大会メンバーから彼をはずすだろうし、談話会から追い出すだろう。不名誉なことだけれど、心の奥底では一種の救済とも感じる。ルーベンは胸の中で暴れるこうした雑然とした感情を感じて、こぶしが白くなるまで手すりを強く握ったままじっとしていた。

ああ、なんてことだ。一台が入ってきたと思ったら、一台分に入りきれずに隣にまではみ出す最悪なレンジローバー。

ルーベンは腕時計を見た。依頼人——依頼人になるかもしれない人たち——がそろそろやってくるころだ。どうする？　駐車場は満車だ。

「この部屋はとてもいい感じだ」事務所の窓から中を見てからまた外を見て、視線を行き来させながらジェイは言った。「これだけやれば十分だ。やや陳腐だな、ドーナツと紙皿とか、でもそこまで陳腐じゃない。陳腐すぎないし、度が過ぎるほど本格的じゃない」

「ほんと」ルーベンは言った。このせりふ、この反復《リフ》は前に聞いたことがあった。父をへこますこともできた。声を合わせて賛美歌を歌う教区民のように、半拍早くそれを言うことができた。

ああ、よかった。あそこ。女性二人がネイルサロンから出てきてさよならと挨拶している。つまり、そこで別れて——よし——二台分が空く。

「でもな、人はそれを望んでいるんだ。彼らは入りたくないんだよ、遮光ガラスやマホガニーのテーブルや——」

「高級家具」ルーベンはつぶやいた。

「それ！」ジェイは言った。ジェイが何度も同じことを言うから、ルーベンはそれを口にしただけなのに。「高級家具とかいろいろ。ひとが必要としているのは闘士だ。勝ち目のない犬」

ルーベンは厳粛にうなずいた。「そうだね、父さん」

「おまえは優秀だ、せがれよ」そして彼は腰をかがめて、息子の頬に頬をぐっと押しつけた。ルーベンは照れくさかったけれど身を引かなかった。「おまえはとびきり優秀だ」

ルーベンはにこやかに笑った。「ありがと、父さん」彼は父が頬を押しつけてきた場所をこすってから笑いながら顔をそむけた。

「で」ジェイがごく何気なく、いきなりまた言った。

「よし。で彼らがここに入ってきて……」

「え？」

「私たちは挨拶して自己紹介する」

「はい」

「コーヒー、ドーナツなどを勧める」

「当然だね」

「当然だ」ジェイの笑顔。ジェイのウインク。「そのあと、私がキーナー夫妻を部屋へ案内する。おまえは外にいろ」

「へ？」ルーベンはまばたきした。「わかった」

「おまえが必要だからだ、相棒《キモサベ》――これがポイントだ――おまえは子どもから目を離さないでくれ」

「子ども？」ルーベンはよくわからなかった。子どもはまだ病院にいるはずだ。面談に来られるほど回復したのなら、この案件は彼が考えていたほど深刻ではない。

「妹だよ。あの子じゃないぞ。妹がいるんだ。私がママとパパと詳しく話すあいだ、おまえは妹の相手をしてくれ」

「ふうん」ルーベンは言った。「そういうことか」

　彼は納得した。合点がいった。これがジェイ・シェンクの進め方だった。ときには真実はあとから、前触れなくやって来る。面談に同席させるためにルーベンを手元に置いたのではなかった。その準備のためだ。やっぱりそうか。兄の重い病状に関する複雑な民事訴訟について、キーナー夫妻は下の娘の前ではとうてい話せないだろう。つまりルーベンの役割は、依頼人との面談に同席することではなく、そのあいだ子どもと一緒にいることだった。言い換えると子守だ。

「言っただろ、相棒」シェンクは言った。「おまえが必要だと」

「わかってるよ、父さん」

ルーベンは外の駐車場を見た。上の歯で下唇を嚙みながら、詩作談話会のことを残念に思い、アネリース・マクタイアのこと、赤毛と黒いブーツのことを一瞬考えた。でも文句はなかった。それでよかった。彼はこれをやれる。法律事務所では、全員に果たすべき役割がある。

「おい、おい」ジェイは言った。「来るぞ！」彼は息子の手をきつく握った。少しきつすぎるくらい。ルーベンは笑って、父の喜びの源に顔を向けた。

駐車場に入ってきたのは白いピックアップ・トラックだった。特大のタイヤ、タイヤハウスのまわりに跳ね跳んだ泥。運転席には、ふさふさの顎髭と飛行士用サングラスの大男。助手席に乗っているのは、丸いサングラスをかけた小柄な女性。二人のあいだにはさまれて小さな女の子。

「用意はいいか？」

ルーベンはうなずいた。「いいよ」

これが十一月なかばのことだった。カリフォルニアは二十度で快晴の青空で秋真っ盛り。すべての始まり。ルーベン・シェンク十四歳。高校一年生――ウェスリー・キーナーと同じく。

2

「さてと」リチャードは言った。腰をおろす前に、彼は両方のポケットから中身を――分厚い黒い長財布とどっしりした折りたたみ式携帯電話とトラックのキー――取り出し、全部をジェイ・シェンクの会議用テーブルに放り投げた。「聞かせてもらおう」

「まったくもう、リッチったら」ベスが言った。彼女はまだ、ドーナツとコーヒーが並べられたサイドテーブルのそばにいて、自分と夫のコップにコーヒーを注いでいた。「少し待ってくれない？」

「なんだよ？」

リチャードは深々と座って胸元で太い腕を組み、封印した墓所のようにぴたりと心を閉ざして冷ややかな目でシェンクを見た。飛行士用サングラスは額の上に押し上げられていた。髪の毛は豊かで黒く、長めの顎髭は手入れされていなかった。「来たんだ。やろうぜ」

「では」シェンクは言って、一息ついた。どう始めるか？　普通なら歓迎の意を述べて、いたわりの表情を浮かべて、病気の家族の容態をさりげなく尋ねる。少しでも変化があったかどうかごく遠回しに尋ねる。

そこから全体的なあらまし、流れの説明に入るが、ごく一般的なことにとどめて――〝だいたいこんな感じです〟――そのうち、ゆっくりと確実にこの案件の詳細に切り替えていく。だがウェスリーの父親はそれを黙って受け入れないだろう。彼はそこに座って目をぎらぎら光らせ、鼻の穴を少し膨らませて、心を動かされるのを待っていた。

「私にお任せください。私はこの仕事に非常に長けています」シェンクは言った。まじめくさった表情を保ち、顎を突き出して。「それに、私を雇えば、二十歳そこそこのまだ概要の書き方もろくに知らないどこかの助手でなく、私が担当します。この私が。必要なときに私はそこにいます。電話をくだされば、かけなおします」

シェンクは、リチャードと、コーヒーのカップ二個を置いたのち粉砂糖をかけたドーナツの紙皿を夫の前に差し出しているベスを交互に見た。

「第二に、少々言葉は汚いですが、私はちんたら仕事をしません。真剣に働き、すばやく行動し、そして勝ちます。あなたがたから必要な事情をうかがいさえすれば、週末までに書類を病院に提出できます。来週ではありません。今週です」

手始めとしては十分だった。シェンクはそこまでにした。

今のところ、利害関係者多数が関わる医療事故訴訟のどろどろした詳細はまだ話さないでおいた。三種の形態の損害――苦痛と苦悩を被ったこと、医療費、将来の治療費――を埋め合わせるためにどんな訴訟になるか。訴訟の対象は病院だけでなく、ウェスリーの硬膜下血腫除去手術を担当した脳神経外科医である大物のトーマス・アンジェロ・カタンザーロ医師と、関係が判明しだい、病院職員、おそらくは手術担当看護師、ER職員、放射線技師などが含まれる。最終的に妥当な和解が成立すれば、医師や看護師、さらには病院からだけでなく、病院と契約している保険会社から損害賠償を受け取ることになる。

すべてを説明するには長い時間が必要だろう、とシェンクは考えた。そこまで行けたとして。

リチャードは気難しい目でシェンクを見ている。

「正直に言うと」彼は言った。「まあそれでいいだろう。でも、信用できるかどうかが問題だ。あんたのことをなんで信用しなくちゃいけない？」

「いいかげんにしてよリッチ。ねえ」ベスは手を伸ばして、手刀を切るように手の側面で彼を打った。彼の毛深い前腕にいらつきの一撃。「ドーナツ食べたら」そしてシェンクに向かって言った。「ごめんなさい。虫の居所が悪くて」

「確かにそうでしょう」シェンクは言った。「わかります。でも。おっしゃったことは……もっともな疑問です。なんで私を信用しなくてはならないか？」

　これが今日の最大の課題だ、とシェンクは理解した。この面談は、訴訟の駆け引きや金銭や医療の詳細に関するものではない。ベス・キーナーは最初から、バレービレッジ病院のロビーで互いの目が合った瞬間から彼のものだった。出会う運命だった二つのたましい。ベスは彼のものだった。だが、リチャードの信頼を勝ち取らなければならない。セット組立工、労働組合の大工のリッチ。物質的な男、木材と金属と角材の男、自分の手で作ったものだけに頼ることに慣れた男。

「この悲惨な状況で、誰を信じるべきか、何をするべきかがどうすればわかりますか？」シェンクは言った。「キーナーさん、いまはその決断を保留していただけませんか。今日のところは、この時間は、あなたの──あなたの──」どんな言葉がいいのか？　リッチが反応しそうな言葉は？　「あなたのために闘う男として私を受け入れてみてはどうです？　私の進め方を説明しましょう。私が関わった他の案件をいくつか紹介します。私の事務所、家族について説明します。入ってくるときに息子に会いましたね？」

「ええ」ベスは微笑んだ。「ハンサムな子ね」

　ところがリッチは首を横に振っていた。彼は立ち上がった。「ああ、やめとく。あのな？　話はよくわかった」

「リッチ」ベスが言った。

「いろいろ面倒をかけたな」

「リッチ。座って」

　もじゃもじゃの髭と太い首と広い肩のリッチは堂々

としたクマのような人物であるにもかかわらず、いじらしいほど途方に暮れて妻を見おろした。

「なあ、おまえ」彼の声はどら声でぶっきらぼうだったけれど、強くは出なかった。言い張らなかった。言い分を述べていた。「おまえはおれに、一緒に来て、よく知らない男に会えと言った。おれはそうした。彼に会った」彼は少し腰をかがめて、テーブルからキーと電話と財布をさっと取り、上着のポケットに入れた。「さあ行くぞ」

だがベスは立ち上がらなかった。彼女はシェンクを見て首を振り、よちよち歩きの幼児の母親のように忍耐を保ちながら、ゆっくりと息を吐いた。「感情の表わし方を教えてもらったことがないものだから、悲しいときは、気まぐれなゴリラみたいになるの」シェンクは、リッチがそれにどう反応するか不安になって、ぱっと彼を見た……そして、彼が妻を見つめる目、口元はかたく閉じられていたが愛情に満ちたその目を見て、ベスは言いたいことを、どんなことでも彼に言えるのだと気づいた。

医師と弁護士でできた訳のわからない悪夢の世界にいきなり放り込まれて苦心して進みながら、互いに対して腹を立て、いらだちを感じていても、互いへの愛情ははっきりとそこに存在していた。

「おれはゴリラじゃないぞ」リッチはぶつぶつ言った。

「ゴリラだとは言ってないわ、あなた。それみたいになると言ったの」

そのあと彼女はまだ首を振って夫の頑固さに驚きながら、シェンクに顔を戻した。「夫はね、たまたまこうなっただけ、だからこのままやっていくしかない、仕方ないって思ってるのよ」

「そんなことは思っていないよ」

「いいえ、思ってる」

「エリザベス」リッチは言った。「おれは仕事に戻らなくちゃならない」

「もらって当然のものを手にするために闘わなくてはならないときがあることを夫はわかっていないの」

「この男は」いきなり大きな声を出し、リッチは太い指でシェンクを指さした。「おれたちがもらって当然のものなんか屁とも思ってない」彼が手で勢いよくテーブルを叩くと、コーヒーカップが三個とも倒れた。「こういう男の興味は金だ。彼が気にしているのはそれだよ」

彼は黙ってそこに立ったまま、苦しそうに息をしていた。シェンクの計算では、その非難に対し、リチャードを一人だけで、または妻を連れて部屋から飛び出させることなく反論をする時間が一秒半あった。シェンクは真実と正義と良識について演説できた。彼の死んだ妻と妻が病院で過ごした最後の日々についての演説も。テレビ番組のセットを作るのと訴訟の論点を組み立てることにさほど違いはないと、彼の仕事の品格とリッチのそれを比較する文言をすぐに思いついた。

とはいえシェンクの好きな言いまわしがある――作家のデビッド・マメットだったか？――〝つねに本当のことを言え、それがいちばん覚えやすいから〟。

「もちろん金のことは気になります」シェンクは断言した。「当然です」彼は自分でもテーブルを小さく叩いた。すると、倒れたコーヒーカップの一個がテーブルを転がってカーペットに落ちた。

「ですが私はあなたたちのためにそれをするのです。依頼人のために。両方なのです。その二つの理由。そうでなければなりません」

嘘偽りなく聞こえたのは心からの言葉だったからだ。彼は本気でそう思っていたから本気でそう言っているように聞こえたが、これはシェンクの心の大きな秘密だった。金を愛し、ひとを愛する彼の愛は一列に並んでいた。

リチャードは目を細めて眉間にしわを寄せた。そのとき、ごくわずかにゴリラのように見えた。ベスはうつむいて自分の手を見て、ほんのかすかに口元を緩めると、リチャードは溜息をついて「ここで煙草を吸っていいか？」と言った。

「残念ながら」シェンクは言った。「ロサンゼルス郡はだめだと言っている。でも……まあ……」

　彼はやったぞと思いながら、ひょいと身をかがめてテーブルの下に落ちたカップを拾い、それをリッチとベスにまわした。リチャードがもそもそと煙草を取り出してコーヒーカップを灰皿代わりに使う一方で、シェンクは――森の中をつま先で歩く人類学者のごとくゆっくりと、ごく慎重に――リーガルパッドを取り出してそれを開いた。ペンを取り出した。小型録音機を取り出して、それもセットした。

「では」彼は言った。「ミセス・キーナー。最初から始めましょう」

　ベスはすべてを語った。事故当日、駐車場でシェンクに語った話の拡大版。病院で目にしたことや、手術中やその後医師たちから聞いた細々した情報、さらに事故発生時――彼が落ちたとき、しばらく意識を失っていたとき、ストレッチャーに乗せられて運ばれたとき――現場に居合わせたウェスの友人たちから聞いた話が付け加えられた。

　リッチは何も言わず、座って煙草を吸っていた。最初の煙草を吸い終えると、次のに火をつけた。シェンクは一種独特の速記法でできるかぎり書き留めて、あとは小型録音機にゆだねた。言うまでもなく、こうした細部――事故と救急車による搬送、トリアージ室とER、レントゲン室と手術室――すべてが無数に繰り返され、記録され、書き記されるはずだ。

　彼はときどき、ちょっとした質問をはさんだ。答えがほしかったというより、折りにふれて動揺し黙り込んでしまうベスをそっと呼び戻すためだ。

「病院へ着くまでにかかった時間を」そうした機会に

一度、シェンクは尋ねた。「ご存じですか？」

「救急車で？」

「はい」

「えーと——わからない」彼女はうろたえ、動揺して親指の爪を嚙んだ。「調べられるの？」

「もちろん」シェンクは述べた。「わかりますよ。私たちが提訴するとき、そういう記録は開示手続きで入ってきます」

　ベスは熱心にうなずいて、手続き上の小さな知識を心の励みにした。こうしてシェンクは——ゆっくりと、これまで以上に時間をかけて恋人のように気を配りつつ——私たちという語を話に滑り込ませて——〝私たちが提訴するとき〟——こっそりと水面下で二人の関心を彼の手腕に連動させながら、これはすでに決まったことで、自分はすでに彼ら専属の弁護士であるという領域へキーナー夫妻をそっと動かしはじめた。

「では、彼が手術室へ移される前、ＥＲにいた時間を覚えていますか？」

「うーんと、いいえ」ベスは言った。「しばらくはいた。と思う」

「長い時間ですか？」

「覚えてないわ」

　ベスの顎がほんの一瞬震えた。シェンクは彼女の目のきらめきを見て、怒りだと気づいた。彼に対してではなく、彼女自身に対する怒り。

「ちくしょう」彼女は言った。リッチがグロリアズ・グロリアスの明るいピンクのナプキンを渡すと、彼女は猛烈な勢いで鼻をかんだ。「むかつく」

「いいんですよ、キーナーさん」シェンクは言い、安心させるようにつぶやいた。「急ぐことはありません。時間はたっぷりありますから」

　彼は彼女に微笑みかけた。そのあとリッチに同じようにしたけれど、彼は微笑みを返さなかった。

「検査がすめば」シェンクは続けて言った。「ただちに手術しなければならないと医師団は言いましたか?」

「ええ」ベスは言った。「言いました」

「そのあと何をするか、彼らは正確に述べましたか?」

「ええ。たぶん。じつはあんまり——彼らが言ったのは、何度かスキャンして——」

「スキャンは一度だけ、それとも何度も?」

「えーと——」

「CTスキャンですか?」

「そうだと思う」

「なるほど。次へ行きましょう、すみません。彼らはほかに何を言いましたか?」

「脳に血のかたまりがあるようだと言って——」

「その言い方をしたのですね?」

「どの言い方?」

「〝あるようだ〟。脳内出血があるようだと言ったのか、それともそれがあると言ったのか?」

「わたしは……」彼女は両手を挙げた。手の爪は噛みちぎられてほぼ肉が露出していた。痛そうだった。

「覚えていないのなら別にいいですよ」

「覚えてないわ。ごめんなさい」

「謝ることはありません。キーナーさん、あなたは手術に同意しましたか?」

「え——はい。ええ」彼女は唇を噛んだ。「くそ。したわ」

「そう言って同意しました? 口頭で? それとも書面にサインして提出しました?」

「ええ。そうよ——口頭じゃなかった。何かにサインしたわ。その写しを一枚くれて……」

彼女はバッグをあけて、あのとき持っていたバッグでないことに気づき、音を立ててそれを閉じた。「ったく」

「いいんですよ。キーナーさん、聞いて。かまいません。これは全部、私の資料になるだけですから。その書類に署名をするときにもらえた時間は？」

「え？」

「たとえば」――シェンクは両手を風車のようにぐるぐるまわして、大急ぎのようすに喩えた。さあさあ、これにサインしてください、早く――「時間がきわめて重要だと？」

「そうだ」リチャードが言った。

シェンクはびっくりして、高いところから――ドカンと――落ちてきたボーリングのボールのように話に入ってきて、妻に代わって揺るぎない一音節で答えた夫のほうにさっと頭を動かした。彼は顎を撫でて先を続けた。

「こいつはそう言ってた。急がされたと」彼は、こっけいなほど顔をゆがめて泣きつく訳知り顔の医師のまねをした。「それにサインして。サインして。ほら早く」

「ありがとう」シェンクは言った。

リッチはしばらくじっと見つめてから、そっけなくうなずいた。どういたしまして。シェンクはうなずき返した。

「まぬけめ」わだかまりの残る声でリッチは付け加えた。「あの医者ども。やつらはおおまぬけの集まりだな」

リッチの手は白くなるまで握りしめられていた。そのときシェンクに、ベスが言っていた夫の精神状態は正しかったこと、このゆっくりと展開する悲劇に参っていることがわかった。いま彼がやっているように、太い首の筋肉が固く縮まるくらい口をすぼめられ、顎は込み入った怒りで噛みしめられている。悲しみと恐れで気も狂わんばかりのベスは、無数の問題の解決法を見つけようと苦労している。夫は、どこに振り下ろしていいかまだわからない握りこぶしだった。

「ふむ、彼らは確かにまぬけ野郎かもしれない」シェンクは言った。「そうであってもおかしくない。でも、彼らがまぬけだから私たちが告訴するわけではない」

またあの言葉。私たち、私たち、私たち、われわれ。

「彼らがしくじったから、われわれは告訴するのです」

　ややのち、シェンクは、ダーラが作成した条件付き条項協約を細心の注意を払って取り出し、この段階でいつも口にする意見をおごそかに発表した。

「さて、では、この書類にサインをお願いします。これは配管工とかに仕事を頼むのとは違いますよ、いいですか？　これはただの契約ではない。これにサインすれば、私はあなたがたの味方です。あなたがたを守る男です。弁護士は約束なのです」

「え？」ベスは言った。「それはどういう意味？」

「つまり、私がひとたびあなたがたの弁護士になれば、永遠にあなたがたの弁護士なのです」

　シェンクは前にわずかに乗り出し、手のひらをテーブルにぺたりとつけ、指を伸ばしてその点を強調した。ベスがペンをしっかり握って署名するあいだ、リチャードは、シェンクから渡されたペンを手に、とらえどころのない頑なな表情を浮かべて妻のそばに立っていた。時がそこで凍りついていた。フラッシュがぱっと光ったかのように。誰かがボタンを押したみたいに。

3

シェンク&パートナーズの待合室はじつは部屋ではなかった。ドアを入ってダーラのデスクとコピー／ファクス機を通り過ぎてジェイの執務室へ続く短い廊下の途中にある引っ込んだ窓のない場所に、茶色の肘掛け椅子二脚が窮屈に押し込まれていた。大きいほうの肘掛け椅子に座ったルーベンは布張りの肘掛けに両手を置いて、ウェスリー・キーナーの妹に礼儀正しく微笑んでいた。

その妹は太腿の下に両手を敷いて、彼を見つめ返していた。

彼女の肌は半透明といっていいほど真っ白だった。デニムのスカートと一頭のユニコーンが描かれた袖なしTシャツを着ていた。髪の毛はまっすぐで茶色、両方の耳の真上にヘアクリップが留めてあり、前髪はきちんと切りそろえてあった。ルーベンと目が合うたびに口をゆがめて笑顔らしきものを作り、ときどき、表情をこしらえる練習をしている最中だと言わんばかりに両目を見開いた。

「きみの名前はイブリンだね？」何か言わないとならないような気がしてルーベンは尋ねた。彼女はうなずいた。少しもじもじして、手の上で身体を前後に揺らした。

ルーベンは、ここに雑誌を置いたほうがいいと父に伝えようと心に刻んだ。《ナショナルジオグラフィック・キッズ》とかそういうの。彼が通った小学校に《コブルストーン》という歴史の本があった。

もちろん、父の執務室の中がどうなっているか知りたくてたまらなかったけれど、ルーベンは自分の任務に最善を尽くすことを決意していた。この任務の論理的な意味はわかっていたけれど、ここにいる二人ともが子どもなので、この女の子になんと言っていいか彼には見当もつかないことが問題だった。ルーベンは、ほかの子どもと一緒にいるとたいていは何か居心地の悪さを感じるような子どもだった。

「ねえ、お水を飲む?」彼はイブリンに声をかけた。

「いらない」女の子は即座に答えて、こっけいな顔をした。

水を好きじゃないのかな? 水なんてばからしいと子どもは思っているのかな? 彼はモーニングスターの食堂にいる他の生徒が水を飲んでいたかどうか思い出そうとした。

「炭酸飲料もあるよ。飲んでもいいと言われてる?」

女の子は肩をすくめた。いいのかだめなのか、どっちなんだ? たぶん炭酸飲料を飲んじゃいけないんだろう。ルーベンは大きな椅子に座ったまま、背筋を伸ばした。

「ドーナツ食べたい?」そう訊くと、女の子はまた肩をすくめた。

「ブルーベリー、メイプルフロスト、チョコレート……いろんな種類があるよ」

「ストロベリーは? ストロベリードーナツある?」

「あると思うよ。うん」

「そう」

「じゃあ――一個取ってこようか?」

「いまは――いらない。いいよ。気にしないで」

「ほんとに?」

女の子はまたもや肩をすくめて、そのあと黙り込んだ。ドーナツをもらうことは、知らない人からお菓子をもらうのと同じだと考えているのだろうか。そして、彼女をそんな気まずい立場に追い込んでしまって申し訳なく思った。

ルーベンは事務室の閉じられたドアをちらりと見て、父が注意深く話を進めていることを願った。父さんはやりすぎる傾向がある。強引にやってしまう。今回は、できれば、ぼろを出さないことを願った。その場にいられたらよかったのにとルーベンは思った。

女の子が突然言った。

「あなたは中国人？」

「えっ？」

「ごめん」彼女は尻を動かして片手を抜き出して髪の毛をいじった。「ごめんなさい」

「気にしないで」

「とても失礼なことを言った」

「全然いいんだよ。ほんとはベトナム人なんだ」

「ふうん。そう」

ルーベンはにっこりした。ふつうは好きな話題ではなかった。六年生のとき、英語のクライン先生から全員に、自分が受け継いだ文化について発表するという課題が出されたことがあった。ルーベンはその日の発表のことを考えるととても不安になって、教室の外の廊下でもどしてしまった。でも、イブリン・キーナーと話せる話題があって嬉しかった。

「じつはね、ぼくはベトナムという国で生まれたの。でも、両親がぼくを養子にしたんでアメリカに来た。ぼくがまだすごく小さいときだった。基本的にぼくはアメリカ人なんだ。それにユダヤ人。父さんと同じく」

「へえ」興味が湧いたのか、彼女の微笑みが少し広がって、表情が一変した。「ふうん」

「でね、じつはユダヤ教はただの宗教じゃないんだ」ルーベンは続けた。「それは――人間のことなんだ。もちろん宗教だけど、文化的な感覚と複雑に入り組んでもいる」これは父親がよく言うセリフそのままだ。

イブリンは物珍しそうに彼を見返した。

「だから、見かけはアジア人だけど、じつは――」彼は〝ほんとうはアジア人じゃないんだ〟とは言いたくなかった。なぜなら彼は明らかにそうだったし、そうでないと言い張るほうが変に見えただろう。「ぼくらはユダヤ人なんだ」

「へええ」イブリンは言った。「かっこいい」

ルーベンは当惑して微笑んだ。二人の話が行き詰まってしまって、大人たちが戻ってくるまで黙って座ることになるのを彼は恐れていた。でも、そうはならなそうだ——イブリン・キーナーがなぜか打ち解けてくれた。いまの彼女は話したがっている。

「ばかげたレポートがあるの」彼女は言った。「鳥について。科学の授業で。鳥をひとつ選ばなくちゃいけなくて、たまたまエミューにした。それは——えーと。なんでそうしたんだろ？」

「なんでだろうね」ルーベンは記憶をさぐった。「それって——大きい？」

「うん。たぶん。始めたばかり」イブリンはあくびをして、エミューのことを話すのに飽きて、そもそも誰がその話を持ち出したのかと思っているように、座ったままそわそわ動いた。「ちょっと待って」彼女は言った。「ママはいるの？」

「それは……」またも喜ばしい話題。「生物学上の母親はどこかにいる。ぼくが小さいときに養母は死んだ。ガンだったんだ」

「かわいそうに」

「大丈夫だよ。いや、大丈夫じゃないけど……」彼は眼鏡がのっている鼻を掻いた。「ぼくは大丈夫」彼は肩をすくめて、かわいそうだと思う必要はないことをイブリンに示そうとした。いまの彼女には、彼の悲しい過去などこれっぽっちも必要ない。「きみも。言いたいのは——きみんちの状況も」ルーベンは咳払いした。「きみや家族はたいへんだろうね」

「うん」イブリンはきっぱりとうなずいた。「最低」

ルーベンは、自分はこの待合室でよくやっていると結論した。妹は満足して退屈していない。だからこれは、父ジェイの事務室でキーナー夫妻との話し合いがうまく進んでいる兆候かもしれない。腕時計をちらりと見たら三時を過ぎていた。古典詩談話会が始まってしまった。今日はルーベンは来るのかしらとハッチンズ先生は尋ねるだろう。アネリース・マクタイアは彼の不在に気づくだろうか。

　イブリンは両手で目をおおった。

「会ってないの」

「え？」ルーベンは女の子に注意を戻し、ほかのことを考えていてすまなく思った。

「お兄ちゃん。ウェスよ」彼女は手を離した。「まだ具合が悪いから会えないんだって。でもね、そこまで悪いようには聞こえないの。ママが言ってたのは、お兄ちゃんは、なんかちょっと違うだけって」

　違うという言葉が飛び出した。〈ファンタスティック・フォー〉と〈X－メン〉のかなりのファンであるルーベンにコミックブックで見かける言葉がひらめいた。ドッペルゲンガー。

　少年の容態が医学的なものでなかったなら？　九〇六号室の様子を父が手短にためらいがちに話してくれたことをルーベンは思い出した。歩く少年、目は何も見ていない、顔に張りついた表情。なぜかウェスリーが入れ替わったとしたら、あるいは――あるいは変身したとしたら？

　そして彼は思った、黙れルーベン。

　父の執務室の薄いドアの向こうから、弁護士は約束だ、永遠の約束だと言うジェイの力強く励ますような声が聞こえてきて、彼はあふれる喜びを感じた。うまくいっている。彼らをものにしたのだ。

　ところがイブリン・キーナーが泣きだした。頬は桜色で、顎をすぼめて。両手を顔にあてている。

「ねえ」ルーベンは言った。「ねえ」彼は椅子を離れて、彼女の前で膝をついた。「大丈夫かい？」

「ううん」

　彼女は身震いしていた。全身を震わせていた。「お兄ちゃんはバンドをやってる。知ってた？」

「いや、知らなかった」ルーベンは言った。「学校の音楽隊？」

「ちがうよ」彼女は頑として、ほとんど怒ったように言った。「ロックバンド。仲間と。お兄ちゃんはギターを弾くの。ギターの弾き方を教えてくれることになってる。それにレスリングをやってる。あたしは――なんていうか。あたしのお兄ちゃんが」

そのあと彼女は大粒の涙を流し、全身を震わせて本格的に泣きだした。反射的にルーベンが彼女に腕をまわすと、彼女は寄りかかって彼のワイシャツのしっかりした綿の上で泣いた。彼の胸に鼻を押しつけた。ルーベンは、これまで女の子をハグしたことがあったかどうか考えた。たぶん幼稚園で。もちろんママをハグしたことはある。ママが生きていたときに。

「あたしのせいなの」と言うから、ルーベンはすぐに「それは違う」と言って、彼女の背中をそっと撫でた。背骨のすぐに折れそうな小さな節を感じた。

「違わない、あたしのせいよ。お兄ちゃんが怪我したとき、あたしは学校にいた」彼女はルーベンを力なく見た。顔は涙でぐちゃぐちゃだ。「お兄ちゃんのことを考えもしなかった」

「けど――だって――どうしてきみが考えるの？」ルーベンは言った。

「馬を描いていたの。友だちのカーメンと」

「気にしないで」ルーベンは言って、彼女を抱きしめた。依頼人の子は思い詰めていて誰かに抱きしめてほしかったから彼が抱きしめた。彼は目的を持ってこれをやった。父が今日、彼を学校に行かせずにこの持ち場を割り当てたのには理由があった。ジェイは正しかった。

「あのね、イブリン。ねえ。うちの父さんはすごい腕なんだ」彼にこういうふうに依頼人に話す資格はないけれど、厳密にはイブリンは依頼人でないし、それにこの子はどう見てもひどく苦しんでいた。身を震わせて、彼の胸にしがみついていた。「父さんがきっとなんとかしてくれる」

　彼女は身を引いて、困ったように顔をそむけた。「ごめんね」のあと「あーあ」と言ってから、彼の胸が鼻水でてかてか光っているのに気づいた。「げっ」

　事務室のドアが開いて、女の子の両親が、そのうしろからシェンクが出てきた。ルーベンは慌てて立ち上がり、うろたえて顔をほてらせて娘から離れた。

「なんともない？」ママから言われて、イブリン・キーナーはすぐにうなずいた。「うん、大丈夫」

　彼女は髪の毛を整えてから立ち上がった。出ていきしなにちらりとルーベンを見たとき、彼は自分が間違っていたことに気づいた。歳は十か十一だと思っていたけれど、実際はもっと似た年ごろだった。十二か十三くらいだろう。

二〇一九年一月十五日

1

〈キーナー対バレービレッジ病院法人〉裁判後の数年間のジェイ・シェンクの人生には、彼の意識的な記憶にはない別の物語がある。

　今日と昨日の区別もつかないようなぼんやりした日を送るこの十年間の物語。弁護士としてのキャリアを象徴する裁判の結果、シェンクは一種のたそがれ時へと姿を消し、ウェスリー・キーナーのそれといかにも似た自身の存在を成り行きまかせで歩いていた。

　ではあるが違う。

　その後のシェンクは小さくなったものの消えはしな

かった。彼は仕事を続け、生き続け、ときにはみじめな気持ちで、ときには悲しい気持ちで過去を振り返ったものだが、そこに取り込まれることはなかった。人生を生き、仕事をし、思い出を作りながら、私たち皆がやっているように、連綿と続く日々を営んだ。新しい案件を引き受け、助手を雇っては解雇し、ボビーが至急でかけてくる電話を待ち、他人の不幸の内側から宝物へつながる細々とした線の地図を描いた。ルーベンは高校を終えて十八歳になり、そのあと少年がいた部屋が空いた。

　シェンクはそろそろと四十代なかばに、そして五十代に突入した。年を取ることはシェンクにすら予測できたはずだが、いま、未来的な響きを持つ二〇一九年の初めには、建てつけの悪い納屋のように、緩んでガタのきた関節から風と雨が入り込んだか、彼は隙間風ときしみを感じていた。やつれて疲れ切ってはいたが、同じ彼だった。低く垂れ込めた雲のような灰色のもやがかかって内側で迷っていたが、同じ彼だった。ときどき重い足を引きずってやってきた深い悲しみにつかまれてしばらく抑え込まれるが、同じ彼だった。

　あるとき、シェンクはトレッドミルに見切りをつけた。ハンドルにスーツの上着をかけた。あるとき、彼が好むウイスキーが朝、彼の頭をぼんやりとさせ始め、すると、まるで彼の都合に合わせたように、合法的というだけでなくあちこちの明るく点灯された店頭でさまざまな形態で売られるようになったマリファナの、物思いにふけりがちになるが翌日に影響の残らない効能を発見した。

　もちろん肉体の衰えは時間の経過のせいにできる。でも、あの幸福感は？　栓が抜かれると渦を巻いて流れ出る水のように彼から消えていったほがらかさは？

　それはそこにあった。喜び、喜びの種、救い出されるのを待っている完全に保存された昔の彼。琥珀に閉じ込められて時間が止まったままの生物。

カリフォルニア州上級裁判所のロビーからカフェテリアの中が見える。待っている父がラビから見えた。

ラビことルーベン・シェンクは金属探知機の列をゆっくりと進んで、命じられたとおりポケットを空にし、太腿のまわりを動くスキャナーの不愉快な馴れ馴れしさに耐えた。中にいる父はくたびれて白髪まじり、片手にコーヒーのカップを持ち、テーブルに置いた別の手でそっとリズムを取っている。大昔に誰かに言われたことを思い出そうとしているように見えた。

ルーベンが近づくなり、彼は息を飲んだ。「ああ、うちの子の指が。どうした？」

「べつに」席についたラビはまったく身じろぎしなかった。「切ったんだ。それだけ」

「かなりの大怪我みたいだな。縫わなくていいのか？」

「いいよ」

「せがれよ」

「大丈夫だって」

せがれ。うちの子。やめてほしい。

ラビは石のように硬い表情で、過去の人物をじっと見た。

何も明かすな、彼は思った。おまえの顔は無表情だ。彼はガーゼに包まれた深く傷ついた人差し指の端を見下ろした。縫合が必要だっただろう。本当は。昨日の朝から、断続的にずきずきと鈍痛を感じていた。今もずきずきする。くそ。

長い二本のライトで照明されたカフェテリアで、不快な淡い黄色の光が傷ついた床を照らしていた。ほか全部のテーブルと同じく彼らのテーブルに、曲がった造花二本を挿した安物の小さな花瓶が飾ってあった。

「それならいい」ジェイ・シェンクは言いながら、まっすぐな髪の一房を耳にかきあげた。「何か食べるか？」

彼はプラスチックの椅子に座ったまま、もたもたと首を回して、うしろに並ぶ品々を手で示した。食欲をそそらないペストリー、氷の上のフルーツカップ、ノーブランドの牛乳とジュースでぎっしりの小型冷蔵庫。温かい料理コーナーがあり、鉄の保温トレイが並ぶ奥にフライパンが二つ見えたが、昼どきにしてはやけにがらんとしていた。二人だけの係員はヘアネットとエプロンをつけた筋骨たくましい男で、どちらもレジのそばでスマホを見ていた。

「いらない」食べるかと訊かれたことに対してラビは答えた——そのあと、堅苦しく形式ばって「ありがとう」と付け加えた。

「コーヒーも?」

「いらない」彼はきっぱりと、これを最後に答えたものの、本当はコーヒーを飲みたかった。でも、いちばんの望みは、父から何も受け取らないことだ。ジェイはあけっぴろげな愛情をこめて、うるんだ優しい目で彼を見つめてくる。それを見てルーベンは嫌気がさした。来なければよかった。

でも、来ないためには——どうすればよかったのか?

そうだ。ノーと言えばよかった。自分にとって最善を考え、それを実行すればよかった。

部屋の反対側で騒々しい音がして、ルーベンはそのほうへさっと首をまわした。カーキの制服を着たLA郡の保安官代理が椅子にのぼって、金属の支柱で壁に固定されたテレビの音量かチャンネルを変えようと手を伸ばしている。保安官代理がふらついて、椅子の脚が不安定に揺れて床をこすり、仲間は助けようともせずに大笑いしている。突然音が大きくなって、クリッパーズ対スパーズの試合の実況中継が室内に響いた。

「で」ルーベンはいきなり切り出した。行くぞ。強行突破だ。「リチャード・キーナーが逮捕されたと電話で言ったよね」

「ああ」ジェイはうなずいた。「そうだ」

「なんで?」

「その――」ジェイは片手をさっと口元にあててから、それを離す前に文章にもならない一語を発した。「殺《マー》人《ダー》」

ラビは目を閉じた。自分の奥でうごめくものを感じた。なんということだ、その名前――〝リチャード・キーナー〟という名前と〝マーダー〟という語には古い動揺がこもっている。〝キーナー〟と〝マーダー〟、二つの石のようにこの二語がぶつかって音を立てる。

カフェテリアは暑かった。暑すぎた。年が明けてすぐは少し寒かったから、十五度を下回った先週、市庁舎にヒーターが入ったのだろうが、いまはオーブンのようだ。ジェイのシャツの襟は汗で濡れ、肉付きのよい首の色は不健康に赤らんでいる。父の顔は青白いし、長い髪は歳のせいで薄くなってるし、見かけはまったく冴えないとルーベンは思った。そう思ったことに満足し、すぐあとにそう思った自分を嫌悪した。

ここを出ろ、ルーベンは自分に命じた。立ち上がって歩け。

彼は走っている自分を思い描いた。外で走っている。うつむいて、一定のリズムで呼吸しながら無心で。ダウンタウンの広い道。薄汚い公園。市役所のまわり。坂を上って下る。足音、足音、足音。

「先週リチャードが召喚された」ジェイは言った。「なのに今日の午後また召喚されるんだ。あと、えーと……」彼は腕時計を見た。「あと二十分で」

「なんで?」

「なんで、とは?」

「なんで彼がまた召喚されるの?」

「うん……まあ、だから……」

ジェイの声はだんだん小さくなった。見かけだけじゃない。ジェイ・シェンクのあれほど切れ味の鋭かった頭がこうも鈍くなってしまったことは驚きだ。古く甘いマリファナのにおいに気づいたルーベンは、そのにおいの出どころが父であると知ってぞっとした。コートについたにおいか？　息か？

「ええと、そうだ、ベス——ベスを覚えてるか？」

忘れるはずがない。彼は全員を覚えていた。激しいベスとかわいそうなウェスリーを覚えていたし——彼の心にくっきりと、鳥のさえずりのように澄んだ銀色に輝く思い出——イブリンを覚えていた。

「そのベスが事務所に来たんだ。先週。そのとき彼女は、えーと——」

保安官代理たちがテレビに向かって野次ったので、シェンクは驚いて話をやめた。ルーベンはすぐ横のテーブルに目を向けた。各自トレイを前に置いて座る家族、男と女と子ども二人、全員がビニール包装のまずそうなサンドイッチとチップスの小袋をむっつりと見つめていた。

「よし、でな」シェンクは言った。「要するにベスがうちの事務所に来た。十日前。リッチが逮捕されたと言った。第一級謀殺で。その意味はな、計画的殺人」

「知ってるよ」ラビはむっとして言ったものの、テレビ番組と本から得た知識である。「誰を殺したの？」

ジェイは頭を掻いてその質問をやり過ごし、ルーベンは父の髪から落ちる細かいふけを見つめた。

「どうやらリチャードは官選弁護人を解雇したらしい。法廷で。罪状認否のときに」

「どうしてそんなことをする？」

「有罪を認めたかったからだ。彼は自分がやったと自白した。家族を——巻き込みたくないんだよ。長い裁判に」長い裁判をもう一度と言うまでもなかったことに苦々しくにやつきながら、ジェイはこめかみを揉んだ。「ところが官選弁護人は彼に、だめだ、絶対に有罪を認めるなと言った。死刑に値する罪のときは認めないものなんだよ。常識じゃ考えられない。持凶器強盗罪などほかの罪状なら、有罪を認めれば刑が軽くなることがある。税金の裁判費用負担を軽くするためとかそういうことだ。だが殺人罪となると、いずれにしろ処刑されるのだから、検察にそれを証明させたほうがいい」ジェイは言葉を切って首を横に振り、もう一度溜息をついた。「でもリチャードはその女弁護人に言い続けた。『でもおれがやった、おれがやったんだ』って。要するに、法廷に立ってだな、『自分が彼女を殺しました』と言うわけだ」彼は言葉を切って長々と溜息をついた。「官選弁護人は、それを言うのをやめてもらえません？　とか言う。でも、あのリチャードだぜ？　覚えているだろう。彼は、なんというか……」

　ルーベンの記憶がそこに入る形容詞をいくつか出してきた。気難しい。意地っ張り。強情。あの男はいつも腕を組み、顔はつねに怒りか不信か行き過ぎた正義の表情を浮かべていたのを覚えている。

「とにかくだ。彼はこの女弁護人を解雇し、おれがあとを引き継ぐ気があるかどうかベスが打診に来た。裁判のけりをつけるために」

　ラビは返事しなかった。彼は自分の身体に意識を集中させていた。呼吸に、心臓の鼓動一つ一つに。これは彼がストレスや不安を感じたときに以前からやっている対処法だった。レスリングをしていた四年間に練習や試合で体得し、今も続けている産物である。自分の身体はつねにそこにあるから、いつでも意識を向けられる。その活動の音に耳を澄ませる。神経が刺激されるかすかな音。全身に張り巡らされた目に見えない血管。川のように流れる血液。

　でも、いまはひどく難しかった。サウナ並みの熱、反吐色の傷だらけの床、窓のないベージュ色の不快なこの部屋では。バスケットボールの試合の音が耐えがたいほどうるさい。となりのテーブルで言い争いが始まろうとしている。ビニール包装のサンドイッチと男と女。あばずれ《ビッチ》という言葉と、テーブルを手のひらでぴしゃりと叩く音が聞こえた。

「あんたは刑法専門じゃないよ、ジェイ」

息子の口から出たファーストネームを聞いてジェイがぎょっとしたのがルーベンにわかった。「ああ、違う」

ルーベンが父を〝ジェイ〟と呼び始めたのは高校二年のときだった。二人の人生の個人的世界が爆発してしまったあとのことだ。モーニングスター校へ行く金銭的余裕がなくなり、ルーベンは公立高校へ転校してレスリングにのめりこみ、子ども弁護士を気取ってシェンク&パートナーズに出入りするのをやめた。

その後、彼は家を出て、お粗末ながら一人で暮らし始めた。

「ベス・キーナーにそう言ったの？　あんたはそういう弁護士じゃないって？」

「当然だろ。言ってはみた。私は言ったんだ。『いいかいベス、私はこういうことはしていない。私がやるのは民事だ』飲酒運転《DUI》か何かで電話がかかってくるたびに言ってやるんだよ、デパートのようなものだって。シャツとパンツはこの階に、家庭雑貨は上の階。分野が全然違うんだって。でも、えーと……」

ジェイの声はだんだん小さくなった。その肩が上がって下がった。〝そうするしかなかったんだ〟。

「たぶん彼女は私が、えーと――約束したと思ってるんだろう」

「うん」ルーベンは溜息をついた。「覚えてる」

「そうか？」ジェイは少し背筋を伸ばした。にこやかに笑うと彼の顔はとても晴れやかな昔の顔になった。

「覚えているか？」

「弁護士は約束です」はジェイが以前口にしていた、熱心な追求から生まれた重々しいが無意味な方針である。契約をものにするための。「一度あなたの弁護士になれば、私は永遠にあなたの弁護士です」

ジェイは自分の腕時計を見て、ルーベンは自分のを見た。保安官代理たちが試合を見てわめき、太鼓を連打するようにテーブルを手で叩く音が彼は苦痛だった。ルーベンはいらいらしながら、その二人が今いるべき場所はほかにあるだろと思った。

ルーベンはまた自分の身体に意識を向けようとしたものの、身体は応えてくれなかった。それは、指のうずきと、何年もマットに押しつけられ続けてつぶれた右耳の古傷という苦痛の信号を放っただけだった。

ジェイはバッグから書類を引っ張りだして、何かさがしながらテーブルに置いた。「リチャードは有罪を認めて裁判を省きたがってる、いいだろう、それは彼が決めることだ。で、私の仕事は、刑の申し渡し日時をできるだけ先に延ばして、その時間を利用して刑の減軽趣意書をまとめることだ。おまえにとっちゃ法律用語だな。減軽。リチャードの刑罰を軽くしてもらうためなら私たちはどんなことでも言う。三十年でも五十年でもいい。死刑でなくなるなら」シェンクはもう一度溜息をついた。長く続く溜息を。「それが最善のシナリオだな」

彼がさがしていた書類を、一枚の紙を手渡し、ルーベンはいちばん上に書かれた文字に目を走らせた。

〝減軽の状況または要因とは、非難に値する被告の行為を低減する、またはより厳格でない刑罰を支持する事実または条件である〟。

ルーベンは包帯を巻いた指で箇条書きのリストをたどった。犯罪が起きた背景……過去に暴力的犯罪行為はなく……被告は酒または麻薬により……

「何をしたの、ジェイ？　ネットでこれを見つけて印刷しただけ？」

「そうだ！　した！」ジェイは大声で笑った。そこには保安官代理たちの顔もこちらに向けさせるほどの狂気めいたものがあった。

ルーベンは父がしたことに気づいていた。本音を明かす一音節の単語、父が会話の航跡に放った、ただの魚のような顔をしたシェンク族の悪霊。

　私たち。

　ジェイがまだ頼んでもいないことをルーベンは承知してくれたと思い込んでいるジェイ。

〝……リチャードの刑罰を軽くしてもらうためなら私たちはどんなことでも言う〟

「わかったジェイ、聞くよ」彼は元気なく言った。

「ぼくに何をしてほしいの？」

「うん」ジェイの笑みが不安定に揺らめいた。プラグに差し込まれているものの壁ぎわでコードが少し緩んでいるかのように。「完璧だ、違うか？　この減軽の件に関していくらか調査をする必要がある。でな、私はやり方を知らないが、ここにいる私の息子は……」その声が尻すぼみになったと思うと、彼は手を開いた。

「わかるだろ」

「いや。わからない」ルーベンは目を細めて父親を見た。いったいどういうことだ？　「あんたの息子は何だって？」

「し――私立探偵」

「いや、それは違う」

「なにい？」

「なんだよ？」

　ルーベンは啞然として父を見つめ、父は呆然と見返した。

「すまん」ジェイは言った。「てっきり――おまえは私立探偵《プライベート・ディテクティブ》じゃないのか？」

「まさか。違うに決まってるだろ。いったいどこで……」

　なんということだ。そう言いだしたときに答えがわかった。ルーベンはソーシャルメディア大好き人間ではなく、一年くらい前にサニーから、早く人類の仲間入りをしろと何週間もやいのやいの言われて、ツイッターをほんの少しやっただけだ。でも、プロフィールの写真（会議で居眠りしているウィルバー・ロス商務長官――皮肉たっぷりだろ？　ぼくじゃないよ）をアップロードしたほかはあまりやっていない。ハンドルネームの下の自己紹介欄にふざけた細切れの文章を考えるのに、ルーベンは厳しく自己評価しながら四十五分もかけた。

そのころ彼はミステリ小説にどっぷりはまりこんでいて、犯罪小説作家――ルース・レンデル、ジョージ・ペレケーノス、ロス・マクドナルド――の作品を何度も読み返しており、なぜか、望みどおりのいいかげんな自己卑下のしゃれを思いついたように思った。自分をよく表わしていて、簡潔で、小利口な感じ。

孤独な欠陥品《プライベート・ディフェクティブ》。

父はそれを見たのだ。むろん父はこの数年、彼から目を離したことはなかった。キーボードの前のジェイ・シェンク、夕暮れ時か夜明けに、口の端から舌を突き出して、一度に一文字ずつ入力しながらグーグル検索する。息子の間の抜けたツイッターのアカウントを見て、間の抜けたしゃれを見て、間の抜けたことにそれを真に受けた。

一瞬、ラビは愛情を感じて高ぶった。父は息子を愛するあまり、彼――ルーベン・シェンク――が本当に私立探偵になったことを、また、彼が日々うまくやってきちんとした仕事を見つけ、しかもそれが根性と知恵と意志力を必要とする仕事であることを無条件に受け入れたのだ。私立探偵だと！　でも、もちろんジェイのことだから、息子に対する根拠のない信頼は自己中心癖から来たものだ。ルーベンがサム・スペードになったと信じているということは、なにもかもうまくいくと自身に納得させるようなストーリーを作り上げたということだ。

二人のうしろ、となりのテーブルで子どもの一人が泣いていた。男が「うるさい」と怒鳴りつけ、女は男に大声を出すなと訴えている。ルーベンは目で保安官代理をさがしたが、彼らの姿はなく、トレイ二つが職務怠慢のように置き去りにされていた。テレビはつけっぱなしだった。

「ぼくは私立探偵じゃないよ、ジェイ。サラダレストランで働いてる」

「それは……」シェンクは困惑して顔にしわが寄った。「サラダレストランって何だ？」

「ボウルを一個持って、プロテインを取ってから——トッピングとかいろいろ選ぶんだ。ドレッシングとか？」彼は指でこめかみを揉んだ。ファストカジュアルの説明までしなくちゃいけないの？「キラーグリーンズって店」

「へえ。で、あれか？ おまえがオーナー？」

「まさか、所有してないよ。雇われてるの。食べ物の準備をしてる」

父の顔を一瞬横切った失望を、ラビは黙って見つめた。彼の一人息子。彼の失敗の産物。

「好きなのか？」彼は静かに尋ねた。

「うん」ルーベンは答えた。「好きだよ」

嘘だった。誰にも訊かれたことがなかったから、これまでそんなことを考えたことがなかっただけで、いや、キラーグリーンズで働くことは好きではない。だんだん慣れてきた。時間が経つにつれて、納得のいく側面が見つかった。彼はサニーが好きだった。没入できる仕事が好きだった。整然としているところ、始まりと終わり、特殊な世界、全力で仕事をする以外に何も気にしなくていいという事実は気に入っていた。ひたすら刻め。明快な要求。それで十分だった。

「まあね、ジェイ。そういうこと。手伝えなくてごめん。ぼくは探偵じゃないから」

彼はそこを出ようと椅子を押しやった。するとジェイがテーブル越しに手を伸ばして、彼の腕をつかんだ。ルーベンは顔をしかめて、それをぐいとひねってはずした。

「待て、待て、待て。ちょっと待ってくれ、息子よ」

「あのさ、ジェイ——」

「このクソあま」二人の背後で男が言い、ルーベンは話すのをやめてうしろを振り向いた。「その小汚い口を閉じとけ」

話している男は、首の付け根に首飾りのように黒いタトゥーを入れた細身だがたくましい男だった。飢えたような目。女は青ざめて涙ぐみ、同感だといわんばかりに忍耐強くうなずきながら座っていた。〝そうよ、わたしはクソあまよ〟。子ども二人は言い争う親から顔をそむけて面と向かい、手を組んで指を思い切り引っ張り合う遊びをしている。

「頼む」すっかり背を向けたルーベンに——〝ぼくには関係ない。ぼくの事件じゃない〟——ジェイは言った。「おまえが必要なんだよ」

「何のために？　レタスを洗うため？」

「おいおい」ジェイは言った。「それはよせ、自分を貶めることはするな」

「やめてよ」

「何を？　何をやめろと？」

ルーベンの気持ちが萎えた。限界だ。テレビの耳障りな大音量。ききすぎの暖房。カフェテリアのにおい。ガーゼを巻かれてミイラになったのにずきずき痛む指。すべてが我慢ならなかった。

「何を？」ジェイが再度言うと、ルーベンは両手を投げ出した。

「ぼくをちやほやすること、かわいがること——」〝ぼくを愛すること。ぼくの父さんでいること。それをやめろ〟。「やめて」

「頼むよ、ルビー」ジェイはやめず、へこまず、折れなかった。「お願いだ。本当に、とにかく——頭の切れる人間が必要なんだ。簡単に引き下がらない人間が。おまえみたいに。ルーベン。おまえだよ」

父が抱いている彼の像が現実とあまりにかけ離れているので、ルーベンは陰気に笑った。簡単に引き下がらない人間？

　けど、問題はそこじゃない、それははっきりしている。このどれも現実ではなかった。ジェイ・シェンクは私立探偵などさがしていない。彼がさがしているのはすべてが文句なしになるチャンスだ。だから彼はもう一度鏡をのぞいて善人を見る。ルーベンにこうしたすべてが手に取るように見え、ひどく癇にさわった。厚かましいにもほどがあるぞジェイ・シェンク。ずいぶん小さくなってしまい、スーツはぶかぶかでも、そこにいるのはやっぱり彼だ。結局ジェイは、彼がずっとやってきたことを今回もやっている。悲惨な状況に飛びついて、それを自分の目的に利用する。そうだ、むかし彼がひどいことをしたキーナー夫妻のために一肌脱げる。そのうえ彼は、彼に対する彼らの古い恨みをねじ曲げて、許しに似たものへと変えることができる。そのうえ、ボーナスポイントを獲得したいがために、裁判のために息子をスカウトし、まったく別の分野で名誉を挽回し、その新しい案件で二人の昔の対立を水に流すことができる。

　そのうえ——そのうえ——そのうえ——

　ルーベンは自分に作用する父の魔力を、牽引《トラクター》ビームを、磁気掃引を感じた。年々縮小しているとはいえ、ジェイ・シェンクは引力、彼を引っ張りこむ黒い惑星だった。牽引力。

　来てしまった。結局は。ここにいるのだから。

　背後で鋭い音がして、ルーベンは向きを変えた。男が女をぶったのだ。タトゥーの野郎が平手で女の顔をひっぱたいた。男は蛇のようにすばやく手を引き戻して、飛び出していった。女の顔はぶるぶる震え、目には怒りの混じった恐怖が浮かんでいた。骨ばった哀れな彼女を子どもたちが見つめている。

「あのう」ラビはためらいがちに女に声をかけた。いっぽう父はそこで目をぱちぱちさせてがっくり座っていた。「大丈夫ですか？」

「関係ねえだろ、ばか野郎」女は言うと、片手に一人ずつ、二人の子をつかんで椅子から引っ張り出して行ってしまった。ルーベンは遠ざかる三人を眺めた。指の痛みはおさまっていた。ひょっとすると、神経が全部死んだのかも。

「ねえ。ジェイ」彼は静かに言った。「誰を殺したの？」

ジェイは腕時計を見た。質問をはぐらかそうとしたのは見え透いていた。「あっ。もう上へ行かないと」

「ジェイ？」

「なに？」

「だれ？」

ジェイは顔をゆがめた。ルーベンの胸がぎゅっと縮んだ。

「テリーサ・ピレッジを覚えているか？」

覚えているとも、とルーベンは思い、そのあとすぐにまた思った。もちろん。

「どういう理由で彼女を殺したの？」

ジェイは息を吐いた。「彼女を許せないから、だと思う。彼は憎んでいる。ずっと憎んでいたんだろう。わからないが。で——おまえは——ルーベン？」

「なに？」

「手伝ってくれるのか？」

ジェイの心の中ではそれを疑ったことはない。ルーベンはそう確信していた。手伝ってくれるに決まっている。イエスと言うに決まっている。

「ノーだ、ジェイ」彼は立ち上がりながら言った。「手伝わない」

2

ロサンゼルス郡上級裁判所のエルシー・スキャンロン判事は裁判官室から出てきて、すばやく席へ移動した。彼女は腰をおろして、法衣をふくらませてから、木槌《ガベル》をすばやく打った。トントントン。

「よろしい、では」彼女の口から出たのは一つのまとまった言葉だった――〝よろしいでは〟――「始めましょう」

「被告人リチャード・キーナー、第一級謀殺」書記官の取り澄ました女性は、壇上の判事のすぐ下の低いデスクにつき、書類のファイルの山になかば隠れていた。彼女がいちばん上のファイルをつかんで差し出すと、スキャンロンはそれを取ってぱっと開いた。

「そうでした」判事は言った。「キーナー。またあれを最初から繰り返すのね」

「裁判長？」シェンクは自信なさそうに片手を挙げて立ち上がった。「申し上げます。私の名はジェイ・シェンク、被告側弁護人です」

「どうも」スキャンロン判事は小さな老眼鏡を危なっかしく鼻の先にのせて訴状を読みながら頭を下げた。

「恐れながら、刑事裁判の経験が限られているため、ときには、えー――」

「静かに」

「は？」

スキャンロン判事は一本の指を唇にあてた。きつい目をした骨と皮ばかりの七十代の女性だった。「しーっ」

「すみません、私は……」シェンクはあたりを見回した。別のテーブルにいる検察官が笑いを噛み殺している。「私が言いたいのは――」

「いいえ」

「は?」

「やめなさい」スキャンロンは小さな眼鏡の上から冷静に彼を見つめた。「あなたはここに不慣れだと言いましたね?」

「えっと——はい、そうです、裁判長。いつもは民事をやっています。ほとんどは人身傷害です。しかし、この家族と交流がありまして——」

「そこまで」判事はまるで彼を無音《ミュート》にしようとするかのように、シェンクのほうに両手を振った。彼女は、真っ黒に染めた髪を挑戦的なまでに高く結い上げたやや時代錯誤の髪型をしている。

「わたしたちは忙しいの。多忙よ多忙。廊下から入ってきたのよね? たくさんのことが起きているのに気づいたでしょう?」

「はい、裁判長」

確かにそうだった。シェンクが七階でエレベーターを降りて目当ての法廷をさがしているとき、地獄に落とされた人々でごった返したどこかの回廊に迷い込んだような気がしたのだった。口論するか身を寄せて手をつなぎ、息もつけないほど働きすぎの被告人弁護士に難癖をつける、カフェテリアのとなりのテーブルにいたような、さまざまな不幸な状態にある家族。

「わたしたちはどんどん進めたいのです」スキャンロンは言った。「さっさと」

「なるほど、わかりました。それで——」

「座って、シェンクさん」

「私は——」

「座りなさい!」飼い犬にやるように彼女は鋭く命じた。「座って! 座って!」

シェンクは腰をおろした。彼は額をこすって法廷を見回した。ベス・キーナーがいた。一週間前、事務所に現われて彼の遠い過去をよみがえらせ、彼に頼みこみ、そのあと泣きつき、最後には助けてくれとすがったときに着ていたのと同じ不格好な黄褐色のコートと家庭着を着ている。その顔は悲しみですっかり変わってしまっていた。悲しみと疲労と仕事で。キーナー夫妻はスタジオシティの家を売って、もっと小さな家へ引っ越すことを余儀なくされた――シェンクが覚えているかぎりでは、スタジオシティの家も御殿とはいえなかったが。どうやらベスは週に六日、あちこちの家の清掃をしているらしい。ただし、砂漠でウェスリーと過ごす数週間を除いてだ。彼を砂漠のバンガローか何かに住まわせているという。詳細は不明だった。

　シェンクは、書類を置くために用意されている壊れそうな書見台の横に両手を置いた。彼がいつも仕事をしている民事法廷のほうが窓が多い。備品はもっと頑丈だ。全体的にもっと高級な感じ。

　鮮やかなオレンジ色の囚人服を着て、身体の前で手かせをはめられたリッチがすぐそばに立っていた。彼はシェンクや裁判長はおろか、ベスにさえ目を向けなかった。何一つ見ていないようだった。なんという再会だ、彼ら全員が初めて刑事法廷に立つシェンクを見に集まったというのに。ゴーストの集まりのための御前演奏。

「トーマスさん?」スキャンロンは検察官に注意を向けた。「あなたのご意見は?」

　カリフォルニア州の代理を務める法律家がさっと立った。若くハンサムなアフリカ系アメリカ人で、安物の紺色のスーツと光沢のあるネクタイと胸ポケットのハンカチーフでめかしこんでいる。彼はスキャンロンに一度すばやくうなずいてから言った。「私たちの理解では、被告人は有罪の申し立てに入ろうとしていますので、州は刑の宣告に進む準備をしています」彼は再びカミソリのように鋭くうなずいてから腰をおろした。

「よろしい。シャンクさん?」

「シェンクです」

「わかった」

スキャンロンはじろりとにらみ、また両手を振って、寛大にも彼の名前の訂正を認めた。「キーナー氏は指定弁護士の助言に反してこの有罪申し立てに入るつもりだったのでしたね。いまは私選弁護人がついています。彼はいまもその申し立てをするつもりですか？」

「私の知るかぎりでは」

「あなたの知るかぎりでは？」

「そうです。はい、裁判長。依頼人はこれまで、話をしようとしていません。私と。どのような手段でも」

「本当に？」

「はい、裁判長。本当です」

シェンクは強情な依頼人と目を合わせようとしたけれどできなかった。つなぎを着たリチャード・キーナーは、捕虜となった王のような、自制的な威厳ある表情を浮かべていた。とはいえシェンクに、この敏腕の横柄な裁判官がにっちもさっちもいかない状況を正してくれるだろうという期待が芽生えていた。リチャードに自分の最善の利益を考えての行動を命じるか、精神鑑定かなにかを受けさせるか。彼女にそれができるか？

「キーナーさん？　もしもし？」スキャンロンは被告人に対して指をぱちんと鳴らした。「いまでも有罪を申し立てたいですか？」

リッチはうなずいた。彼が話を聞いていたことの初めてのしるしだった。

「記録する必要があるのです。キーナーさん、あなたは」――ファイルをちらりと見て――「テリーサ・ピレッジの殺人で有罪を申し立てたいのですか？」

「はい」リチャードは言った。

「待って」シェンクは言った。「時間をいただけませんか」

「だめです」

「でも――」

「座って」判事はシェンクに言い、そのあと全員に向かって言った。「有罪申し立てがなされました。刑の宣告の日程を決めます。法令によれば、週末および休日を除き今日から二十日後です。ミズ・ギュエン？　いつになりますか？」

書記官はカレンダーのページを素早くめくった。座っていたシェンクがまたも立ち上がった。「あの、すみません。裁判長？」この件については、前によく一緒にリトルゴルフをしたサンタバーバラの刑事弁護士ハーブ・シュスターに電話を入れて調べてあった。

「恐れながら被告側は死刑からの減軽に関する主張を準備するために六カ月の延期を求めます」

「トーマスさん？」

検察官は立ち上がった――「裁判長、カリフォルニア州に異議はありません」――そして座った。

シェンクは息を吐いた。日程は形だけだ、ハーブはそう言った。誰もがそうする。生死のかかった刑の宣告を二十日で準備できるとは誰も思っていない。

「いらない」リチャード・キーナーは言った。真正面を見据えたままだった。裁判長を、シェンクを、あるいはほかの誰かを見るために首を回さなかった。

「待て」シェンクは言った。「待ってくれ」するとスキャンロン判事が被告人をにらんで言った。「どういう意味です、いらないとは？」

「二十日でいい」彼は言った。「二十日でできる」

「いや――ちょっと――」シェンクは言った。「待って」彼は傍聴席に座るベスをすがるように見ると、彼女は困った顔で、何もできずに彼を見返した。シェンクは判事に顔を向け、両手を宙に浮かせた。「裁判長、異議あり」

「自分の依頼人に異議を唱えることはできませんよ、シェンクさん」

「わかっています、でも私には時間が必要なんです。被――すみません、裁判長。被告側には準備の時間が必要です。時間をもらえませんか？　お願いします」

「いらない」リチャードがまた言った。「これ以上の時間はいらない」シェンクはぐるりと身体をまわして彼のほうを向き、「リチャード、いい加減にしてくれ、やめろ」と言うと、スキャンロン判事はガベルをすばやく二度叩いた。

　カリフォルニア州代理のトーマス氏は一部始終をひそかな茶目っ気が光る目で見守っていた。ベスは途方に暮れて首を振り、指を交差させてロケットをぶらさげたチェーンをねじっている。二〇〇八年の秋にバレービレッジ・メソジスト病院のロビーで、邪魔をしたばかな下っ端事務員を締め上げていた彼女にシェンクが初めて会った日から、たぶん二〇ポンドは痩せただろう。

「裁判長……」シェンクが言いかけると、スキャンロンは彼にまた静かにと言いはしたが、少なくとも今は彼の味方だった。

「キーナーさん、この件について弁護人の助言に耳を傾けることを法廷は強く勧めます」

　リチャードは頑として首を横に振った。

「言葉に出してください、キーナーさん」判事は言った。「発言が必要なのです」

「いいえ。けっこうです」

　彼はまったく同じだった。ベス・キーナーは昔の短気な彼女をそのままぼろぼろにしたようだったし、シェンクは十年前のシェンクと並んで立ったらどう見えたかはわからない。だがリチャード・キーナーは古い岩のように変わらなかった。そのもの。

　シェンクはいま一度立ち上がった。膝のあたりに齢《とし》を感じた。

「裁判長、私は二十日間では適切に主張をまとめることはできません。無理です。ここで私たちにできることが何かありますか？」

「あなたとわたしで？　いいえ、ないわ」彼女は言ってから、彼の一歩先を進んで彼にしゃべらせなかった。

「迅速な審理を受ける権利は州ではなく、被告人の弁護人でもなく、被告人本人にあるのです」

「もっともです」シェンクは言った。「ただ――」

「本人が二十日で刑を申し渡されたいのなら、そうなります」

「ですが……それは彼が監獄に入りたいと言っているようなものです。死刑囚棟に」シェンクは両手を開いて訴えた。「法は彼がそうすることを認めていません」

「実際は」判事は言った。「法はそれ以外の選択を提示していません」

「しかし……」

　シェンクは言葉を切った。しかしのあとに言うことはなにもなかったが関係なかった。スキャンロン判事は断を下した。ガベルは叩かれた。彼女は言った。

「シェンクさん、刑事法廷へようこそ。ミズ・ギュエン？　次は何？」

　書記官は別のファイルを差し出し、スキャンロンはそれをつかんだ。肘をつかまれて連れ出されるリチャード・キーナーを、シェンクはなすすべもなく見つめた。

二〇〇九年一月二十日

「あちゃあ！」シェンクは思わず叫んだ。「まずい！トラブル発生！」

トラブルは、アンドルー・ケイツ判事の主任書記官である、小柄でずんぐりしたジャッキー・ベンソンの姿となって、六番ストリートのスターバックスからホイップクリーム多めの特大《ベンティ》モカラテを持って出てきた。

「突っかからないでよ、弁護士さん。何も言わないで」

ミズ・ベンソンはふざけて顔をしかめ、ジェイ・シェンクに向けてふっくらした指を左右に振った。

「何も言わないよ」彼は言った。「穏やかな気分だ。調子はどうだい、お嬢さん？」

判事の前で弁護する弁護人と自分たちとを隔てる因襲的な職業上の一線を几帳面に守る法廷書記官はいるが、ジャッキー・ベンソンは違った——いまシェンクは遊歩道にいるかのように彼女と腕を組んで裁判所へ向かった。

「あ、そうだ。新しい雌ネコが来たの」

「フェイスブックで見たよ。スニーカーズ、だろ？」

「ひな鳥《スクウィーカーズ》」紳士のシェンクがロビーの大きなガラスドアを開けてやると、ジャッキーは高笑いした。「誰がネコにスニーカーズなんて名前をつける？」

二人は五階のケイツ判事の法廷へ上がるエレベーターを一緒に待った。ジャッキーはラテを用心深くすすり、シェンクは、彼女の鼻についたホイップクリームを取ってやりながら、ちょっとした心地よい親しさを利用して、ささやき声で尋ねた。「今日のご機嫌はいかが？」

「そうね」ジャッキーは言った。「ケイツ夫人が彼をセーリングに連れていったの、彼の誕生日だから」

「いいね。マリーナから？」

　ジャッキーは首を横に振った。エレベーターのドアが開いて、二人は乗り込んだ。「サンタカタリナ島」

「そいつはいい。で、お孫さんたちは街にいるの？」

「最年長以外は」

　シェンクはにやりと笑ってエレベーターの天井のパネルを見上げた。今日は、民事訴訟の当事者全員の初めての顔合わせである事案管理会議《CMC》だけだ。裁判の日程が決められ、ちょっとした申し立てが裁定され、そのあと証拠が開示され、お楽しみが始まる。だが、全体的な傾向と裁判の方向はCMCで決まると、シェンクはずっと前から考えてきた。だから、週末に大切な家族と海でのんびりして元気を回復したケイツ判事と聞いて、幸先がいいことこのうえない。

「ジャッキー、これだけは言える」二人でエレベーターを降りながら、シェンクは片手を心臓の上にあてて言った。「きみのことは前からずっと愛している」

「あらそう。クリスマスにプレゼントした靴下を穿いてもくれないくせに」

　シェンクはぎょっとし、そのあと気分を害した。第五法廷の入口で、彼はズボンを引っ張り上げて、くだんの靴下が見えるようにした。ライムグリーンのスコットランド製コットンのライル糸編みで子猫の柄。

　こうして気持ちを高めたシェンクは傍聴席の通路を闊歩し、帰宅した男のように提訴側の席についた。彼は足元にブリーフケースを置き、デスク上で自分のフォルダーを整頓し、労を惜しまず廷吏のサミー・ボードローに心をこめて元気かいと手を振り、ついでにカリフォルニア州章の上、二列の高い窓のあいだに掛けられた星条旗に敬礼した。この法廷には何百回と来ているが、司法を象徴する装飾を見るといまでも背筋が伸びる気がする。丸天井、人で埋まるのを待つ陪審員席、バッジと銃を持つサミー、大きな窓から差し込む陽の光。シェンクは法廷を大聖堂とみなすほど世間知らずではなかったが、今日のような——新しい案件の始まりの日、正義を求めて当事者全員が集まる日には、身が震えるような敬虔な気持ちになる。

シェンクはお気に入りの出廷用スーツ、窓から一定の角度で差す日光の下に立ったときしか見えない微妙な色合いのピンストライプの入った仕立てのよいインペリアルブルーの上下に身を包んでいた。

「もしやリッグズさんでは？」被告側のテーブルでブリーフケースを置いた体格の大きな男に顔を向けて、シェンクは手を差し出した。「ジェイ・シェンクです」

「そうです」男はシェンクの手をしばし見つめてから、しぶしぶ握手した。「ジョン・リッグズ。テレマカーの」

「ああ、知っています。お噂はかねがね」

リッグズはもっともな疑いを抱いて両方の眉を上げた。そのときまでにシェンクが、キーナー事件のさまざまな再答弁趣意書でこの男の名前を見ていたのは確かだが、この法の亡者について彼が知っているのは、バレービレッジ病院と契約する損害および医療過誤保険会社ウェルブリッジを担当するビバリーヒルズの金持ち事務所テレマカー・ゴールデンスタインで過度の報酬をもらいながらひっそりと働いていることだけだった。

「あなたとやれるのが楽しみです」シェンクはウインクしながら言った——相手の弁護士に対する彼お気に入りの最初の挨拶だった。同僚ではないが、数カ月間、ひょっとすると今回のような複雑な民事訴訟であれば数年間、一緒に仕事をすることになると考えたうえでのことだ。

しかしリッグズの表情——上げられた両眉、きつめに結ばれた口——は変わらなかった。「そうですか？」彼は言い、シェンクがこの退屈な返事をどうはぐらかすか考える前に、サミーが起立を命じた。

「おはよう、おはよう、みなさん」黒い法衣と鮮やかな対照をなす白いふさふさの髪、わずかに日焼けして見えるはつらつとした顔つきのアンドルー・ケイツ判事が裁判長席への階段を上りながら挨拶した。「かけてください」

ケイツは意味ありげに息を吐いて背もたれの高い椅子に腰を落ち着けたものの、そのあと何も言わず――長いひとときがもう一つ、さらにもう一つと続き――その間法廷は待った。彼は目の前に低く積まれている書類に目を向け、中指でゆっくりと文字を追いながらページを読み進んだ。シェンクの起訴状と被告側の回答を読んでいるのだろうが、たとえ法廷にいる全員がそう思って書類を読む彼を無言で見つめていたとしても、何か別の案件の書類かもしれないし、レイ・ブラッドベリの小説かもしれないし、チキン・アラキングのレシピかもしれない。彼は額にしわを寄せ、『椿姫』に出てくる曲を小さくハミングして顎をとんとんと叩きながらゆっくりと読んでいた。ときどき読むのをやめて、デスクの小さな束からHBの鉛筆を選び、芯をなめて、下線を引くか注釈を加えた。

むろん、審問に先がけて書類を検討するほうがもっと理にかなっているだろうが、そうすると、ケイツが読み終えるのを待っている満員の人々を宙ぶらりんにする機会をケイツから奪うことになる。このとんだ見世物の最中に、シェンクは弁護士同士の連帯感を求めて敵対する弁護士を見やった。〝ケイツにはかなわないな?〟。だがリッグズは相手にしなかった。彼はシェンクの共犯者めいたウィンクに、口を小さくすぼめて嫌悪を示し、目は正面を見つめたままだった。

「興味深い」ケイツが顔を上げて訴訟当事者の頭上の一点を見つめながら、ようやく言った。「非常に興味深い」

シェンクは口元を緩めた。すごい。アンドルー・ケイッツは自身を、運命の気まぐれにより州上級裁判所へ流れ着き、転倒事故や医療過誤の申し立てを検討する偉大な学者、憲法学に秀でた教授とみなしていた。

「シェンクさん」最後に彼は声をかけ、椅子を前に傾けながら、ぱっと立ち上がったシェンクを眼鏡の上の縁ごしに見た。

「はい、裁判長」

「調子はどうですか、シェンクさん？」

「たいへん結構です。裁判長はいかがですか？」

「いいですよ」ケイツ判事は答え、頬をふくらませてじっくり考えた。「なかなかいい。本格的に始める前に、弁護人、今日はスープをお持ちですかな？」

シェンクは声高らかに笑った。廷吏のサミーと書記官のベンソンさんもだ。まじめくさった顔を保とうとしていたケイツ判事さえ、年老いた頑固な顔にわんぱくな笑みを浮かべた。

おっと、こいつはいいぞ、シェンクは思った。とてもいい。

「内輪のジョークだ」彼がリッグズにささやくと、リッグズは戸惑った顔を向けてきた。

ジェイ・シェンクが前回第五法廷に立ったのは、不運な再建手術で右手の機能を失ったジェリー・マルケイヒーという組合の大工の代理を務めたときだ。頑固だがやたら弁の立つスタンフォード大学医療倫理学教授である専門家証人の直接尋問で、シェンクはブイヤベースの比喩を使って複合過失説を説明した。（スープを作るには、つまり大工の手根神経病理学には）さまざまな材料があるだろうが、スープを美味しくする（事故で身体が衰弱する、それゆえに損害賠償に値する）にはどうしても欠かせない材料（医療ミス）がある。

対立する弁護士、ワイルドマン・キャシャー・テラー・バウマン事務所のニック・ハーデンは何度も立ち上がって異議を唱えた。関連性についての異議、漠然としすぎることに対する異議、全般的に派手で些末な質問内容に対する異議である。ケイツ判事は異議をすべて認めた――彼のしわ深い手はハーデンに有利となるガベルを繰り返し叩いた――そしてとうとうシェンクに、わざとらしいまでにゆっくりした戒めるような声で「スープの話はやめなさい」と命じた。しかし、いうなればマルケイヒーの陪審団はそれを平らげてしまった。彼らはスープの喩えを気に入り、ケイツの忠告をものともせずに、シェンクがそれを持ち出すたびに応援した。彼らは微笑み、くすくす笑い、互いをちらちら見て、陪審員本人たちすらそのことに気づかないまま、同意するように小さくうなずいた。だが、コウモリ並みに反響に敏感なシェンクは、自分と陪審員席とのあいだの空気を感じていた。要するに、ハーデンの数え切れないほどの異議があっても、ケイツの数え切れないほどの〝認めます〟があっても、シェンクは、スタンフォード大学教授の尋問のために粛々として立ち上がり、ゆっくりと証人席のほうへ歩いていって、「厳しい質問でしたね？　あなたはスープの中にいたんですよ」と言ったのである。

　ちなみに大工のマルケイヒーは、受けた苦痛に対して最高額である二十五万ドルに加えて、賃金補償分十五万ドルと将来的な医療援助プログラムの二十二万五千ドル強を手にした。まさにシェンクお抱えの専門家が提案した要求額だった。

　マルケイヒー裁判は見事な小さな勝利だった。そして、今日、裁判長席のケイツがスープのジョークを持ち出したという事実は、すべては水に流されたことを示していると考えていいだろう。マルケイヒー裁判のときのシェンクの弁論にケイツは不快感を示したものの、それはシェンクと新たな依頼人に向けられることはない。キーナー訴訟は白紙状態で始まる。

「さて」ケイツは目の前の書類に片手をのせた。「今日の件だが。シェンクさん。えーと――」彼は顎を軽く叩きながら、時間をかけてファイルを確認した。

「リッグズさん。ミズ・ベンソンに魔法の能力を発揮してもらって公判日を決定する前に、お二方に私のいつものお願いがあります。証拠開示を進めるとき、お互いに連絡を切らさないように。意見交換に努めてください。折り合いがつく道があれば、それを選択することを願っています。言い換えると……」彼は、南北戦争に参戦した将軍のように険しい顔で厳粛に身を乗り出した。「頼むから和解してくれ」

判事が嫌うものがあるとすれば、それは裁判だろう。多くの判事同様、アンドルー・ケイツは、長時間におよぶ開示と宣誓証言を、双方の当事者たちが顔を合わせて各自の要望を突き合わせ、そして――仲裁人の助言があってもなくても――カリフォルニア州の多大な時間と、陪審団を召喚し裁判を開くための費用を節約する方法をさがす機会とみなしていた。シェンクは大賛成だった。もちろん、手のこんだ見世物が開催されれば楽しいが、陪審裁判は費用のかかる事業であるうえ、裁判で勝訴する満足感は和解の達成感とはまったく別物だ。合意を成立させ、小切手を現金化し、次なる冒険に出かけよう。

「よろしい」ケイツは言いたいことを言った。「ミズ・ベンソン、日程を」

「裁判長?」ジョン・リッグズが立ち上がりながら言った。「よろしいでしょうか?」

「なんです、弁護人?」ケイツが言い、椅子にかけていたシェンクはひやりとした不安を感じた。何を言うつもりだ?

「裁判長、弁護側は正式事実審理なしの判決を提案します」

驚いたシェンクは両手を挙げてぱっと立った。「何だって?」彼はリッグズに顔を向けた。「どういうことだ?」

「シェンクさん」ケイツが言い、ガベルを手にして一度叩いた。「お静かに」

「すみません」シェンクは言った。驚いてリッグズのほうを向いてから顔を判事に戻した。「失礼しました、裁判長。ですが私は――」彼は両手をポニーテールにやってきつく締め直し、気持ちを落ち着けようとした。

「裁判長、私たちはここで協議をしています。この裁判は始まったばかりです。宣誓証言も行なわれていません。私がなにか見逃していないかぎり、新たな証拠が見つかれば、または見つかったときに被告を追加する権利を有します。ですから、裁判長、棄却要求は時期尚早です」そしてリッグズを鋭い目で見た。「あまりにも早計です」

シェンクは両手を開き、頭を垂れて回答を待った。

「そうだな……」そう言ってから、ケイツは思案した。第五法廷の高い天井を見上げて、ゆっくりと二度首を前後に傾けた。驚きをますます深めるシェンクがジャッキー・ベンソンを見やると、彼女はシェンクを見て肩をすくめた。

ケイツ判事はリッグズを笑いとばすべきだった。彼の僭越な発言を厳しくとがめるべきだった。未成年の子どもが痛ましい危害を受けたという案件を棄却するのは――事実関係の説明もせずにそれを棄却し――一つの証言も取らずに棄却するのは――まさに狂気の沙汰であるが、このリッグズという愚か者に狂気の沙汰であることがわかっていないはずはなかった。

それなのに、ケイツはそれを考慮しているようだった。

「リッグズさん」ようやく彼が問いかけた。「どういう根拠で?」

「恐れながら、裁判長、原告は違反行為の主張を一つも証明していません。それに――」

「裁判長!」シェンクは椅子から飛び出した。何か証明できるわけがない!　初日だぞ!　ケイツは首を振り、シェンクに座るよう指で示した。「発言権は相手にありますよ」

「はい、ですが――裁判長」

「あのね。発言権は弁護側にあるの」

　ぷりぷりしてシェンクは腰をおろした。

「そのうえ」リッグズは言った。シェンクの主張が認められなかったことを喜んでいたとしても、彼の声音は変わらなかった。「状況説明が示すように、またこの案件の報道により裁判長がご存じのように、ウェスリー・キーナーの状態は悲劇的であり、まったく前例のないものです」

　徹底的という以上のニュース報道がなされた。ウェスリーの事故とその後の手術から三カ月で――シェンク&パートナーズが告訴状を作成し、準備書面を用意し、背景調査をし、訴訟の申請で忙殺されていた三カ月のあいだに――当然ながら外の世界はこの話を聞きつけた。新聞の記事、雑誌の特集、さまざまな釣り《クリック》タイトル《ベイト》のウェブサイト。陽光あふれる南カリフォルニア中心部で、ハンサムな高校生が事故に遭い、一家は悪夢に追いやられた。彼の容態は非常に奇怪で、まったく説明がつかない。

　どのニュースでも、決して眠らず、何も食べずに円を描いて歩き続ける九〇六号室の少年を生々しく報じた。歩調を緩めることも速めることもなく、決して止まらず、疲れも見せない。それと疑問点――どこまでも下世話で卑猥な疑問点多数。彼の頭の中はどうなっているのか？　代謝はどうか？　彼は成長しているのか？　トイレはどうするのか？　イギリスの低俗なタブロイド紙に雇われた恥知らずな報道写真家は、望遠レンズで病室にいるウェスリーの撮影に成功した。表情がなく光の消えた目で、スローモーションで永遠の円を歩く彼を遠方からとらえたのだ。その写真は数百万回も閲覧され、ツイートとリツイートされ、投稿され、シェアされた。

「つまり」リッグズは無関心な話し方で続けた。「原告の主張、いまの彼の状態の原因となったのは医療過誤であるという主張は証明されていないだけではありません。証明不可能なのです。合意できると信じていますが、この状態が過去に一度も観察されていないのであれば、ウェスリーを担当した医師たちは予測することも防ぐことも不可能でした。まさにその事実によって」

　シェンクは風前の灯だった。彼は座ったまま激しく動揺した。「裁判長、どうかお願いします」

　ケイツが頭を大きくうなずかせてそれを許可したので、シェンクは勢いよく立ち上がった。

「お言葉を返すようですが、リッグズさん」見苦しい茶色のスーツを着た敵対者を横目で見ながら、シェンクは切り出した。「その論拠は時代に遅れた古い町のものです。まさしくウェスリーの状態が異例であるからこそ、原因を見つけて適切な補償を要求するのです」

　シェンクは自分が正しいという気持ちで高ぶり、もっと言うべきことがあるかどうか考えながらそこで立っていた。まさにその事実によってだと？　てめえこそくそくらえだ！

　ケイツは再び椅子の背にもたれかかり、時間をかけて慎重に考慮し、その間〈トスカ〉の一節を法廷中に聞こえるくらいの音量で、不吉を感じさせるような低い音で口ずさんだ。その間シェンクは、彼が判断を下すのを待っていた。この申し立てが考慮されていることじたいが信じられないシェンクがまたジャッキー・ベンソンを見やると、彼女はスターバックスのカップの縁の上で〝びっくり〟と口を動かして仲間意識を示した。

「申し立ては……」判事はゆっくりと、緊張感を高めながら言った。「……認めない」

　シェンクは息を吐いた。緊張が和らいだ今になって自分がどれほど緊張していたかわかった。ベス・キーナーと彼女の亭主のことを考えていたらしい。その二人に、始まる前に終わりましたと伝えるときのことを。

「しかしながら」ケイツ判事は続けて言った。「被告側弁護人の要点はよくわかった。私はいま、どのような不法行為の原因がその状態を決定的に証明しうるかを考えているのだが、どう見ても……」

ケイツの声はしだいに小さくなり、そのあと彼は溜息をついてからまたそこに戻った。ぶっきらぼうな声が確信のなさを表わしていた。「どう見ても説明は不可能だ」

それに応じようとして息を吸ったジェイ・シェンクの肺の中でどれほど激しい風が吹き荒れていただろう？ 屈辱と焦燥と興奮と恐怖の混じり合った暴風か？ そこで何が起きていようとも、彼はただ、今度はごく冷静に再び立ち上がり、これ以上ない大きな笑みを浮かべて言った。

「はい、裁判長」笑みはいっそう広がった。「ありがとうございます、裁判長」

退出するとき、彼はリッグズの分厚い肩に手を置き、その男が親しげな振る舞いに戸惑って彼をじっと見てきたときも手を引っ込めなかった。「まあ、せいぜい」彼は言った。「がんばってくれたまえ」

おそらく、またもやこのときが、シェンクがある予兆を感じてもおかしくなかった瞬間だった。ケイツの危機一髪の裁定、裁判官が予測した険しい道。わずか数カ月の時間と数千ドルという犠牲を払って、シェンクはすぐさまテントをたたみ、こっそり立ち去ってもよかった。

だがシェンクは、事実審理なしの判決の申し立てに対するケイツの裁定を、彼の曇ることのない聖戦士の楽観の光で読んだ。この決まりきった手続きで言い分が認められたことを、世界は彼を支持している、彼が勝つレースのスタートラインに立ったという合図だと解釈した。

彼は予兆を読み誤った。目隠しされた状態で飛び込んだ。判事はガベルを振り下ろし、立ち去った。

二〇〇九年二月十八日

シェンクとしては、いまでも人々がショッピングモールに行く理由がはかりかねた。アマゾンやeベイやほかにたくさんその手の店があるから、実際に足を運んで、列に並び、ほかの人がいじってしわくちゃの山に戻した衣類を買わなくてもいいわけだ。

しかし今日の彼は、ウエストフィールド・ファッションスクエアという面白みのない巨大聖堂を、ジグザグに作られたエスカレーターで上がっていく。コメディ映画に出てくる嫌味な役柄のように、自分がいかにこっけいに見えるか十分に認識している、ある任務を帯びた男。現代の若者の生活にずる賢く入り込もうとしている中年野郎。やるべきことをやるしかない。だから彼は水曜日の午後三時二十分、放課後はここにたむろしていると広く知られる——というか、シェンクの信頼できる筋から入った情報により——十代の少年四人をさがしていた。

「諸君」彼は言った。情報は正しかった。「少し話したいのだがかまわないかな?」

少年たちはプラスチックのテーブルがいくつも置かれた場所に集まっていた。各自まずそうなファストフードのトレイを置いている。赤いプラスチックのトレイにチキンフィンガー、客を乗せすぎた釣り船のように紙製バケツに積み上げたタキトス、洗濯桶くらい大きな炭酸飲料。ここにいるのはウェスリーの友人たち、駆け出しのロックバンドのメンバーで、さらには、ずっと前の学年の始め、事故が起きたときに彼とつきあっていた子たちだった。

そのうちの一人、もじゃもじゃの黒い髪と汚いレンズの丸眼鏡をかけた骨ばった白人の少年が咳払いしてから言った。「ええと」そのあと——「あんたが弁護士?」

「ああ、そうだ。ジェイ・シェンク」少年はピザのスライスを置いて、脂ぎった手でシェンクと握手した。

「キーナー家の仕事をしている」

「うん、だよな」別の少年、片耳にシルバーのスタッドピアスをしたアジア人が言った。彼は椅子の背にもたれて、フレンチフライを口に放り込んだ。「新聞で見たよ」

「ああ」シェンクは言った。「そうか」

ジェイ・シェンクは注目を浴びたがる人間ではなく、メディアの気まぐれな脚光を求める弁護士でもなかったが、ウェス・キーナーの奇妙な事案を取り上げた複数のメディアで脇役として記事に取り上げられるのは避けられなかった。だからこの少年たちは彼を知っていて、じろじろ見てきたのだ。ウェスリーについて質問してくる他人と関わるなと言われているのだろう。

でも弁護士はべつ、だろう？　彼らの友だちの家族のために働く弁護士。

「わかった――で――おれたちに何の用？」眼鏡をかけて痩せた最初の少年が言った。

「座っていいか？」

じつは、シェンクはすでに座っていた。スーツの上着を横の椅子の背にかける。少年グループの一員として。モールをうろつく一世代年上のポニーテールの男。

「私がほしいのは情報だ。それだけ。自分の仕事をきちんとするには、関連するすべての情報が必要なんだ。だから、きみたちからそれを提供してもらえることを願っている」

野郎どもは彼を見つめ返した。

彼らは雑多な人間の集まりだが、そうでない十四歳の少年グループがいたら見たいものだ。とシェンクは愛情こめて思った。まばらなひげ、すり減ったスニーカー、穴だらけのジーンズ。いつの日か、成長期を過ぎたとき、食生活と見た目との関係をある程度理解したとき、にきびが治ったとき、まともな髪型という価値観の変化を受け入れたときに、どんな形を取ろうかとまだ考えている最中の彼らの肉体。

わが息子はましなほうだ、とシェンクは遠慮がちに考えた。ルーベンはシャツのすそを中に入れる。ルーベンは髪の毛を櫛でとかす。どちらかといえば、ルーベンはもう少しがさつでもいい。放課後モールをうろついて、同年代の危なっかしい少年たちとくだらないものを食べたり冗談を言い合ったりしてほしい。ああそんな――息子は放課後、何をしていたのだったか？　学校の近くにモールはあったか？　息子の放課後の行動を知らないことに一瞬パニックになって胸が締めつけられたが、すぐに思い出した。あの子はおれのところに来ている！　弁護士事務所で働いている！

そうだ、それと詩！　詩歌をやっている。息子はあれが大好きだ。シェンクは微笑んで首を振った。彼の息子。素晴らしいこっけいな少年。

「なあ、あんた」まだ一度も話していない少年が言った。緑色の瞳にブロンド、がっちりとたくましい体格、まだ子どもらしいふっくらした赤い唇の上に口ひげの輪郭がうっすら見える。「もう話したぜ」ほかの子たちがその少年に顔を向けたようすを見て、この子がリーダーだから、このおとなしい音楽オタクたちが伝統的な男集団として機能しているのだろうかとシェンクは考えた。

「ウェスのママに全部話した。医者たちにも。えっと――何カ月か前に」

「うん、知っている。わかっているよ。君たちの供述は読ませてもらった。すべて読んだ」シェンクはウインクしてからいたずらっぽい顔をして、ケチャップまみれのチキンフィンガーを一つかっぱらった。「すまないが、きみの名前は？」

彼らは一人ずつ、あとになるに従ってもぐもぐと名を名乗っていった。ブロンドの子はノア。ひょろっとした眼鏡はバーニー。アジア人少年はキャル。最後のマーコは袖なしTシャツを着て、片方の腕の上のほうにペンでタコのタトゥーが描いてあった。

「よし。正式にはじめまして。私はジェイ。今後きみたちにたくさんの弁護士から連絡が来るぞ、本当だ。でも、これだけはわかってほしい。私の仕事はウェスリーとその家族を助けること」

「つまり、彼らに大金をもたらすこと」ノアは平然と言った――限界を試し、いまの状況で力関係の境界線を正確に知るために。

シェンクは冷静にうなずいて、その少年をやはり平然と見返した。「そのとおりです。それともう一つ、彼らに大金をもたらすこと。私がまともに仕事をすれば、たくさんの金が入る」

彼はにやりと笑った。キャルが笑った。マーコとバーニーは、笑っていいかどうか尋ねるようにノアを見たが、ノアは口を気むずかしげにゆがめて腕を組んでいたから、二人は笑わなかった。

「でも、その日にあったことすべてを確実に理解しておきたいんだ」

ノアは腕を組んだままだった。だがマーコが肩をすくめて話しだすと、ほかも口をはさんで細かい点を付け加えた。それは昼休み、みんながランチを食べたあとで起きた。彼らは食堂の外の中庭のキャンズ――色分けされたゴミ捨て場のことで、可燃ゴミ、プラスチックとガラス、紙と段ボールの三種類ある――の近くで騒いでいた。〝遊んで〟いただけだとマーコは言った。夏からずっと、五人編成のパンクバンドの名前が決まらず、キャルが最近提案した〈ベイビー・ジーニアス〉をウェスリーは「ばかばかしい」と決めつけ、何週間も前からこだわっていた〈リバース・サイコロジスツ〉をまたしつこく推していた。

でもキャルがそれはゲイっぽく聞こえると言い――キャルを除く全員がキャルがそう言ったことを覚えていた。いま、見知らぬ大人がいる前だからか、そういうふうに悪口でゲイという言葉を使うはずがないとキャルは抵抗した――でもつまり、この議論がけんかに発展し――

「でも、本物のけんかじゃない」マーコが言った。

「てゆうか――だらだらしてただけ。さっきも言ったけど」

「ただの遊びだよ、もともと」バーニーが強い口調で同意すると、キャルが言った。「わかるよな？」

わかるよなには合いの手以上の意味があることをシェンクは理解した。自分はわかったのか？ 彼らが実際にけんかしていたのではないことを彼に知ってもらう必要があった。これは、頑固でけんか早くて、本物に似た暴力で遊ぶ友人グループではないことを。

違う。ウェスリーを含めて、この少年たちはそういう少年ではなかった――ここにいるのは学校帰りにたむろして炭酸飲料を飲みながら、グリーン・デイがどれほど過大評価されているかで意見をたたかわせる少年たちだった。科学の宿題の余白に下手な詩を書き、あとでキャルの家の地下室で四つのコードで曲をつける子たちだった。キャルの父親の煙草をときどきくすねるかもしれないが、じつは煙草を好きでもない。どうか誰にも話さないでもらえますか？

「むろんだ」シェンクは言った。「わかった。きみたちは暇つぶしをしていた。そしてウェスが怪我をした」

「そうです」キャルは言い、用心深いノアさえ「ああ」と言い、バーニーはトレイを見てつらそうにうなずいた。

ウェスリー・キーナーはバーニーのあとを追いかけて、雄牛のように頭を下げて突進した。ぶつかるぎりぎりのところで、バーニーはさっと身をかわした。ウェスはベンチの端に頭をぶつけて地面に倒れた。

その決定的瞬間を思い出して少年たちは黙り込んだ。この先も変わらない瞬間、決して変わることのない瞬間、学校のこと、子ども時代のこと、新入生のときと十四歳のときのことを思うたび永遠によみがえる瞬間。起きてしまった恐ろしいこと、起きなかったことに決してできないこと。

小学一年生のときからの友だち、ギターと作詞担当の友だちがベンチの角に頭をぶつけて勢いよく倒れた。口を開け、両目を開けて地面に横たわった。彼は死ななかった——一瞬死んだと思ったけれど、ウェスの胸にキャルが耳をつけて確認した——でも彼の意識はなく、呼吸は浅く、口の両隅に白い泡を吹いていた。

「だからおれたちは——」キャルが言い始めるとノアが言った。「黙れ」するとキャルが彼に顔を向けて憎々しげに言った。「なんだよ」

「いいんだ、みんな」仲裁人シェンク。彼らの父親。「いいんだ。つらいのはわかっている」

ノアは腕をさらにきつく組んで、目玉をぐるりと回した。シェンクはキャルに先を続けさせた。「きみたちは、どうした？」

「おれたちはとにかく怖かった。そういうこと」キャルが思い切ってノアを見ると、ノアはそれを無視してチーズバーガーにかぶりついた。「とにかく怖かった」

「きっとそうだろうね」

バーニーという少年が何も話さなくなったことにシェンクは気づいた。

シェンクはそれを口にしなかった。その子のほうを向いて〝どうして何も話さないの？　きみは何を言おうとしないの？〟と尋ねはしなかった。バーニーは話から引っ込んでいたし、シェンクは彼を引っ込ませておいた。彼が何を考えているにしろ、好きに考えさせておいた。

一方で、ほかの子たちに答えを迫った。学校はすぐに九一一に通報したか、まずウェスリーを保健室かどこかに運んだか？（すぐに。）救急隊員が来るまでにかかった時間は？（「たとえば五分？　四分？　すごく早かった」）

シェンクは自分が何をさがしているのかわからなかった。シェンクはあらゆるものをさがしていた。何が出てくるかわからないまま、触れられるものにはすべて触れた。たとえば——

「以前、ウェスリーにこれに似たようなことが起きなかったか？」これといった理由もなく尋ねただけだが、そのときマーコが息を飲んだ。実際に、はっと息を飲んだのだ。

シェンクの両眉がぱっと上がった。「起きたのか？」

マーコはうなずいた。彼は両手で髪の毛をかきあげた。「体育の授業で。サッカーをしてた」

「いつのこと？」

「三週間前。彼はグレン・ボルプに向かって走っていって、二人の頭がぶつかった。思いきり。でも、なんていうか——意識を失ったりはしなかった、と思う。覚えてない？」マーコはキャルのほうを向いて助けを求めたけれど、キャルは肩をすくめて、フレンチフライを食べていた。シェンクはマーコから目を離さなかった。「そのことを到着した救急隊員に話したかい？」

「話さなかった」彼は首を横に振った。心配そうに。「けど、だって——訊かれなかったから」

シェンクは彼に優しく笑いかけた。「大丈夫だ。たぶん関係ないよ」

おそらく何の関係もないだろうが、なにかしら取り繕えなくもないものだった。救急隊員が——最近起きた頭部の打撲などを含む広範な——情報収集をしていないのなら、ほかにも見逃したことがあるのでは？バレービレッジの医師団に届かなかった重要な情報が他にあるのではないか？

体育の授業でウェスリーが他の生徒とおつむをごっつんこしたのは関係がないとみて間違いない。とはいえ和解交渉では、関係あると見せかけることはできそうだ。

彼はマーコの手をそっと叩いて感謝を示し、その知識をしまいこんで次に移った。救急車が到着するまでのウェスリーはどんな様子だった？

「彼はどんなものとも違った」突然ノアが、目に怒りの涙を光らせて激しい口調で言い、そのあともう一度繰り返した。「彼はどんなものとも違った」

シェンクは、十四歳という年齢がどれほど若いかを思い知らされた。十四歳の少年とは、大人の身体と子どもの心を持つ、神に呪われた迷える怪物だ。「彼はただ横たわってた。キャルが言ったように」彼はすべての感傷を皮肉なことに容赦なくかなぐり捨てて、間抜けな狂人のように声をひずませた。「で、おれたちみんな、すごく怖かった。おれは漏らしちまった。ほんとに。わかった？　これで満足？」

「ああ」シェンクは言うと立ち上がってテーブルを軽く叩いた。次に何が来るかをはっきり認識して、丁重に辞去することにした。「十分だ」

　少年たち全員が証言することになるぞとシェンクは予告しなかった。そうするためには彼らの親に連絡しなければならない。彼は別れの挨拶を口にして、彼らとジャンクフードの山をあとに、モールを突っ切って車までの長い旅路に出た。

　彼は時間をかけた。シナボンのにおいを深々と吸い込んだ。店先のショーウインドーを見ながらぶらぶら歩き、オールドネイビーやケイ・ジュエラーズのウインドーに飾ってある商品に目を奪われた。あちこちの店でスマホケースと画面の保護フィルムをじっくりと見ていった。ときどき首をまわしてうしろを見やり、きっと来ると思っている人物をさがした。

「あの――シェンクさん？」

　ジェイはにっこりした。あたり。駐車場へと続く下りエスカレーターにちょうど足を置いたときに、うしろから声をかけられた。「シェンクさん、すみません、ぼく……」

　エスカレーターの下り口のすぐそば、シェンクの背中にぶつかりそうなほど近くに少年がいた。

「おや」シェンクはできるだけ驚いたような声を出した。「バーニー」

「ちょっといいですか？」

「いいよ。おいで。一緒に下りよう」

　エスカレーターで中二階へ下りた。モールのいちばん下の階と第一駐車場のあいだにあるそこには彼ら二人しかおらず、汚れた窓ガラスからは何も見えず、彼ら二人と駐車チケット支払機が響かせる周期的な甲高い音だけだ。

　シェンクは思いやりのこもった目でバーニーを見た。

「なんだい？」

「うん、まあ、ただその……」

　シェンクは待った。バーニーが吐いた大きな息で、軽やかな前髪が彼の目から払いのけられた。彼の手足はひょろ長く、将来はあまり魅力的でない痩せた男かしなやかな筋肉を持つアスリートかどちらかになりそうな、莢に入った豆のような若者だった。シェンクは彼が後者になることを願い、前者になることを恐れた。

「彼は、そのう」バーニーは眼鏡の奥で両目を固く閉じて続けた。「彼は光ってました」

　決して面食らわないシェンクが面食らった。

「なんだって？」

　バーニーは目を開けた。「彼はベンチで頭を打った、マーコが言ったように。で、そのあと倒れる前に、彼はまるで……」バーニーはすがるようにシェンクを見た。〝ぼくを信じて。お願いだから〟。「彼は光ってた」そしてうつむいた。「うまく説明できない」

「それでいいんだ。もう一度やってみようか？」

「ぼくは――すみません……なんていうか――そうだ、あの魚、とかそういう写真を見たことあります？　内側で光っているような？　えーと――なんて呼ぶんだったかな。〝り〟で始まる単語」

「燐光」シェンクは言ってみた。バーニーがうなずいた。

「そう。ぼくが思うにまるで……」少年の声がしだいに沈んでいった。

「まるで……なに？」

「まるで彼の中に何かあるような。何か、たましいとかそういうものがあって、それが外へ出ようとしていたような感じだった」

「ほう」シェンクは言った。「そうか。わかった。それはどのくらい続いた？」

「えっと――一秒？　一瞬。たぶん。そのあと消えた」

「ほかの子たちはそれを見た？」

「わからない。きっと――」彼は顔をそむけて支払機を見るふりをし、首を振った。「見てないって言うだろうね。見ても見てなくても」

「そうか」

「うん」

「誰かに話したかい？　到着した救急隊員に話したか？」

彼は首を横に振った。「だって……」言い出したものの、言い終える必要はなかった。彼らならなんと言っただろう？　いまここでシェンクはなんと言えばいいのか。

「それで――きみは――こんなことを訊いて申し訳ないが、バーニー、それは確かか？」

「うん」その子は彼をまともに見てから、勇気を出すかのようにほんの少し下唇を突き出した。「完全に自信がある」

「わかった。バーニー」シェンクは手を差し出した。

「ありがとう」

バーニーは握手した。

悲しいことに、明らかに彼に使える情報ではなさそうだ。法的な観点からの関連性は疑わしい。それに、この子はどうかしているのではないか――彼が光っただと？

それでもだ。彼は手を離して、両腕を大きく開き――弁護士であると同時に父親として――ほんのいっとき、バーニーを胸に抱きしめた。

二〇一九年一月十六日

1

イービイ――取り憑かれたイービイ――崇高なるイービイ――は「ありがとう」とぞくっとする声でささやいて、そのあと「みんな、来てくれてありがとう」と言ってからコードを一つ弾いてそれを鳴り響かせた。ひずんだ音がとどろき渡った。エフェクターのペダルのおかげで、音は弱まらず、弱まりそうにもならないばかりか、ゆっくりと成長して、もっと大きくもっと豊かな音となっていき、満員の聴衆がひしめく〈エコー〉の暗闇でときおり喚声や叫び声が上がり、誰かが彼女の名を呼び、誰かが〝愛してる〟と叫び、誰かがクスクス笑い、笑った人間に誰かが黙れと言い、そうしている間もコードは彼らの上で膨れ上がって、ドロップDチューニングで弾かれたDコード、甘美なコードが荘厳に響き、イービイ――優しいイービイ、愛のイービイ――はサスティンだけでなく、荒々しい音を出せるファズペダルを使ってコードのきれを消したから、そこになにやら不快な音、さぐりを入れるような逆らいがたいものが生まれ、スローモーションで広がっていく不安定で不可解なコードは、陰鬱な悪天候のように、どよめく〈エコー〉の聴衆の頭上を動いて肺の中へ下りてきて、胸郭で反響し、頭骨内でどこまでも響き渡り、それが耐えがたいほどになると、全員が黙り込んでそのコードが変わり、ドラムが叩かれ、何かが起きるのを待つ。

そのときイービイの歌が入った。一語だけ、たった七音節だけれど、耐久試験、マラソン、競技のようなものとして彼女が思いついた歌詞の最初の一音――

「ノー……」

――彼女は歌った。Dコード。それはハーモニーでもなければオクターブ上でさえないが、いまも響いているコードをつなぎとめているのとまったく同じDの低音だった――

「……バディ……」

　そして見よ、彼女は言葉を作った。ノーバディの一語は実体のないドロップDという枕の上でくつろぐ音符三つのメロディとなり、そしてやっと彼女のうしろにいるバンドが演奏を始める。最初にドラムス、お待ちかねのスネアが一度、そしてもう一度、四分の三拍子でゆっくりと、とてもゆっくりと、スネアのあいだに休符が入るからまだリズムにはなっておらず、単なるヒント、目に見えない拍子記号、リズムの存在を思い出させるものにすぎない――そのあと別のギター、エイミーのストラトがDコードをかき鳴らしてイービイに加わる――そこでイービイが次の言葉を歌う、

「フィールズ」

　そしてコードは輝かしくDからGへ進行し、わかっているいないにかかわらず、誰もがそれを欲しくてたまらなかったように五から一へシフトし、本格的に歌が始まり、ゆっくりと朗々と盛り上がっていくけれど、ドラムスはまだスネアだけ、バーニーのベースが入ってきたとき四分の三拍子は確実な事実となり、DとGをつなぐ六つの音の上がり下がりを何度も繰り返してからイービイが最後のフレーズを口にする、

「エニイ・ペイン……」

　そして世界はサビで、到達点で爆発し、するとイービイはそれをもう一度歌い、大昔のボブ・ディランから失敬して作り変えた最高のメロディを輝かせる。

「誰もどんな痛みも感じない《ノーバディ・フィールズ・エニイ・ペイン》……」

　バンドはスピードを上げて調子を合わせ、もう一度彼女は歌う。

「ノーバディ・フィールズ・エニイ・ペイン……」

これが歌だった。これだけを果てしなく歌う。彼女はディランの歌詞の二行目に進むことはなく、ノーバディ・フィールズ・エニイ・ペインを永遠に繰り返す。暗闇に姿を消した彼女を愛するものたちは理解し、彼女と一緒に歌いだし、全員でメロディを歌い、バンドはそれまでに作り上げてきたものを加速する。

「ノーバディ！　フィールズ！　エニイ・ペイン！」

「ノーバディ！　フィールズ！　エニイ・ペイン！」

いまイービイは歌うのをやめて向きを変えた。それを観客に向け、観客は彼女に向けた。

「ノーバディ！　フィールズ！　エニイ・ペイン！」

そのあとイービイが——つかみどころのないイービイ——善なるイービイ——翼をつけたイービイが歯をくいしばって、ライトに向かって頭をもたげ、その熱を全身の骨で感じとった。

彼女にとっては二週間前にできたばかりの新曲で、カバーだけれど純粋なカバーではなかった。ディランの歌はずっと前からのお気に入りで、一筋の光、ゆっくりと広がる森林火災だったけれど、イービイの良心は、すべてコーラスへ流れ込むだけのために盛り上げてゆく強い女の物語を自分の作品として受け入れられなかった。だから狡猾なイービイ——魔術師イービイ——は、二、三週間前のライブで、それをやる方法を、それを強打して交換し、裸にして作り直す方法を見つけた。歌い出しの歌詞だけにして、彼女は単語四つだけを澄んだ低音で歌う声のクールビューティへと身を沈め、いま彼女の愛が、歌いチャントする彼女と共に到来した。

「ノーバディ・フィールズ・エニイ・ペイン！」

観衆は歌いながら前後に揺れたり上下に跳ねたりして、一つのまとまり、一つの波となって動いていた。

「ノーバディ・フィールズ・エニイ・ペイン！」

一緒に最高点へ昇っていくギターとベースとオルガン、百枚のドアをがたがた鳴らすようなドラムス、四語のメロディは呪文へ、呪文から励ましへ、鬨の声へ、絶叫へと変わっていった――そして彼女はその中心にいるのに、イービイの心臓の膨らみは会場全体で感じられているのと同じく、愛と耐えがたい痛みの膨らみは――

――この大音響と大喚声の奔流を浴びながら、観客に背を向けたイービイ・キーナーに、場内のひとかたまりになった声の真ん中で、二語を発したその声が聞こえるはずがないと人は思うかもしれない――が、その声を聞いただけでなく、発せられた言葉を聞き分け、その主を正確に言いあてた。

「まさかそんな」落ち着いた声で小さく言ってから、イービイは演奏をやめた。ゆっくりと向きを変えてまた観客に顔を向けた。

バンドはばらばらになった。最初にドラムスがリズムをはずして、二、三発放ったあと消えた。そのあとエイミーがギターの弦を手で押さえ音を消した。そのあとオルガンも消え、ベースだけが残った。バーニーは一人だけで半小節弾いてから、ほかのみんなが演奏をやめたことに気づいた。

イービイは観衆を見回し、息を殺してさがしている。

あとで、その夜会場にいた人々はそのとき、何年も前に彼女の兄に起きたことが彼女にも起きたのではないかと不安に感じたことを思い出した。なぜならそれは、イービイの物語の、彼女のイメージの一部だったからだ。彼女の急成長する名声とともにその悲劇がファンからファンへささやかれ、ツイッターやその他ウェブサイトに投稿された。〝ほんとうに驚くようなことが、彼女が子どものときに……聞いた？　お兄さんが……〟

そしていま、ピックを持つ手は宙に浮いたまま動かず、その目はあたかも機械のように聴衆の上をさまよい、半分開いた口はものも言わない。

そのとき呪縛が解けた。イービイは小さく軽快な驚きの笑い声を上げて言った。

「ルーベンね？」

2

「あたしがとにかく絶対にいやなのは、そういう人になることよ、なんであたしが？　だって——ここまで生きてくるのはとても大変だった。このあたしがこんなふうになるなんて信じられない。そんな人間になるのはマジでお断り」

薄暗い楽屋でイービィ・キーナーは、自分が呼び起こした被害者意識に満ちた自分に腹を立てて首を振った。ルーベンはただ彼女を見つめて静かにうなずいた。彼はまだ、ほとんど話していない。あれから長い年月が経ったいま、彼女と一緒にいることに頭がくらくらしていた。楽屋に入って、強烈な照明のついた鏡台の彼女の向かい、イービィが指さしたぐらつくスツールに腰をおろしてから、彼はほとんど息がつけなかった。

「あなたはすごく恵まれてる。よね？」話しながらイービイは両肩のストラップを一本ずつ引っ張って、ステージ用につけていたレースの翼とワイヤーをはずした。「ずっとひどい経験をした人はたくさんいるよ」

「そうだろうね」ルーベンの声がつぶやきとなって出てきた。

「そうだよ、きみ。百パーセントの真実」翼の下は、ストッキングのような体にぴったりした薄手のキャミソールだった。「世界はあたしを中心に回ってるんじゃないもの。なにこれ、ルーベン――あなたの指。どうしたの？」

「ん、何が？　なんでもない」

彼は自分の手を見下ろした。彼の割礼された人差し指、指先はまだ白いガーゼで包まれている。「平気だよ。ナイフで切ったんだ」で、そのあとあわてて、彼女が思うといけないから――わからないだろ？――「うっかりしてたんだ。仕事中に。たいしたことない」

包帯をはずせるまでは長い時間がかかるだろう。様子を見ながらやっていく。でもじつは、その中がどんなことになっているか恐れていた。だから、シャワーを浴びるときは手に水がかからないように外に突き出したし、かさぶたがはがれないように注意して服を着替えた。

ルーベンはもう一度、大丈夫だからと言ってイービイをちらりと見て、圧倒されて目をそらした。ステージ用の照明やタイトなジーンズやキャミソールや衣装の翼のせいだけじゃなかった。すごくいかしてた。そういうことだ。彼女はすごくいかした女に成長していた。

彼の心を読んだのかイービイは褒め言葉を途中で遮って、逆襲してきた。「あなたに会えてよかった」彼女は言った。「ほんとにかっこいいね」

ルーベンはどきっとした。自分はいかす男だと見せかけることに興味はなかったので、親切な言葉に礼を言うことすら思いつかなかった。彼は手を持ち上げて、つぶれて感覚が麻痺した耳をこぶしでかすめた。怪我をした手を見下ろした。親指の爪の中にニンジンの皮が詰まっていた。両方の手のひらはビーツの黒紫色に染まっていた。

「どうも」ようやく彼は小声で言った。

ほかの人たちが電話で話したり小声で会話しながら楽屋に入ってきた。まるで、けたたましいステージのあと、宇宙のバランスが楽屋で図書館並みの静けさを要求したかのようだった。ひょろ長いベーシストが楽器を持ったままカウチに腰を落ち着けて、両足のあいだに瓶ビールを置いた。裏手のドアのそばの薄暗い隅に誰かの友人が二人いたけれど、二人ともショートヘアに平らな胸、優美な目と頬骨という今風のジェンダー・フルイドだ。

もちろんルーベンはこういうところに来たことはないし、近づいたことさえなかった。イービイ・キーナーは正確にはロックスターとはいえないが、インディーズが認めた秘蔵っ子で、人気上昇中だった。秋に発表された彼女の名を冠したファースト・アルバムのジャケットに謎めいた横顔が使われていたし、ルーベンも彼女の写真をあちこちで見るようになった。たいていはオンラインだったけれど、雑誌《ロサンゼルス》の短い人物紹介記事を読んだし、ウエスタン通りの建設現場沿いのポスターのメッカの建設用足場にイービイのポスターがべたべた貼ってあるのを見て驚いたことも一度あった。ポスターはアルバムのジャケットのコピーだった。イービイ・キーナーの横顔、プラチナホワイトに染めてなでつけた髪、彼女のトレードマークの一つである半透明の天使の翼をつけている。慰めを求めているか雨よ降ってくれと祈っているかのように、目はやや上を見上げている。その横を車で通り過ぎたとき、ルーベンは胸の奥で、スター街道を驀進中のイービイを思って得意になった。真っ暗な宇宙を探査する宇宙飛行士が空のどこかにいるとわかっているときに感じるような誇り。

いま彼はここに、ステッカーがべたべた貼られた傷ついた鏡の並ぶ部屋、貼ったままの古いライブのポスター、壁にペンで描かれた落書きや煙草をもみ消した跡の残る舞台裏の楽屋で彼女のすぐ横にいた。室内は物や人が密集していて、多色のクリスマス用イルミネーションと頭上でブーンとうなる電球一個だけで暗かった。体臭とビールとマリファナの鼻をつく強いにおいが漂っている。

「それが起きたとき、あたしはステージにいた。知ってから、あとで時間を確認したの」イービイは鏡の自分と向かいあわせになり、ほっぺたのステージ用の厚い化粧の層や、雲のように見えるラメ入りマスカラをこすり落としている。「あのとき、あの人が——あの人の決定的瞬間に、あたしはそこにいた。あの人があんな恐ろしいことをしているときに。ステージが終わってから、パパの友だちから連絡が来て、これを——あの人がやったって」

「きみにわかるはずはなかったんだ」ルーベンは言い、イービイは鏡に映る自分を責めた。彼女はぐちゃぐちゃの布で荒っぽく顔をこすり、現われてきたピンクの肌を見つめて、苦悩に顔をゆがめた。

「まあね。大スター。とびきりのイービイなんてくそよ。無神経」

「あれはすごいライブだったな」彼女の言いたいこととはまったく別に、ベーシストがソファでつぶやいた。

「けた外れだった。覚えてる?」

「なに言ってんの、バーニー」彼女は言って、ベーシストをすばやく一瞥した。

「え?　いや。ほんとだよ。きみは翼を忘れて、あのケープみたいのをつけて、それがふわふわ舞ってたよね？　観客は熱狂してた。なんていうか――うん。すさまじかった」

「あたしの言ってることとは正反対ね、バーニー。でもありがと」

　バーニーは何も言わずにうつむき、自分の手だけを見ながら、レッチリ風のスラップ奏法のフィルできまり悪い沈黙の間を埋めた。

　彼女に恋してるんだな、ルーベンは思った。うん、きっとそうだ。

「おんなじだったの、ウェスリーのときも。ウェスリーの事故のとき。あたしは自分の世界にいた。話したっけ？」

「うん、聞いた」彼は覚えていた。そのことをずっと考えてきたのだ。「きみは馬の絵を描いてた」

「あたしはつまらない馬の絵を描いていた」

　彼女がぎゅっと目を閉じると、両方の目から一粒ずつ涙がこぼれ落ちた。ルーベンはそろそろと手を伸ばして、元気を出してというつもりで彼女の脚に触ろうとしたとき、彼女が目を開けたので、彼はその手を引っ込めた。

「ルーベンのばかたれ」彼女は優しく言った。「ルーベン・シェンク」

　彼は微笑んだ。「きみが元気かどうか知りたかったんだ」

　イービイの笑みは硬直して悲しげだった。拭き取ったメイクが目のまわりで縞模様になっている。

「もちろん」彼女は言った。「元気よ。なんで？」

　そのあと彼女は笑い、彼も笑って、一瞬、二人はまた子どもに戻った。時間が過去から現在を貫いて穴を開けた。古い回路に光が灯った。

「あなたのパパからこの騒動のことを聞いたんでしょ？」

「そう」ルーベンは堅苦しく言った。「ぼくに手伝ってほしいって――父はぼくならできると思っているけど……」

　ルーベンは、イービイ相手にその話をするのは耐えられなかった。ジェイは彼を探偵と思っていること。実際はレストランとさえ言えない店の下っ端料理人であること。それをここでまごまごと話すなんてとても耐えられない。ルーベンは眼鏡をはずして、ちらりと床を見た。部屋にいるほかの連中が、無言で彼を注視していることに気づいていた。ベーシストとすごくいかす友人たちとイービイ。いったい彼は何者なんだ？　真夜中のロッククラブの、マリファナの煙が低い雲のように漂う、むさくるしいのに華やかな楽屋の部外者。

　彼はただちに話題を変える必要を感じた。

「で、ウェスリーはどう？　変わらないの？」

　イービイは肩をすくめた。「おんなじ。まったく変わりなし」

　彼女は片方の手のひらを広げ、そこで別の手の二本の指を歩かせた。ルーベンが目をそらしてバーニーを見ると、彼は自分たちをじっと見て、彼自身がなんらかの悲しみを感じているようだった。

「きみのお母さんはどう？」

　イービイは、母の存在を思い出させられただけで不吉だというように、不機嫌な表情をちらりと見せた。

「元気よ、たぶん。ママは――なんていうか、頭がおかしいの、はっきり言って。いまでも。次から次へ新しい医者に電話するの。奇跡の治療法か何かが出てくるといまだに思ってる。最近は、変なフランス人の男と電磁波なんとかに凝ってる」

「ああ、見たよ」

「何を？　どこで？」

「きみの記事で。えっと――どこで見たか忘れたけど」

　ルーベンは真っ赤になった。彼女に関する記事を読んでいることは話してなかった。ロックンロール系のウェブサイトで、インタビュアーから母親のこと、ウェスのことを訊かれて、イービイはその話を持ち出した。

「そっか。要するに、ママはヨーロッパの医療雑誌か何かでこの研究を知って、著者に直接電話して、その人にこっちに来てもらって電気の悪魔祓いだか何だか知らないけどそれをやってもらおうとした。でも、ママのフランス語はひどいもんだし、おまけにそういう躁状態のときは時間を忘れてしまう。でパパは、そういう、ほら、午前二時に電話でばかげた話をしているママを見つけるってわけ……」

「むむむ」ルーベンは言った。

「そうなの」イービイはまた、喜びにきらめく笑顔をほんの少し見せた。「でも、たいていは逆ね」

「どういう意味？」

「それはね」イービイは苦々しげに微笑んだ。「いつも躁状態だから躁うつ病とは呼ばないの」

「ははあ」ルーベンは言った。「そういうことか」

「とにかく」イービイは言った。「あなたに会えてすごくよかった。どんな状況でも」

彼女は立ち上がってあくびをしてから伸びをした。すると、その動作は無言の通告としてさざ波となって部屋じゅうに広がった。帰る時間だ。流行の最先端にいる友人たちはドアへ移動した。バーニーはベースのストラップからするりと抜け出して、ベルベットを張った棺桶に楽器を横たえた。

けれどもルーベンはそこに座っていた。何かを思いつき、クリスマス用電飾だけの薄暗い中でゆっくりとまばたきした。

「ねえ、イービイ？」

「ん？」

「きみのお父さんはどうだった？」

イービイは気分を変えて、形のつぶれたリュックサックに化粧ポーチと畳んだレースの翼をしまっていた。そのとき彼女は手を止めた。「パパがなに？」

「お父さんも――きみがママを、ベスを指して言ったように。彼も――一種の――頭がおかしかった？ とか？」

　イービイはリュックサックを化粧台に置いた。ルーベンは眼鏡を鼻の上に戻した。

「ちがうな」彼女は言葉を切った。「でも――つまり、そんなことない」

「歯切れが悪いね」

「うん」

　彼女はまた口ごもった。ルーベンはスツールの上で身を乗り出して頭を傾げ、不思議なくらい神経を集中していた。「イービイ？」

「ええと、十一月で十年経った。去年の十一月十二日。知ってた？」

「いや、知らなかった。そうか」彼は頭の中で計算した。二〇〇八年から二〇一八年。ウェスリーの事故と手術から十年。ウェスリーが歩きだして十年。

「ママは何かしたかったの、あたしたち四人で。あたしは砂漠で三人と落ち合って、家族で――なんて言えばいいのかな。記念になること、かな。三人でウェスリーのことを話した。あたしは歌を歌った。彼は歩きまわった。パーティじゃなかった。彼に風船とかを結びつけるのはいやだった」

　まだそこにいて、ベースのケースに両足をのせていたバーニーが、その冗談を聞いて顔をしかめた。

「でもとにかく、パパがものすごくおろおろしちゃって」

「おろおろ？」

「そう。気味が悪かったよ。泣きやまないんだもん。なんか――慰めてもだめなの。〝おれの子、おれの息子よ、ああ神よ神よ〟って。なんで覚えてるかっていうと、すごく怖かったから。パパのあんな泣き声を一度も聞いたことがなかったからね」

　ルーベンはその光景を思い描いた。切り倒された木のようにひざまずいて祈る堂々たるリチャード。それを慰めようとするネジのはずれた気の毒なベス。肩からギターをかけたまま、どうしていいかわからずに立っているイービイ。歩いているウェスリー。風船をつけて。

「でも、それだけ」イービイは結末を話した。「朝になったら治ってた」

「きみの知るかぎりでは」

「え？」

ルーベンは自分が立ち上がっていたことに気づいた。仕事場で一日中立っているから、立っているほうが楽だった。彼はうしろで両手を握りしめ、頭をほんの少しだけうつむけた。

「それがどの程度のものだったか、きみにははっきりわからない。彼の精神的落ち込みが」

「そうだね、あたし——」イービイはルーベンが言ったことをじっくり考えた。「あたしにはわからない」

「それは、始まりにすぎなかったかもしれない。もっと深刻な事態の、えーと」彼は俳優のように片手をあげて、言葉を呼び出した。「精神と感情の激変。十年間抑え込んできた悲しみと怒りが爆発した」

「うん」イービイは言った。「そうね」

　イービイの口の片側がほんのかすかにゆがんでいたから、ルーベンが何を言おうとしているのか、彼女はわかっているのだとルーベンは思った。彼がまた腰をおろすと、彼女もそうした。スツールに浅く腰かけているから、二人の膝はもう少しで触れそうだ。

「完全にそうだったかもしれない、ところで」彼女は言った。「なんとかの始まり——あんたはなんて言った？——何かの激変。あたしにはわからないよ。十一月の残りと十二月はほとんどツアーに出てたの。もう会わなかった」

　彼女は彼とそこにいた。彼らは一緒に深くはまり込んで団結し、彼女の目は光を浴びたダイアモンドのように輝いていた。

　ルーベンにこれが糸口だという確信はなかったけれど、そうでないとも言い切れなかった。たとえ今日、シェンクの切なる頼みを拒絶し、ネットで調べた死刑の減軽に関する悲しいほど少しの資料を含む書類を父につかまされて裁判所のカフェテリアを出てきたとしても。減軽の理由の一つは、被告が罪を犯したときに〝極端に動揺した精神および感情の影響下に〟あったか否かだ。

「それが役に立つと思う？」彼が考えていることを読んでイービイは言った。「刑を減らすのに？　死刑にされずにすむとか？」

「ひょっとすると」ルーベンは言った。

　そのときイービイ——自然児イービイ——悲運のイービイ——イービイが彼の首に両腕をまわして頬に頬を押しつけた。イービイが離れるまで、しばらくのあいだ、ルーベンは温かさと真っ白な頭の中と妙な悲しみを感じながら抱きしめられるままでいた。

「ママと話してみて」

　ラビはそれについて考えた。

「家族以外の人と話したほうがいいんじゃないかと思う。あの夜誰かが電話をくれて、事件を教えてくれたと言ったね。お父さんの友だちだっけ？」

「そう。バート・エバース。ウェスリーのことでいろいろ手伝ってくれた人。むかし、しつこい追っかけから兄を守ってくれた」

「そうか」ルーベンはノートを、せめてペンを持ってくればよかったとまた思った。「わかった」

「大丈夫？」立ち上がった彼に彼女がそう声をかけたのは、彼の顔つきが変わったせいだとわかった。なぜ変わったかがわかった。このちょっとした収穫のせいで——何かをする前に、次にしなければならないことがわかったのだ。

「うん。ただ——父に電話しなくちゃいけないなと思って」

二〇〇九年三月十日

1

「先生、私の名はジェイ・シェンク、ウェスリー・キーナーとその家族の弁護士をしています」

「ええ。おはようございます」たっぷりと顎髭をたくわえ、丸々太った、堂々とした落ち着きのある神経外科医だった。「あなたのことは存じています」

「よかった！　では、今日ここで何をするかおわかりですね？」

「はい、わかっています」カタンザーロ医師は鷹揚に微笑んで、同じことを繰り返した。「はい、わかっています」

バレービレッジ病院のウェブサイトの〝メンバー紹介〟ページで見たよりも、白い顎髭はずっと見事だった。すでにシェンクはカタンザーロの私生活と経歴についてすべて知っていた。過去に何度か医療過誤で告訴されている。シェンクの参考のために、被告側からすべての資料が適切に提出されていた。とはいえシェンクは昨夜数分かけてウェブサイトでカタンザーロの写真をさがし、彼の生い立ちをざっと読んで、開幕前に《プレイビル》誌をぱらぱらめくる芝居通のように顔合わせに備えた。

偉ぶった自慢屋を想像していたのだが、実物のカタンザーロは自分は神だと錯覚するくそ野郎というよりはギリシアの哲学者といった雰囲気だった。だからシェンクは考えを修正し、彼が考える戦場にふさわしい戦術に変更した。これがすべてを決める。どの宣誓証言でもそれを行なうべき正しい方法を、陳述を組み立てるために必要な細部をさぐりだす正しい手順を見つけることだ。キーナー事案ではすでに、傲慢で血も涙もないERのアマンドポア医師と角突き合わせた。チャーミングな皮肉屋の救急救命士《EMT》モリーン・ジェイコブソンとふざけて冗談を言い合った。そして彼女とペアを組む〝事実だけをお願いします〟ジャッド・スミスと丁々発止の質疑応答を行なった。

カタンザーロは一筋縄ではいかないだろうが、シェンクはガッツのあるしたたかな人が好きだった。やっかいな相手とやりあうことが若さを保つ秘訣だとよくマリリンに言ったものだ。

「私たちが同じ認識を有しているとしても、カタンザーロ先生、今日のこの手続きは宣誓証言であるとお知らせしておきます。ここは裁判所ではないが、この証言は非常に有能な速記者により記録されます」

彼は、つやつやした携帯用の速記キーボードをかたかたいわせているミズ・クラリサにウインクした。いつものように彼女はそれを断固として完全に無視し、そしてもちろん、カタンザーロの左、新品のリーガルパッドの小さな山のうしろにどっしりと座る保険会社付き弁護士のジョン・リッグズもそうした。

「あなたは宣誓していますから、裁判官と陪審の前と同じように真実を答える義務があります」

「はい、わかりました」カタンザーロはハーブティーを飲んでいた。彼は一口すすってから、それを薄色の木のテーブルにそっと置いた。「承知しています」

「そうですか。では、まず、あなたの正式な肩書から始めましょう」

「私はカリフォルニア州ノースハリウッドにあるバレービレッジ病院の神経外科部長です」

「なるほど。その地位についてどのくらい経ちましたか？」

カタンザーロは、合間に笑みを浮かべてハーブティーを飲みながら、最初の一連の質問にてきぱきと、もしシェンクがカタンザーロの全体的人格が吐き気を催すようなひどいものだと気づいていなければ感心したかもしれないほど周到に答えた。〝お願いします〟と〝ありがとう〟をきちんと言う田舎の青年のように丁寧で、顎髭のせいで聖人のように崇められる医師。あまりに落ち着きはらっているのでそれが見せかけだと、演技だとシェンクは見抜いた。

そのうえカタンザーロは、ここテレマカー・ゴールデンスタインの事務所でも、医師としての聖なる使命に留意し、立ち上がって、患者の脳の手術を行なわなければならないとでもいうかのように、スクラブと白衣を身につけていた。宣誓証言の手続きを敵方の豪勢な本部で行なうことを提案したのはシェンクだった。彼は置かれた状況によって有利不利を感じる質ではないので、相手チームのホームグラウンドでの勝負も気にならなかった。

彼はリッグズにちらりと目をやり、きちんとプレスされたスーツを見て考えた。ひとは狡猾なヘビでありながら同時にかくも従順なウシになれるものか？　目を閉じて〝保険会社専属弁護士〟を想像すれば、ジョン・リッグズが浮かぶにちがいない。後退した髪の生えぎわと脂肪がついてむくんだ顔と首。上等のスーツなのに、それをまとう肥満体が悲しいことに価値を下げている。シェンクはリッグズを理解した。心の底で、その男を完全にわかったと思った。この宣誓供述で通り一遍の言葉しか交わしていないのは、無謀にもあの事実審理なしの裁定が提案されたのち、よそよそしい挨拶しかしないとシェンクが決めていたからだが、彼は弁護士になってから、同様の主義をかかげる数百人とはいえないまでも数十人とやりあってきた。彼らは冷淡な利益計算者、こうした保険会社専属弁護士、カルテを丹念に読んで勝算を測る人たちだった。彼らはシェンクがやることをやった。もっと値の張るスーツを着てそれをやった。楽しい思いもせずにそれをやった。

　シェンクのような話術の才能を持たず、現場でやりあうことに喜びを感じないリッグズのような人間は、仕事上の強力な武器を持っている。他人の苦悩に対する思いやりのなさと、理解と共感でかき乱される気持ちを十分に抑えて勝利に突き進む意志である。加えて、言うまでもなくたっぷりの金――まったくの運任せで小口取引のシェンクたちには望むべくもない資金。

〝救急車追っかけ〟と蔑まれ、追いはぎ同然の行為とみなされるやり方こそが弁護士としての彼の売り物であることにシェンクはいまだに驚くいっぽうで、リッグズのような人間は何のやましさも感じずに自分たちの荷馬車を数十億ドル規模の企業とつないでいるが、そうした企業の一つであるウェルブリッジの事業戦略は、金を集めて集めまくり、やむを得ないとき、圧力をかけられたとき、ジェイ・シェンクのような自己犠牲的な人間に窮地に陥れられたときだけ仕方なく払うという非常に手の込んだ搾取なのである。

外科医が彼の目から見た二〇〇八年十一月十二日のできごとについて述べていたとき、リッグズは話す必要がなかったからほとんど話さなかった。外科医は、それまでの記録にある内容とまったく矛盾しない、慎重でわかりやすい話を語った。担当医である神経外科医のトーマス・アンジェロ・カタンザーロ医師は、救急救命室の内科医から十二時四十二分に呼び出され、白人男性、年齢十四歳のウェスリー・キーナーが頭部外傷後の無反応であることを知った。彼はその子を診察し、CTスキャンと血液検査を命じたのち、どういう処置をしていくかを同僚と協議した。

　カタンザーロ医師はメモなどをまったく見ず、一貫してきわめていらつくほど冷静だった。彼を不利な態勢に追い込み、彼の記憶に小さな欠陥を見いだし、彼の意志決定に陰険な疑問を投げかけようとしたシェンクだが……むしろ、医師をますます立派に見せただけだった。怒っている人々はばかなことを口走って、そのあと後悔する。カタンザーロは戦艦のようにどっしりと、ウェスリーの手術の日をゆっくりと航行していた。

　医師がまた一つ的確で整然とした回答をし、またハーブティーを飲むたびに、ちぇっちくしょうとシェンクは思った。この男は被告側に非常に有利な証人になるぞ。

　シェンクは話を中断させて、ほんのしばらくウェスリーを手術台に放置し、指で顎を軽く叩いてポニーテールをそわそわといじった。彼のことだから、袖の下に仕掛けを用意していないわけがない。たくさんの仕掛けでふくらんだ袖。

「なるほど。では。時間を少し巻き戻しましょう。放射線医は」

「アリン医師です」

「そうです。あなたは彼女にCTスキャンをさせた？」

「そのとおりです。ウェスリーが挿管され、血流が安定したあとで。それが意味するところは――」

「それが意味することはわかっています、まさかとお思いでしょうが」シェンクはにこやかに言った。「いいでしょう。数値が安定したら彼を放射線科へ運ぶのですね？」

「私みずから運びはしません」

「看護師が彼を運ぶと？」

「はい、そうです」

「そうか。失礼しました。誰かが彼を放射線科へ運び、そこでCTスキャンする？」

カタンザーロはうなずいた。「はい」

「そしてあなたはそれを詳しく検討する？」

「放射線医とERの医師と一緒に」

「それはアマンドポア医師ですね？」

「そうです」

「それであなたはウェスリーには手術が必要だと判断する」

カタンザーロはうなずき、シェンクは申し訳なさそうに言った。「口頭でお願いします」

「はい。私たちは判断しました」

「あなたがた三人で、それともあなたの判断で？」

「うむ。私は外科医です。最終的に判断を下すのは私です」

シェンクは目玉をぐるりとまわさないよう努力した。この太鼓っ腹のくそ野郎め。

「診断結果は？」

「硬膜下血腫です。患者は負傷して脳内で出血が起き、その結果発生した圧迫を取り除かなければなりませんでした」

「そうしなければならなかったと」

「はい」

「ただちに？」

「はい」

「より侵襲の少ない処置法をほかに考えましたか?」

「考えました。しかし――」

「たとえば、圧迫の経過を追うためにEVDを行なうことを考えましたか?」

カタンザーロは余裕綽々の笑みを見せた――〝やれやれ、この手の人種は〟。「脳室ドレナージ《EVD》は、ある種の事例では有益なツールとなりえます。おっしゃるとおり、EVDで体液の増加と関連するリスクを把握できるため、一種のバロメーターとなります」

「それで?」

「ウェスリーの場合は、残念ながら大量の出血があり、もっと緊急の介入が必要でした」

「CTでそれがわかりましたか?」

「はい」

「そしてあなたは……」思い出せないふりをするシェンク、慌てて書類をぱらぱらやり記録をさがすシェンク、文字の列を指で追うシェンク。「えーと、えーと、あった!」とつぶやき、顔をあげて「……二十四秒でその決断をした」

カタンザーロはティーバッグの糸をつまんだ。そして湯の中でそれを上下に揺らした。「記録でそう示されているのですか?」

「はい、そうです」シェンクは紙一枚を差し上げた。「記録で示されていることです。私がいま見ているのはERの看護師の書き込みです。スキャンの画像が届く。画像が検討される。手術に備えて患者を準備。二十四秒」

「それの意味するところがそれだとすれば」

「でも、あなたは覚えていないのでしょう?」

「正確な秒数ですか? 覚えていません。でも、言っているように――」

「カルテを見たいですか?」

「いいえ、けっこうです」

「何の手間でもありませんよ。これを。見てください」シェンクは『関連するページの受け渡し』と題する、ごく短時間の一幕物の芝居を演じていた。一枚の紙がファイルから持ち上げられ、つややかな木の上にぺたりと置かれ、カタンザーロのほうへ静かな音とともに天板を滑っていく。彼は辛抱強い溜息をつきながらそれを手に取る。

「記録に残しておきましょう」シェンクは速記者に向かって言った。「カタンザーロ医師は、電話をかけてきたジャマティ・アマンドポア医師と一緒に救急救命室で働いていたエミリー・バウティスタ・オーカンポ看護師による宣誓供述書の写しを見ている」シェンクは人名を正確に発音できたことが誇らしかった。「カタンザーロ医師、声に出して読んでもらえますか？」

「彼はそれを読んで検討したのだ、シェンクさん」積み上げたノートパッドの山の奥からリッグズが言った。「それに、私はバウティスタ・オーカンポさんとアマンドポア医師の宣誓供述に同席した。あなたもだ。私たちは記録の内容に合意します」

「いいでしょう」シェンクは両手を挙げて降参を示した。「ですがカタンザーロ医師、バウティスタ・オーカンポ看護師がそこに書き込んでいる時間、相談相手の放射線科のバーバラ・アリン医師がCTスキャンの画像を持ってやってきてから、あなたがウェスリーの手術を決める瞬間までの時間の経過を確認していただけますか」

「二十四秒」カタンザーロは言った。いまだシェンクには、その医師の落ち着いた外観の下の不安あるいはわずかな怒りの震えさえも検知できなかった。シェンクは別の綴じた書類を取り出して、テーブルを滑らせた。

「加えて、ここにあるのは」シェンクは言った。「アマンドポア医師の宣誓供述書です。もしよければ――」

「合意します」リッグズが言うと、シェンクは肩をすくめた。

「わかりました。おお。では。全員が合意に達しました。あなたは知識を総動員してスキャン結果を二十四秒間——三十秒以内で——考慮し、彼は手術室へ送られる」

　カタンザーロはごく静かに首を横に傾け、一面に広がる顎髭に片手を走らせた。そのときリッグズが言った。「質問はありますか、シェンクさん？」

「あります」シェンクは身を乗り出し、テーブルに二本の手をついて身体を支えた。彼の臨機応変で気さくな陽気さは一瞬のうちに消え去った。彼は銃剣のようにテーブルの向かいにねらいを定めた。「あなたはこの子どもを検査し——それを検査と呼べるならですが——すばやくざっと目を通します。そのあとCTスキャンを要求し、CTスキャンが戻ってきて、あの二十四秒でそれを見ます。基本的に私が小用を足す時間——下品で失礼——と同じだが、まあ二十四秒が過ぎればそれでもう時間となり、電気ドリルを作動させます。本当にそれは十分な時間ですか？　非常に難しい決断なのに？」

「いいえ」カタンザーロは一本の指を立てて、穏やかに、だが断固として言った。「難しい決断ではありませんでした」

「なんと？」シェンクは思わず叫んだ。びっくり仰天したという見せかけだったが、本物の驚きがたっぷり混じっていた。「脳の手術が難しい決断でないと？」

「ええ。違います」そしてシェンクがもう一度驚きの声を上げる前に彼は話を続けた。「患者はここに外傷を負っていました——額の中央に」カタンザーロは該当する部分、目と目のあいだのすぐ上に一本の指で軽く触れた。

「ここは解剖学的に特に硬い場所なのです。中身が貴重でもろいために硬くできているのです。この若者は勢いよく落下し、ひどい外傷を負ったようでした。反応はありませんでした。血液検査ではなにもわからなかったが、理学的診断は重度の脳内出血を示していました。だから、はい、CTスキャンをさっと見たのは、思っていたとおりだとすぐにわかったからです」

リッグズはうなずきながら、パッドに手早くメモしていた。

「こうしたことをあなたが重要視するのはわかります、シェンクさん、もちろん重要です。家族にとっても患者にとっても。でも、これが私の仕事なのです、シェンクさん。毎日やっているのです」

カタンザーロは微笑んだ。尊大でなく、独善的でもなく。ただの微笑み。自信と落ち着き。

「では」シェンクは言った。「離婚について少しうかがいましょう」

一瞬が過ぎた――驚愕の瞬間が。リッグズははっと顔を上げ、カタンザーロの顔全体がすっかり変容した。

「すみません」彼はゆっくりと言った。「何とおっしゃいました？」

シェンクの背筋を独特のぞくぞく感が走った。やっと――いま――カタンザーロ医師がうろたえた。あからさまではないが、はっきり見えた。唇の震え。顎鬚におおわれた片方の丸い頬に嫌悪のゆがみ。彼はティーカップを持ち上げ、中身がからっぽなのを見て、それをにらみつけた。

シェンクは前のめりになった。

「あなたの奥様――失礼、当時の奥様――が監護権審理のときに証言しました。ときどきあなたが――」

「だめだ」リッグズが言った。「だめだ。やめろ」

「――ランチのときにワインを一杯飲むと。バレービレッジ病院で待機しているときも」

「どこで――どこで――どこで……」カタンザーロは力なく言葉を繰り返してから、一つ息を吸って気持ちを落ち着けた。「その話をどこでつかんだ？　あんたが引き合いに出したのは秘密記録だぞ」

「では、あなたはそれで間違いないと認めますか？」

「異議あり」リッグズが言った。

速記者は指を動かしながらも、両眉をごくかすかに上げた。

「わかりました」シェンクは言ったが、視線をカタンザーロに置いたまま答えを待った。

「強く異議を申し立てる」

「強くわかりました。ケイツ判事はその問題を考慮されるでしょう」

　カタンザーロはひどく静かだった。テーブルに置かれた両手のひら、規則正しい呼吸、全身を耳にして答えを待っているこのイカサマ弁護士野郎の首をねじ折らないように、溜め込んだあらゆる感情を整理している。

「シャロンは」ようやくカタンザーロが言った。「誤解していたんだ。そのことを」そのあと抵抗できずに「ほかの多くのこともそうだったが」

「ほほう」シェンクは言って、思いやりをこめてうなずいた。「聞けてよかった」

「これ以上話すことはない」リッグズは言った。「これで終わりだ」

　彼はいきなり立ち上がり、カタンザーロにもそうしろと合図した。

「一点の曇りもなく明確にしておきたいのですが」シェンクは言った。「十一月十二日の午後、あなたは何も飲まなかったのですか？」

「はい」

「一滴も？」

「異議あり」

「わかっていますよ、リッグズさん」

「聞いてください。よく聞いて」ついに、ようやく、カタンザーロの声が大きくなった。とはいえ大声ではなく、不機嫌なとがめるようなだみ声になっただけだ。

「絶対に飲んでいない」ぎらぎら光る目で彼は言った。

「違う。私は完全にしらふだった。そしていつもやっているようにベストを尽くして仕事をした。少年は厄介な状態でやってきて、私はそれを治す最善の方法を決定した」

「ふむ」最後のほうの言葉がシェンクの耳に留まった。彼はその言葉をハンドルのようにしっかりつかんだ。

「すごい。いいですね。で、カタンザーロ医師、ウェスリー・キーナーは治ったと言っていいのでしょうか？」

2

ベスは驚いた。こんなことが起きるものか？

ずっと尋ねているのに何も返ってこないし、答えになっていない答えばかりだし、全然わからないたわごとばかりだった。

「どうしてこんなことが起きたの？」

「キーナーさん、これから調べます。必ず真相を明らかにします」

「まあ、頼りにしてる。待ちきれないわね」

彼女の嫌みに気づかずに、ばかげたブルーのネクタイを締めた男は大まじめにうなずいた。この男、このまぬけがバレービレッジ病院の警備部部長で、以前にベスと会ったことがあると思っているようだったが、かりに会っていたとしてもベスの記憶になかった。五十代後半、青白い顔で温厚そうな見かけ、オールバックに梳かしつけたごま塩頭、茶色の靴に趣味の悪い青いタイの彼は、ベスと同じ程度に病院の警備部を率いる資格がなさそうに見えた。

　案の定、彼の名はブラッドだった。ブラッド・コーマン。病院で働くまぬけどもはみな、なぜかブラッドという名前だ。

　ベスは彼から顔をそむけて、九〇六号室に忍び込もうとしてつかまった、看護師の扮装をした女の子を見た。その女の子——そもそも彼女をここへ入れたブラッド率いる精鋭部隊の一員であるたくましい警備員二名にはさまれている——はいまもウェスリーをほれぼれと見つめている。

「ごめんなさい」看護師でないのに看護師の装いをした、頭のおかしい変な女は言った。警察には通報済みで、到着を待っているところだ。「本当にごめんなさい」

「この子がどうやってここに入ったか」ベスは言った。「それをわたしは知りたいの。わたしたちはそれを糾明するのよ」

　彼女は重々しく腕を組んでそばに立ち、リチャードに顔を向けると、リチャードはうすのろ警備員ブラッド——明らかに怖がっていて、彼と目を合わせようとしない——をじっと見ていた。九〇六号室はかなり混み合っていた。頭のおかしい少女と病院警備員、ベスとリッチとブラッド。

　そして言うまでもなくウェス。みんなのあいだを抜けてドアから窓へ、窓からドアへ歩く。一歩ずつ、脇に腕を垂らして。真正面を見つめて。

　ベスは息子を見てから目をそらし、ブラッドに戻した。怒るほうが簡単だった。はるかに簡単だ。

「何か特別な警備をしてくれているのだと思っていたわ」

「え、ええ、当然しています」ブラッドは言った。「もちろんそうです。それに我々はすべての患者さんの安全に腐心しています」

「悪いけど――一つ言わせてもらえます？」看護師の制服を着た女の子が口を出した。彼女は茶色の筋が入った金髪を、ふんわりしただらしないポニーテール二つに結んでいた。「あたしはウェスリーを絶対に傷つけない。誓って。ウェスリーを愛してる。あたしは彼を愛してるの」

「黙ってなさい」ベスが女の子に言うと、その子は愛らしく微笑んで〝ごめん〟と口を動かすそばで、ベスは警備員ブラッドを激しく糾弾し、青いネクタイの奥の胸を突いた。

「すべての患者のことはどうだっていいの。わかる？　いまいましい《ナショナルエンクワイヤーラー》新聞社はほとんどの患者の写真を撮りに来ないでしょ？　どう？　病室に頭のおかしい変人が侵入して、一目見ようとか触ろうとか――」そしてニセ看護師をもう一度見た。「ほかのことを」

「結婚する」女の子は静かに言った。

「なんだって？」ベスは声を上げた。

「娘さん、静かに」病院の警備員の一人が注意したが、彼女は無視した。

「あたしたち結婚するの」彼女はキーナー夫妻に説明した。「あたしたちは一緒になる。この人生じゃないよ。次で」

　ベスはぞっとした。少女のハンドバッグから、透明な液体の入った注射器が見つかり、ブラッドは砂糖水だと思うと言ったものの検査はまだだった。ベスは両手を握ったり開いたりしながら看護師の扮装をした女の子をにらみつけ、この変な女に飛びかかって素手で絞め殺してやると考えていた。それを察したリッチは妻の肩に手を置いて、それをぐっと握った。ベスが息を吐いた。

その間ブラッドは両手を腰にあてていた。そして、おそらく彼なりに断固とした口調でベスとリッチに話しかけた。「残念ながら、我々の方策は限られています。危害を加えようと心に決めた人間全員からウェスリーのような患者を守ることはできません」

「はいはい、わかった。わかった。あの子に危害を加えようと心に決めた多くの人間からあの子を守ってくれればいいの。あの子を殺すためとか、あの子と結婚するためとか」――ベスは、窓からドアへゆっくりと歩くウェスリーをぽかんと口をあけてまた見つめている少女を見た――「その両方とか」

「奥さん」ブラッドは言った。「ご心配はわかります。バレービレッジ・メソジストは誓って――」

「もうやめて」ベスが声を限りに叫んだのは、また最初に逆戻りしたからだ。ぐるぐる続く同じ話。

　腹立たしいが、混雑した病院でたった一人の患者を二十四時間体制で警備するのは難しいというブラッド・コーマンにも一理あり、バレービレッジ病院はキーナー夫妻の同意を得て、まもなくある特別措置を講ずることになっていた。その週の終わりに、ウェスリーは九〇六号室を引き払う。彼は病院の地下へ移り、そこで武装警備員が二十四時間体制でつく。この費用はキーナー持ちだが、彼らに払えるはずはなく、その伝票は厚みを増す一方の完全看護台帳に追加されるからシェンクは訴訟しているのだ。

　そうこうするうちに警察官が到着し、偽の看護師は連れて行かれた。彼女は逮捕されて起訴され、その後精神鑑定のため再拘束された。検査により注射器の液体は砂糖水ではなく、ウィンデックスという漂白剤とその他市販のさまざまな洗剤だと判明した。

　病室から人がいなくなると――侵入者が警察に連行され、ブラッドの部下たちが巡回へ、本人は事務室へ戻ったあと――ベスはウェスリーと並んで、ときどきやるように彼の背中を撫で、彼に言葉が通じるかのように、何の心配もないから、家族がずっと守るからと安心させるように話しかけながらしばらく歩いた。

その間ずっとリチャードは黙っていた。完全な沈黙を守っていた。見ているだけ。自分の内に閉じこもっていた。むろん怒っているように見えたが、それはいつものことだ。人前でも、どんな状況でも、それが標準だった。彼はいつも腹を立てているように見えた。身体の大きさ、頭のもたげ方、顔に刻み込まれたような仏頂面。特にウェスリーの事故で始まった暗黒の時代には、リッチのだんまりは沸き立つほど熱い沈黙だ、心で煮えたぎる激しい怒りを抑えるために彼は胸の前で腕を組んでいるのだと人々はいつも思った。

ところが彼は怒っていなかった。そのときは怒っていなかったし、人々が彼の沈黙を怒りと解釈した多くの場合も怒っていなかった。彼の目の奥の頭の中を見通せたなら、きちんとスキャンできる放射線技師を見つけられたなら、祈っている彼が見えたはずだ。

3

「そうやってみんなを騙してるのならおもしろいのにね」イブリンは言った。

数日後の夜のことだ。偽の看護師出没と、動揺させるほどの異常接近と同じ週。ウェスリーが地下へ移動して終わるはずの週、とはいえ彼がそこにいたのは、その措置も十分ではないとわかるまでだった。

夕食どきだった。ベスは、ゴムみたいに嚙み切れないベーグル二個と小袋入りのクリームチーズを買ってくると言ってロビーの食堂へ下りていった。イブリンがジンジャーエールもほしいと言ったら、ベスはあったらねと答えた。

イブリンは大きな肘掛け椅子に座り、待ち、両膝を曲げて足を尻の下にたくし込み、歩くウェスリーを見つめていた。

「考えてたの、お兄ちゃんが目を、ぼくは大丈夫って感じでぱちくりさせないかなって」

彼女は待った。

ウェスリーは歩いていた。彼の瞳はいまでも彼の瞳に見えた。彼女と兄は同じ、黒くて大きな目をしていた。ひとはいつも言ったものだ。〝あなたたちの目はほんとそっくりね〟。

兄はよくなると母が思っていることは知っていた。父がどう思っているかは知らなかったけれど、母がここでせかせか動き回って、ナイトテーブルを拭いたり、並んで歩いたり、髪を梳かしてやったりしながらウェスリーを見てどう思っているかはわかっていた。快方に向かうと思っている。

イブリンはそうは思っていなかった。多くの時間を費やして院内で看護師たちのひそひそ話を収集した。九〇六号室のほうに頭を傾けて、互いに耳打ちするのを。

「進展なし」彼らは言う。そういったことを。「ゼロ」

「なし」

「五カ月。変わらず」

「百二十七ポンド」

「収容所行き」

イブリンは全部聞いた。身体を押さえつけないかぎり彼は歩くのをやめない。前に立ちはだかっても両脚は動いている。ぜんまい仕掛けのおもちゃみたいに。うんちも、おしっこもしない。眠らない、成長しない、歩くのをやめない。

固形食を与えようとしても咀嚼しなかった。人形の口に押し込んだように口からこぼれた。栄養分を注入するために、液体の入ったビニール袋をつるしたカートを雑役係がウェスリーの横で動かしてまで点滴した。

でも無駄だった。吸収しなかった。彼は――何と言えばいいのか？――代謝しなかった。

「全部なくなる」ナースステーションのすぐうしろで、ことばさがしの本を手にしたイブリンが胡座《あぐら》で座り、耳を澄ましているとは知らずに看護師は言った。

「ブラックホールみたいね」別の看護師が言って、胸元で十字を切った。イブリンはそのしぐさを見ていた。

イブリンは兄がブラックホールみたいだとは思わなかった。でも、突然目を覚ますだろうとも思わなかった。というか――目を覚ますのではない。それは違う。兄は起きている。いつも起きていた。歩いている。

ひょっとして兄はみんなをかついでいるのでは、と思うのはあまりにばかげているとわかっていた。でも、尋ねるくらいならいいだろう。

「お兄ちゃんが帰ってきたら犬を飼おうかってママがパパに言ってたよ」

そんな話を聞いたことはない。母はひどいアレルギーなのだ。そうなる見込みはまったくなかった。イブリンが小さいときによく犬を飼いたいと言ったけれど、飼ったことはなかった。そんな話はなかったかのように。ウェスリーは歩き続けた。

そのとき、カートのタイヤのきしむ音がしてイブリンは顔を上げた。

「あっ」彼女は言った。「ごめんなさい」

慎重にカートを押してきた女は高い頬骨ときれいなウェーブのかかった髪と肉付きのよいたくましい腕の持ち主だった。黄色い鳥のトゥイーティーの絵のついたスクラブを着て、目の覚めるような青色のハイトップのスニーカーを履いていた。

「とてもかわいいわね、あなた」その女性が言った。

イブリンは「ありがとう」とひどく小さな声で言った。自分がかわいいとは思っていなかった。学年でいちばんかわいいのはダフニ・ボースという子で、その子に比べたらイブリンは見劣りがする。

「いくつ？　十歳？」

「十二」イブリンは答えた。

「十二なの！」女は言い、立てた指を小さく振って見せた。「そのうちきっと何人も泣かせるわよ」彼女は、歩いているウェスリーをろくに見もしなかった。ちょうど窓に達して向きを変えようとしていた彼。「何人も泣かせることになる」

「うん」イブリンは言った。「ありがとう」

「ねえ、よく聞いて」看護師か付添い婦かわからない彼女が突然、ひどくまじめな顔になった。突然、九〇六号室に入ってきたのはイブリンと話すためだったように思えた。

　その後ずっと、イブリンはその女性はなんという名前だったか考えることになる。スタジオにいるとき、ツアーマネジャーの音楽祭の招待の話を聞いているときにふと、このときのこの見ず知らずの女性を、イブリンの前で懺悔するみたいにしゃがんで両手をイブリンの骨ばった膝に置いたときに揺れた二の腕の脂肪をありありと思い出す。

「永遠に影を歩いてちゃだめ、いいわね？」

「え？」

「聞いてる？　みんな、それぞれの人生があるの」

　ウェスリーはその親切な他人のすぐそばを歩いて通り過ぎたので、手が彼女の背中をかすめたけれど彼女は振り向かなかった。イブリンの両膝を、少し痛みを感じるほどまできつく握った。ラベンダーの入浴剤のようなにおいがした。「あなたにだって。あなただからこそ。わかった？」

　そう言われてどう返せる？

「わかった」イブリンは言った。

「じゃいいわ」

　女性は立ち上がってカートを握り、行ってしまった。

二〇一九年一月十七日

ラビは朝のシフトだった。

九時間勤務が始まる午前七時半まであと五時間。でも彼の寝つきがよかったことはないし、今夜は——ジェイに会ったし、イービイに会ったし——きっと眠れないだろう。横になってじっとする。天井を見つめる。意識はざわざわして燃えるように熱い。Tシャツはビール臭いクラブのようなにおいがした。

彼はファイルを見ないようにして狭いアパートメントを歩き回った。

ファイルは、彼が所有する数少ない家具のうち、二脚あるイケアの椅子のひとつに置いてあった。二、三ページのマニラフォルダー。カフェテリアでジェイが押しつけてきたやつ——〝リチャード・キーナー裁判〟。

ファイルを開いたら、思いどおりになって喜ぶ父の猫なで声が聞こえた——〝参加！ やってくれるんだ！ それでこそうちの子！〟——のでまたファイルを閉じた。

アパートメントの窓の外、六階下のコリアンタウンの道路を見つめた。ルーベンは、広大なコリアンタウンの人が密集して住む地区のひとつ、オックスフォード通りの普通サイズのビルのワンルームに住んでいる。ルームメイトはおらず、同じビルに気の合う友人はいない。住んでいるのはほとんどが韓国人の家族だった。仲間としかつるまないエルサルバドル人かグアテマラ人らしき労働者数人。〈ホールフーズ〉の袋を下げた中産階級の、通路で会うと緊張気味に弁解がましく微笑んで、暗黙のうちに特権を白状する若い白人の恋人一組。

ここに決めたのは、不動産業者がコリアンタウンは全国で一、二を争う人口密度の高い地域だと言ったからだ。仕事終わりの帰宅途中に、アパートメントで一人座っているときに、人でひしめく街のことを考えるのが好きだった。百以上ある人口過密の街区で無名のまま別の一人と通り過ぎる、寄せ集めの十万人のうちの一人。

とはいえ今、外は静かで、ウエスタン通りさえほとんど人けがない。酔っぱらいと宵っぱりが数人。ときどき暗がりを一組のヘッドライトがよぎる。朝になれば彼はまたまな板の前に立ち、サニーの見せかけの誘いをかわしながら包丁を上下に振る。

よし、やるか、とラビは思った。

彼はファイルを開いた。

リチャード・キーナーは、二〇一八年十二月二十日の夜、ベニス大通りのすぐ南のセプルベーダ通り沿いに並ぶ安モーテルの一軒コズモズの一〇九号室で、殺意を持ってテリーサ・ピレッジを殺害した。

翌日の朝早くに刑事たちに配られた署名済み自供書によると、キーナーは数カ月前からこの犯行を計画していた。ロサンゼルスへおびきだして殺すため、病気の息子をだしにしてインディアナ州の自宅にいたピレッジ医師に連絡を取った。

被害者に不意打ちを食わせるつもりで、キーナーは地元のレストランで落ち合う手はずを整えていたが、気が変わって彼女のモーテルの部屋へ行き、錠をこじあけて、彼女が戻るのを待った。彼女が帰ってきたとき、キーナーが部屋の真ん中に立ってこれみよがしに拳銃を持っていた。一九七〇年代にオーストリアで少しだけ製造されたドナーP90という八ミリ口径のセミオートマチック拳銃だった。彼はこの銃を数年前の銃展示会で購入し、非常時に備えて地下の金庫に保管していた。彼が警察に語ったところでは、妻に話せば驚いただろうし、手放せと言われるのはわかっていたから話さなかったという。

彼は警察に一部始終を話した。

ピレッジ医師が部屋に入ってくるなり彼は発砲したが的をはずし、再度発砲し、二度目もはずした。部屋から逃げようとした被害者をキーナーがつかんで壁に押しつけた。少しもみ合ったのちキーナーはベッドサイドにあったランプを握り、土台部分をピレッジ医師の後頭部に振り下ろし、死にいたらしめた。

そのあと彼は警察に電話し、彼らが来るのを待った。

警察が午後九時二十二分に到着したとき——警察の報告書およびその後のキーナーの自供によれば——一〇九号室のドアは開いており、キーナーはベッドに座って銃を膝にのせていた。彼は血にまみれていた。検査で、被害者および彼自身のものであることが証明された。部屋のほかの場所でも血痕が見つかった。ピレッジが殴られて倒れかかった壁にはね飛んだ血。粉砕された頭骨から流れてカーペットの繊維についた血。

「おれがやった」リチャードは、銃を構えて入っていった警察官に告げた。彼に膝をつかせて手錠をはめたときも、権利を読み上げたときもそう言った。「おれが殺した」

ルーベンは読み終えたファイルを椅子の上に戻した。

そこに書いてあることで重要なものは一つもなかった。疑いの余地はなかった。リチャードがやったのだ——彼はそれを否定しようとしなかった。細かい点まで供述した。

焦点となるのは、ジェイの調べで判明した、カリフォルニア州判事が減軽を考慮する要因だった。もしリチャードが本当に心神喪失していたのなら、彼の息子の悲劇を招いた事故からちょうど十年めの日がきっかけでなんらかの精神混乱に陥ったのなら、それを減軽の根拠として提出すれば、イービイの父は死刑を免れるかもしれない。

それとも――こっちのほうが可能性は高いが――どうにもならないか。

　やってみて失敗すれば、彼女をがっかりさせてしまうだろう。

　ルーベンは溜息をついて指先で両目を押さえた。これをしなければならないわけじゃない、彼は思った。そのあと窓に大きく映っている自分に向かって、声に出して言った。「しなくていいんだ」

　つまり、関わってしまった。スリップストリームに引きずり込まれた。

　私たちは自分の人生は数千の小さな逸話のいくつもの章と段落でできていると思いこんでいるけれど、実際にはたった一つの物語だ。堂々めぐりし重複する長い一つの物語。だから、当然の帰結としてリッチ・キーナーはテリーサ・ピレッジを殺し、必然的にこのルーベン・シェンク、ワンルームのアパートメントで裁判に関する父の説明書きを読んでいる二十四歳は、キーナー家の人たちと同じように、みんなと同じように無限のスパイラルに追い込まれた。

　ルーベンはこれまで何度も、どうすればジェイ・シェンクから永遠に離れられるか、生まれを理由にこの関係を否定できるか考えてきた。なんだかんだいっても、あの男の血は流れていないのだ。遺伝子も違う。彼らをつないでいるのは人間の法であって自然のおきてではない。そして人間の法――誰よりもジェイ・シェンクがよく知っている――は、人々が思いたがるほど恒久不変ではない。ルーベンが書類にサインして金を払えば、関係を永遠に断ち切れる。ジェイの言い分を拒否できる。

　でも、そうするつもりなら、なぜもっと前にやらなかった？　自分にはできないと思っていた。ジェイの子でないなら誰の子だ？

　他方で、ルーベンが関わることになれば……

楽屋で膝と膝が触れ合うくらい身を乗り出してきた

イービイ。時間をさかのぼり、あのときみたいに静かに話して、いろんな可能性をさぐる二人。

　ルーベンは窓ガラスに映る自分を見て、笑みを浮かべていることに気づいた。その未来を考えたら嬉しくなって緊張がほぐれた。

　そのとき彼は悲鳴を上げた——絶叫して起き上がる。心臓が飛び出しそうだった。窓ガラスの彼の横に、椅子に座る男が映っていた。日に焼けて色褪せたもつれた長髪、タンクトップとビーチサンダル、狂人を思わせるのどかな笑み。顔の傷から血がだらだら流れているのに、それでも彼は微笑んでいた——

「なあ、おい」その見知らぬ男、まったくの見ず知らずではなく、物心ついてからずっとルーベンが知っている他人から「ご無沙汰だったな」と言われてルーベンは男に向き直り、仕留めるつもりで身体を固くして無人の椅子に突っ込んだ。椅子は揺れて潰れた。

　あざをこしらえたルーベンは息を切らし、両腕を安物の椅子の金属の脚と絡ませて無言で横たわり、力なく考える。またか——

　……またかまたかまたかまたか……

二〇〇九年五月七日

1

「意識は〝神秘〟ではありません。使う言葉について、それが何を意味するかについて慎重になるべきです。〝意識の神秘〟など存在しません」

講堂の前にいる野暮ったい身なりの痩せた女は自分のメモカードを見下ろし、そのカードに［休止］と書かれていたかのように言葉を切った。

「神秘という言葉は、超自然や心霊術者とのつながり、また敬虔な人たちや有神論者とのつながりさえ含みます。脳独特の病理学から、その統合的な機能について考えるとき、みなさんの語彙から〝神秘〟という言葉を排除することが重要です」

その女はカードに目を落としてから、顔を上げて聴衆を見た。

終わったのか？　シェンクは期待して尻をもじもじさせた。

彼女が次のカードをめくった。いや。終わっていない。

「特に有害なのは、そして避けるべきは」講師は続けた。「いうなれば神秘に関して提示されたある種の単純な解釈です。たとえば〝意識の劇場〟または〝カルテジアン劇場〟と呼ばれるものです」

女がノートパソコンのボタンを注意深く押すと、背後に映し出されたパワーポイントが次のスライドに進んで、一枚の絵を表示した。キッチンで一人の男がリンゴを見ている一方で——男の頭の中で——同じ男の小人版が肘掛け椅子に座って、テレビに映るリンゴを見つめている。絵が示唆することは明確だった。私たちが見るものすべては私たちの意識という一種の画面に投影されたものである。

　講師は不満で口をゆがめてその絵をにらみつけた。「これは違う」彼女は絵に向かって言ってから、再度聴衆に向けて言った。「間違っている。頭の中に外部刺激を統合する小人なんていない」

　彼女はクリックして次のスライドを出した。その声は平板で抑揚に欠け、学術用語だらけの講義は、半分ほど埋まっている講堂の階段席のあちこちにまとまって座る退屈した学部生の耳にほとんど残らなかった。

　しかし、本当の問題は、最後部の列に座る二人の中年ユダヤ人が、《マペットショー》のバルコニー席で野次る偏屈な二人のように目立つ二人組がそれをどう思ったかだ。

「それで？」アイラ・リップタックはジェイ・シェンクに言った。「どう思う？」

「そうだな、確かに彼女には何かある」シェンクはささやいた。「なかなかの大物だ」

　リップタックは落胆した。シェンクのはぐらかしは聞いたらすぐにわかる。大昔からシェンクの医療専門家発掘係を務めてきた堕落した心臓専門医であるリッピーことリップタックは、キーナー少年を的確に診断できる人物、ごくまれな脳の状態を理解できる専門家をさがしていた。

　ウェスリーの容体の責任を病院に負わせるつもりなら、シェンクはその理由を明らかにしなければならないが、それができる医師がまだ見つからない——努力はしていた。これまで神経科医や精神科医やウイルス学者やあらゆる分野の専門家数十人が永遠に歩き続ける少年を見にバレービレッジ・メソジスト病院に詣でた。何人かはシェンクが招待し、何人かは病院が招待し、何人かは自らの好奇心を抑えきれずに、ロサンゼ《L》ルス《A》から、カリフォルニア州の他の場所から、世界各地からやってきた。

ベス・キーナーは、新たな医師がやってくるたびに、ウェスリーがいま収容されている地下の部屋で、期待に身体を震わせて爪を噛みながらそのそばに立つ。そしてシェンクは彼女同様神経を高ぶらせて彼女のそばに立ち、体重を片足ずつにかける。彼女は息子を治してやりたかった。息子が医療ミスの被害者であることを立証できる人物が必要だった。医師たちがやってきてウェスリーの空虚な目をのぞきこみ、ぶつぶつ言いながらノートに書き込む。彼らはメモを取り、血液を採取し、シェンクの電話番号を控えたが、誰も電話してこなかった。診察してみて、自分の評判を賭けてこの男の子に起きていることを明確に発表する覚悟は誰にもなかった。

だが、もしリップタックが、クリックしてささやかなパワーポイントの表示を進めているこの女が今回の件の切り札になると考えているなら、リッピーは――なんとまあ――気が狂ったのだ。

まず、この教授――いや、教授ではなく講師だ――このテリーサ・ピレッジは十七歳くらいにしか見えない。だから明らかに、二百人の学部生に脳の神秘について――おっといけない、神秘と言ってはだめだった――教えているのでなければ、カリフォルニア大学リバーサイド校にいるはずはなかった。が、黒いぺたんこの靴と締まりのないポニーテールと、半サイズは大きすぎるベージュのパンツスーツの彼女は、手書きの図表で気候変動について研究発表する高校一年生に見えた。

それ以上に問題なのは、彼女が講堂内の関心をつなぎとめておけないことだ。この事実をシェンクは講堂をざっと見回して確認した――居眠りしていない学生はノートパソコンを開いて、コンピュータゲームをするか、チャットするか、オークションサイトをぼんやりと眺めている。もしキーナー対バレービレッジ病院法人の裁判になれば――予想される最悪の筋書として、シェンクがうまく和解できなければ――立派な十二人の市民を魅了できる専門家が必要になる。こうした大きな裁判では、陪審員は白衣を着て思慮深い顔をしたトーマス・アンジェロ・カタンザーロのような人間の話を重視しすぎるきらいがある。〝生身の人間にすぎないわれわれが、この高貴な医師、やまいを治療する人を、結果論であれこれ批判できるのか〟と。

それを正すには、医療側の物語とは異なる信頼に足る話を語り、かつその事件の広く信じられている物語を書き換えることのできる機知に飛んだカリスマ性のある証人が必要だった。これは、懸命に努力しているが運命の流れを変えることのできない高潔な医師の物語ではなく、悲惨なまでに苦しみ、そして打ちのめされた家族の物語である。同情のみならず賠償を受けるにふさわしい家族。彼らが失ったものは金銭では埋められないものの、それでもないよりはましだろう。

だから、理由はどうあれ和解できないなら、その任にふさわしい専門家を見つけなければならない。

でもこの女性は？　この女性はふさわしくない。

「そうなると重要な問題に戻ります」ピレッジの話し方は相変わらず一本調子だ。「意識からこの小人《ホムンクルス》を追い出せば、それがいた場所はどうなります？　つまり、人のようなものは存在しますか？」

彼女は待ったが、ここにいる学部生の誰も発言しなかった。

シェンクに関していえば、答えはイエス、人のようなものは存在し、さらにこの人はおしっこをしてから車を九十分運転してLA西部へ戻らなければならない。

「さてと、リッピー？」彼はささやいた。「行くか？」

「ああ」リップタックは言った。「期待はずれで悪かったな」

「すみません？　お二方？」

テリーサ・ピレッジは後方にいた彼らに気づいてい

た。彼女はカードを持たない手を額にかざして目を細め、はるか前から彼らをじっと見ている。

「ああ、すみません」シェンクは教員に、そのあといきなりの中断で夢からぼんやりと覚め、よく見ようと首を伸ばした学生たちに陽気に手を振った。「ごめんなさいね、先生《マム》、出ていきます」

「博士《ドクター》よ」ピレッジはきっぱりと訂正した。「マムでなく」彼女は彼をじっと見据えている。「察するに、シェンクさん、はるばるいらしたのだから、せめてじかに話せるまで待てばいいじゃありませんか」

「ああ。私はその――」リップタックを見やると、彼は視線を落とした。二人で行くとピレッジに知らせたことをシェンクに話していなかったのだ。「なるほど。そうですね」

「あと二十分で終わります」教授は力強い口調で続けた。「そのあと話しましょう。外の廊下で」

シェンクは彼女に親指を立てて見せながら、はるか昔の高校時代以来、大勢の前で恥ずかしい思いをこらえてうなじが熱くなるのを感じた。ピレッジはクリックして次のスライドで暗い背景に浮かぶピンクでしわの寄った惑星のような脳を表示させ、学生たちは各自インターネットに戻り、リップタックは顔をしかめて笑いをこらえた。

「あのですね、悪く思わないでほしいし、時間を取っていただいて感謝していますが、たぶんしっくり合わないでしょうね」命じられたとおり、休憩時間に外の廊下で彼女と会ったシェンクはピレッジ博士に言った。「私が必要とするものには」

「あなたには専門家証人が必要なのだと思っていました」

「ふうむ。第一に、できればそうしたくない。できれば和解するつもりです。専門家証人は必要ない。第二に、えっと――率直に言って……」

シェンクは気にさわるようなことを言いたくなかっ

た。彼女の気骨を高く評価すべきだし、実際に評価していた。それに、こうして話をしているときの口調は一本調子でなかった。それどころか、演台では完全に欠如していたある種の火、固い決意がここでは見られた。

だが、それでもありえない。この助手だか非常勤講師だか知らないが、毛玉だらけのパンツスーツと不釣り合いなぺたんこ靴に、こっけいなほど大きなメッセンジャーバッグを果物袋みたいに肩からかけた縮れ毛の若い女を陪審の前に立たせるつもりは金輪際ない。

彼女の気持ちを傷つけずにそれを言いたかったのだが、すると彼女が自分から言い出した。

「わたしは若すぎる、かなり若く見えると思っているのね」

「そうだね。というか、それはある。それも一部だ」

「ご心配はわかります、シェンクさん、でもあの子の状態を詳しく説明できると言って反論するだけよ」

シェンクは首を傾げた。「あなたが？」

「はい、シェンクさん」

「でも、彼に会ったことはないでしょ」

「ないわ。でも、あなたのお仲間からもらった資料をじっくり読みました」

どちらもリップタックに目をやらなかった。彼は、〝ボランティア募集〟のチラシや黄色くなった《ファーサイド》の漫画が貼られた〝神経科学科〟の掲示板の下で、壁にもたれて二人の話が終わるのを待っている。

「それを見て彼を診断したと」

「ええ」

「すばらしい」

彼女はうなずいた。すばらしいことは言うまでもない。彼女は粘り強かった。頭が切れた。驚くほど自信があった。

「教えてもらいたいことがある」穏やかに微笑みなが

らシェンクは言った。「講師というのは何です？　正確には？　教授とは違うね？」

「違うわ」

「では、准教授みたいなもの？」

「というわけでもありません」

「なるほど。では――つまり――実際の医療に関するかぎり……」

　ピレッジは昆虫のように鋭く舌を鳴らした。「わたしは医師ではありません。でも、そうである必要はないわ」

「どういう意味だ？」

「あなたの裁判には。これには」

「必要だし」シェンクは言った。「くそ野郎にはなりたくないが、下品な言葉で失礼、私の裁判では実に重要だ」

「これは違うわ」即座に彼女が言い、彼は言い返した。

「違わない、これはそうだ」そのとき彼は、校庭で悪口の言い合いをしているガキになった気分だった。

「この手の裁判では、一連の処置で発生した医療ミスを指摘するのに、現役で活動する医師が必要だとあなたは言おうとした」彼女は不意に背筋を伸ばして、彼に向き直った。「でも、特にこの事案では、あなたに必要なのは脳の仕組みではなく、脳の化学的作用と神経生理学に関して証言する人物です」

　ピレッジはそれら一つ一つの語を冷酷なまで明瞭に発音した。すると、彼女がとても若い、あるいは若く見えるせいで、その几帳面さがどこか魅力的に感じられた。両親に複雑なことを恩着せがましく説明する子どもみたいに。

　シェンクはピレッジ博士の実際の年齢を推測した。三十歳くらいだが若く見える不器用な少女っぽい三十歳。梳かしてない髪、にきびの跡が残る青白い顔。じっと見つめる間隔の開いた目。

「この子どものどこが悪くて、どうしてそうなったのか、わたしにはわかっているわ。わたしはそれを陪審に説明できる。もちろん、正確に説明するために患者を検査する必要がある」

　ははあ、とシェンクは思った。「ほらきた」

「何がきたって？」

「あなたのねらい。悪く思わないで。でも、あなたには動機がある」

　唇をすぼめて目を細めたピレッジの小さな顔はますます小さくなり、怪しい一点にまで凝縮したようだった。

「あなたは、この子のおつむの奇妙な機能を実際に見て、医学雑誌に論文を掲載したいんだ。エレファントマンみたいに」

　からかっているだけだとはっきり彼女にわかるように、シェンクはごく軽い調子で言ったのだが、ピレッジは頬を緩めなかった。

「わたしは、つまらない好奇心を満たすために神経学者になったのではないわ、シェンクさん、それにわたしの自尊心はそんなものを必要としない」

「ではなぜ？」シェンクは言った。「どうしてそこまでこれをしたいのか。そのためでないとすれば。妙だ。今日の講義で大勢を最後まで喜ばすあいだ、私を無理やりここで待たせたのはなぜだ？」

「お金よ」

　シェンクの両眉がさっと上がった。壁際のリップタックがこちらを見た。二人の一瞥はあけっぴろげで楽しげだった。やっと、シェンクは思った、楽しくなってきたぞ。

「ようやくわかったけれど、専門家証人の仕事は高い報酬がもらえる。さっき話したとおり、わたしはこの分野で絶対に信頼できる専門家よ。若い女だから、教授ではなく講師だからといって、この仕事をして報酬を受ける資格がないわけではない。確かに、少年の不思議な状態に興味を引かれているし、直接検査する機会があれば大歓迎だわ。でも、二つの動機は矛盾しませんよ、シェンクさん。わたしにとってその二つは絡み合っているんです」

　シェンクは吹き出しそうになった。複数の動機という告白、矛盾を微妙な差異として、精神の多様性として言い換えることは、彼が依頼人や依頼人候補者にいつも披露していることだった。最近のキーナー夫妻も含めて。

　生計を立てたい、それに息子を援助したい。二つとも。

「わかった」シェンクは言いながら、ロレックスにちらりと目をやった。「で、それは何だ？」

「何が？」

「彼がどうなっているかわかっているとあなたは言った。それで？　診断は？」

　シェンクが話の方向を突然変えてピレッジの不意をつこうと考えていたのなら、読みは外れた。

「わたしを雇って」彼女はきっぱりと言った。「小切手を書いて。それなら喜んで説明するわ」

　シェンクはにっこり笑った。そして、考えてみると告げた。彼とリップタックが立ち去りかけてから、彼は振り向いた。

「では、あなたはその人なのかな？」彼は言った。

「どういう意味？」テリーサ・ピレッジは言った。

「あなたは彼を治せる人物なのか」

「わたしは彼を診断したと言ったのよ、シェンクさん。彼を治せるとは言ってないわ」ピレッジはわずかに眉をひそめた。「彼は治らない」

2

シェンク親子はマービスタという地域の、シェンク&パートナーズからベニスビーチへ行く四車線道路を西へ走ってパームズ大通りから少し入ったティバー通りにある３ＬＤＫの平屋に住んでいた。

ティバー通りの家はマリリンが見つけて、マリリンが決め、マリリンが模様替えし、彼女が死んでこうも長い年月が経ったのに大部分はそのままで残っていた。妻に死なれたあと、ジェイは家にまったく手をつけず、椅子一脚も動かさなかった。必ずしもあの当時を懐かしんでいるのではないことはルーベンにわかっていた。ルーベンが小さいころ、マリリンがまだ生きていたころ、ジェイはいまと同じように仕事で忙しかったから、マリリンはまだ赤ん坊の息子を連れて電気屋や家具屋や壁紙展示室へ行き、すべて決断して、完璧に整えたのだ。

そして、死んだ母の写真――特に、ロサンゼルス国際空港の手荷物受け渡し場で、彼女はカメラに微笑みかけ、かたや赤ん坊のルーベンは母のスターバックスの小さなエスプレッソカップに手を伸ばし、目を見開いて新しい故郷に見とれているあの有名なスナップ写真をはじめ――がそこかしこにあるにもかかわらず、日々ルーベンが母を感じるのは家のあちこちとさまざまな色だった。バスルームのタイルに、春色の緑のカーテン。マリリン・シェンクといた時間はごくわずかだったけれど、私たちすべてに子どものころの母の思い出があるように、彼には彼なりの母の思い出があった。いわく言いがたく圧倒的で、がっかりするほど小さく、ありえないほど大きなひとときの感触。

いま、父の帰宅を待ちながら、ルーベンはたくさんある母のがらくたの一つ、大切すぎておもちゃにできない、安っぽすぎておもちゃにできない手作りの小さなカメをいじっていた。カメの軟骨の腹は左右対称の六角形のセラミック板二枚でできていて、その両方に半円形の緑色のガラスがはめこんであった。小さな口は、頭のすぐうしろにある小さなレバーで開閉する。いまルーベンは、物心がついて以来いろいろな心配や不安を感じたときにそれで遊んできたように、カメの小さな口を開け閉めしていた。

カメのなんともいえない手触りの甲羅を親指で撫でながらカメを父に見立てて話す練習をしたのは、今日郵便で届いた手紙を読んでからずっと恐れていたそのときがまもなく来ようとしていたからだ。たたんでポケットに突っこんだままの手紙の鋭い角が太腿をちくちく刺した。

手紙はじきにポケットから出され、開かれることになる。ルーベンにその勇気があれば、ジェイがドアから入ってきてすぐに。でも、大丈夫だ。父はわかってくれる。

「きっとわかってくれる」ルーベンはルーベンに言った。「大丈夫」

カメを見ると、カメは彼を見返したものの、目はないし話もできないから慰めたくてもできない。

学校からシェンク氏に宛てた手紙だったけれど、自衛本能が危険を察知したからかルーベンはそれを開封した。伝達事項が書いてあるだけのそっけない手紙には、モーニングスター校生徒の保護者に対し、今年の秋から生徒全員に少なくとも一つの課外もしくは放課後活動を行なうことが義務づけられたと通知されていた。〝当校の記録では、お子さま――［ルーベン］と括弧つきで挿入されている――は現在そうした活動に何も携わっていないため、あなた様に当校の……〟そしてお子さまが情熱を傾けそうなさまざまなセミナーや学期選りすぐりの行事がリストにされていた。

ジェイがその手紙にサインして送り返すことになっている。学校側は明確にやりとりを記録しておくため、書類の署名にあくまでこだわった。つまりルーベンは、何度も欠席したためにハッチンズ先生の古典詩談話会から除名されたことを、いまになって話さなければならなくなった。除名は数カ月前のことだが、まだ話していなかった。それを聞いた父がどう反応するかわからなかったが、考えられる可能性はどれもひどかった。ルーベンが何度も欠席したのはキーナー事件の手伝いのためだから、ジェイは自分を責めるかもしれない。それとも、高い授業料を払っているのだから、ルーベンにせめてできることは機会を十分に利用することだと演説をぶつかもしれない。あるいは（中でも最悪）腹を立てたジェイが学校に怒鳴り込み、ハッチンズ先生にいったい何様だと思っているのかと詰め寄るかもしれない。

あれから数カ月経ったけれど、一学期の終わりから春までずっと、ジェイが思い出したように詩歌クラブはどうだと尋ねてきたとき、ルーベンはいいよと答えただけだった。順調。すごく楽しい。夕食のときに一度、うろ覚えと称してほとんど即興ででっちあげたソネットをぼそぼそ暗唱したことがあった。じつのところ、放課後のその時間は校内でぶらぶらして、学校図書館に入り浸り、ドラゴンランスの本を読みふけり、ほかの生徒の暇つぶしを眺めて過ごした。彼がかつて在籍した詩歌談話会のメンバーのアネリース・マクタイアとウィリー・ドリアンの気まぐれな求愛行動を見たのは図書館の窓からだった。二人は、クラブが始まる時間に合わせて二時五十五分に待ち合わせし一緒に世界言語棟へ入っていった。彼は二人のファーストキスかファーストキスのうちの一回の立会人となってしまい、嫉妬と恥ずかしさが混じった焼けつくような気持ちを感じたあと、本に頭を突っ込んで、談話会が終わって彼も帰宅できるようになるまで――難しい顔でがむしゃらに――読んだ。

すべては父に話さないでおくためだったのに、よけいな手紙のせいで話すしかなくなった。

ルーベンは頭をそらして、むずがゆいソファの背に押しつけた。親指でカメの畝のある腹を何度も撫でて、胸に詰まったつらい気持ちをほぐそうとした。彼が何より嫌だったのは、まさにキーナー訴訟にどっぷり浸かっている今このときに、父に野暮用をさせること、ルーベンの世界のばかげた小さなドラマに引きずり込むこと、ちょっとした後始末をさせることだった。

ドアがかちりと開いた。ルーベンはカメの上に手を置いて、金色の飾りをつけた母のソファでまっすぐに背を起こした。

「ルーベン！　せがれよ！　ルービー、いるのか、おい？」

ジェイ・シェンクは茶色のオクスフォードシューズの靴底でドアを押し開け、独特の熱狂した激しい風をまとって季節の変わり目のように部屋に入ってきて、ジムバッグを一方に、ブリーフケースを別方向に放り投げ、コートをずらしていって背後の床に落とし、ゴムのバンドを引っ張ってポニーテールをほどいてばらし、一人きりの息子の頬をつかんで頭のてっぺんに思いきりキスをした。

「リバーサイドのかなたから帰ってきたぞ。あの女性だな、おい。あの女性を信じてはならん」

「どういう意味？」

そして、洗いざらいぶちまけるつもりで、カメに置いていない方の手を、ポケットの中できちんとたたまれた手紙へ伸ばしていたルーベンは、またソファにもたれた。

シェンク＆パートナーズの上級弁護士はルーベンに事の次第をその都度話してきた。さまざまな宣誓供述をルーベンに報告し、ウェスリーの仲間との質疑応答を再現し、事故の状況や病院までの搬送、手術の混乱状態を事細かに説明した。毎晩、こうした報告を前線から持ち帰って夕食の席で分析する。テントの中で頭を寄せて地図を検討する将軍二人。

　そして今夜、彼はリッピーと一緒にリバーサイドへ行った顚末とピレッジ博士の印象を笑いながら話して聞かせた。小さなキッチンの流し台の上に一つある窓から三本のレモンの木が見える。マリリンが、レモンが大好きな夫のために、そしてキッチンの窓から見える地中海風に対称的に植えられたレモンの木を見るのが大好きな自分のために、位置を決めてそこに植えたのだ。

　ジェイはサンペレグリーノのボトルの蓋を音を立てて開けると、氷の上にすべて注ぎ、自分でレモンを分厚い櫛形に切って、それをマジシャンのようななめらかな手つきで中に落とした。その間ルーベンはポケットの中の紙のしわ、レターヘッド付き便箋の尖った角を感じていた。

「父さん？」ようやく彼が言った。「ちょっと、えーと——話さなきゃいけないことがある」

「やったぞ、相棒」ジェイは嬉しそうに宣言した。「うまくいくと思う」

　彼はルーベンの言ったことを聞いていなかった。息子の声が小さすぎたからか、父が自分の考えに浸っていたからか。

「どうなってるかわかったの？」ルーベンは穏やかに訊いた。

「いや、わからなかった」ジェイは言った。「でも、かなり近づいてきた」彼はくるりと首を回して日の出のように洋々とした笑顔を見せ、指を折って数えた。「救急救命士から不利な証言がいくつか出たかも。アルコールの問題を抱える外科医。脳の専門家による診断——正直なところ、まさに世界最低の専門家証人だが、黙っていれば誰にもわからない。彼女のことを記録する必要さえない。そんな人は知らんと言えばいいんだ。〝ある仮説を立てた女性がいましてね〟」

ルーベンは聞きながら、いつものように父の口からとめどなく出てくる魔法の言葉に幻惑された。

「ひょっとすると、たぶんこのまま進めていくと、この筋道のどれかをたどって、虹の端へ行き着くぞ。だが、熱い鉄を打つ機会を逃すなだ。誰の言葉か知ってるか？」

「ママ？」

「あたり」

ジェイはグラスを置いた。彼は両手を頭上に押し上げて伸びをし、身体を片側に、そのあと反対側に湾曲させた。ルーベンはなかば無意識的に同じ動きをした。

「じゃあ、勝てると思う？」

「いいや。まさか」意気揚々のジェイ。満面の笑みのジェイ。「和解する」

父が彼のおつむのてっぺんに派手なキスをして、着替えやジョン・リッグズに電話をかけに行ってしまうころには、ルーベンと彼の告白相手セラミックのカメには独自のプランができあがっていた。なんだかんだいってシェンク＆パートナーズのときどきの仕事には、だんだん増えていく学校通信をうまくさばく役に立つものがあった。彼が会得したものが一つあるとすれば、それは父のサインに似せて署名することだった。

　ルーベンが実際にその行為に手を染めたのは、ずっとあとだった。ベッドわきのカシオの目覚まし時計を午前二時半にセットして、真夜中に人目を忍んで間違いなくその仕事を完遂した。彼はそれを決して忘れなかった。ペンの動き、不正行為を働いているときに感じた気持ちを。

　当然ながら、そんなことは重要ではない。

　この身も蓋もない子どもらしいもくろみ全部？　アネリースへの片思い、気まぐれに参加したモーニングスター校での人付き合い、古典詩談話会からの除名、それらをごまかすための卑怯な方策……すべてはじきに組み込まれることになる。あとで振り返ると、すべては、かつての彼の人生はいかに単純だったかを示す、そして世界がどれほど複雑で不可解で狂暴になれるかを示すただの標識となる。

　まもなくルーベンの少年時代の不安の細流は、大人の悩みというもっと大きな激流に圧倒されることになる。まもなくルーベンはシェンク＆パートナーズの事務室へ入り、そこで彼を待っている男、日に焼けて色の褪せた髪と空疎なサーファーの笑顔、茶目っ気ある魅惑的な目で邪心と罪悪を放ってくる男を見つけることになる。

　けれどもなぜか、若き日のルーベンも大人になってからのルーベンも、あらゆる事実と反対に、これが変わり目だった、この決断、つまり手紙に父の名でサインしようと決心して実行したときにすべてが変わった――宇宙を崩壊させた破滅の瞬間だったといつも思う

ことになる。
　おそらくそれは事実ではなかっただろうが、確実なことは誰にもわからない。

二〇〇九年五月十一日

高級レストランだった。ジョン・リッグズ様にはそれに見合うものを差し上げなければならない。実に上品なレストランだった。

シェンクはスティックパンをぼりぼり嚙んだ。炭酸水を飲んだ。微笑んだ。自分が上品な人間でないことはシェンクも承知していたが、高級なものを見る目はあると思っている。リッグズが雑談のためのランチに選んだビバリーヒルズのレストランは一日中エレガントだった。

シェンクは膝にナプキンを広げ、そのあと、旬の野菜を使った料理を出すせいで頻繁にメニューを変えることを客に知ってほしいため、浮き出し文字でもラミネートパウチ加工でもない、普通の紙に旧式のタイプライターで打った二ページしかないメニューを開いた。シェンクはそういう演出に敬意を抱いていた。心から。それに旬の野菜も大好きだった。

連絡して親睦会を提案したのはシェンクだったが、会場選びはジョン・リッグズに任せた。テレマカー・ゴールデンスタインが魔術に励む金メッキとガラスでできたオフィスビルから数ブロックの場所にある〈トマソズ・フォー・フィッシュ〉は、五十ドルのメカジキ料理と背もたれの高い椅子と、同伴者の美貌と高価な装いが見られるように明るく照明されたシーフードの名店だった。白い服のウェイターたちが、胡椒挽きやアイスティーの無限のお代わりを手に、礼儀正しい笑顔を浮かべて身をかがめ、テーブルからテーブルへてきぱき動いていた。奥の隅の長椅子に座るシェンクから、五日分の無精ひげと慎重に選んだトラッカーハットの若いテレビスターがまっすぐ見える。その帽子と、巧妙にダメージ加工された袖なしTシャツとの組み合わせは、無名の人に見せかけてじつは注目を集めるためだ。

ここがリッグズのホームグラウンドであるのは明白だが、シェンクは全世界が自分のホームだと思っていた。この街で気楽にくつろげないレストランやクラブや地域はなかった。リッグズの向かいに座り、リッグズの金で飲み食いしているのに、彼は余裕たっぷりの主催者づらをしていた。「今日は」美味な無料のスティックパンを頬張りながら彼は言った。「お越しいただいて感謝している」

リッグズは水を飲んだ。担当のウェイターの、葬儀屋並みに細かい点まで行き届いた年配の男がオーダーを取ってメニューを受け取り、足早に離れていった。仕事のできる人間がいつでも大好きなシェンクは、去っていく彼を感心して見つめた。

「メカジキか？」ウェイターがいなくなってからシェンクはリッグズに言った。「私は自分では魚の骨を取らないんだ。小さな骨は」

リッグズは当たりさわりのないことをつぶやいて水を飲んだ。シェンクがメカジキのことをもう少し話そうと口を開いたとき、リッグズが言った。「きみは何を話しあいたいのか？」

シェンクは溜息をついた。世間話なら永遠にしていられる。何年でも。シェンクは雑談が大好きだった。でもしかたない。

「ああ。要点はこうだ」彼は海賊のように軽快にネクタイの先端を肩に放り投げ、膝に広げたナプキンをふくらませた。「この訴訟で裁判しないことを両者で同意できると思っている」

「ほう？」リッグズのむくんだ顔が驚いたしかめつらへと変化した。「できるのか？」

「ああ、そう思う。一つには、和解の道をさぐらなければ、ケイツはモーとカーリーみたいにおれたちの頭と頭をぶつけるよ。だろ？　だから――おい、いま見ないでほしいんだが、あれはジェイ・Zじゃないか。見るなと言ったのに」

リッグズは見たりしなかった。彼はシェンクから視線をはずさず、その顔はポーカー選手のような厳格なマスクだった。

「二つめは経費の問題。きみがしきりに判事に言っていたように、この子の事例はほかに例のない独特なものだ。ラテン語で言うとスイイ・ジェネリス？」シェンクは挑発的に肩をすくめた。「まあ、つまりだな、私たちが鑑定のために専門家を呼ぶことにしたとたん、ウェルブリッジ保険グループのきみの友だちにかかる経費が急速に増えだす。だろ？　ちがうか？」彼はリッグズの顔をうかがい、反応がないので溜息をついた。「そういうことだ」

シェンクは指を一本立てて、炭酸水を一口飲んだ。言うまでもなく、じつは彼が気を揉んでいるのは自分の財政だった。この心配をルーベンにはもちろん、ジョン・リッグズに打ち明ける気はないが、キーナー訴訟が彼の懐具合に着実に負担を増やしていることを考えると、すぐに手を打ったほうがいい。事務所のダーラに追加で時給を払っている。まともな専門家証人をさがすという無駄な努力のためにアイラ・リップタックにちょっとした金額を支払った。生涯看護プラン作成のため、ジョーニー・キャプラという卑劣な法廷公認会計士に金を払っている。宣誓供述に足を運ぶために週に三回もプリウスのガソリンを満タンにする。法律書類とそのコピー費だけでも数万ドルにのぼるだろう。これは機会費用以前のものであり、いまのところ彼の担当ではない訴訟である。

もし裁判になったら？　もしテリーサ・ピレッジのような――あるいはそれ以上にすぐれた、その使命を果たせる専門家に金を支払わざるをえないとしたら？

いや、それはありえない。

彼は次のスティックパンを噛み砕きながら、敵対する弁護士に食べかけのパンを振った。

「もう一つ、被害者のこと、スイイ・ジェネリスの状態の彼を見て陪審は心打たれるだろう。それは同意できるな？」シェンクは待ったが、リッグズは何も言わなかった。「私が陪審で、この子のことを聞いたら？　この子の動画を見て――ところで、手元にたくさんの動画があるんだよ――でな、この子の家族に金を渡したくない。それを浴びせたいんだ。バケツでどさっと頭の上に。わかる？」

　リッグズは膝のナプキンを整えた。

「それに、きみのところの医者には好感を持っている――カタンザーロだったな？――彼は根性がある男らしい、ワイン好きらしいな、ところで、CTの画像を七人のやり手神経外科医に見せたら全員があの子の頭を開くなんて無茶だと言ったぞ。EVDで血腫を散らすほうが賢明だったんじゃないかと言ってる」

　リッグズは眉間にしわを寄せ、表情に近いものをこしらえた。「それとは違うことを言う専門家を抱えている」

「だろうな」シェンクの笑みが広がった。「だが、リバーサイドで、カタンザーロがウェスリーの大脳皮質で二本のワイヤーを交差させたのは間違いないと言う教授を見つけた」シェンクはピレッジの説を勝手にでっちあげたが、それがどうした？　七人のやり手神経外科医というのも一人を除いてはったりだ。

　リッグズは顔をしかめた。「どうやってそれを証明できるのかわからない」

「そう、それが言いたいんだ！」シェンクは陽気に言った。「きみはきみの証人を出す、私は私の証人を出す、陪審はどう考えたらいいかわからない！　私たち双方にとって安全なのは、中間の落としどころを見つけることだと思うんだ。今日。おっと！　よし！　食べよう！」

シェンクは注文したクラブサラダの大皿を見て両手をこすり合わせた。リッグズは長いこと、堂々とした貫禄を保ってメカジキの骨をさがしていた。「きっと、きみの頭には数字が浮かんでいるんだろう」

シェンクはにやりと笑った。「たまたま、そうなんだ」

シェンクは弁護士になってから一度か二度、映画に出てくる弁護士のように、ナプキンに数字を書き、それを伏せてテーブルの向かいに滑らせたことがあった。彼は、リッグズはそういう古くさいことをしない弁護士と見ていた。

「四・五」彼が言うとリッグズは「ノー」と言った。

そういう調子だ。リッグズは穴をあけた軽い《ウィッフル》ボールのようにそれを打ち返した。そのあと、小さければ味わう必要はないとでもいうように魚を一口サイズに切り始めた。

「ビバリーヒルズではこれをどうやるかは知らないが、私の土地では、みんなが声をそろえて歌うまで――提案、対案、提案、対案――何度も歌う」

「この件では私の依頼人は潔白だ」

「はっ!」シェンクは言った。「そうか? なぜそう言わなかった?」

シェンクはまた指一本を立ててから、舌の先から殻の小さなかすを取り、皿の縁にそっと置いた。

「こういうことになって病院はきっと憤慨していると思う。自分たちは潔白だと思っているにちがいない。でもな、私の依頼人の息子は粘土の塊になってしまった」

リッグズの両手が悲しい現実を認めるかのように動いたとき、シェンクは先を続けた。「だが同時に、ここがおもしろいところなんだが、その息子は死んではいない。どこを見ても、言うなれば、長い人生を生きることを示しているが、長く充実した人生でないことは明らかだ。計り知れない可能性を持った若者だった。

試験の点数は素晴らしかった。成績はとてもよかった。それらが示すのは大学、たぶん大学院、そして報酬の高い職業だ。弁護士かもな？　それともほかの立派な仕事」シェンクは口をつぐみ、微笑み、取りかかった。「スポーツ選手でもあった、すごい選手だ。レスリングの？　それにギターを弾いた。たくさんのことが進んでいた。奪われてしまったが」

リッグズは噛むのをやめて、シェンクを陰鬱な目で見つめた。シェンクが何を言おうとしているかわかってきたのだ。

カリフォルニア州で医療過誤訴訟を行なう問題の一つは、苦痛と損害の埋め合わせのために得られる最高額は二十五万ドル——物事の成り立ちからして——弁護士の報酬（もらう資格は十分にある！）を差し引くとたいした額ではない。その数字を増やすために追加できるもの、追加しなくてはならないものといえば医療費である。苦痛の賠償に加えて、被告の不正行為によって被害者が陥った危うい状態で安定させておくためのコストだ。だからシェンクはジョーニー・キャプラを雇って計算させた。それだけでなく、スミシー・グリーンという凄腕の極悪人までも雇って——やれやれ、どれだけ払うことになるのか——入るはずだった収入を計算させ、ウェスリー・キーナーの将来の可能性を推測して図表にしたものをかなり厚いバインダーにまとめ、仕事別に収入を算出し、それらの平均値を出し、そうした可能性ある将来を終わらせたことをバレービレッジの賠償金に上乗せするのである。十四歳の子どもの話なので、経済的損失を要求するのは向こう見ずといえるかもしれない。だが、そのためにシェンクがいる。それがつまりシェンクだ。

リッグズは魚を一切れ口に入れた。

「だから」シェンクは言った。「そうしたことを鑑みれば、きみは同意してくれると思うし、きみがそう言えば、こちらが四百十万ドルまで下げるとすればかなりの譲歩になるから、きみの依頼人も同意すると思う」

「だめだ」

「だめ。何がだめなんだ？」

「だめだ。和解はしない」

「なぜしない？」

「理由はもう話した。きみは好きなように主張の不足のまわりを跳ね回ればいいし、未成年の子どもの経済的損失を主張すればいいが、われわれは陪審にこの件を問うつもりだ」

「リッグズさん――」

　リッグズは指を一本立てた。「悲劇的なできごとだった。それは認める。しかし、責任がないのに責めを負わせてその悲劇を示談にするわけにはいかない」

　なんということだ、シェンクは思った。この砂袋はふざけてはいない。駆け引きしていないし、自分に有利に持っていこうともしていない。彼は本気だ。

「きみは戦わないのだな」

「私は和解する権限を与えられていないんだ。権限があったとしても和解するつもりはない」

　シェンクはあたりを見回した。テレビスターは食事を終えて帰ったらしく、ストックカーレースのピットクルーのように給仕助手数人がテーブルを片付けて汚れをこすったり、フォークやナイフを集めたりしている。シェンクがジェイ・Zだと思った男は、結局ジェイ・Zかどうかわからなかった。

　シェンクはフォークを置いた。「和解をそこまではっきり断るなら、私たちはいったいここで何をしているんだ？」

「わからないね、シェンクさん。きみが持ちかけたんだ」

シェンクは呆然と相手を見つめた。

彼は自分の人生を、弁護士としてのキャリアを、次にどう展開するかはわかっているという確固とした揺るぎない感覚に基づいて築いてきた。すべての細部はわからない――彼は占い師ではないから――としても、あらましはわかっていた。全体像は。四百十と決まればそれでいいし、三百五十まで下げて――または〝持ち帰って依頼人と相談するから、また来週話そう〟とここを出ることになると想像していた。

　それなのにこれ。きっぱりと否定。ドアをぴしゃりと閉められた。これ！

「私の依頼人は裁判に持ち込むつもりだ」リッグズは言った。「そして勝つ」

「間違った判断だと思う」シェンクは言った。

　リッグズは魚の最後の一切れを口に入れた。彼の皿は几帳面なまでにきれいだった。「いずれわかる」

二〇〇九年六月十九日

　ウェスリーの誕生日、学年最後の日の翌日でもあったその日、友人のバーニーがやってきた。ばかげているけれど、とにかく彼はケーキを持ってきた。両方の手のひらで重い箱を水平に保って。部屋の前で見張る武装警備員に「やあ」と「どうも」と言って。

　ウェスが九〇六号室から地下の制限区域へ移動することになった〝できごと〟についてさまざまな噂が飛び交った。看護師だったと最初はみんなが言っていたのに、そのあとバーニーが、ちがう、凶暴な精神異常者が九〇六号室で看護師に襲いかかり、ウェスリーを引きずり出そうとしたんだと両親が小声で話していたのを耳にした。父親が病院近くのオフィスビルで働いているエド・ネスターという最上級生が、医者に扮した何者かが枕でウェスリーを窒息死させようとしてつかまったと言った。ベニスをいつもうろついている十年生からマーコが聞いたのは、ビーチでスケートボードに熱狂する子どもが真夜中に忍び込んでウェスにフェラチオをしようとした話だった。

　つまり、何かあったのだ。それが始まって八カ月経つというのにいまだウェスリー・キーナーのことでもちきりだった。ウェスリーが歩きだしてから。今日ケーキを持ってやってきたバーニーは、病院の外でアイドリングする放送局のトラックを見たし、ロビーで輪になって歩く熱狂的キリスト教支持者《ジーザスフリーク》の群れを避けなくてはならなかった。

　ウェスはいま地下の監視された通路のはずれにいて、彼に会うにはラミネート加工された許可証が必要だった。でもバーニーの名前はリストに載っている。彼がキーナー夫人に頼んだのだ。彼はしょっちゅう来た。いまでも来るのは彼だけだった。

　バーニーはケーキを置いて、そばを歩くウェスリーを見つめた。二人は小学一年生のときからの友だちだ。地下のこの部屋に窓がないのはくそがっかりした。ライトが点灯しているのがせめてもだ。ウェスリーはパジャマのズボンを穿いて、ウェスお気に入りの、去年の夏にみんなで行ったハリウッド・ボウルのザ・フーのコンサートで買ったTシャツを着ていた。彼のママとパパが誕生日のお祝いとかに彼に着せたにちがいない。それを着せるあいだだけウェスリーをじっとさせ、彼の両腕を上げて袖を通して引っ張る両親を彼は想像した。

　ちくしょうウェス、彼は思った。なんでこんなことになった。

「なあ、そこはどうなってんだよ？」バーニーは言った。ウェスリーに話しかけるときもあれば話しかけないときもある。彼はケーキの箱を開けて、指でアイシングを撫でた。
そこはというのはおまえの頭ん中はという意味だ。
ウェスリーは答えなかった。ウェスリーは歩き続けた。最悪だ。ずっと最低だ。病院の空気と漂白剤のいやなにおい。あきれるほどの大声の馬鹿笑いとへんてこなガニ股歩きが特徴の、華やかで陽気ではた迷惑な友がいま、両腕を垂らし、その腕の先端に石のような手をつけて室内で永遠の円を描いている。目を開けて。何も見ずに。目を開けているだけ。

彼らのバンド、リバース・サイコロジスツは実質的に空中分解したも同然だった。ウェスリーがこうなってしまっては二度と同じでいられなかった。クラブソーダと呼ばれる放課後活動用の貧弱な場所でやった彼ら初のギグはさんざんだった。ノアの弦が切れたが、予備を一本も持ってきていなかった。そのあとクリスマスのころ、キャルとマーコが二年生のカリーナ・トロッターという女の子のことでばかばかしいけんかをした。好きになったはいいが、どちらも付き合うまでには至らなかった。そのあとはただ時間の問題だった。

それでもバーニーはベースの練習をひとりで続けていた。自室の隅にうずくまって何度も音階《スケール》を弾いたり、カナダのバンド、ラッシュの曲をかけて一緒に弾いたりする。「すごく上手くはないけど、まあ下手くそでもない」とウェスに白状した。アイシングのべつの場所に戻る。「正直言うと」

三年生が終わるころには、バンド仲間と廊下で会うと「最近どう?」と声をかけるくらいですっかり遠ざかった。マーコは意外にもクロスカントリーの競技を始め、生活はそれ一辺倒になった。ノアの一家はアリゾナかどこかに引っ越した。毎夜、バーニーはひとりで部屋でベースを弾き、ラジオにどんな曲がかかっても少しすると、表面を流れるメロディの下でひそかに動きまわるベースラインを聞き取った。彼の指先はたこのように固くなった。

やがて、キーナー家が完全に病院を引き払ったあともウェスリーにくっついているのはバーニーだけになった。

ほかにも気味悪いできごとが二度起きて、ベスの怒りが爆発し、せめて世間の注目が静まるまで、せめて裁判が終わるまで、ウェスだけでなく家族全員が行方をくらまそうと言ってきかなかった。リチャードの仕事のつてで、警備コンサルタントのようなことをしている元刑事のいかつい男を見つけ、この男主導で野次馬や危険人物の裏をかいて、一家は転々と住まいを変えるというやり方を決めた。

でも、一家がどこへ行こうともバーニーは訪ねていった。彼はウェスの妹イービイにメールするか、彼にはいつもやさしいキーナー夫人に電話をして最新の住所を教えてもらい、それがどこであろうと車で行ってそばをうろついた。スマホでスポティファイのアプリを開き、見つけておいたウェスが気に入りそうなバンドの曲をかける。ザ・マウンテン・ゴーツ、ホールドステディ、オーケー・ゴー。花を持っていく。友人たちや教師の話を、じつは無分別だった人、じつは性悪女だった人、学園祭の王と呼ばれた人、更生施設へ入った人、ゲイだと判明した人の話を持っていく。三年生の終わりに、デラハント先生が女子ロッカー室でマスターベーションしていて逮捕されたときの常識はずれの武勇談を話して聞かせる。

ウェスリーに会いにいくバーニー、LAの地下鉄に乗って彼を追うバーニー、外の世界を運んでいくバーニー。

みんなが歳をとるようにバーニーは歳をとる。彼の体形は変わり、ベースギターはだんだん上手くなり、恋しては振られ、ためしに煙草を吸ってみてカスだと思い、ジェーン・エスマン宅の地下室でベッキー・キャロル相手に童貞を失い、大学進学適性テスト《SAT》を受け、しばらく口ひげを生やしてから剃ったけれど、そのあいだもウェスリーはまったく変わらないままだった。

「じゃあね」彼は言った。立ち上がって、ウェスリーの通り道に立って足を止めさせ、友の頬に手荒にキスした。

「会えてよかった」

彼はケーキを置き去りにし、ウェスリーはそのまわりをぐるぐる歩いた。六時間後、ベスがその夜付き添うために病院の裏階段を地下へと下りてきたとき、アリがたかっていたので彼女はそれを捨てた。

第2部
誰もどんな痛みも感じない

二〇〇九年十一月八日

1

　しつこい冬のもやが海から漂ってきて、じめじめと冷たいものがウエストサイド全体に広がった。それと一緒にやってきたような、外気の中から実体化したような、雨と霧から生まれたような見も知らぬ三人組がシェンク&パートナーズの金属の階段をきしませて上がってきた。

　変なやつらだった。いかれたやつらだった。シェンクは相手にする気になれなかった。

「わかった、みなさん」いらいらする十分間を過ごしてから彼は言った。「どうぞお帰りください」

「いや、まだだ、シェンクさん。どうか」

　この人物が代表者らしかった。その男はとても落ち着いていて、とてもまじめではっきりものを言った。サミールと名乗った彼は名字も口にしたが、シェンクの耳に留まらなかった。どうでもよくて聞いていなかったからだ。サミール某《なにがし》はほっそりして礼儀正しく、こざっぱりしたボタンダウンのシャツとアイロンをあてたズボン姿だった。

「あなたと話すことが本当に重要なのです。ほんの少しだけでも」

「すでに多すぎる時間を提供したぞ、諸君」シェンクはぱっと立って、トレッドミルのそばを通り、ドアを開け放った。「出ていってくれ」

「ねえ待って。わたしたち……」サミールの友人、たぶん恋人の名はケイティだった。サミールの細い二の腕をつかんで、彼女は不安そうに彼を見つめた。

「あのう」頭を下げながらサミールが言った。「嘘を言ってすみません。間違っていました」

「そうよ」ケイティが言った。白いブラウスにブロンドの髪の彼女は、ペーパーバック大の黒いハンドバッグを細いひもで肩からぶらさげていた。「ダサい」

「そうだ。ダサい」シェンクは言った。「それに、というか違法だな、きみたちは不法侵入しているから。自分たちが不法侵入していることを知っていたか？」

　サミールは顔をしかめ、ケイティの顔はこわばった。刑法専門でないシェンクは、虚偽の理由で面会の予約を取ることが不法侵入を意味するとは思わなかったが、不法侵入という犯罪に言及することでこの愚か者たちを追い払えるなら文句はない。新しい依頼人の予約電話を受けたのはパートタイムの帳簿係ダーラだが、キーナー訴訟が係争中のため、新しい仕事はほとんど引き受けていないシェンクは、アスベスト関連の事案でないかぎりは面会しないことにしていた。あのダリウス・ケナリーの野郎がアスベスト関連の中皮腫に限った市場を独占していたので、シェンクはあのにやついた自惚れ屋から集団代表訴訟をもぎ取れそうなチャンスに背を向けたくなかった。

　しかし、ここにいる馬鹿者たちのどれも中皮腫ではなかった。それを口実にこの事務所に入ったのだ。サミールとケイティともう一人、隅に無言でいまも座っている人物、この三人はみんなと同じものを欲しがっている。キーナー少年の情報を。

「正直言って、キーナー夫妻と話す機会を持てないかお願いしにきたのです」サミールは言った。

「ほう」シェンクは言った。「それだけ？」

「それとも少年の居場所を教えてくれるか」ケイティは言った。そのあと、小さな子どものように付け足した。「それとも、たとえばヒントをくれるとか？」

「私の事務所から出ていけと言ったのだが」

　じつを言うと、いま現在のウェスリーの居場所をシェンクは知らなかった。最初、病院は回復病棟から地下の特別室のような場所にウェスリーを移したものの、それでも安全性は十分でなかった。少年はもう病院にはいない。どこかほかの場所にいる。シェンクが聞いたのはそれだけだった。リッチは、基本的に必要のあることしか伝えないとはっきり知らせてきた。

「おやおや」そのときシェンクは言ったのだった。「証人保護プログラムを適用したみたいなことを言うね」

ベスはそっけない笑みを浮かべたが、リッチは笑わなかった。「息子に会う必要があれば」リッチは言ったものだ。「あんたをそこへ連れていく」

だから、このくだらないやつらがキーナー少年の居場所を見つけるためにアスベストの件ででたらめを言ってシェンク&パートナーズへやってきてもシェンクは驚かなかった。サミールもケイティも痩せていて小ぎれいな身なりをし、短く地味な髪型で、エネルギーあふれる表情豊かな目をしていた。彼らの態度には、特に二十代にしては、まごつくような礼儀正しさとしっかりしたものが――モルモンやエホバの証人の布教者につきまとう雰囲気に似たものがあった。

隅にいる三人めはまるで違っていた。痩せて骨ばっていて、外は冬の寒さだというのにサーフトランクスとタンクトップとサンダルというだらしない――まるでサーフィンしてからここに来たか、それともこれからしに行くかのような格好だ。サミールとケイティが――彼ら三人が働いていた中学校の天井に使われたアスベストの――嘘をとがめられた一方で、三人めの男は何も言わず、シェンクのデスクで話に加わるどころか、椅子を窓辺へ引きずっていってそこに腰を据え、駐車場を見下ろしていた。まばらな金色の顎ひげと喉元に不揃いな無精ひげを生やしていた。ほかの二人とはそぐわない、と見比べながらシェンクは思った。二人は礼儀正しく、陽気で、アヒルの子みたいに勇敢だが、男は水から上がった浮浪者みたいに見える。

「シェンクさん、どうか気分を害さないでください」サミールは言った。「どうしても彼に会う必要があるのです」

「一部始終を聞いてもらえれば」ケイティが付け加えた。「気が変わると思います」

「私は、A一部始終を聞かない、B気が変わることはない」シェンクは言った。ドアのそばに立つ彼が窓辺の彼の椅子に座る若い男をにらむと、男は両眉を上げてぼんやりと見返した。「さあ、用は済んだ、それとも警察を呼ぼうか？」

「よして。どうかそれはやめてください」ケイティは言った。驚いたような顔をして、白い頬は薄桃色に染まっている。

「一つ聞かせてください」サミールが慌てて言った。

「少年は――光を発するようになったかどうかご存じですか？」

「なんと？」シェンクは小声で言った。彼は片手を上げて、ドアの枠で身体を支えた。「なんと言った？」

ケイティが勢い込んでサミールをちらりと見てから話を続けた。「彼は、そうですね、光っていましたか？　内側から？」

そのとき、ドアの枠に置いた手を凍りつかせて立っていたシェンクは、それをしっかりとつかまないと倒れてしまいそうな気がした。その小さな事実を誰から聞いたのか、彼は思い出そうとした。ウェスリーの事故直後、救急隊が到着する前に起きたことを話してくれたのは、動揺してかわいそうなバーニーだった。光のこと。燐光。

かわいいルーベンの他は誰にも話したことはない、が答えだ――が、バーニーがシェンク以外の誰かに話したはずがないとは、それを見た他の少年も誰かに話さなかったとは言えない。

とはいえ。それでも。なんでこうなる！

サミールはその機会を利用してシェンクのデスクを

離れ、いまは期待で気がはやっている彼はランニングマシンの端でつまずいてドアそばのシェンクにぶつかりそうになった。

「イエスなんですね？　そうですね？」彼がシェンクの両肩をつかんだが、シェンクは肩を揺らしてそれを振りほどいた。

「きみたちは誰と話した？　どこでそれを聞いた？」

サミールとケイティは目を見合わせた。「ああ」ケイティは言った。「なんてこと」

「それがどうした？」シェンクは言った。

いまのサミールはドアのそばの、いくぶん隅のほうにいる。シェンクのほうに身を乗り出したので、シェンクは身を引いた。若い男は気が急いているせいで息を切らしていた。

「このすぐ下に別の世界があるんです、シェンクさん」

「下じゃないわ、正確には奥の」ケイティは言った。

「下のほうに」

「よりよい世界が」

「あらゆる点でよりよい世界が」

二人は早口で交互に話し、息もつかずに各自言いたいことを最後まで述べる。長い一文が続いた。

「そしてそれは私たちと共にある、でも目に見えない」

「ここにある、でも手は届かない」

「記憶、とか感情のような。一つの――一つの――」

「――私たちの世界の一つの変形版、でも――」サミールは言葉を切った。息をついた。「痛みはない」

シェンクがようやく口を開いた。「いったい何の話をしているんだ？」

「痛みはないのです、シェンクさん。痛みも嘆きも罪悪感もない。わたしたちが背負っているこうした重荷が一つもないんです」ケイティは泣いていた。突然、完全に喉が詰まって声が途切れ、彼女の青い瞳が強い感情で光った。「憎しみもなく。悲しみもなく」

「あなたの人生の苦悩を考えてみてください、シェンクさん。すべての苦しみを」

シェンクにとってそれはマリリンだった。まるで落とし戸からそのすべての中に突き落とされたかのようだった。妻が死ぬのを見て、妻の肉体が朽ち果てるのを見て、彼女の勇気があえなく砕けるのを見て苦悶し、怒りと悲しみでもがく幼いルーベンを見て苦悶した。

「このよりよい世界はいまも私たちと共にあり、私たちのすぐ下に、私たちの下のほうに、まわりにある。善き黄金世界は、シェンクさん、ここにある」まるでその場所が感じられるかのように、それが見えて、それに触れられて、それを口元に近づけられるかのように、サミールは両手を宙に持ち上げた。ケイティも広げた両手を肩の高さまで上げて、目を軽く閉じ、我を忘れて身体を揺らしている。

「でこの別の世界は」シェンクは無理やり口をゆがめ、皮肉をこめた声で言った。「何なんだ？　なにか――新事実でも解明しようとしているのか？」

サミールとケイティは「そうです！」と声をそろえて言い、シェンクははっと気づいて憤慨し両手を投げ出した。なぜここに立って、この神の国のたわごとを聞いているのか？

だが、どうしても訊きたい。尋ねずに――いられるか？

「だが、きみたちにどうしてそれがわかる？」

ケイティとサミールは顔を見合わせてにっこり微笑んだ。恍惚の秘密を分かち合う恋人たち。

「なるほど、あなたは……ぶっ飛んだ話を聞きたいと？」サミールは言った。

「馬は納屋の外に引き出されたんだよ、きみ」シェンクは言った。なぜか彼らはデスクに戻ってきていた。彼はデスクの奥で再び椅子に腰かけ、ケイティとサミールは向かい側に立ち、互いをしっかりつかんでためらっていた。

「夢だったの」ケイティは言った。

「見えたんだ」サミールは言ってから、畏怖の念に満ちた小声でさらに言った。「啓示」

「想像してみて」ケイティは言った。「ビーチに寝転んで空を見ていたら突然それが見えるの、この善き黄金世界、わたしたちが喜んで迎え入れる方法を学びさえすれば、この世界がなれたかもしれないよりよい世界が」

「いや」シェンクは言った。

「え？」

「想像できない」

　これで簡単になった。夢？　啓示？　もっとましな話を思いつけないものか？　洞穴にタブレットはないのか？　安っぽい霊感話を裏付ける具体的なものはないのか？　全宇宙の真実が夏の風に乗って吹かれてきただと？　ケイティはデスクの向かいで身を震わせ、サミールは片腕を彼女にまわして、まるで彼女がばらばらになるのを防ぎ、だから彼女は――この二人は――感情に打ち勝てたというかのようにしっかり抱きついていた。

「で、それはいつのこと？」シェンクは言った。「見たのは？」

「えっ、わたしじゃないわ」ケイティは驚いて言った。「デニスよ」

　シェンクは部屋にもう一人いたことをほとんど忘れていた。そしていま、彼ら三人が、窓辺にいる日に焼けて色褪せた男のほうに頭をまわした。男はおずおずといっていいくらいゆっくりと片手を上げて、にやりと笑った。

「そうなんだ」デニスは言った。「信じられなかったぜ」

　彼は口元をおおわずに長々とあくびをして、上下とも完璧な白い歯を見せた。

「でも問題は、それが一致していたことなんだよ」ゆっくりと淡々とした、カリフォルニアっぽいくだけた口調だった。「ほかの人たちが見た夢と。ほかに見えたものと。ここ数世紀のことを話しているんだよ。すごくたくさんの人たち、ってことがわかってる。本が書かれてきたりして。全部インターネットにのってるよ、もし見たければ」

「ぼくは調査部みたいなところにいるんです」サミールは控えめに付け加えたが、デニスはそちらを見もしなかった。彼がゆっくりと立ち上がって伸びをするあいだも、夢見るような明るい目はシェンクから離れなかった。彼は長身で手足が長く、筋肉が発達していて、リーチが長かった。シェンクは、ベニスビーチのボードウォークで見かけたタトゥーをしたスケートボーダーたちを連想した――ぶらぶらと楽しんでいる若い男たちだが、皮膚のすぐ下に凄みのあるものを持っている。ゆったりくつろいでいるが芯に鋼鉄が入っている。

「この啓示を得たのはおれが初めてじゃない」デニスは言った。「これは昔からなんだ。ずっと昔にさかのぼる。何より昔」

「人類と同じくらい古い」サミールは言った。

「悲しみと同じくらい古い」ケイティは言った。

この儀式的な挿入句のあと、デニスは仲間のほうに首を傾けて目玉をぐるりとまわした。彼自身をその二人と切り離し、この部屋にいるただ一人の本物の大人シェンクと結びつける。

「啓示は夢みたいなもんさ、この世界がどれほど美しくなれたかという幻だ。新たに作られたおれたちの世界。すべての苦悩を取り去った人々」

「ああ」シェンクは言った。「そこは聞いた」

「そのあと……難問を出された」

「へえそう？」シェンクは言った。笑い出しそうになった。しっかりしてくれ。「どんな難問だった？」

「言えない」デニスは優しげな取り澄ました笑みを浮

かべた。「だめなんだ。言えない」

「言えない理由をあててみよう」シェンクは言った。

「秘密だから」

「違う」デニスは言った。彼はシェンクと視線を合わせたままだった。「あんたがぶったまげるからさ。これは、誰もいない森で一本の木が倒れたら音はするかっていう存在と認知の話じゃないんだ。最上位の洗脳なんだよ。つまり、おれが話したら、あんたは二度とほかのことを考えなくなる」

シェンクは何と言えばいいかわからなかった。「でも、きみは聞いたんだろう。なぜきみは大丈夫なんだ?」

「いやいや、大丈夫じゃないぜ」顔を一度大きく震えるように引きつらせてから、デニスは陰気に笑った。

「おれは大丈夫じゃない」

そのあと間があいた。デニスはシェンクを静かに見つめ、シェンクは見つめ返した。ケイティとサミールは手をつないでいて、二人の腕は震えている。室内は寒かった。

いまでもシェンクはこの連中に出ていってほしかったが、出て行かせようとはしなかった。

「目覚めたときにわかったんだ」デニスは言った。うわべだけのカリフォルニア・ボードウォーク調はもう消えていた。いまは伝道師、蛇使い、聖者のような口調だ。「おれに示された謎をじっと考えたなら、意識をそれに集中させたら、そのときおれは……」声はしだいに小さくなっていき、すっかり明らかになった不思議の世界を見るかのように、彼はシェンク&パートナーズの天井を見上げた。「いつかそのとき、おれはからっぽにされる。別の世界がうつわとしておれを使うために。善き黄金世界がおれの中に流れ込む。ガスみたいに。慈悲深いたましいみたいに。それはおれを満たし、おれはその経路となって、そのあと——そのあと——」

サミールは目を閉じて何かつぶやき、ケイティはまた泣きだして、悲しみに沈む息をはずませた。そしてシェンクは、しなければならない仕事があるのに、これはわかりきったでたらめなのに、安物のサングラスをかけた、不揃いな顎髭のボードウォークのラスプーチンが作り上げる呪文を聞き続けた。

彼は聞かずにいられなかった。

「――そのあとおれたちはみな浄化される。すべての苦痛、すべての悲しみ、終わりのない不安――嫉妬、怒り、心配、恐怖のすべてから。おれたちの人生から永遠に消える。そのためには、おれたちは別の世界をこの世界に招き入れるだけでいい」デニスは言葉を切り、咳をして自身の呪文を破った。彼は首を横に振った。「入ってくる経路が必要なんだ。うつわが必要なんだ」

からっぽ、とシェンクはふと思い、九〇六号室で最初にウェスリーを見たとき頭に浮かんだ言葉を思い出した。

からっぽ。

「では、整理させてくれ」シェンクはもったいぶったあざけるような声を出し、両手を大きく広げたものの、からっぽ……からっぽという言葉が頭の中で響いていた。「運のいい野郎がうつわになって、よりよい世界が――きみらは何と呼んだのだったか？」

「――善き黄金世界」驚くほど震えながらケイティがささやき、デニスは微笑んだだけだった。

「では、その善き黄金世界が入ってこられて、みんなの悩みは解決する。誰もが永遠に幸せだ」

「まあ、あんたは皮肉のつもりだろうが、まあそうだ。そういうことさ」デニスは肩をすくめて溜息をついた。「おもしろいことに、おれはもう長いこと、ずっと前からそれに取り組んでる。その間、ここにいる友人がおれの俗世の事柄を世話してくれてる」

シェンクはサミールとケイティをちらりと見やった。

サミールは背筋を伸ばし、ケイティは顔を赤らめた。

「おれに明かされた謎をずっと考えてきた。からっぽにしようとしてきた」デニスは口をつぐんで、不当な仕打ちに溜息をついた。「おれはこの十年、あの子がベンチに頭をぶつけたことがきっかけで行ってしまったところへ行こうと努力した」

一瞬、穏やかで温和な顔がこわばり、その後怒りは上空の雲のように通り過ぎて、また明るい日が差した。

「あの家族と話をしないと」彼は言った。「あの子のところに行かないとならない」

サミールとケイティが私たちと言ったことにシェンクは気づいていた。何度も。デニスは違った。デニスはおれと言った。

「ま、それは実現しないな」

無理だ。少なくとも、その点についてシェンクは確信していた。この連中にキーナー家の連絡先を教えるわけがない。あの家族の悪夢のような悲しみと波乱にこんなカルトの嘘っぱちを付け足すわけがない。「あの少年に近づくな」

「彼は少年じゃない」デニスは言った。「少年だったことはある。いまの彼はうつわだ。彼は内部に未来を抱えている。吐き出すほかない」

シェンクがこれにどう応えようか考えていたときに、デニスの目がドアへと動いた。

「おっと、やあ」彼は一瞬にして千ワットの笑みを見せた。シェンクはドアが開く音を聞かなかったが、ドアは開いていた。

「あんたの息子さん？」

2

　十年前、母が死んだ夜、ルーベンはＩＣＵの母の枕元にいた。彼は四歳半の幼児、まだ赤ん坊だった。彼とジェイは集中治療フロアの母の病室にいて、家族がゆっくり座って何時間でも付き添えるようにホスピス病棟の部屋に置いてある、大きな張りぐるみの肘掛け椅子の父の膝の上でぐっすり眠っていた。二脚あったけれど、二人で一つを使っていた。母マリリンが眠っているとき、彼は父の膝に座っていた。母の頭に髪の毛はなく、痩せて骨と皮だけだった。変わっていないのは目だけだった。大きくて青くて暖かい目。

　その夜彼女が死んでしまうとは二人は思ってもいなかった。知らずにそこにいた。毎晩来ていた。マリリンは目覚めているときもあれば、来たのに気づいて目を覚ますこともあり、彼を見るといつもとても喜んだ。物語を何ページか読んでくれたり、彼の手の甲を撫でてハンサムになったねと言ってくれたりした。

　この日の彼女は眠りにつき、眠ったままだった。逝こうとしていた。ほとんど逝ってしまっていた。

　ルーベンも大きな肘掛け椅子の父の膝の上で横になって眠っていた。そして、熟睡していないかぎり、父は自分を置いて病室を出ていくはずがないと固く信じていた。父の電話が鳴った――あとになってルーベンはこのときの記憶をつなぎ合わせた――ので膝からルーベンを滑らせて椅子にそっと座らせ、電話に出るために外へ出た。

　ところがそのときルーベンは目を覚ました。部屋にいるのは、まぶたがどす黒く、髪の毛のない頭と人工呼吸器のシューッという音をさせる死にそうな母と彼だけだと思ったそのとき、ほかに誰かいるのに気づいた。もう一脚の肘掛け椅子に。まっすぐな金髪に喉元まである顎髭の痩せた男が、ものうげにルーベンを、そのあとマリリンを見てからまたルーベンに目を戻した。

「だれ？」ルーベンが言うと、男は「看護師だよ」と言ったけれど、ルーベンは看護師なら全員知っていたのに、この男には会ったことがなかった。「わかってる」男は言って、片目を長々とつむって気味の悪いウインクをして言った。「夜勤なんだ」

確かに彼は看護師の淡いブルーのスクラブを着ていたけれど看護師には見えなかった。髪の毛は長すぎるし、顎髭はもじゃもじゃで、サンダルを――ルーベンははっきり覚えていた――サンダルかビーチサンダルを履いていて、パステルカラーのズボンのすそからねじ曲がった枝のようにごつごつした奇妙な足先が突き出していた。ルーベンが「なんでここにいるの？」と言うと、夜勤の男は立ち上がって手を伸ばし、マリリンと機械をつないでいたワイヤーに手をかけた。「きみのママの世話だよ」彼は、電線を何本もまとめてつかむ暴れ狂う巨人のようにワイヤーとチューブをつかんで、まだルーベンを見たまま、指のあいだでそれをねじり始めたのに、ルーベンは「いやだ」とか「やめて」と大声で言ったものの立ち上がらず、何もしなかった。すると機械は抵抗するようにビーッという甲高い音を長々と発し、かたやベッドのマリリンはびくりと身体を痙攣させ、夜勤の男は笑い、いや、大笑いではなくくすくす笑いながらワイヤーをぐいぐい引っ張っていき、はずれた先端が機械からひょいと顔を出して暗い中で跳ね、マリリンが手足をばたばたさせて喘いだときにルーベンが目を覚ますと、朝だった。

ベッドはがらんとしてシーツははがされていた。部屋は寒く、日光が窓から真横に差していた。ジェイは、マリリンがいたベッドの端に腰かけていた。その目は赤く腫れていた。髪はぺったりしていた。

「逝ってしまったよ、ついに」ルーベンの父親は疲れたつらそうな声で言った。「逝ってしまった」

ルーベンは夜勤の男の夢のことを父に話さなかった。話す理由があるか？　夜勤の男がしていたことをやめさせることができなかった。彼はやめさせようとしなかった。どうしてしなかったんだろう？　だから、彼は病室にいた男のことをジェイに話さなかった。一度として話したことがないのは、それはただの夢だったし、それに彼はそれをどうにかしようとしなかったからだ。

なのに今、男が戻ってきた。

父の事務所に入っていって、見慣れているがぞっとする笑顔を見てから八時間後、彼は自分の机で宿題をしようとしていた。男はどうやって戻ってこられたのか？

その日、変な連中がやってくる前から、シェンクはどこか落ち着かない、いらいらした気分だった。キーナー訴訟に関わってからほぼ一年近く経ち、あんな華々しい未来を描いて始まったものが原告側弁護士の最低の悪夢になってしまった事実に彼はだんだん慣れてきていた。大きなヤマどころか、師匠であるＪ・Ｊ・バーンズが気をつけろといつも言っていた砂掘り場と化してしまった。支払い日の見当もつかない、そして大がかりで費用のかかる逃げ場のない訴訟。

夏にリッグズに三度電話して、そのたびにトマソズ・フォー・フィッシュで申し出た額より下げたのに、三度ともにべもなく拒否された。それどころか思い出すと恥ずかしくなるが、三度めの電話に出たのはリッグズではなく、ビリー・ガーションという、事案の基本事項もろくに理解していないぼんやりした声の一年めの弁護士だったから、おそらくシェンクとしだいに捨て鉢になる彼の提案を侮辱するつもりだったのだろう。

裁判まで残り五カ月となったいま、シェンクは手を打ち尽くし、ベスとリチャードのキーナー夫妻は何も得られずに終わってしまいそうな情け容赦のない可能性に直面している。この訴訟につぎ込んだ金と時間を考えると、シェンク自身も〝何も得られない〟うちの四割を引き受けることになる。

今日、彼は〝キーナー訴訟〟を最初から見直そうと考えて、テイバー通りの家へ開示物などの書類で一杯の箱三個を持ち帰ってキッチンのテーブルにすべてを広げた。もう一度すべての図表を見直し、供述を読み直して見逃したものがないか調べる。

何か見落としているのか？

深夜を少し過ぎたころ、シェンクはテーブルから立ち上がり、その端をつかんで傾けた。最初はゆっくりと、そのあと、書類が滑り落ちてリノリウムの床に乱雑に積み上がるまで大きく傾けた。

そしてダブルのウイスキーコークを氷なしでこしらえた。

普段は大酒を飲まない彼だが、特にこのときはほかに何をすればいいかわからなかった。その時点での彼の最大の希望は、例の変な連中が言ったとおり、なんらかの入口が開いて、われらの世界がよりよい世界へ変わり、万事ことなきを得ることだ。

ウイスキーを飲み終えた彼は、少し酔いがまわった状態で二杯めを注ぎに行った。

冷蔵庫のステンレスに映る、お化け屋敷で見るみたいに膨らんだ自分を見ながら、こういうときにピンボール台があったらいいのになと思った。もし彼が酒びたりの負け犬弁護士にならざるをえないとすれば、せめて映画『評決』の冒頭のポール・ニューマンみたいなやつ、次々と飛んでいくボールがキンコン鳴らしながらライトを光らせ、そのあと溝に落ちて消えるあいだにますます酔いがひどくなる酔いどれの負け犬弁護士の守護聖人でいたい。むなしく放たれたボールの一個一個が、そもそも人身傷害分野専門の弁護士になるやつが馬鹿なのだと訴えてくる。

静まり返った深夜のキッチンでシェンクはグラスを持ち上げて自分に乾杯した。「あんたは」彼は言った。

「ポール・ニューマンではないよ」

彼はウイスキーをすすって、グラスを置いた。

彼がポール・ニューマンであれば別だが、そうではなかった。彼は膝をついて、床に落としたキーナー関係の書類の山を選り分け始めた。

いっそう手早く掘り返しながら思った。あのクソ野郎――くそったれどもめ！

さがしていた六枚の紙を左側で綴じてある質問書に手を置いたとき、ルーベンの声がした。

「ねえ、父さん？」

ジェイは床から身体を起こして、心配そうな顔で階段の上から見下ろしているルーベンを見た。そういうときによくあるように、息子に対する強烈な愛情を感じた。恐怖か苦悩のように思えるほど強烈な愛情を。

震えながら立ち上がり、テーブルに手を伸ばして身を支え、もう片方の手を胸に当てせさせるほどの強い思いにわしづかみにされた。

「どうした、せがれよ？」

「えーと……」ルーベンが口ごもったので、次に出てくる言葉がシェンクにわかった。「大丈夫？　何してるの？」

「何も。なんでもない。ルービー。おいで。こっちへ」

ルーベンは何かを案じていた。ルーベンにはいつも何かがあった。彼の一人息子の二重構造の人格はいつものように彼の心を突き通した。ルーベンは気立てがよく優しいが、つねに頬に不安の影が宿っていた。ジェイはこれまで何度も願ってきたように、息子がこの世界でもっと愛するものを見出し、心配を減らせますようにと願った。息子は人間的にまじめすぎるとジェイはいつも思っていた。息子がものごとを真剣に受けとめるところが彼は好きだった。彼はそれを喜び、そうしろと励ました。だが、ルーベンにはためらいや用心深さがあり、それの矯正にシェンクは自身の限りないエネルギーの小さからぬ部分を注いできた。息子をからかい、そそのかし、彼をつかんで、つねに激動する人生へと押しやった。自分が生まれ持つあふれる喜びを息子に分け与えられればいいのに。自分の一部を、いくつかの性質を切り取って子に移植できればいいのに。自分自身の予備部品を使って息子を組み立てられればいいのに。そういう子育てだったらどんなにいいだろう。

だが、できるのは、彼らの道案内をし、彼らがそこへ行けるのを願うことだけ。与え、彼らが受け取ることを願うだけ。空港で待つ運転手のようにボードを掲げてそこに立ち、彼らがついてくるのを願うだけ。

ルーベンはキッチンテーブルの父の向かいにしぶしぶ腰をおろし、ランチョンマットの隅のほつれた糸をいじっていた。「父さんに本当に迷惑をかけたくないんだ」

「私は迷惑だとは思っていないよ」ジェイはルーベンの肩をぎゅっとつかんだ。「役立つために生きている」

ルーベンはぐずぐずしていた。流しの上の掛け時計のかちかちいう音が響いた。ジェイは見つけたばかりのホチキスでまとめた書類に片手の手のひらを置いて、またそれに飛び込むときが来るまで温めた。

「えーと――」ルーベンは一度目を逸らして、また戻した。「あの女の子のことなんだ」

そのとき、聡明で鋭敏なジェイは、おそらくルーベンが嘘をついていることがわかったか、嘘かもしれないと推測したはずだ。ルーベンはアネリース・マクタイアのことでいままでずっと嘘をついていた。ある日、ジェイから何の気なしに〝そっちのほうはうまくやっている〟のかと、つまり恋愛はどうだと訊かれて、ルーベンは詩歌クラブのアネリースとロマンスが芽生えかけていると言っておいた。ただ彼は一年近くも放課後活動に参加しておらず、いまではアネリースとの親交も立ち消えて、昼休みにすれ違っても互いに気づかないほどだった。

とはいえジェイほどの人でさえ、というかそういう人だからこそ人は自分が見たいものを見る。「おっと」彼は言い、椅子の脚の傾きを戻してにっこり笑った。「楽園で困りごとか」

そしてこうなった。ルーベンは、不安の本当の原因――夜勤の男、陰鬱な記憶、ビーチサンダルを履いた魔人《ブギーマン》――で父をわずらわせたりまごつかせたりしたくなかったから、本やテレビ番組から集めた思春期の痴話げんかを話した。ジェイは見識だが決まりきった親のアドバイスを口では述べながら、新戦略でキーナー訴訟の道が開けることをふと確信し、頭の中はそのことでいっぱいだった。

「なあ、ロミオ」最後にジェイは言った。「愛してる」

ルーベンは階段を上りかけてから、すでに仕事に戻り、書類を読んでいたジェイには聞こえなかったかもしれないが、ごく小さな声で「ぼくも愛してるよ、父さん」と言った。

息子がベッドに戻ったところ、シェンクは書類を丹念に読んでから、鉛筆を手にして左側の余白にひどい悪筆でメモを取りながら再度読んだ。

最初から自分が認識していたよりも事案に集中できていなかったのかもしれないと彼は思った。キーナー対バレービレッジ病院法人訴訟のひどい混乱のせいで。依頼人独特の不穏な状態のせいで。中心にある奇異なできごとのまわりをガのように飛び回る危険な奇人変人たちのせいで。理由はどうあれ、つまりシェンクは初歩的ミスを犯した。見逃していたことの中に正解があったのに、ここにあるものを何度もふるいにかけて答えをさがしていた。

見逃していたのは事柄ではなく人物だ。

「ああ、おまえは馬鹿だ」シェンクはキッチンの影のシェンクにささやいて、メモを走り書きし、新しいプランを練った。「ああ、愚か者め！」

だが彼は自分のミスを許した。まだ時間はある。開示手続は裁判の六十日前まで可能だ。いま直感が知らせてきた見落としを、彼自身から隠されていたものを見つける時間はある。

彼は戦士のように立ち上がり、キッチンの小さな窓から外を見つめて、宵っぱりとわかっている男の番号にダイヤルした。電話が鳴るあいだ、月明かりに静かに浮かぶレモンの木々に見とれる。

「ブラザー」電話を取ったマロイ・ザ・ボーイに彼は言った。「たとえばの話だが、人事のことできみに訊きたいことがある。きみは人事にどれほどコネがある？」

二階でルーベンはシーツの上でぴくりとも動かず、手のひらを下に向けてベッドに横たわっていた。呼吸をして身体の隅々まで揺らされると困るかのように、そろそろと浅く息していた。

眠れなかった。眠れるわけがない。どうしてまた眠れようか？

彼は静かに横たわり、満月のように見開いた二つの目で天井を凝視していた。何時間もそのまま、夜勤の男のことを考えていた。

二〇〇九年十一月二十日

シェンク・ザ・シャークはぎこちないとはいえ安定したオーストラリア式クロールで水を切ってコースを行ったり来たりした。だぶだぶの黄色い水着と大きな丸いゴーグルをつけ、長い髪はまとめてスイムキャップに押し込んである。運動をあきらめるには若すぎ、フォームの見かけに気を使うには歳を取りすぎた、ラップを重ねる中年男。

しぶきを上げて泳いでいく。浮き上がっては水に沈み、浮き上がっては水に沈む。壁で不格好なフリップターン。彼に言わせればかなりのスピードだったが、となりのコースでウナギのように滑らかに高速で移動する若いスイマーには及ぶべくもなかった。その若い紳士はパオロ・ガーザ、二十四歳で、シェンクが彼に会うために来たことをまだ知らずにいた。

マロイ・ザ・ボーイのおかげで進んだが、行くところまで行けたわけではなかった。だが、文句はない。バトンを、マロイが集めた情報の断片を手にしたジェイは、なんらかの緊急手段に出るときだと判断した――文字通り、証拠漁りにかかるときだと。

シェンクに知られないように隠そうとしても、シェンクが例外なくさぐり出してやる、エリート弁護士どもめ。

バレービレッジ病院で放射線技師の仕事をしている以外の時間、パオロ・ガーザはかなり熱心に泳いでいた。シェンクはわりと楽な張り込みをしてそれを突きとめた。また、思いがけない運に恵まれて、ガーザがそこそこの――適切な従業員に二十ドル札二枚と五ドル札一枚を握らせたので、その晩シェンクは入場できた――サウザンドオークス・カントリークラブで泳いでいることも突きとめた。

だから、ガーザが水を滴らせてプールから夜へと出たとき、彼は泳ぐのをやめた。

「みごとなフォームだな、きみ」となりのコースから一瞬遅れて水から出てきたシェンクが言った。タオルで身体を拭きかけていたガーザが片手をあげ、払いのけるような仕草でお世辞を片付けた。

「高校時代のぼくを見てほしかったですね」

「そんなこと言うなよ」自分のタオルに手を伸ばしながらジェイは言った。「きみが歳を感じるくらいの年齢だとしたら、私はどうなる？」

ガーザは笑って腰にタオルを巻きつけ、そこに片手をあてた。「あなたさまだってうまくやっているように見えますよ」

「あなたさま」シェンクはぎょっとして言った。「それは残酷だぞ」

ガーザは笑い声を上げた。「失礼しました。ところでぼくはパオロです」

「ジェイだ」

「はじめまして」

「こちらこそ」

パオロ・ガーザはきれいな褐色の肌とアクセントにごくかすかな癖――ブラジル人かチリ人のような――があるせいで、国外追放されたラテン系貴族のような高慢な印象を与える。ゲイかどうかはわからないが、彼の声には、最近ではそれが受け入れられるだけでなく、ある地域に限ってはほとんど流行となってきた、何気なくきらめく優柔不断のようなものが感じられた。

ジェイは即座に、そしてすっかり彼に好感を持った。自分自身を理解しているという自信が感じられる。両方の耳につけた小さなゴールドのスタッドピアスが宵の月明かりできらりと光った。

「ジャクージに浸かろう」きわめてさりげなくシェンクは言った。「きみ、急いでる？」

五分後、各自バーでビールを手にして渦巻いている湯へ入ると、二人とも目を閉じて後ろにもたれ、渦巻く湯に身をまかせた。

男は友だち作りが下手だと言われるが、ある状況ではそうだというだけだ。彼らの心拍数を上げてみて、ある程度裸にさせてみて、金曜日の夜に涼しい夕方ごろの気温に下げてみる。ビロードのような空にいくつか星をきらめかせる。額に汗の玉が浮いてくるくらい熱くした泡立つ浴槽に彼らを座らせ、会話のペースを落として満足げな長々とした溜息をつく余裕をもたせる。

パオロ・ガーザとジェイ・シェンクがやったように、男どもは自分たちの生活やあわただしい世界について話し始める。ガーザは議会の共和党議員（いやなやつら）とＡＭＣで放映している『ブレイキング・バッド』（すばらしい）について自説をまくしたてた。そのあとジェイは会話の主導権を握り、車に乗せているかのようにそれを目的地へと向けた。

「今日は仕事だったのかい？」

「土曜以外は毎日」ガーザは言った。「九時から五時。あなたは？」

「ああ、うん」シェンクがビールを持ち上げると、ガーザも同じようにした。「私はずーっと働いている、妻が死んでからは」

「それは」ガーザは言った。「お気の毒です」

「いやいいんだ。ガンだった。あれは――まあね。私たちにできることは何もなかった」シェンクは飲んだ。

シェンクは悲しげに溜息をついた。少し間を置いて、パオロの肩越しにジャクージのうしろのプールを見つめた。月明かりがちらついて水の青さが際立っている。彼は話題を変えるきっかけとして、話を次の高みへ上げる橋としてマリリンを持ち出した。いつもの彼らしく彼女の話を出した。が、いま彼女はここにいて、彼はしばらく思い出に浸った——彼らしかろうがらしくなかろうが。偽のマリリンの死を嘆く偽のシェンク。本物の悲嘆は本物の人間の中で永遠に消えない。さいわい、寛大な神のおかげでマリリンはあっというまに逝ってしまった。彼の愛するマリリンは数週間のうちに、彼の日々の陽気で愉快な中心的存在から、脆《もろ》い抜け殻となり、身体を起こして座っているとつらいので病院のベッドで横向きになった。彼は毎日幼いルビーと会いに行った。彼女に見えるように、手を伸ばして突っ立っている髪を撫でつけられるようにその子を抱き上げた。

　シェンクはいま、この親切な他人に妻の病気のことを話した。医師たちが懸命に努力してくれたこと。医師、看護師、放射線科の全員が。そしてもちろんガーザは、自分と同じ職種の人たちを誇りに思い、相手の気持ちを思いやって涙を浮かべ、その賛辞を受け取った。餌に食いついた。

「そう言っていただけて嬉しい」彼は言った。「じつは、ぼくもそれをやっていて」

「嘘だろ？」シェンクは無邪気そのもので言った。「お医者さんなの？」

「いや、ちがいます。放射線技師」

「ああ」そのあとシェンクは言った。「知ってる」彼の目は閉じられていたが、何の冗談かわからずに戸惑った顔で彼をじっと見ているガーザが見えるくらい片目が開いた。

「は？」

「きみを知っていると言ったんだよ、パオロ」

「どういう意味です？」

「もう一度言うと、私の名前はジェイ・シェンク。弁護士だ」彼はこのことを十分に理解させるためにそこで間を置いた。「ウェスリー・キーナーの家族の代理を務めている」

「えっまさか」ガーザは異様に大きな声で言った。啞然として。東屋にいるワイングラスをそれぞれ手にしたビキニ姿の若い母親二人がこちらに目を向けた。

「狡猾な人《スネーク》だ」噴射される泡から本物のヘビが飛び出してきたみたいに、彼はさっとシェンクから身を遠ざけた。「なんてことだ」

「いま私が抱えている問題は」できるかぎり静かな調子でシェンクは続けた。「あそこの人事部がバーバラ・アリン医師の所在を教えてくれないことだ。彼女はきみの上司だったね？」

「非常識だ」ガーザは胸と両脚から水をだらだら流しながら立ち上がって、端に立って腰に片手を置いた。

「突然退職するまでは彼女はきみの上司だった。そうだね？」

ガーザは彼に指を突きつけた。「よくもこんなことを！」

「よくもこんなこと？」そう言われてシェンクは憤慨し、放射線技師に指を突きつけ返した。「悲惨な結果に終わった手術の一員だったこの女性は、その後退職した。三日後に。私たちが告訴しても、彼女は書面を提出し、誰も追求しないことを願っているわけだ」

シェンクは神経を高ぶらせていた。自分は正しいという思いで背筋はこわばっていた。彼が平手で水面を叩くと、水が跳ね跳んだ。「だが、私が彼女にいくつか訊きたいことがあっても、彼女が退職してどこへ行ったか誰も教えてくれない。彼女は、そうだな、姿を隠してしまった。でもきみは――きみは六年もその女性と一緒に働いた。きみたちは同僚だった。友人だった。彼女の居場所を知っているんだろ？　パオロ？　知らないのか？」

ガーザは「なんてことだ」ともう一度口にした。だが、まだそこに立っている。腕を組んで。水を滴らせて。月を見上げて。

「いいかい」シェンクはゆっくりした口調で話しかけた。湯に浸かったまま。「きみはアリン医師に思い入れがある。義理を感じている。彼女が面倒に巻き込まれるのを見たくない。それはすばらしいことだ」

「あのひとは」パオロ・ガーザは言った。「よくできた方です」

「きっとそうだろうね」

「彼女は間違ったことは何もしていない。キーナー少年には。何一つ」

「そうなんだ！」ジェイは言った。「そのとおり。医者はいい人たちだ。彼らは私の妻を助けようと全力を尽くしてくれたし、持てる限りの力でウェスリー・キーナーを治そうとしたにちがいない。でもミスはする。事故は起こるものだ。それにアリン医師が何も間違ったことをしなかったのなら、彼女の口からそう言ってもらう必要がある。論理にかなっているだろう？　これに関わった全員が、見たままの事実をきちんと述べるべきじゃないか？」

「それは――」ガーザは喉の奥で〝うっ〟か〝ぐっ〟のような音を出した。そのあと両手を挙げた。「彼女はいい人です。聖人のような」

「さっきも聞いたよ」

シェンクは長いことガーザの視線を受けとめた。アリン医師はどうあれ、この若者は善良な心の持ち主だ――それははっきりわかった。「あのね、ガーザくん。何かが起きた。家族は知って当然だろう。ちがうか？」

彼は待った。そしてものにした――ものにしたのがわかった。

「パオロ？　ちがうか？」

二〇一九年一月二十一日

「ふざけてるのか？」映画スターは言った。「これはくそおもしろくもないジョークか？」

映画スターはメタリックのコートを着ていた。彼は目を細め、顔をしかめて周囲に広がる暗がりに目を凝らし、答えを迫った。彼は頭上で小道具を掲げて怒り狂っている。大勢の人が、宇宙の光り輝く中心部、ホットライトを浴びる映画スターを見つめ返した。技術者、セット係、音声係、クリップボードやトランシーバーを持ったアシスタントなど不機嫌なスターの磁場にいる全員が凍りついた。

「これは本当にこう見えるのか？」彼は言いながら、救出を願う人質のように不安げな笑みを浮かべるはるかに格下の俳優から激しい勢いでもぎ取った細く黒い小道具を振り回した。その目障りな小道具は黒く細い筒で、片方の先端に赤いライトがついている。映画スターは安物のおもちゃのようにそれを振った。「こういうふうに見えるものなのか？」

「違うわ」暗がりから声がした。拡声装置《PA》から流れるなだめるような声。監督は真っ暗な防音スタジオのどこかにいる。「もっと魅力的なものにするつもり」

「やなこった」映画スターは首を振って言った。「くそったれめ。おれは安っぽいことはしない。するつもりはない。おれはしないとバリーに言ったんだ、だからしない」

映画スターが立っているセットは、未来の図書館のようなものだった。彼の背後に本を詰めた棚がずらりと並んで闇の中に消え、永遠に続く無限の知識というだまし絵効果を醸し出している。映画スター演じる主人公のSF的な刑事はこの文書館の入口で〝図書館《ライブラリ》員《アン》〟と可愛く呼ばれる警備員に流線形の未来的な装置で頭の中を読まれて止められた。ところが映画スターはこんなばかなことがあるかと思ったのだ。

　入口のすぐそばでじっと見ていたルーベンには圧倒されるような光景だった。高い木の壁三枚と塗装された床だけのセットを見たルーベンは、そこから引力のようなものを――新しい現実が彼のために用意されているという嬉しい雰囲気を感じた。おがくずのにおいがし、延長コードは連結点でテープで地面に固定されて足下でくねっていたけれど、十ヤード歩いて目に見えない線をまたげば、これに代表される別の現実で新しい人生を始められるような気がした。

「おれがくそみたいなテレビシリーズをやっているのは」映画スターは不満たらたらの小道具を持った手を動かしながら息巻いた。「それらしく見えると説得されたからだ。でたらめに見えるのなら、おれは興味はない」

「それらしく見えるわよ」PAで声が言った。

「ジャッキー、おれをなだめるな。おれはごまかされないぞ。おれのご機嫌取りはしないとバリーは約束した」

　映画スターは顔をしかめてメタリックのトレンチコートをはぎとった。ルーベンはその男が出演した映画を十数本観ていたけれど、名前が出てこなかった。がっちりした体形と短く幅広な上を向いた鼻、肉欲的なハンサムで、一瞬、『ソプラノズ』に出ていたジェイムズ・ガンドルフィーニだと思ったけれど、彼は死んだことを思い出してがっかりした。

「なあ？」スターは言った。「やめようぜ」

「そうはいかないわ、どうか」PAの声にすがるような音が混じりだした。「一シーン撮りましょう」

「やだね」

「一テイクよ、ボビー。お願い」

「正直なところ」誰かがルーベンの耳元で言った。

「これで一日終わるかも」ルーベンの横に立って、いびつな笑みを見せていたのは、はげ頭に広い肩、惜しみない笑顔にカーキのスラックスとブレザーをスマートに着こなした黒人だ。

「バート・エバーズだ」彼は親しみをこめて手を突き出した。「調子はどうだい、お若い人？」

「なんとかやってます」エバーズの手の中でルーベンの手がちっぽけに感じられた。「いまお話をうかがってもいいですか？」

「絶好のタイミングだな」エバーズは、自分の主張を通すために不満たらたらの小道具を膝にあてて折ろうとしたのに曲げることすらできない映画スターを指さした。「これで三度めなんだ、この男がユナイテッド《U》・タレント《T》・エージェンシー《A》に電話して、UTAがプロデューサーに電話して、全員がいらいらして、そのあと落ち着くってやつ。少なくともあと十分は終わらないよ、シェンクさん。でよかったね、シェンク？」

「うん。でも——ルーベンと呼んでください」

「そうか、会えてよかった、ルーベン。残念なことになったね。リッチ・キーナー、だろ？」彼は首を横に振り、大きな音を立てて息を吐いた。「あんなことになるとは」

「わかります」ルーベンは言った。「おっしゃる意味はわかります」

「行こう」エバーズはまた溜息をつき、背後の巨大なドアのほうに頭を傾けた。「外で話そう」

エバーズの確信に満ちた足どりに追いつくために、ルーベンは急ぎ足でついていった。エバーズは一人のカメラマンを指さして笑みを向けた。ヘッドセットをつけて黒いTシャツを着た痩せた男にも。小さな画面の並ぶコンピュータのうしろに座る別の男にも。その男は立ち上がってこぶしを合わせてハグした。エバーズの名札には、ワーナー・ブラザーズ社敷地内警備副部長とあり、腰のふくらみが銃であることは明白だった。

外に出ると、いつもは撮影現場に行かないのだとエバーズは説明した。今日は、小道具などなにからなにまでけちをつけるきざ男氏《ファンシーパンツ》の出番があるから来たという。

「映画スターなんてものはもう存在しないことをこの連中は認めたくない、だから彼ら全員がテレビの仕事をしながらつつましくやっていることをみんなに知らせたいんだ。いまから五年、十年後には役者の仕事はなくなっているとしても。言っている意味わかる?」

ルーベンはうなずいた。「はい」

コーヒーのカップを片手に持って防音スタジオの間の広い道をぶらぶら歩きながら、エバーズはカフェテリアの白い制服姿の若い女性二人に手を振った。「きみたち元気でやってる?」彼が言うと、女たちは手を振り返して「ええ元気よ」と叫び、エバーズはルーベンにまた顔を戻した。「とにかく、セットにこういう、えーと、人物が来たときは顔を出して、本人やその用心棒が騒ぎすぎないようにさせないと。そうなんだ、用心棒がいる。あの連中はみんな用心棒を連れている」

ルーベンは、エバーズの愉快なおしゃべりにのせられて何度もうなずいた。この男は文と文のあいだで歯を見せてにっこり笑う。ルーベンは、本当にここにいていいのだと自分に示すかのように、首にかけたストラップをいじった。彼は背後の防音スタジオと、エバーズのがっちりした体格と屈託ない笑顔と大きな人間性のせいで自分が小さくなったような気がした。

「長く引き留めるつもりはありません、エバーズさん」ようやく彼は言った。「お気持ちはありがたく思っています」

「いいんだよ。当然のことだ。だって、ほらリチャード・キーナーだろう? 私はベス、つまりキーナー夫人と拘置所で出くわした」エバーズは言った。「あの弁護士と一緒だった。彼女からできるかぎり力を貸してほしいと頼まれて、もちろんですよと答えた。その弁護士もシェンクという名前だったな？」

「はい。そうです。父です」

「そうなのか」

ルーベンと父とは全然親子に見えないとはいえ、その事実にこだわる人がいればこだわらない人もいた。

エバーズはただ自信に満ちた明るい笑みを浮かべて、いつでも用件に取りかかれるよう待っている。ルーベンはここに来る途中、リシーダ通りのCVSで買った分厚いモレスキンの小さなノートを取り出し、包装を解いていなかったことに気づいた。おまけにペンを持ってくるのを忘れた。ノートをポケットに戻す。エバーズの肩の向こうで、ブザーとともに赤いライトが灯り、また撮影が始まったことを合図した。

「では、それで――あなたとリチャードはかなり昔から友人だったのですね？」

「うーん」エバーズは言って、頭を太陽に向けて傾けた。

「待って――ちがうんですか？」

「友だち？」エバーズは両手を広げて肩をすくめた。友人関係というものを定義できる人はいるのか？

「リッチは――友だちになるタイプの男じゃないんだよ、この意味わかるかな？」

ルーベンはうなずいた。わかると思った。

「でもおれとリッチは、長年つかず離れずでやってきた。別の仕事がらみで出くわしたこともよくある。でも、おれがリッチ・キーナーを本格的に知ったのは、息子さんのことが始まったとき、おれとパートナーを組んでいたジョーダンという男とで――当時ね、いまは違うけど――おれと同じく元警官――あの家族の安全を確保するための手段を講じた」

ドアが開いて、中の音がどっとあふれてきたけれど、ドアが閉じられるとまた静かになった。エバーズは肩越しにうしろをちらりと見てからすぐに話を続けた。

「一時はかなりひやひやしたな。子どもの状態だけでなく……」彼はそこで話をやめて唇をすぼめた。「ほら、部外者が彼に近づこうとしたし。ありとあらゆる種類の第三者が」

「はい、いえ、ぼくも覚えています。ぼくも、えーと——あのころのその家族を知っていました」

エバーズは、それは辻褄が合わないとでもいうように唇を突き出して眉を寄せたけれど、やがてただこう言った。「なるほど、きみは覚えているのだな」

ゴルフカートの一群がエンジン音を立ててやってきた。撮影所見学ツアー中の観光客だ。トロッコに乗っているみたいに身を寄せた家族がぽかんと口を開けて、作りものの通りや住宅や、緑の屋根と大きなガレージドアがある特大倉庫にすぎない構内一帯を見物している。その中の太ったママさんが写真を撮ろうとスマホを持ち上げたとき、まるで映画スターのようにエバーズはゆっくりと片手を上げて振り、サービス精神旺盛に親指を立てて見せた。カートの人々が彼は映画スターかと注目した。

「できれば」——ルーベンは咳払いした——「最近数カ月のリチャードについて記憶に残っていることがあれば教えていただきたいんです。彼が普段と違った、というか——というか、もしかして——様子が変だったという話はないかと」

「様子が変?」

「はい」

「なぜ?」

「昨年の十一月はウェスリーの事故からちょうど十年でした。だから、リチャードが——もしかして——精神的に参っていたかもしれないと思ったんです」

「あの男が正気を失っていたかどうか知りたいんだな」

「えーと——そういうわけではありませんが」

「うん、でもそういうわけでないわけでもない、だろ？」エバーズはにっこりしたから、ルーベンも微笑んでから間を置いたけれど、エバーズはほかには何も言わなかった。彼は、別の見学ツアーの一団がやって来るのを待っているかのように、ルーベンをすかしてスタジオの道路を見た。

「それで？　エバーズさん？」

「え？」

「最近、彼の行動におかしなところはありましたか？」

「あのな」エバーズは言って、唇の間から息を吐いた。「そういうけどね。おかしなところ。そんなのわかるわけないだろ？」

「そうですね」

　でも、簡単な質問だった。彼はおかしな行動をしたかしないか。彼はその簡単なことを二度尋ね、二度ともエバーズの愛想のよいおかしなやりかたではぐらかされ、答えてもらえなかった。ルーベンはその男についてじっくり考えた。全体的に、言葉のあやつりかたに、厳密な意味の周辺をめぐるやりかたになじみがあった。それはルーベンに何かを、というか誰かを、となるともちろんシェンクに決まっている——シェンク——を思い出させる。彼が行く場所と話す相手に必ず潜んでいるジェイ・シェンクと彼のやり方と手段。

「エバーズさん」ルーベンの頭に、風に吹かれる雪片のようにちっぽけでもろい考えが浮かんでいた。「エバーズさん、去年の十一月以降、リッチに会いましたか？」

　エバーズは頭を傾げて少し考えた。でもルーベンは、彼がそのふりをしているように思えてならなかった。考えていないのに考えているように見せかけている。

　そして言った。「いや、ないな、たぶん。あの夜、事件が起きた夜までは。彼から電話をもらって、おれはすぐに分署へ駆けつけた」

「でも、なぜ？」

「何が？」

　人々の心を和ませるにこやかな笑みはエバーズの顔から消えていた。彼は、腰に帯びている銃を思わせるひやりとするよそよそしさをこめてルーベンを見た。でもルーベンは邁進した。彼には考えていることがあり、ばかげているかもしれないがともかく尋ねなければならなかった。

「あなたがたはそれほど親しかったようには思えません。なぜ彼はあなたに電話したのですか？」

「それは」エバーズは落ち着いた目でじっと見た。

「それはわからないな」

「リッチには妻がいる。目に入れても痛くないくらい愛する娘がいて、家族の絆はかなり強かったと思います。彼が逮捕されて電話をするとなったとき、彼は友人のバート・エバーズにかける。でもあなたは、本当は友人ではなかったと言う」

「そうは言ってないだろ？　おれたちは一種の友人同士だと言っただけだ」

　ルーベンはわかりました、いいでしょうとうなずいたものの、もっと言う前に、防音スタジオの中からけたたましい笛のような音がして、エバーズがそちらに顔を向けた。「仕事に戻らなくては」彼は言った。「会えてよかった、シェンクさん」

「ええ、それはもちろん、一つだけ――なぜなんです？　あなたは長いこと彼に会ってなかった、そう聞こえました。彼はなぜあなたに電話したのですか？」

「ああ、それはね。ほら」エバーズの大きな笑顔が最後に一度登場した。彼は両手を開いた。「誰もがこんな経験をたくさんしているわけじゃない。警察とか犯罪現場とか。ほとんどの人間はないからね」

　それは答えではなかった。でも、ルーベンにそれ以上は無理だった。エバーズはルーベンの肩をぎゅっと握ってから、巨大ドアの中へ入っていった。

「楽しい一日をな、きみ」

二〇〇九年十二月九日

1

ケイツの法廷のすぐ外の通路でシェンクに電話がかかってきた。シェンクは電話に出るべきではなかった。知らない番号からかかってきたからではなく、開廷まであと二分だったからでもない。

「シェンクさん？」

「はい？」

「ピレッジ博士です」

「失礼ですが——どなたですって？」一瞬混乱し、シェンクが診てもらった医師が検査結果を伝えるために電話してきたのだと思った。「私は大丈夫ですか？」

「テリーサ・ピレッジ博士です。神経科学者の。専門家証人」

「ああ。ええ、はい、そうでしたか。こんにちは」彼はエレベーターから下りてくるリッグズを見て、快活に一方的に手を振った。

「シェンクさん、あのあと、わたしを指名する可能性について考えていただけたかしらと思ったものですから」

「あ、ええ。いや。もちろんですとも」

じつは、この夏に二、三度、彼女に電話をすることになるかもしれないと思ったことはあった。裁判になれば専門家証人が必要になるだろうし、いささかなりともあてになる人はほかには誰も、ウェスリーの状態がわかっていると主張すらしていない。

だが最近シェンクの頭はパオロ・ガーザと行方知れずの放射線医の謎で占められていた。『評決』のポール・ニューマンにつきまとわれていた。

「裁判は四月五日に始まりますよね」

シェンクは顔をゆがめた。いまこの時にそんなことをわざわざ言われるまでもない。それに彼女にそのことを話したか？ リップタックが？ 彼女はこの訴訟を追っていたのか？

「おそらく」彼は教えてやった。「裁判にはならないだろう。私たちは和解へ動いている」

彼はそう信じていた。またそう信じるようになっていた。今日、正式にアリン医師の名を出せば、そのルートにまた戻るだろう。

「ほかに専門家証人がいるのね？」ピレッジ博士は冷ややかに言った。

「言ったとおり、専門家証人は必要ないと思う」

「では、ノーなのね？」

どうしようもなかった。彼は笑った。「あのね。ピレッジ博士。あなたが強い関心を持っておられることはわかった。必要になったらお知らせしよう。いいね？」

ケイツの書記でシェンクと仲良しのジャッキー・ベンソンがそばを勢いよく通りすぎて第五法廷へ向かった――彼女はシェンクを、そのあと意味ありげに自分の腕時計を見た。彼はすぐ行く、すぐ行くと口を動かした。

「そうなるわ、シェンクさん」ピレッジは言った。

「どうなると？」

「あなたにはわたしが――」

彼女がそれを締めくくる前にシェンクは電話を切ったものの、彼女が何を言おうとしていたかはわかった。彼女は〝あなたにはわたしが必要になる〟と言うつもりだった。法廷に入って原告側の彼の持ち場につくべき時間が過ぎたいまでも、彼は突っ立ったままゆうに十秒は電話を見つめ、それをしまってから法廷へ向かった。


ミズ・ベンソンが如才なくとりなしてくれたにもかかわらず、ケイツの日程の枠をもらう前に、パオロ・ガーザを指名したのち三週間近くも待たなければならなかった。

シェンクはとても待っていられなかった――うずうずしていた。

ガーザは折れて、キーナーの手術のあとなぜか突然バレービレッジを去ったアリン医師はどこへ行けば見つかるか正確に教えてくれた。これが理想の世界なら、シェンクはまっすぐそこへ行き、何の予告もなしにアリン医師の人里離れた家のドアに現われて果実のジュースみたいに彼女の秘密を絞り出すのだが、内容はどうあれ――リッグズと病院と病院の保険会社が何を隠していたとしても――正しいやり方でやるほうがいい。裁判長の承認をもらうのだ。そして証言が必ず認められるようにする。この線を追い始めたら、あとは電話が鳴るのを待つだけだ。高級シーフードレストランで二度めの和解交渉をするか、どこか別の場所でやるかだ。今度はたぶん、ナプキンに数字を書くことになる。

ケイツは申し立て協議を開会したのち一時保留にして、『フィガロの結婚』の有名な序曲をハミングし、鉛筆の端の消しゴムで額をそっと叩きながら書面を黙読した。礼儀正しいが苦痛な静寂が長々と続いて、シェンクは席についたまま暴れだしそうになり、被告側でいつものように落ち着いて従順にしているリッグズにボクサーの一瞥を投げかけた。リッグズなら裁判長としてのケイツの手腕を称えながら一日中そこに座っているだろうし、中空を見つめて、ここに座っているだけで時給いくらもらえるか計算してすっかりご満悦にちがいない。

とうとうケイツが読み終え、名前と顔を一致させているかのようにシェンクを、そのあとリッグズをじっと見てから顎をぐっと引いた。「では」彼は言った。「シェンクさん」

「私たちはこの証人の供述の許可が必要です、裁判長」シェンクはさっと立ち上がりながら言った。「私の主張には絶対に必要です」

「はい、そうですね」ゆっくりとうなずく。書面の隅をつまんで持ち上げる。「そんなことだと思ったよ。訊きたいのは、シェンクさん、どうしてきみはそれをしていないのか？　この証人は何カ月も前に質問手続きを提出した。それが不十分で、彼女に証言させたかったなら、法廷に申請する時間はたっぷりあった」

リッグズは自分のテーブルについたままうなずき、判事の見識をおごそかに認めた。

「いんちき行為が行なわれたのです、裁判長」テーブルのうしろから進み出ながらシェンクは言った。陪審団は出席しておらず、『アラバマ物語』のアティカス・フィンチ並みの仕草に感心するものはいなかったが、シェンクは演じていたわけではなかった――彼の情熱は本物だった。今朝は、トレッドミルの傾斜を五パーセントに設定して時速九マイルで三・二五マイル走ってきたから、いまでも背中を汗が流れていた。「アリン医師は退職しロサンゼルス郡を離れたということでした。CTスキャンの結果が提示され、論争になっていないので、彼女の質問書による回答を――親切にも――私は認めました」

そこで言葉を切って息を継いだ。「私たちに知らされず、しかしあとになって判明したことは、第一にアリン医師の退職は、ウェスリーがバレービレッジにかつぎこまれた三日後という偶然にしては異様な日付でした。第二に、彼女は実際には退職したのではなく、当州の別地域で新しい地位に就任したのです。『評決』をご覧になりましたか? ポール・ニューマンの?」

「関連がありません」リッグズはうんざりしたように言い、いっぽうケイツ判事は目を細めた。

「観ていない」判事は辛辣に言った。「という前提で進めよう」

シェンクは引き下がれ、冷静になれと自分に忠告したが、実行は難しかった。特にウシガエルのように頬と首をふくらませて立ち上がったリッグズを見ては、とても難しかった。

「裁判長」シェンクは言った。「弁護人である私の仕事は、都合よく姿を消したか否かにかかわらず、重要な情報を有する人物との面談を含めて、関連するあらゆることを探し出す努力をすることです」

「指摘されていますとおりアリン医師は」リッグズは言った。「もはやバレービレッジの職員ではありません。病院に問いただしたところ、居場所はわからないということでした」

「私は知っている」シェンクは言った。「じつを言うと知っている」

リッグズが彼に顔を向けた。「どうやって見つけた?」

「はん、ちょっと変わった手法があってね、だからきみより優秀な弁護士なわけだ」

ジャッキー・ベンソンが書記席で高らかに笑ってから口を押さえた。ケイツ判事は不満げな目で彼女をちらりと見てから言った。「静かに、シェンクさん」

「申し訳ありません、裁判長。神経が高ぶっておりまして。この場で起きたことで興奮してしまいました。いま起きていることのせいで」

「裁判長、よろしいですか？」穏やかな抑えた表情のリッグズが、きょうだいにむかっているときに親に告げ口するかのようにケイツ判事に申し出た。「相手方弁護士が認めるように、アリン医師の現在の居住地はLA郡外です。また、彼女はすでに詳細な質問書を提出し認められています。シェンク氏によってこの女性がこれ以上迷惑をこうむらないように、そしてそのためにこの裁判を遅らせることのないようにするべきです」

「原告側は」リッグズの論旨を奪い取ってシェンクは自分のほうに引き込んだ。「重要な情報を独断的急務のために棚上げさせないようにするべきです」

ケイツは椅子の背に寄りかかった。彼は後頭部で両手の指をからめ、法廷の高い天井に目を向けてじっくり考え、法廷全体に彼の思慮深さを観賞させた。

「認めよう」最後にケイツは言って椅子の背を戻し、ガベルを軽く叩いた。シェンクは、自分の心の中へ直接天国からどっと流れ込んでくる目のくらむような喜びを感じた。やった。この女性を見つけて裁判に勝つぞ。

「法廷はアリン医師に、われわれではなく彼女に都合のよい場所で応じるよう通告を出す」彼はガベルをシェンクに向けた。「だが、延期しない。審理は日程表通りに行なうので、あと――」彼がミズ・ベンソンに顔を向けると、彼女は用意して待っていた。

「十二日です、裁判長」

「そうだ。あと十二日。開示は十二月十八日に終了する」

「十二月二十一日です、判事」ミズ・ベンソンは言い、ケイツは彼女をじろりとにらんだ。「よろしい」ケイツは険しい顔をシェンクに向け直した。「それと、費用《ダイム》はあなたの負担ですぞ」

「わかっています」シェンクは言ってから、資金《ダイム》はほとんど残っていないことを一瞬思い出して暗澹として胸が苦しくなった。気にするな――とにかく見つけるんだ。彼はあえてリッグズを横目で見て眉を動かした。リッグズはただ肩をすくめ、シェンクは愛想よく優雅に微笑んだまま、無言のメッセージをボリュームいっぱいで発した。〝私に『評決』を下してみろよ、ボケ〟

2

レスリングだって？　おいおい、何を考えていたんだ？　彼は何も考えていなかった。

ルーベンはいつものようにバスに乗り遅れないように学校の正面玄関から走り出た。水曜と金曜は学校が終わると、サンタモニカから来る市バス、ビッグブルーバスに乗って、オリンピック通りからセンティネラ通りへ、そしてパームズ大通りで下車する。キーでドアを開け、宿題をして父を待つ。でも今日は学校の横のドアのところで、正面玄関そばの小さな体育館から聞こえるキーキーいう音やうなり声に引かれて足を止め、ふらふら歩いていって中をのぞいた。それまでレスリングといえば、派手な髪型と金属の椅子と跳ね飛んだ血というもっぱら世界レスリング連盟《WWF》のイメージしかなかったルーベンは、正確でコントロールされた動きに衝撃を受けた。この腕をここに、この脚をそこに置く。この膝を曲げてから別の膝。張り詰める力。目的のための力。そこ。いま。ひっくり返せ。

　眺めているルーベンを見て、コーチのマースデンが誘いにやってきた。カイゼルひげの太鼓腹の男で、いつも学校のロゴのついたポロシャツを大きな胸と腹で伸ばして着ている。ルーベンは、彼の口から出てきた声の心地よい響きに驚いた。優しく、ゆっくりで、ほとんど聞こえないくらい低い。

「で？　どうだ？」コーチは言って、ルーベンが何か答える前に手で彼の腕をつかみ、太い指二本でカリパスのようにそれを測った。「きみの身体に合っていると思うよ。きみに向いていると思う」

　さて、ルーベンはばかではなかった。動機をあとづけし、決断をめぐって自分を苦しめる子どもがいるとすれば、それはルーベン・シェンクだった。もちろん彼は、ウェスリー・キーナーがレスリングをやっていたことを知っていた——兄はレスラーだったとイブリンは言ったのだ。である。だった。だった。である。でも、体育館の戸口で、彼はただ進んだ。正しいと感じたからそうした。彼は入部した。そしてそれがよかった。レスリング用具一式で満杯のビニールバッグを手に下げてパームズ大通りとセプルベーダ大通りの交差点を渡りながら、イブリンの兄から何か盗んだわけじゃないと彼は思った。これは一種のささげ物だった。敬意。

　まだなじみのない趣味の奇妙な備品が詰まったビニールバッグが嬉しそうに脚にあたった。袖なしシャツ《シングレット》。ポリカーボネート製の頑丈なヘッドギア。マウスピースと肘あて。新しい世界。

　ルーベンはごく小さく口笛を吹いて自宅に向かって坂を登りながら、慣れないわくわく感と熱を感じていた。あばら骨のあいだをさっと動く臆病なシミ虫。

テイバー通りの坂の頂上で夜勤の男が待っていた。

男は芝生の真ん中に置いた椅子に座っていた。それは、自宅の裏庭のパティオのガラステーブルのまわりに大きな半円形に並べて置いてあった屋外用の布張りの椅子だった。長めのショートパンツとサングラスとサンダルという格好の夜勤の男は、裏庭の大きな椅子を前庭まで引きずってきて、いまは両脚を投げ出してそれに座り、これといった緊張もない涼しい顔でただそこにいて、他人の家の前庭で時間をつぶしている。

ルーベンが近づいていくと、夜勤の男はゆっくりと頭をまわして微笑んだ。男は片手を挙げ、挨拶代わりに二本の指でVの字を作った。

「ここで何をしている？」ルーベンは言った。それ以上自宅に近づかなかった。道路から動かなかった。

「来たな」サングラスの上の縁からのぞき見るようにして闖入者は言った。「われらが少年のおでましだ。元気か、ルーベン？」その声には、生活指導カウンセラーか青年部リーダーのような、甘やかすようなまやかしの優しさがあった。

「父はいない」ルーベンはすぐに言い、その後またすぐ後悔した。自分は一人だと他人に教えるのは浅はかな子どものやることだと自覚するほどには成長していた。自分一人だと明かせばどうなるかわかっていた。首に巻きつけられる腕、毒入りキャンディー、略奪用のバン。

でなければこれ。彼の家の庭で一人で待っていたこの男。こっちのほうが怖い。デニスといちおう名乗った男は、組んでいた脚をそろそろとほどいて椅子から立ち上がった。そして歩いてきて、敷地のはしの郵便受けのそば、道路にいるルーベンから数フィートのところに立った。ポケットにばらで入っていた煙草を一本取り出した。

「いいんだ」男は言った。彼はライターをかちっといわせて煙草に火をつけ、炎を踊らせた。「おまえさんに会いに来た」
ルーベンは両脚の震えを感じた。ビニールバッグの取っ手を持つ手に汗をかいていた。彼は忘れようとしてきたけれど、夜勤の男のことは忘れられなかった——カルトのリーダーかヒッピーかは知らないが、ほかのやくざ者と一緒に彼らの生活とキーナー事件のばかげたことに首を突っ込んできた男、母が死んだ病室にいた男となぜか同じ男。

　これまでルーベンは頭の中の男にうなされてきたと思っていたが、その男がいま彼の家の外に立って空に向かって煙を吐いている。

「おれたちは彼をさがしていた」いたずらっぽい笑みを浮かべ、目を輝かせて夜勤の男は言った。「仲間とおれ。おれたちはキーナー少年をさがしてきた。で、だんだん近づいてきたら、この仕打ちだ。彼らは少年を移動させてばかりいる。被害妄想だよ、彼らは。法王みたいに扱ってる。王冠かよ？」

「あんたとは話せない」

「いま、きみはおれと話してるじゃないか、ルーベン。話しているだろ？」

　闖入者の唇から出てきたルーベンという名前が汚く聞こえた。ルーベンという言葉が恥辱であるかのように。

　三軒となりに住む、たぶんチャックという名の男が、薄茶色のボーダーコリーを連れて電話で話しながら歩いてきた。デニスはその彼に挨拶のつもりで手を振り、男はうわのそらで手を振り返した。助けて、ルーベンは思った。助けて。チャックは通り過ぎた。コリーはリードを思いきり引っ張っている。

「だからきみの協力が必要なんだ」闖入者は冷静に言った。「おれたちがきみのパパに言ったことを聞いただろ？　善き黄金世界だ、ルーベン。霊魂、美しく慈悲深い霊魂は閉じ込められている。くそったれのせいで抜け出せないんだ。汚い言葉で失礼。だから、なんとかしてそれを解放しないとならない。うつわから出して世界に放つんだ。きみのパパにはわからないかもしれないが、きみならわかると思う。わかっていると思う」彼は口をつぐんで、ルーベンをじっと見た。

「彼の居場所を教えてくれるか？」

「知らない」

そうなのだ。彼は知らなかった。でも、自分を見つめる夜勤の男、彼のもつれたブロンドの髪、彼の何かいやらしい視線を見て、ルーベンは自分は捕まったように感じた。自分が嘘を言っているように感じた。たとえそうでないとわかっていても。

彼は深く息をしてから、サングラスの奥の男の目があると思われる場所をまっすぐ見てもう一度言った。

「彼がどこにいるかは知らない」

デニスは手を持ち上げてサングラスをはずした。一瞬ルーベンは、目がないんじゃないかと思った。でも、サングラスが取り払われたとき、そこにはくすぶる石炭のような黒く光る目が二つあった。夜勤の男がルーベンの顎をぐいとつかんで上を向かせたとき、男の目は、ルーベンの人生最悪の夜の闇で見たのと同じに、この男はあそこにいたのにあそこにいなかったあの夜、母マリリンが消滅した部屋の死の隅の影に潜んでいたときと同じに見えた。ルーベンはあえてまっすぐ見返そうとしたけれどできなかった。彼は視線をはずして家を見た。彼の家。玄関の青いドアとオフホワイトの木枠。キッチンの流し台の上の二つの小窓。こうなったいま、この男がここに来たいま、家はもう同じではない。夜勤の男にこの場所を知られてしまった。

「いいだろう、信じるよ」最後に言ってルーベンの顎から手を放し、ルーベンがほっとして息を吐いたときに男は笑い声をたてた。「知らないことは教えられないもんな？　無茶だよ。けどな」彼は名刺を出して、滑らかで親しげな仕草でルーベンのポケットに滑り込ませた。「もしわかったら教えてくれよ？　それでどうだ？」

　彼は煙草の吸いさしを、ルーベンがまだ赤ん坊だったある夏にマリリンが丹精込めて植えた、こぶだらけででこぼこした棘のある多肉植物が置かれた台の中へはじいた。

「もう一つ」デニスはさっきと同じ気楽な声で、平然として無造作に言った。「きみはレスラーなんかにならないよ、ルーベン。誰も幸せにならない。わかるだろ？　この世界では」

　彼は歩いて通り過ぎるときに用具の詰まったビニールバッグをぴしゃりと叩いたので、バッグがルーベンの脚にあたった。

「でももう一つの世界があるんだ、ルービーちゃん《ブービー》」

子どものときのばかばかしい呼び名。マリリンがつけた名前。母と子のあいだだけの呼び名。「とにかく待て。未来はあの少年の中で待っている。きみはそれに手を貸せるんだ。おれたちにはきみの協力が必要なんだよ」

　そのあとデニスはビーチボーイズの曲を口笛で吹きながら、大股で離れていき、あてもなく歩いて芝生から道へ出た。ルーベンはぞっとして息を吐き、去っていく彼を見てひどく安心した。

　ところがそのあと、男のうしろから大きな声で呼んだ。「ねえ、おーい」夜勤の男がにやにやしながら恥ずかしそうに振り向くまで。

「もしその――霊魂、よりよい世界。もしそれが彼の中にあるなら、あんたたちはどうするつもり？」

「ああ、話さなかったか？」夜勤の男はそっぽを向いた。そしてまたサングラスをかけた。彼はにたりと笑って、真っ白な歯と歯のあいだのすきまを見せた。

「彼を割って開けるんだ。それを取り出す」

二〇一九年一月二十二日

　コズモズは、ベニス大通りのすぐ南を走るセプルベーダ通りの、タコス売り場や洗車場やドーナツ店などが連なるとりわけ平凡な区画に三軒並ぶ薄汚れた低層モーテルの二軒めだった。そのモーテルは、一度も存在したことがないのにそこかしこに痕跡の残るＬＡ史の一時代の残骸だった。二十世紀なかば、どの薄汚いラブホテルも丸みのある大きな字で〝カラーテレビ、エアコン、温水プールあります〟と描いた看板を出して道端をにぎわせた華やかなりし宇宙時代があったのだ。コズモズは二間続きの建物がなんとなく半円形に並んでいる場所で、中心に汚れてほったらかしの――お決まりの――駐車場から全体が見渡せる温水プールがある。温水浴槽なし、飛び込み板なし、ぼさぼさの植え込みに染みのあるビニール椅子が数脚置いてあるだけだ。

　道路のちょうど真向かいに四〇五号線の入口車線があって、駐車場は砂ぼこりと排気ガスが充満していた。ルーベンは空いている場所に車を入れてから、少しのあいだバックミラーで自分の目を見つめて、何をやるつもりだと自分に問うた。

　この計画が、リチャード・キーナーは心神喪失状態だったと証明することが目的なら――エバーズが言ったように、彼が錯乱していたのであれば――犯罪現場でその証拠が見つかる見込みはほとんどないだろう。ルーベンの使命は、刑を減らす理由を見つけることであって事件の再調査ではない。リチャードはピレッジを撃ち、そのあとランプで彼女の頭をかち割ってから警察に電話して、自分がやったと自白した。

　では、ルーベンはここで何をしている？

その答えは、安直ではあるが、きわめて簡単な質問に対するエバーズのあいまいな答えにあった。リッチが逮捕されたとき、彼はなぜあなたに電話したのか？

〝誰もがこんな経験をたくさんしているわけじゃない。警察とか犯罪現場とか〟。

火曜日は仕事が七時までなので、ルーベンは終わってすぐにここに来た。胸元に〝キラーグリーンズ〟と描かれた蛍光イエローのシャツを着たままだ。

警察とか犯罪現場とか。

これが時間の無駄なのは、ルーベンにはほぼ確実だと思われた。

「間抜けはこっちか」彼は車から降りながら独り言を言った。となりにトップレス・メイズの広告用のピンクのバンが駐まっていて、みだらなシルエットがドアに向かうルーベンを流し目で誘ってくる。「ぼくの時間はそこまで貴重じゃないから」

「おい、やめろ、どうなってんだ、よせ。ちくしょう。まったく！　くそったれ！　むかつく！」

今夜のコズモズのフロント係は、事務室のノートパソコンで再生している野球の試合に夢中になって腹を立てていた。かなりの歳のがっちりした男で、もじゃもじゃの眉毛の下で鋭い目が光り、ドジャーズの野球帽の下からふさふさの羊毛のような白い髪が二房はみだしていた。「行けよ、くそっ！」

「すみません？」ルーベンはそっと言って、咳払いしてもう一度言った。「すみません」

ロビーに装飾はほとんどなく、こぼれた牛乳か古いゴミのにおいがした。曇ったいびつな鉢の中で泳ぐたった一匹の金魚は囚人のように栄養不足で見捨てられて見えた。

「はいよ？」係員はコンピュータの画面から目を離さずに言った。「ひと部屋？」そのあと、ルーベンが答える前に「ああ、やめろって。こんちくしょう！　行け」

ルーベンは男のコンピュータ画面に目を凝らした。野球の試合は――一九八〇年代のユニフォームと粗い画像からして――昔の試合の記録映像だったので納得した。いまは野球のシーズンではない。

係員は顔を上げて、ごつごつした拳を口元にあててあくびをした。「ガービーのやつめ。さてと――あんただけ?」

「そうです」

「そうです?」男は鼻を鳴らした。「そりゃごていねいに」

老人のデスクはごたまぜの紙類で大混乱だった。《LAタイムズ》のいくつかの欄、黄色くなったレシート、未開封の封書やカタログの山。その混乱をかきわけて紙とペンをさがすあいだ、鉢の中で金魚が助けを求めてひくついていた。

「いつまで?」

「えーと――一日だけ。一晩」

「一晩ね、はいはい。シングル? ダブル? どっちでもいいよ。がらあきだから」

「シングルを」ルーベンは小さな声で言って、急に自信がなくなった。「一〇九号室をお願いします」

係員はちょうどペンを見つけたところだった。彼はそれを無秩序なデスクに放って戻した。「そういうことか」と言うと、舌を上顎につけてくぐもった声を出した。「出ていけ」

「はあ?」

「出ていけと言ったんだよ」彼は帽子を取って、それをドアへ向けた。「出てけ」

ルーベンはパンツの尻から分厚い財布をごそごそと取り出した。「でも支払えます。金はあります」

「一〇九号室は使えない」男はせせら笑った。「知ってたんだろう?」

「いいえ。なんで? 何を?」

パソコンからライナーの鋭い音、昔の観衆の甲高いどよめきが聞こえた。統計的にその人たちの多くはもう死んでいる、とルーベンは思った。「なんでか知ってるくせに。二週間前、女が一人、あそこで殺されたんだよ。だからさ。な？　しらばっくれるなよ、まぬけ野郎。新聞か、あのあれ、レディットで読んだんだろ？　で荷物も持たずにやってきた。ああそういや、おまえが好きそうな部屋だわ。気色悪いやつめ。おれが簡単にだまされると思うか？」

「いいえ」ルーベンは悪態の猛攻に茫然として言った。

「いいえ、じつはぼく……」

〝何者でもない。ぼくはどうでもいい人間だ。

私立。探偵〟。

「なあ、あんた、殺人現場でマスかきたいならラビアンカ邸へ行けよ。地図を描いてやる」

「あなたは誤解しています」

「おれが？」

「ぼくは変態じゃない」

係員は顔をしかめた。「おまえが変態かどうかなんて関係ないんだよ。おれの糧は変態だからな。でもあの部屋は閉鎖してる。改装中だ。わかった？」

ルーベンは引き下がらない自分に驚いた。「そこを一日――ほんの少しでも見せてもらえませんか」

「だから閉鎖してるんだって。耳が聞こえないのか？　耳なし変態？」

「ではいつ」ルーベンは丁寧に言った。「その部屋がまた使えるようになりますか？」

「しばらくかかる。誰かの頭がかち割られたんだ、その片付けに時間がかかる」彼は指を折って作業を挙げていった。「敷物をはがして、マットレスを洗浄して、カーペットについた脳みそを洗い落とす。おまけに、ほれ、銃弾の穴も。うちのきれいな壁に二つ。誰かが弁償してくれるわけじゃないんだよ」彼は憤慨して鼻を鳴らした。「だったら、二、三週間してから来いよ、喜んで予約してやる。ほかの亡霊ファッカーのあとで順番待ちするかもだけど」

　このぼろモーテルに何か残っていたとしても、二、三週間のうちにすっかりなくなってしまうだろう。カーペットを蒸気で消毒し、壁を洗い流せば。それにもちろん、ルーベンに二、三週間の余裕はない。あるのは――いつ？――現時点で十三日。二週間とたたないうちにリチャード・キーナーは死刑囚として収監されてしまう。

　でも彼は引かなかった。

「説明させてください」ルーベンは言った。「ぼくは本当にその――亡霊ファッカーじゃないんです」彼はぎこちなく微笑んだ。「違います」

「じゃあ何だ？」

　ものすごく難しい質問だ、とルーベンは思った。

「その事件を担当しているんです」そう言うと、自分はＣＳＩか何かみたいでばかばかしく聞こえた。「被告側に雇われています。調査員です」

「あっそう？」

　男は目と目のあいだを引っかいて、目を細めてルーベンを見た。それが本当とは信じがたいらしい。こういうときによくやるように、ルーベンは他人の目で自分を見た。片耳のつぶれた眼鏡をかけた妙なアジア人の男。長身なのに小柄に見せようとしている男。

「へえ、あんたは調査員か」しばらくして係員は言った。「ふむ、それだと全部変わってくる」

「ほんとに？」

「いや。変わらない」

　男はおもしろくなさそうに笑い、野球の試合の一時停止を解除した。

　ルーベンはそこを立ち去りかけた。そうすべきだったのだ。

　彼がやるべきことは駐車場に戻って自分のアルティマに乗り込み、今夜はこれで終わりにすることだったのだろう。

だがそうせずに、彼の顔に手をあててきたイービイのことを考えながら彼は立っていた。エコーの楽屋、ロックシンガーと探偵、これまでの人生でずっと友人同士だった二人の他人。

「会えてよかった」あのとき彼女は言った。「とてもかっこいいね」

目を閉じると、頬に彼女の手のひらのぬくもりがいまでも感じられた。

それで、これからどうする？　やめるのか？

「あのう？　すみません」

昔の試合をまた邪魔されて驚いた男がもう一度顔を上げた。ルーベンは片手をデスクに置いてからそれを持ち上げ、男は札束の小山を見てから、また彼を見上げた。

「とんでもない」男はとげとげしく言った。「おれをこれで抱き込もうと――」彼はすばやく目で数えた。

「九ドル？」

「え――ええ。はい、そうです」

「いいよ」係は肩をすくめた。「受ける」

ドアは古かったもののハンドルは新しかった。リチャード・キーナーが壊したものと取り替えられたのだ。

ラビは入口でじっと考えた。分厚いレンズの奥の目は部屋の端から端へ、壁から壁へとゆっくり動いた。

「よし」彼は言った。「部屋だ」

薄暗く醜悪で狭苦しいモーテルの一室。一つの窓は駐車場側にあって、けばけばしいピンクのバンの横に駐まっている自分の車が見えた。部屋の色は茶色系だ。ベージュ、淡褐色、赤褐色。擦り切れた薄いカーテン。ごつい古い型のテレビ、なんてことのないグロテスクな絵が数枚。形と色だけの、飾りになるならなんでもいいという代物。

エアコンのプラグは抜かれ、コードはすそ板で丸めてあった。淡い月明かりで縞模様になった細いストライプのベッドカバー。ペンキと漂白剤と、最近掃除機をかけたような乾いたほこりのにおいが漂っていた。公共の目的のために修復途中の浄罪状態にある部屋。バスルームのドアは開いていた。便座は上がっている。トイレットペーパーはない。シャワーカーテンはまくりあげられてコアラのようにレールからぶらさがっていた。

部屋は暗く、かび臭かったけれど、ぞっとするような不吉なエネルギーに満ちてもいた。ルーベンが足を踏み入れたとき、うずくまる危険を感じ、彼が室内で動きだすと、それがゆっくりとまっすぐ立ち上がった。意外なときに激しい感情を示してくる彼のペニスがパンツの中でわずかに硬くなった。なんだよこれ、と思ったけれど、結局は激しい感情があるだけだ。性欲と闇、殺人とセックス。それらはこういう場所でぼんやりと一体になるのかもしれない。いまだに部屋の隅でちらつき、薄いベッドカバーの下でざわめく強烈な感情の残る殺人現場。

つまるところ彼は亡霊ファッカーだったのかもしれない。

ルーベンは、どんな悪夢が肉体を持つのかと考えながらおそるおそる室内を移動した。肉体となり、いつもだまされてその肉体がたまたま欲しがるものを欲するのかと考えながら。

部屋の大部分はベッドで占められていた。バスルームとのあいだの壁の奥の狭い空間に、一台のナイトテーブルが押し込められていた。

「よし」彼は言うと首を横に振り、最後に一度笑い声を上げて、自分がやることをようやく許可した。部屋を調べること。幽霊を追いかけること。警官とか犯罪現場とかそういうこと。

やる以上は精一杯やれ。

「いくぞ」彼は声に出して言うと眼鏡をはずしてズボ

ンのポケットに滑り込ませた。「いまからぼくはリッチだ」

　彼は背筋を伸ばして立ち、肩をうしろに引いて胸を押し出した。息を吐いてうなり、疑り深い暗い気分が顔の様相を変えるのを感じた。後戻りしてドアを出てから、もう一度ゆっくりと重い足どりで入ってきた。においを嗅ぎながら、リッチのようにクマのごとくどっしりと歩いて。

　彼は高みから世界を見下ろし、部屋をねめつけた。

「おれは部屋へ押し入る」彼はちらりとドアを振り返った。「彼女はここにいない」しばし動きを止めて思い出した。「彼女がここにいないことはわかっていた。おれの計画では、おれは待つ。ベッドに座る」

　彼の体重でそれがきしんだ。

「おれはこの拳銃を持っている。古い銃。長年それを持っていた」ルーベンは警察の報告書に書かれた詳細を思い起こした。八ミリ口径の十六発入りセミオートマチックピストル。「使ったことはないが、いまはそれを使うつもりだ。覚悟はできている」

　彼は目に見えない武器をドアに向けた。「おれは待っている」ルーベンは誰もいない部屋に向かって、月明かりと掃除洗剤のにおいに向かって言った。

　そのときドアが開いた。なんと彼にそれが開くのが見え、彼は目に見えない拳銃でねらいをつけて発砲した――バンと叫んで――飛んでいく弾を、ベッドから戸口までの角度を見つめた。

　くそ。はずした。こんな近くからなのにはずしてしまった――手が震えたんだ、ガンマンでないし、撃ったこともない――

　彼は大声でバンと言ってもう一度撃ち、再度はずしたあと、ベッドから立ち上がって巨体をテリーサ・ピレッジへ突進させた。いまルーベンに彼女がはっきりと見えた。まばたきせず笑ってもいない凍りついた表情の――彼女をドアのそばでつかまえて壁に押しつけた。

そしてそこに――テーブルの上に――ランプがあったので、ルーベンはそれをひったくってから動きを止め、ぜいぜい息をしながら腰を曲げた。彼の手でわしづかみにされたランプのふくらんだ中央部分、コードが腸のようにぶら下がっている。

これは別のランプにちがいない。凶器となったランプは証拠としてどこかに保管されているはずだ。コズモズのロビーの倉庫に安物の不格好なランプが並べられている棚があるのだろう。真鍮の台に巻きつけられたコード、ソケットスタンドのワイヤーに留めた薄いかさ。ルーベンはそれを持ち上げた。文鎮かボーリングの小さなボールのような頑丈なものを手にしている気持ちになる。いきなり彼はベッドからドアに向かって、部屋に入ってきたピレッジに向かって二歩進んだ。彼はランプを頭上でふりかぶり、ゆっくりと弧を描きながら重要な瞬間を再現し、弧の四分の三のところで止めてバキッと叫び、傷ついたピレッジが床に崩れ落ちるのを見つめた。

もう一度、もっとすばやくやった。ランプをつかみ、肩の筋肉が動くときの小さな熱を感じながら、うなり声を上げて振りまわした。ランプの土台がピレッジの頭にあたったと想像した場所でぴたりと止めた。

バキッ。

不快な音、末期の音、音が出た瞬間の死。

彼はランプを手に、その場で立ちすくんだ。なんとも奇妙なこの身体行為は――ランプの土台の安っぽい金属が頭の骨とぶつかって、小惑星のように金属が頭蓋骨に激突し、脳の柔らかい中身の奥深くをえぐる――結果として、そもそも実体のなかったこのものを抹殺した。〝テリーサ・ピレッジ博士〟とは、つまりは一つの観念であり、抽象概念であり、世界において一つの完成した機能システムとして作動する、思考と感情と身体的行為と刺激に対する反応の集積に対して世界が与えた名前にすぎない。テリーサ・ピレッジであったものすべて——骨、血、筋肉、皮膚、肉体の組織と組織の分子——そのどれも接触した瞬間に消え去りはしなかった。いま、そのすべては箱に入れられて地中にある。ランプが頭蓋骨に命中したときに死んだのは概念だった。思考だった。意識だった。なくなったのは、最初から物理的に存在していないものだった。人は知であり、知は消えてしまったが、それがこの、たとえばランプのように存在してはいなかった。

ルーベンは座り込んだ。仰向けで横たわり、目は開いていたものの何も見ていない。彼は、リッチに殴られたテリーサが倒れた場所に横たわった。彼は、殺した人間から殺された人間へと役を移った。いま彼は身体を起こして反転させ、そのまま四つん這いになって頭を下げ、レスラー時代のポーズをとった。〝おまえは床とベッドと家具を調べた。おまえは両手で凶器を持っていた。おまえは何を見逃した？気づいていいはずのものがほかにあるとしたら〟。

ところがいま、なぜかルーベンはそれがあると確信していた。犯罪現場には手がかりがある、そういうことだ。手がかりのための場所。部屋から家具が取り出され、ごしごしこすって洗い流されたあとでも。

「ようし、では」彼は小声で言った。「何が手がかりだ？」

この考えにある声が答えた。清掃されたカーペットからのささやき。かすかで威圧的で論理的で明確。ピレッジの声だった。それが壁と言った。気難しい老いぼれが弾の穴のことで文句を言っていたよな？〝うちのきれいな壁に二つの穴〟。

ルーベンは立ち上がって眼鏡をかけ、照明のスイッチの下の壁に両方の手のひらをぴたりとあてて、包帯を巻いた指先が塗りたてのペンキのざらついた箇所に触れるとたじろいだ。

彼が見つけた弾の穴は、もはや弾痕ではなかった。

ただのでこぼこだ。速乾性のスパックルを詰めた上にペンキが塗られていて、白い壁に浅いへこみが二つあるだけだった。

ルーベンはポケットからスマホを引っぱり出して懐中電灯アプリを開いた。へこみにライトを当てる。化粧ボードを小指の爪でこすって中をかきだした。壁はぽろぽろとはがれて、じきに穴そのものが現われた。彼は膝を曲げ、身体を傾けてしげしげと観察し、それぞれの穴のまわりを親指で慎重にさぐった。

彼の目に、壁にあたって漆喰の中に消える弾が見えた。飛び散るペンキとほこりが見えた。ルーベンは目を細めてライトをもっと近づけ、洞穴の入口をサーチライトで照らすように、角度をつけてまばゆい光で手前の穴を照らした。そのあと彼は、リッチになりきった彼がたったいま銃を手に座って待っていたベッドをまた見た。

このとき、穴を写生し、角度について気づいたことをメモしておこうと思いついた。バッグの中のメモ帳をまごまごさがしていると、カメラがあることを思い出した。

懐中電灯を消してカメラのアプリを開き、穴の写真を何枚か撮って一枚ずつＥメールで自分に送った。

彼は多少はいい気分でロビーを歩いていった。多少以上。彼は少し颯爽としてきびきび歩いた。首を傾けてフロント係にすばやくうなずくと、男はうなってあてこするように親指を立てて見せた。ルーベンはあそこで見つけたものに意味があるとは思わなかったけれど、それに対して疑問を抱いた自分が気に入った。ラビは自分は賢いと感じた。よくも悪くも、自分は何かをしているのだと感じたし、その感じは不慣れで建設的で満足いくものだった。

夜勤の男が駐車場にいた。

夜勤の男は待っていた。

彼はピンクのバンのリアバンパーに腰かけ、街灯で半身を照らされ、口の端から煙草をぶらさげていた。がらんとした駐車場の二十ヤード向こうから、ゆがんだ笑みを浮かべて汚いタンクトップとサンダル姿でルーベンをまっすぐ見ていた。彼は片手を上げて、二本の指をゆっくりと広げてV字のピースサインを作った。

彼は歳を取っていなかった。病院でルーベンの瀕死の母におおいかぶさっていたときの彼と変わらないように見えた。シェンク&パートナーズの事務所で善き黄金世界を予言したときの彼のように。キーナー裁判真っ只中のあの夜、テイバー通りの家のキッチンに押し入り、ジェイの喉元にナイフをつきつけたときの彼のように。

ルーベンは全速力で駐車場を走っていったが、夜勤の男はすでに立ち去り、彼がそこに着くころには姿は消えていた。最初からいなかったかのように。

「いた」ルーベンは言った。「いたんだ」バンのうしろ、男がいたまさにその場所がオイルで汚れていたので、ルーベンは地面をじっと見て、足跡かタイヤ痕か、何か証拠があるはずだと思って無駄にぐるぐる回ってさがしたけれど何もなかった。ルーベンをつけ回すもの、彼の調査を追うもの、進展したというつかのまの感覚をあざけるものはいなかった。

〝おれもこれの一部なんだ〟。

彼は、くすくす笑いながらセプルベーダ通りをぶらぶら南へ歩いていく夜勤の男を想像した。

〝おれを消すことはできないよ、ルービーちゃん。おれはすべての一部だから〟。

二〇〇九年十二月十八日

1

「あのね?」ベスが言い、リッチが「なんだ?」と訊くと、彼女はためらった。

彼女はここでなんと太平洋を見渡していた。リモコンで上げ下げできる日除けつきの青い色のついた一面のガラスの向こうに海が見えている。宮殿のような家だった。

でもなじまなかった。しっくりしなかった。彼女が窓から顔を戻してリッチを見ると、彼はあのいつもの、彼を怒らせるにちがいないものが来るのを覚悟した顔で彼女を見ていた。

「移りたいの」

「冗談だろ」リッチは言った。

「いいえ」彼女は言った。「でも、わけがあるのよ」

リッチは両手を宙に投げ出した。「いや、冗談にちがいない」

「あなた」ベスは言った。「落ち着いてくれる?」

「ああ。もちろん」と言うと、彼はそっと離れて、部屋の遠くへ行き、低くつややかでモダンなソファの端に座って待った。「おれは落ち着いてる。聞こう」

海はどこまでも青く続いていた。かなたの水平線にレジャー用ボートが数艘出ていて、もっと岸の近くで何人かサーフィンしている。高い空でカモメが輪を描いていた。

「丸見えのような気がするの」彼女はリチャードに言った。「ガラスばかり。それにこんな高いところにあるし」

「この一軒だけ離れている」リッチは言った。「それは長所だ」

「むきだしよ。入口が十七ヵ所もあるみたい」

「五ヵ所だよ。エバーズのところの男たちと一緒に全部確認した。前、横、横、裏、ガレージ」

　ベスは首を振っている。それは問題じゃない。彼女は自分の気持ちをわかっている。ここにいるつもりはない。最初はこの家に大賛成だった。彼女は一本の長い廊下を、そして別の一本を奥まで見通した。両方ともさまざまなごてごてしたモダンアートがかけてある。殴り描きされた色。針金で作ったくだらないもの。

　ここには滞在できない。とにかく——しっくりこない。

「本当にごめんなさい、あなた」彼女が言うと、リチャードは唇をすぼめて、息を少しずつ長々と吐き出した。「わからず屋にならないように努力してるの」

「わかった」彼は言った。ほかには何も言わずただ「わかった」だけだ。〝でもおまえはそうじゃないか？　おまえはわからず屋だ〟を意味することは二人ともわかっていた。

　ウェスが二人のあいだを歩いていた。ベスは手を伸ばして、そばを通った息子の肩に手の甲で触れた。ここでもこれまでと同じように、彼は不変の終わりなき円を描き、家具の置かれていない大きな家の玄関から広々としたリビングルームを横切って巨大な窓まで行くとそのルートをまた戻っていく。

　このマリブの家は、ある華やかなテレビスターの元夫であるテレビスターの所有物だった。そのテレビスターはこの家を養育権と引き換えに譲渡されたが、その後すぐに、広大な屋敷を所有する映画会社重役の女性と再婚したので、この家は空いたままだった。事情を聞いたとき、ベスはほとんど信じられなかった。この世にははかりしれない金がある。家を買って、使わずに放っておくとは。

「で、どうする？」リッチは、相手の主張を完全に認めたうえで尋ねた。彼らはこのマリブの家を出てゆく。その点は決まった。「うちへ帰るか？　それとも――なんだな――レドンドへ戻る？」

「いやよ」

「じゃ、トレーラーか？　あのくそ――」

「違うわ。リッチ」

「病院へまた入れたいのか？」

「ああそんな」ベスは言った。「まさか」

　ウェスリーが通った。そばを行くときの彼の目はベスを見つめていながら何も見てはいなかった。いつか彼が立ち止まって手を差し伸べてくれると思っているかのように、彼女はいつも手を伸ばす。

「じゃあどうする？」もどかしそうにリッチは言った。

「おまえはどうしたいんだ？」

「わからない。わたしたちは――わからない。エバーズに訊いてみましょうよ？　彼がほかを見つけてくれるわ」

「だめだ」彼は首を振った。「エバーズには頼みたくない」

「どうして？」

「あの男を何度もわずらわせるわけにはいかない」

「彼をわずらわせる？　リッチ、わたしたちはひどい災難に遭ったのよ」彼女は、奥の窓へ達して戻ってくるウェスリーを手で示した。「わたしたちは困っているの。みんな助けたいの」

「エバーズには頼らない」

「いずれにしろもっと安い場所があるわ」

　エバーズは無償で手伝ってくれたが、それ以外は全部――警備員、介護ヘルパー、家賃――違う。

「お金のことが心配なのね」

「その言い方がいいよな。お金のこと」彼は腕時計を見た。「くそ。仕事に遅れた」

　金の問題ではないのはベスにはわかっていた。リッチは助けてくれと人に頼むのがいや、自分たちのことを気遣わせるのがいやなのだ。彼は問題を解決する男、ものを作る男だった。困っている男ではない。善意にすがる男ではない。ほんのささいなことでも、もっともな理由でも誰にも迷惑をかけない男。一人息子が病気なのに。病気よりひどい状態なのに。彼はどうなったのか誰もわからない。

ベスはかなり前に仕事を辞めていた。エディーやみんなはわかってくれていて、必要なだけ休めばいいと言ってくれ、週に二日だけ働けばどうかと訊いてくれた。でも、週に二日でも多すぎる。一週間のうちの二日もほかのことを気にしなくてはならない。電話の応答をして、他人の水道管の非常事態の面倒を見なければならない。

リチャードはまだ働いていたが、エバーズの注意事項を守って舞台装置の短期間の契約仕事だけやっていた。偽名で働き、尾行されていないか確認する。彼は、頭のおかしい人みたいに、しじゅう肩越しにうしろを見て歩いていた。

誰もウェスリーに近づくことはできなかった。誰ももう二度と彼を傷つけることはできなかった。それが重要だった。大切なのはそれだけだった。

「あの子にとって最善を選ぶべきよ」ベスが言うと、リッチは顔をしかめた。

「ここはいい場所だとおまえは言った。安全な場所だと。おれたちはここに立って、みんなで賛成した。いいね。すごいって」

ベスは肩をすくめた。彼女は壮大な窓に顔を戻した。彼女は言い逃れしなかった。できなかった。世界はひどく腹立たしく、恐ろしく、つねに変化しているものだった。ときには遅れないようについていかなければならない。

「リッチ。ねえあなた。わたしが電話してもいいわよ」

「エバーズに？」

「わたしに電話してほしい？」

「いや」彼は溜息をついた。彼の態度が和らいでいくのを見て取った。そうなるのはわかっていた。長いあいだ彼を見てきたのだ。「おれがかける」

彼女の大柄な夫は両腕を広げた。二人が出会ったとき、彼女は十五歳だった。考えるだけでもばかばかしい。三時限目の体育の授業で恋に落ちて結婚する人たちがどれだけいる？　彼女は夫に、いろいろなことがあっても、二人がまだ愛しあっているという事実に首を振った。彼のバイク事故、夫婦が関わってきたつまらない仕事の数々、ニューメキシコで過ごしたひどい二年間、彼の母親とのごたごた、そしてこれ、いまのこの悪夢のような現実。夫婦の息子のこと。

そのすべてを経て。まだ愛しあっている。彼はいかさないやつだった。彼女の男。彼は散髪が必要だった。

彼女は夫の身体に身を投げ、彼の両腕をしっかりと巻きつけさせてから顔を上向けて唇に激しいキスをした。いつからセックスしていないの？　とんでもない──ひょっとして事故の前から夫とファックしてなかった？　一年以上？

ますます激しくキスをして彼を強く抱きしめ、二人はしばらくのあいだそうして立っていた。世界に二人だけしかいない、自分たちの苦労と心痛をわかっている大人が二つの肉体を一つにして、彼らの息子はそのまわりでゆっくりと円を描いて歩いていた。

ベスはリッチの胸の中で言った。

「うまく行きそうとシェンクは言ってる。彼女を見つけたって」

「誰を？」

「放射線科医よ、あなた」リチャードはよく聞いていなかった。注意を払っていなかった。彼はそれが終わるのを待っていた。「シェンクは彼女の居場所を突きとめたの。よかったわ。わたしたちが勝てば四百万ドル入るって言ってる」

「もし負けたら?」彼が言った。

「やめてよ、あなた。わたしたちは負けないわ」

2

「おはようございます、アリン医師。私はジェイ・シェンクと申しまして、この件でキーナー家の弁護士を務めております。まずは、今日お時間を作っていただいてありがとうございました」

「選択の余地はなかったわ」

「まあ、そうですが」シェンクは肩をすくめた。「それでもやはり。感謝しています」

「さっさと片付けません?　仕事に戻りたいの」

ジェイ・シェンクはなだめるように微笑んで、タイプしている法廷速記係のミズ・クラリッサをすばやく一瞥した。「出だしを誤らないようにしたかったのです、アリン医師」

「わたしは判事に命じられたからこれをしているの。始めてもらえます?」

「もちろんです」

彼らは、それほど大きくないが街といえなくもないパソロブレスから車でなんと四十五分の、カリフォルニアワインの産地であるカリフォルニア州ラ・リオハにいた。バレービレッジ病院法人の元放射線医のバーバラ・アリン医師は、現在の勤め先である検査センターの屋外の金属メッシュのピクニックテーブルで彼の向かいに座っている。テーブル中央の丸い穴に差したプラスチックのパラソルの支柱のせいで、シェンクからは証人の一部が欠けて見える。アリンは白髪でくっきりした目鼻立ちの鋭い目の女性で、毎朝サラダだけ食べて早足で四マイルのウォーキングをするタイプの細身の中年白人女性だった。

　シェンクのそばに、彼の費用で――判事から警告されたとおり、この手続き全体を彼が負担する――ここまで飛んできたミズ・クラリッサが座り、携帯用の速記用キーボードをかたかた言わせている。アリン医師の横には、この手続きに同席させるためにリッグズがさがしてきた地元の弁護士がいた。スミスだかジョーンズだか二十代のダサいやつで、とりとめなくメモしながら今風のロングヘアが顔に落ちかかるし、彼の前に置いてあるキーナー訴訟のファイルの下に半分隠れたペーパーバックの小説をうらめしそうにちらちら見やる。

「アリン医師、ラ・リオハにいつから住んでいますか?」

「あなたはその答えを知っているでしょ」

「はい、知っています。でも、これは、私が質問してあなたが答えるという仕組みになっているのです。質問に対するあなたの感情は関係ありません。そうですね、ジョーンズさん?」

「え? ああ。スミスです」

「あなたの依頼人に質問に答えるよう言ってもらえますか？」

「えーと。もう一度お願いします」

「わたしがここに住むようになって約一年半です」

「二〇〇八年十一月からですね？」

アリンは溜息をついた。「はい」

「よし、と」シェンクはあたりを見回した。「ここはいいところですね」

「それは質問？」

「ちがいます。ただの感想」

彼らが座っている場所から、趣のある広場が見えた。ベンチが置いてあり、老人が犬を散歩させていたり、幼児がはしゃぎながら遊具のまわりで追いかけっこしたりするちょっとした遊び場だ。芝地は目の覚めるような緑色で、メインの通りと砂浜の向こうに海が見えた。町全体にかすかに花のにおいが漂っている。

シェンクがアリン医師に満面の笑みを向けると彼女はにらみ返してきた。

「アリン医師、私の質問に機敏にお応えいただいている。感謝します。次に、あなたが忘れたことを知りたいですね」

彼女は一瞬詰まってから言った。「何を？」

「私は放射線医をたくさん知っています。すぐれた人たちでした。すばらしい人種だ、あなたがたは。でも正当な敬意を払われていない。でしょう？　放射線医の友人たちは、ほかの医師に——たとえば外科医に——何かを指摘しても、その医師は指摘を却下するか無視すると言いますよ」

「これはどういうこと？」アリン医師は彼から、長髪のまぬけへと顔を向けた。「いったいどういうこと？」

「失礼——何が？」顔を上げてスミスが言った。

アリンは一本の指をシェンクに突きつけた。「あなたは、わたしに責任があるとかいう主張をしようとしているの？　わたしが間違ったことをしたというの？」

「いいえ。していません。でも……」彼は両方の手のひらを挙げて、潔白の図をこしらえた。「そうすべきかな？」

「わたしは馬鹿じゃないわ。医学部へ行ったのよ、忘れた？」

　シェンクは長い年月で何人も知り合った、間違いなく大馬鹿者だった医学部卒業生の名を挙げないことにした。

「私は」その代わりに彼は言った。「放射線医は、自分たちがついている外科医に少し煙たがられることがあると言っているだけです。一緒に働いているでしたね、失礼しました。あなたならわかるでしょう。傲慢な男たち――彼らはつねに男でしょう？　神に等しい力を持つと信じる男たちの業界。脳外科医は特に。ふさふさの顎髭」

　アリン医師の長い鼻の穴がふくらんでいた。「あなたは本当は何を言いたいの？」

　シェンクは大きくうなずいた。この医師の態度を考えると、それに、サンルイスオビスポ空港《SLO》五時二十七分発の飛行機を予約してある事実を考えると、それにミズ・クラリッサに時給を支払うことを考えると、さっさと要点に入ったほうがいい。

「あなたは正しくなかったことを目にしたのではないかと言っているのです。われらの友人カタンザーロの不適切な、あの子どもを危険にさらすような振る舞いを目にしたのではないかと言っているのです。子どもの運命を決するような」

　アリンは仰天して彼を見つめた。「たとえばどんな？」

「さあ」シェンクは言った。「こちらが聞きたいですね」

「わからないわ」

「えー」スミス氏が自信なさそうに片手を挙げた。

「あのう。何の話です？」

「あの男は少し酒に酔っていたんですよ、アリン医師。率直に話しませんか」

「誰が？　カタンザーロ医師？」

「芝居はなしですよ、いいですね？　彼の元妻が養育権審理会でそう証言したのです」

「ああ、なんてこと」

「過去に三件の正式な示談が極秘で成立しており――――」

「ああ、なんてこと」

「三人の元同僚が、その男が昼食時に酒を一口飲むのが好きだと正式に証言しました」

シェンクはそこまでにした。アリン医師は立ち上がり、テーブルの端を両手で握りしめて彼を見下ろしている。最後の部分、正式に証言した同僚についてはでっちあげだが、あとで削除すればいい。彼のねらいは彼女の神経を高ぶらせることで、それに成功したから望みのものが手に入るだろう。

「さあ、どうぞ、アリン医師。いいんですよ。あなたが見たことを聞かせてください。あなたは彼が酒を飲むのを、もしくは彼が酔っているのを見た、それで病院は確実に口封じをするためにあなたに特別な便宜をはかってここに来させた」

「特別な……」放射線医は深々と呼吸をして、感情の荒波を抑えた。「便宜をはかったですって？」

「ほかに呼びようがありますか？　ウェスリーの手術からわずか二、三日後にあなたはバレービレッジを退職する。ここに異動する。美しいワイン王国に」

アリン医師は首を振っていた。その口が動いていたが言葉は出てこなかった。シェンクは迫った。

「ここの給料はいくらです？」

「それがあなたにどんな関係があるの？」

「私は宣誓供述を取っている弁護士だからです。エドガー・ゴウアンを知っていますか？」

「もちろん知ってるわ」

「異議あり」地元弁護士が不安げに、発言してよいものかどうか自信なさそうに言った。

「彼はパソのこのクリニックのオーナーです、そうですね？」

「シェンクさん、正式に異議を唱えます」

「おまけに彼はバレービレッジの理事です。なんとも珍しい巡り合わせだと思いませんか？」

　いまや彼のスイッチは完全に入っていた。スミスがまた異議を唱えた。「一連の質問はまったく不適当です。私は――私は――」

「きみは私のことを告げ口する、そうだな、スミスくん、わかった」

　シェンクはアリン医師に顔を戻した。

「アリン医師？」

「ごめんなさい」彼女は言った。「残念だわ」そのときシェンクの高ぶった意識から華々しい炎が上がった。やったぞ。アリン医師が謝ったのは、少年のスキャン結果を読み違えたか、カタンザーロの致命的な処置ミスを報告しなかったからだ。ところがそのとき、顔を上げた彼女の目には激怒しかなく、自制心のマスクを貼りつけたその顔を見て、白状することを――彼にここに来させたことを残念がっているだけだと彼は理解した。

「父が死にそうなの」彼女は言った。

　シェンクは目をぱちくりさせた。「何と？」

「だから突然辞めたんです。だからバレービレッジを辞めたの。大好きだった仕事を、すごく得意だった仕事をあきらめてここへやってきて、毎日朝から晩まで椎間板ヘルニアを見てる。わかった？」彼女は小さく首を振って、唇をすぼめた。「父はアルツハイマーで肺ガンよ。衰弱している。わかった？」

　ああなんということだ、シェンクは思った。そんなばかな。

彼はファイルを閉じた。二羽の鳥が広場中央の木立ちから飛び立った。

「母は六年前に死んで、姉は手伝える状態にない。でも、あなたには関係のないことよね」彼女はまっすぐに彼を見た。「あなたには関係ないことよ。あなたにとって好都合なタイミングに見えたならごめんなさい、でも、あなたの依頼人やカタンザーロ医師やほかのこととはいっさい関係ないの。父の診断書を提出させたいなら、どうぞそうして。でも話は終わりよ」

アリン医師は彼女の弁護士であるはずのスミスのほうを向いた。スミスが目を丸くして物も言えず、何も理解できないまま彼女を見つめ返す一方で、ミズ・クラリッサのかたかたは速度を増し、やがて消えて静かになった。

「話は終わり」彼女はもう一度言うと、シェンクをちらりとも見ずに去っていった。

シェンクは、検査センターのガラスのドアを押し開けて中に消える彼女を見つめながら、再度思った。そんなばかな。

ミズ・クラリッサは手早く片付けて携帯用キーボードを閉じてきっちりとしまい、スマホを取り出して空港までの配車サービスを予約した。それも航空券と一緒にシェンクに請求される。ピクニックテーブルの向かいでスミスが立ち上がり、ランチの袋、ペーパーバック、ファイルをブリーフケースに押し込んでいた。

「いやあ、会えてよかったです」彼はおどおどと言ってから、ブリーフケースをぱちんと閉めた。それはほとんど使われていないように見えた。法科大学院卒業祝い。

「ああ」うわのそらで微笑みながらシェンクは言った。理性は時速千マイルで動いている。「ほんとに」

教授——あの女性——リバーサイド校の講師。結局、彼女に頼ることになるのか。

二〇一九年一月二十五日

　ラビはスマホを手に取って、時間をまた確かめた。

「ちょっと失礼」ビニールのウインドブレーカーを着た顎髭のしゃれた男が言い、ルーベンは「すみません」とつぶやいて道をあけた。

　イービイは遅れていた——しかもかなり——けれども彼は、この騒々しくて大人気の中国料理レストランの玄関前で礼儀正しく、きまり悪そうに立ち、湯気の立つ料理のいいにおいを嗅ぎながら待っていた。醬油と魚醬とニンニクを油で炒めるにおい。

　いまはほぼ真夜中だ。十一時の約束だったけれど、数分遅れるかもしれないと彼女はあらかじめ言っていた。ルーベンはまたもやスマホをチェックしながら、イービイのような人にとって数分とはどれくらいの時間だろうと考えた。小ぎれいに装った別のグループを通すために足の位置を変える。

「すみません」二十回近くやってきたように食後の皿を置くラックに身を寄せて、できるだけ身体を縮こめた。「ぼくは……すみません」

　店はこれでもかというほど流行の最先端で、暗くて、ひどく騒がしかった。大声と笑い声、響き渡るつまらないポップミュージック、グラスの触れ合う音、その上さらにお手洗いへ行く通路に並ぶビンテージもののゲーム機のヒューンとかポンとか訳のわからない音が交じっている。待っている間、彼はイービイ・キーナーに具体的にどう話そうか考えた。またスマホをチェックする。そしてもう一度、料理の大きなクローズアップ写真と、そこにちらほら混じっている熟年のアジア人女性——きっと中国人だろう——が麵をすくい上げながら冷静にカメラを見据えている写真をしげしげと見た。

「待った?」と言いながらイービイがやってきて、彼が答える前に彼女はその首に抱きついて彼の右頰に思いきりキスをした。

彼女は汗まみれで華やかで、髪の毛はステージのままうしろにぴたりとなでつけられていた。薄手のタンクトップ姿だったからその下の黒いブラが透けて見えたし、つけていた翼が肩に食い込んでついた赤い跡が見えた。彼女は彼の腕を取って列へ引っ張っていき、二人のうしろで誰かが「おいマジか、あれは……」と言ったけれど、有名人の彼女に気づいた興奮をイービイは無視して、紙のメニューを二枚つかみ、一枚をルーベンに突き出した。彼の心臓はどこまでも舞い上がった。

「ここではシュウマイを食べなくちゃ」彼女は言った。

「わかった」

「シュウマイは好き?」

「好きだよ」

「よかった」

彼女は晴れやかな笑みを見せ、彼もそれを返そうとしたけれど、たぶん変なしかめつらにしかならなかっただろう。自分がにっこり笑うとドクロのようだとルーベンはいつも思っていた。

彼には話したい大ニュースがあった。彼女に会えて嬉しかった。レストランはとてもいいにおいがした。ルーベンはこういう雰囲気に身を置くことに慣れていなかったから、そこまで前向きな気持ちになったことにまごついた。彼はあの父になったような気がした。

二人はカウンターでオーダーして、人を押しのけて壁際のツートップへ歩いていった。彼女はブース側へ滑り込み、ルーベンは椅子に腰かけた。

「それで」彼は言った。

「それで」イービイは言った。「どうだった?」

でもルーベンが答える前に彼女は「くそ——お水欲

しい？」と言うとさっと立ち上がって、人混みを巧みにかきわけてセルフサービスのステンレス製水差しまで行き、二個のコップに水を注ぎ、テーブルへ戻る途中で、彼女と知り合いか知り合いになりたい男、パラシュートパンツを穿いてつば広帽子をかぶった、通学にはおしゃれすぎる格好の長身の男につかまって、イービイとその男は楽しそうにしばらく話した。ルーベンはナプキンをいじくった。木製の箸を割って、火を熾すかのようにこすり合わせた。イービイが戻ってきて腰をおろし、それぞれに水を置いた。

　ルーベンは咳払いして言った。「あのね、イービイ」

「うん？」

「よし。ええと。犯罪現場へ行ったんだ」

「行ったって――待って、あの……モーテルへ？　なんで？」

「そう。コズモズ。なんとなく……予感がした、んだと思う」

　そう言ってすぐに――ただちに――これが失敗だったことに気づいた。彼の予感、彼のイメージ、彼のばかげた調査衝動から発した説得力のない結果をたずさえて彼女のもとにやってきたこと。彼女は背筋を伸ばして座っている。彼をじっと見つめていた。「どういう意味？　どんな予感？」

　ルーベンは自信なさそうに片手を振ってもぐもぐ言った。「じつは……忘れて」

「モーテルへ行ったのね？」

　彼は困惑してうなずいた。イービイは完璧な額にしわを寄せている。

「刑期の減軽要因のことを話していたよね。パパの精神状態の変化のこと」

「ああ、いや、わかってる」

「いまはほかのことを話してるの？」

　ルーベンはうなずき、赤面し、みじめだった。そうした期待はかないそうにないのに、どうして彼女に期待させるようなことを言ってしまったのか？　ウェイターが湯気を立てる竹のせいろ三段と海藻サラダのボウル二つを持ってさっとやってきて、二人がテーブルから身をそらしているあいだに、てきぱきとそれらをテーブルに移動させた。

　となりのテーブルで、タトゥーをした若いカップルが明らかにイービイに気づいて、あからさまにならないようにしながら彼女をちらちら見ていた。輝くイービイ――有名なイービイ。レストランの奥でテレビゲームの音がする。点を取り、小惑星を撃ち、ボールをころがす人々。イービイはルーベンを見て待っている。彼はみじめな思いで微笑んだ。彼はいちばん上のせいろの蓋を取って、クロスさせた箸で一つをつまんで口に入れた。イービイが「気をつけて」と言ったとき、シュウマイがはじけて、煮えるように熱いスープが口に広がり、彼はむせて唾を飛ばしながら全部をテーブルに吐き出した。

「うわあ。ルーベン」

　彼は水をがぶがぶ飲みながら、どうにもできずに親指を立てて見せた。イービイは死ぬほど笑っている。くすくす笑いが止まらず、止めようとしながら両手で口元を隠して、笑いをこらえきれずに目を丸くしている。

　彼はその時期が過ぎたことを、話題が変わったことを願ったけれど、イービイがテーブルの向かいから手を伸ばしてきて、彼の腕をつかんだ。「ねえ。お願い。何の話をしているの？」

「銃弾」ようやく彼は言った。この騒がしい場所では二人の話は誰にも聞こえないが、絶対聞こえないにしても、彼は少し声を落とした。「撃った角度が」彼は言った。「違う」

「え？」イービイは両手で白い髪の毛をなでつけながら彼を見つめた。

「それはどういう意味？」

「うん、警察の報告書と起訴書類によると、きみのパパはモーテルの部屋に押し入って、彼女が入ってくるのを待った。そして立ち上がって彼女を撃った。二度」

「うん」

「だよね、これを見て」

彼は自分のスマホを取り出した。料理に肘を突っ込まないように注意しながらテーブルに身を乗り出した。彼女は〝犯罪現場の写真を持ってるこの男は誰？〟と一瞬驚いたように微笑んで彼を見てから、表示された写真を見た。「きみのパパの身長は、そうだな、六フィート五インチくらい？」

「少なくともそれくらいはある」

「そうだよね。テリーサ・ピレッジは五フィート四インチだった。もし彼が立って彼女を撃ったなら弾は下向きに飛ぶよね？」彼は指を弾丸に見立ててイービイに向けて撃ち、その胸を貫きそうになってそこで止めた。「でも——ようく——見ると」彼は写真の一枚を拡大した。「それと反対に弾が飛んだように見えない？　上向きに？」

　言葉じりで彼の声がかすかに震えた。そうは言っても、彼は自分が何を言っているのか本当はわかっていなかった。自分は正しいと確信していたとはいえ、それを話そうとすると、自分が発見した事実が不意に、綿菓子のように中身がなく薄っぺらに思えた。けれどもイービイはうなずいて「待って」と言い、イービイは彼の手からスマホを取って自分の指でそれをいじり、写真を拡大した。

　ルーベンは首を振って悪態をついた。こうなってしまった。彼女は期待し、それは大きく膨れた。ところがそのあと彼女はスマホをテーブルに戻して、わからないという目で彼を見た。

「警察はこのことに気づかなかったのかな？」

「理論的には気づくよね？」ルーベンは言った。「でも、そこへ行ったら銃を握った男がいて、自分がやったと言ってる。即座にすっかり白状した。ぼくは警官じゃないけど、もしかすると犯罪現場の捜査がちょっと……」

「おざなり」

「それ。おざなり。だったとか？」

　もちろんルーベンは犯罪現場の写真や、カルバーシティ警察のいろいろな報告書をじっくりと調べ、できるかぎり理解した。壁から回収された二発の八ミリ弾は弾道検査によって、現場でリチャードが握っていたのと同じ珍しいオーストリア製の拳銃から発射されたものだと確認された。けれども、警察の捜査員が弾孔の角度が一致しないことに気づいていたとしても、報告書にはそう書かれていなかった。

　むしろ、ルーベンはぼんやりとした恐怖のうずきを感じ、自分はすべて間違っているのではないかと思った。

　イービイは箸をゆっくりと注意しながら動かして、シュウマイを選び出した。となりのテーブルのタトゥーのカップルがにやにや笑いに近いはにかんだ笑みを浮かべて、その機に身を乗り出してきた。男はイービイに、彼女の大ファンなんで、もしよかったら写真を撮っていいかと尋ねた。

「悪いけど」彼女はとても優しく答えた。「いまは遠慮していただけます？」カップルは引き下がり、イービイはルーベンをまっすぐに見た。

「だから何？　彼女を撃ったときパパは座っていたの？　それが問題なの？　どうして？」

「いや、違うんだ。彼は座っていなかった――待って」ルーベンは一息ついて、考えをまとめようとした。「きみのパパは、彼女を撃って、当たらなかったからランプで殺したと警察に話した。ぼくの考えでは、ひょっとすると彼女が部屋にいて、彼が入ってきたんじゃないか。彼女が彼を撃ったから彼はランプで彼女を殺した」彼は深呼吸して勇気を奮い起こし、彼女の美しい目をじっと見つめた。「正当防衛で」

「正当防衛」視線をからみあわせたまま、彼女はごく静かに繰り返した。「まさか」

「うん」

「つまりパパは無実なの？」

「無実というわけじゃない、けど……」彼は調べてあった。ウェブサイトに戻っていた。「でも有罪ではない。ぼくが思うに――どうしたの？　イービイ――なに？」

　イービイは彼女の母親が泣くように泣いた。だしぬけに、すごい勢いで、顎を突き出して、泣いている自分に腹を立てて。

「イービイ？」

「彼女が電話してきたの、ルーベン」

「え？」

「たいへん。彼女が電話してきたのよ、ルーベン！　あたし一度も……ていうか、あれが彼女だったとは思ってなかった。ああ、あたしはバカだ。なんてバカなの」

「きみはバカじゃないよ」何も考えずに彼は立ち上がって、テーブルの反対側にまわり、結婚を申し込むように彼女の前にしゃがんだ。

「話して」

　イービイは深々と息をして決心を固めた。そして彼を引っ張り上げてとなりに座らせた。「わかった、あのね、この――電話がかかってきた。正確な日付は覚えていない。二カ月前、たぶん。わりとすぐにモー―」

「モーテルで」

　彼女はすばやくこくりとうなずいたけれど、そのあとを続けることができないようだった。

「イービイ？　話して」

「あたしは実家へ行った。バスルームの廊下にいると、パパが電話で話しているのが聞こえたの。お金のことだと思ったわ。だってうちはいつも火の車で、いつも一文無しだから。なのに最近あたしが少し出そうとすると、パパはかまうなって言う。それがすべての問題なの。だから聞いた感じでは借金取りかローンだと思った。ほっといてくれと何度も言ってた」

ルーベンは彼女を見つめた。「ほっといてくれ」

「うん。〝あんたたちとは関わりたくない。ほっといてくれ〟」

「おい」ルーベンは、イービイ・キーナーの写真をこっそり撮ろうと首を伸ばしていたとなりのテーブルの男にきつい声で言った。「やめろ」

イービイはそれを無視し、カメラを無視した。彼女はルーベンをつかんだ。

「関係あるかな？」

「彼はこう言ったんだね。ほっといてくれって？　彼はあんたたちとは関わりたくないって？」

彼女はうなずいた。

「二カ月前だと言ったね？」ルーベンは必死に頭をめぐらせて、時系列で日付を確定しようとした。「それは十一月十二日より前だった後だった？ちょうど十年めの日だよ、パパが変だったときみが言った日」

「あとだった。もっと遅かった。確実よ。あたしはそのあと街にいなかったから。十一月はずっとツアーに出てた。バンクーバー、そのあとポートランド。これはあたしが帰ってきたときだから十二月、十二月の始め」

殺人があったのは十二月二十日だ。いまではルーベンの頭にその日付が入っている。

「ルーベン、これはいいことよね？　彼女がパパを脅していたとしたら？　彼女が、たとえばパパを困らせていたとしたら？」

「ぼくは……」いま彼女は期待していた。もう引き返せない。「たぶんね。うん。わからないけど。調べてみる。彼女の家族と話しに――」彼は思い出そうとした。イリノイ州？　アイオワ？

「それは無茶よ、ルーベン」

「無茶じゃないよ。そうでもない。わからないけど。そうだとしても、きみのパパは申し立てを変えることに同意しないとならないんだよ」

「あたしがやってみる」イービイがそう言うと、一瞬のうちに堂々たるロックスターの落ち着きが戻った。顎はひきしまり、目はきらりと光った。「それでパパが出られるなら？　そうしたほうがいいに決まってる」

　ルーベンは飛行機に乗っている自分、面談している自分、ねたをさぐり出している自分を思い描いた。急がなければならない。時間は刻々と過ぎていく。

「でも、あなたはどうなの、ルーベン？　仕事は？　あなたの生活は？」

「ぼくの生活は――」口にすると変に聞こえるようなことだったので言わなかったけれど、実際言おうとしていたのは〝ぼくの生活なんか問題じゃない〟だった。でもそう言わずに彼はイービイに笑いかけた――素晴らしいイービイ、大人っぽいイービイ――そして言った。「ぼくがこうしてきみの家族の役に立てるのに、ぼくがそれをしないなら、ぼくは自分を許さないと思う」すると彼女はルーベンの胸に寄りかかり、腕を首にまわしてぎゅっと抱きしめた。

「ぼくは行く」彼は言った。「行くよ」

　ルーベンの背後で大きな喚声が上がった。テレビゲームの一台で誰かが偉業を成し遂げたのだ。最高得点を叩き出したか機械に勝ったか。黒いブーツと袖なしTシャツのイーストサイダーの野次馬が、月面着陸に成功したかのようにはやしたてていた。

第3部
レンザーズピーク

二〇一九年一月二十八日

ラビはベルを鳴らして待ち、もう一度鳴らした。

無人だった。家には誰もいない。

おまけに雪が降っていた。予想できたはずの事態だった。真冬のインディアナ州なのだ。雪が降っているに決まっている。薄暗い空から大きな分厚い雪片が舞ってきて彼の顔に落ち、シャツの襟に入り込んだ。

くっそ、ルーベンは思った。せめてコートを持ってくるんだった。

いまごろそう思っても遅いけど。彼はもう一度ベルを鳴らし、ばかみたいにそこに突っ立っていた。眼鏡に雪が積もり、雪がゆっくりと靴に染み込んでいく。

そこはこぎれいなスレートの上がり段になっていて、両横に巨大なブロンズ製の壺が置いてあった。ドアの上から突き出した国旗はだらりと垂れ、雪がその星々を湿らせている。この家のあるメリディアン通りには大邸宅が並び、どの家も道路から奥まっていて、どこの家の芝生にも丈の高い立派な木が生えていた。ルーベンが住所を言ったときタクシー運転手は驚いたように眉を上げて「本当か」とつぶやいた。彼は旅行かばんではなく、いつものオレンジ色のキャンバスのリュックサックだけを持ち、長袖のTシャツと昨日穿いていたのと同じジーンズ姿で空港から出てきた。

「インディアナ？」店長のサニーは言った。「だめ。あんたはインディアナには行かないよ、ラビ。あたしが禁じる」

「たった二、三日だ」

「あんたはそう言うけど、どこかのいかれた人間に誘拐されて、ラジエーターに鎖でつながれたらどうすんの？」

「インディアナでなんでそうなるんだ？」

「うそでしょ？　読んでないの？　ほんとに起きてるのに」〝トラック・ファンプ〟のTシャツを着たサニーがキラーグリーンから出た彼を追いかけてきて、三番通りを行こうとしたところを遮った。「待って。わかった。あんたSNSでだまされてるんじゃない？　インターネットで人と知り合わなかった？」

ちがう、父親の使い走りをしてるんだと言うと、彼女はいっそう怪しんだ。

「あんたに父親がいるの？」

いる。ちょっと複雑だけど。

ルーベンは身体を震わせながら溜息をついて、ベルを鳴らさずにドアをノックした。玄関ポーチを下りて、階上の窓を見上げた。全部が真っ暗だった。空は、棺桶の蓋みたいに灰色でのっぺりして生気がない。ルーベンは眼鏡をはずしてTシャツでぬぐってからまたかけた。

もう一度ノックしようと拳を上げたとき、新たなひらめきのように明るく突然、ポーチにライトが灯った。

「はい？」

ドアの奥から女の声、細く高く丁寧な声がした。

インディアナポリスの人たちはとても礼儀正しい。空港で並んでいたとき女の人にぶつかったので謝ったら、彼女は頬を赤くして微笑み、「あら、大丈夫ですよ」と言った。メインターミナルにかけられた、謙虚にも〝アメリカ一親切な空港〟とうたう横断幕はおおむね正しいようだ。

いまドアがかちりと開いて、身なりのよい女性が家の中から冷ややかに彼を見た。

「こんにちは。すみません。エレナー・ピレッジさんですか？」

女性はうなずいた。

「ぼくはルーベン・シェンクといいます」彼は言った。「お嬢さんの死について調査しています」ルーベンの目が彼女の目と合った。ロサンゼルス国際空港《LAX》から四時間のフライト中何度もその短いスピーチをつぶやいて練習した。「お悔やみ申し上げます。お邪魔して申し訳ありません」

「あら、大丈夫ですよ」

「よろしければ二、三お訊きしたいことがありまして」

「そうなの……」いま見ると、彼女の目はぼんやりしていた。背後の部屋は暗くはないが薄暗かった。キッチンかコーヒーテーブルの上の縁に口紅がついた、半分入ったワイングラスが思い浮かんだ。音を消してあるテレビ。「すべて解決したと聞いています。男は逮捕されました。犯人は」彼女は犯人という言葉を特別な感情や重さをこめずに口にした。まるで彼女のバッグを盗んだかコンピュータをハッキングした人間のことを言っているかのように。一人娘を殺した人間ではなく。

「ええ、そうです」ルーベンは咳払いした。「逮捕されました」彼は困惑ととまどいが熱とともにどっと押し寄せるのを感じた。「しかしながら、被告——殺人者、殺人者とされている人物——に関して、解決するべき疑問点がいくつかあるのです」もちろん話さなければならない。いますぐ明かさなければならない。「ぼくは彼のために働いています。被告人のために。被告側です」

言えることはもっとあったし、訊かれれば話しただろう。彼がここにいるのは、被告弁護人になる筋合いのない被告弁護人である父親から、わずかな望みを見つけて来いと、調査する筋合いのない調査員として送り出され、ある手がかりを見つけたからである。〝あなたの娘さんが命を落としたとき、先に襲いかかったのは娘さんのほうだったことが判明しました。あなたの娘さんは単独で、または共犯者と共に彼を苦しめ、その後彼を襲って彼に行動する理由を与えたので、彼はみなが思っていたとおりの有罪ではないのです。事件のこの新しい見方は何に基づいたものか？　ぼくの素人くさい犯罪現場の調査と被告の娘のはかない希望だけ、つまり基づくものは何もないのです〟。

　そしてこのために、ルーベンは願いを聞き入れてくれと頼んでいるのか？　このためにインディアナまで飛んできて、彼女の人生に訪れた大いなる悲劇に鼻を突っ込んだのか？　まったくの他人。アジア人にしてユダヤ人。彼女の純白の玄関先に世界でも珍しい他者。

「大丈夫ですよ」彼女は言った。「というより、来てくださって嬉しいわ」

　ここしばらく、彼のような人間が、彼女の家のドアに無駄に足を運んでくるロサンゼルスの変人が現われるのを待っていたような、取引を申し出られる相手を待っていたような口調で彼女は言った。「あなたは調査員だ、そうおっしゃったわね？」

「それほどのものでは」と言いかけてから、もっと確信を持って、そのとおりだと思いながら「はい。そうです」と答えた。

「では」彼女は長いこと考えていた。彼の肩の上から遠くを見つめ、小さくうなずき、彼女にしか見えない亡霊と相談しながら。

「問題は……」最後に彼女は言い、またそこで言葉を切って溜息をついた。「問題は、わたくしは何も知らないということよ。でも……わたくしは知りたいの。わたくしの言う意味はおわかり？」

「はい、わかります」

「あの子のことを知りたいだけ。わたくしの娘のことを。だから、そうね――」彼女は彼の目を真剣にのぞきこんだ。こわばって思い詰めた小さな白い顔。「役に立ちそうなことは何でもお話ししますわ。でもそのあと――あなたが発見したこと全部――テリーサについて。どんなことでも」彼女の声が揺らめき、そのあと元に戻った。ピントがぼけて戻った写真のように。

「あなたが話してくださることを願いますわ」

「はい」ルーベンは言った。「ええ、そうですね。もちろんです」

けれどもそれでは十分ではなかった。「約束してね、お若い人？」彼の手袋をしていない手をつかんで、指を骨まで食い込ませた。「話してくださると約束する？」

「はい」彼女は彼の手を握って彼にしがみついていた。真冬の風が、彼のシャツの薄い生地を通していじめっ子のように肌を刺した。

「じゃあいいわ」ピレッジ夫人は明るく言った。彼女は一歩横に動き、彼に入れと身ぶりで示した。「お茶を淹れましょう」

ルーベンは湿った衣類のままキッチンのテーブルについた。

「ご主人もご在宅ですか？　ご一緒にどうでしょう？」

「死んだの」ピレッジ夫人は紙の袋からティーバッグをはずして黄色いマグカップに入れながらにべもなく言った。「数年前に。こうなることをまったく知らずに」

彼女は彼の向かいにひっそりと座って、膝でスカートをなでつけた。テーブルはライトウッドの真円だ。キッチンはとてもきれいな白いタイルと輝く鉄の設備でできていた。フルーツボウルの果物は、部屋に色彩を添えるために選ばれたと思しいものばかりだった。ぴかぴかの真っ赤なリンゴと濃い紫色のプラム。プレスした花柄プリントのワンピース、口紅と頬紅、光る金のイアリングというピレッジ夫人は、真昼の自宅にいるにしては着飾りすぎに思えた。大型《ウォークイン》食品庫を出入りしてティーバッグを取りに行くとき、小さな真鍮の容器に入れた砂糖とミルクを並べるとき、彼女の顔に笑みが永遠に張りついていた。悲しみに沈んでいても、気持ちのよい上品さはルーベンに何十年も、何百年も昔を連想させた。というか、思い浮かべていたのはマリリンだ――ルーベンは胸をちくりと刺されたように感じた。紅茶などすべて、ワンピース。それは彼に母親を思わせた。

「さて」彼女は言った。「わたくしに何が言えるのかしら？」

彼が答える前に、彼女は立ち上がった。ケトルが鳴り始めたのだ。彼女はガスレンジへ歩いていった。

ルーベンは、準備万端だった――開いていつでも書けるようにしてあるノート、音声メモのアプリを開いてテーブルに置いたスマホ――にもかかわらず、実際に何を尋ねるかはあいまいなままだった。「去年の終わりごろ、娘さんのテリーサがなぜロサンゼルスへ行ったかご存じですか？」

「知りません。あら――気をつけて」彼女は熱湯を注いでいた。ルーベンは身をうしろに引いて、はね散る湯を避けた。「全然知らないわ。あの子がそこへ行ったことを知ったのは、あの子が――」二つのカップを満たすと、彼女はケトルを置いた。「あの子が戻ってきたときです」

ルーベンは自分のマグを見下ろして、紅茶で濁っていく湯を見つめた。

テリーサ・ピレッジの遺体は、ロサンゼルス郡検死官が作業を終えたのち、ここインディアナポリスの家族のもとに送られた。ファイルでそう読んだ。彼はまたもや「お悔やみ申し上げます」と言いそうになった自分に抵抗した。お悔やみは一度で十分だ。

彼は自分は小さすぎると感じた。この婦人の悲しみと苦境という大きな節目には。小さすぎるし若すぎる。

「では、去年の終わりごろ、南カリフォルニアへ行くつもりだとは言わなかったんですね？」

「ええ。わたくしには」

ピレッジ夫人はまた立ち上がった。きびきびとキッチンを歩いてアルコーブに据えつけられたデスクへ行き、引き出しからプラスチックのカード入れを取り出した。「でも、正直に言うと、あの子はわたくしにはほとんど何も話しませんでした」彼女はカード入れをテーブルに置いた。それは、硬質なプラスチックの蓋付きの箱で、上にステイプルズの古びたステッカーが貼ってある。

「子どもがどういうものかご存じよね。ある年齢に達すると、彼らは独自の宇宙になるの」

まるでここにいる二人ともが親であることのつらさを知り尽くした中年であるかのように彼女は言ったけれども、ルーベンが彼女より若いこと、彼女の死んだ娘より若いことは間違いなくわかっている。ルーベンは玄関のドアのところで靴を脱いできた。濡れた靴下の中でつま先を動かした。外の雪は果てしなく降り続き、いまは斜めに吹きつけて、窓の隅に積もっている。

彼はどぎまぎして箱を見つめた。これは彼女の遺灰か？　テリーサ・ピレッジがそのプラスチックの箱に？

「正確には彼女はいつロサンゼルスに発ちましたか？」

「あら、わからないわ」

「彼女は——すみません——十二月二十日に亡くなりました。それ以前に彼女がどのくらいの期間ＬＡにいたか知りませんか？」

「あいにく知らないのよ」

「そうですか、でも……待って。すみません。悪いけど」ルーベンは、紅茶の湯気で曇った眼鏡をまごまごとはずした。「ぼくがわかっていないのかも」

「わたくしたちは皆そうですよ」彼女は機械的に微笑んだ。「わたくしたち皆が精一杯やっています。全力で」

「でも、彼女はここに住んでいたのですよね？」

　検死官の報告書に彼女の住所としてここが記載されていた。運転免許証の住所も、モーテルの部屋のハンドバッグに入っていた身分証明書類もすべてそうだった。それに、電話したルーベンに、UCリバーサイド校の人事部長が伝えたのもそれだった。学校の記録によると、テリーサ・ピレッジは二〇〇九年の春、突然その職を辞して実家に戻った。郵便物の転送のためにインディアナポリスの住所を残して。ここの住所を。

「ええそうよ。あの子はここに十年——あら違うわ——九年だったかしら、住んでいました。そうね。九年よ。ここだけの話、あの子が帰ってきたときは本当に嬉しかった。わたくしの小さな娘がまた戻ってきたって。大人になったけれど、わたくしの子に変わりはないわ。あなたのご両親もきっと同じようにお思いになるでしょう」

　ルーベンはこの特別な感傷を見向きもせずに受け流した。

「では、お尋ねしていいですか——彼女はここで何をしていたのですか？」

「ご質問の意味がわかりかねますわ」ピレッジ夫人の声がわずかにつらそうに震えた。彼は何を言おうとしていたのか？

　ルーベンは同じことを思っていた。自分は何を言おうとしていたのか？　彼は眼鏡をテーブルのカップのそばに置いた。自分の目をのぞきこむかのように二枚のレンズを見つめて考えをまとめた。

「お嬢さんはカリフォルニアでかなりいい仕事についていました。そうですね？　リバーサイド校の教職にあり、研究助成金があった。家を所有していましたか？」

「アパートメントをね。コンドを。わたくしの好みではなかったけれど」

「でも彼女はそれを全部捨てて実家に帰ってきた」

「ええ」エレナーは言った。「きっと何か――あそこで何かがあったのでしょうね。失望。離別とかショックなできごとが。若い人たちが生きるのは大きな厄介がつきまとうものだから」

　ルーベンは彼女の話し方になんとなく落ち着かないものがあることに気づいた。警句を並べ立てたような、自分では経験したことのない知識を人類の経験から引き出したような。「若い人たちが生きるのは大きな厄介がつきまとうものだから」

「彼女は裁判について何か言ってましたか？　訴訟のことを？」

　ピレッジ夫人は眉間にしわを寄せた。「いいえ。それは――最近のこと？」

「いいえ、帰ってきたときです。二〇〇九年の夏」

「いいえ」ピレッジ夫人は顔をしかめた。「あの子は何か法的な争議に巻き込まれていたの？」

　関与する価値はなかった。キーナー裁判でのピレッジの働きはすべて無駄だった。裁判そのものはゆっくりと展開し、突然壊滅的に崩壊した。すべてがばらばらになった恐ろしい瞬間。テリーサの顔に浮かんだ表情。ジェイの顔。ルーベンはあの日のぼんやりした悲しい瞬間を思い出してから、それを手放した。

　話したければ洗いざらい話すことができた。ユダヤ律法《トーラー》のように唱えることができた。

「いいえ」彼は静かに言った。「巻き込まれていませんでした」

「よかった」ピレッジ夫人の顔が理屈に合わないくらい、安堵感にあふれた――まるで娘がいま、人が巻き込まれうる最悪の事態にはまりこんでいないかのように。いまも、そして永遠に死んでいるのに。

　ルーベンの紅茶は飲まれないまま冷めてしまった。湯気はその上で渦巻くのをやめていた。何かに向かっている自分を感じていたけれど、何へ向かっているかはわからなかった。隅で食洗機が小さな音を立てて動いていた。雪はいまも窓に吹きつけていて、解けて流れた跡が筋になっていた。

「ぼくがお尋ねしているのは、ピレッジさん、彼女はこの九年間ここで何をしていたかということです」

「ああ」エレナーは微笑んだ。「あの子は何かの課題に取り組んでいたわ。生まれ育った家でしか手に入れられない一人の時間と集中力を必要とする新しい研究課題に。わたくしのテスは科学者だったの」エレナーの笑みが広がった。その顔は得意げに輝いていた。

「脳科学者よ」

「では、実家にいたときの彼女のようすはどうでしたか？　奥様や――まだ存命だったご主人から見て？」

「いいえ。あの子は――」急に言葉を切って口調を整えた。「あの男がまだ生きていたら、あの子はこの家に帰ってこなかったでしょう」

　それを言い終えて彼女の口が閉じられたようすが、ハンドバッグのようにしっかり閉じられたようすの何かが、ルーベンに少なくともこの話題は終わったことを知らせた。

　ルーベンはダグラス・ピレッジを見た。さっきからずっとこっちを見ている。エレナーの向こう、隣接するダイニングルームに個性の感じられない写真があった。テレビ番組の刑事のようにつやつやの髪の毛をうしろになでつけた写真のピレッジ氏はまっすぐ前を見つめている。顔は笑っていなかった。写真の十六、七歳のテリーサも同じように不満そうだ。ピレッジ夫人だけが楽しそうにしていて、ダグラスとテリーサの不機嫌な表情を考えると不自然な印象を受ける。幸せのための理由がすべてなくなったのに、誰もまだ彼女にそれを話していないかのように。

「では、彼女は戻ってきて、自室にこもっていたのですか？」

「そうです」

「その――なんらかの課題に取り組んでいたと？」

「はい」

「彼女は——彼女が何に取り組んでいたかご存じでしたか？」

「正確なことは知りません。でも、あの子は帰ってくると、すぐに取りかかりました、あそこに潜りこんで。引きこもって研究していましたわ」

ルーベンは潜りこんでという言葉に妙にぞくりとするものを感じた。引きこもってという言葉に。

テリーサ・ピレッジが何をしていたにせよ、彼女が何に取り組んでいたにせよ、それは去年の暮れに頂点に達した。ウェスリーが頭をぶつけてから十年後。頭蓋骨にドリルで穴を開けられ、目覚めて歩きだして十年後。殺される二週間前の十二月上旬、彼女からリチャードに電話があったことをルーベンはイービイから聞いて知っていた。

〝ほっといてくれ〟。廊下に立っていたイービイは電話する父親を見て、決して怯えない父親が怯えているのがわかった。〝あんたたちとは関わりたくない〟。それは初めてかかってきた電話ではなかったようだ。それにもちろんテリーサは一人だけ。では、どういうつもりで彼は言ったのか、あんたたちと？

ルーベンがこれらの疑問について考えていたときも、答えはここにあった。それは彼のまわりに漂っていた。エレナー・ピレッジの静かなキッチンにまで、夜勤の男がいた。

「お嬢さんの研究。彼女がやっていた研究」ルーベンは言った。「脳の研究をしていたのですか？」

「あら、そうね。とても聡明な子ですの。でも、わたくしはあの子の研究をなに一つ理解できなかったわ。ニューロンとか樹状突起とか」ピレッジ夫人は不安そうだった。突然うろたえだした。「あの子はそのことをいろいろ話したりしなかったわ。子どもたちってそういうものでしょ」

　ルーベンには子どもたちがどういうものかわからなかったけれど、テリーサ・ピレッジがどんなだったかはわかった。そしてこの母親にとってその期間がどういうものだったか、そうではなかったと自分自身に必死で言い聞かせようとしていたのは明らかだった。実際、彼女は懸命に努力していた。笑顔を作る口の端の張り詰めたロープのような強い緊張。マグカップの上で震える両手。彼女自身の過去において、娘の過去において楽しく幸せだったひとときとして思い出そうとしている。誰もがやることをやっているだけだ、ルーベンは思った。自分が幸せでいられる世界でのひとこまを懸命に構築しようとしている。そうすべき人々よりももっと懸命に。

「あの子はお食事のときだけ出てくるの。だいたいは。いつもではなかった。わたくしが廊下にお食事を置くこともときどきあったわ。お夕食ができたわよとテスに知らせるためにドアをノックして」彼女はためらいがちなノックを真似て見せた。「あの子は……勤勉だった。どんなことでも夢中になってやっていたわ、それははっきり言えます。あの子は何時間でもあそこにいたわ。何時間も通して」

「研究ですか？　執筆？」

「さあ……さあ、わからないけれど……」彼女の微笑みは完全に空疎だった。「あの子が何をしていたかよくわからないの。でも、よく歩いていました、それは知っているわ。行ったり来たりして――小さな声で独り言を言っていた。いつも」

「彼女は――」ルーベンは一瞬ためらったけれど、それを口にした。「麻薬を使っていましたか？」

「あの子はそんな……」マグの取っ手をしっかり握ったピレッジ夫人の手がさらにこわばった。「あの子はそんなことをする人間ではありません」

　ルーベンはうなずいた。なるほど、つまり彼女は質問には答えなかった。他方で、テリーサ・ピレッジが麻薬を使っていたとはルーベンは思わなかった。彼女は何かに関わっていた、何かの内側に閉じ込められていたけれど、それは麻薬ではなかった。

「電話は？　彼女は電話をかけましたか？」

「まあ、よく知らないわ。ときどき聞いたのはあの子の……」ピレッジ夫人が言いかけた。

　ルーベンは待った。「ときどき彼女の何を聞いたのですか、ピレッジさん？」

「うめき声」彼女が顔を上げた。「奇妙じゃありませんこと？　あれでは——」彼女は驚くほどあけっぴろげな表情を見せた。「あれとは違うの。でもうめき声よ。とても不快な音。ここにいたあいだ。わたくしは——」彼女は神経質な笑い声を立てた。「ときどきドアに耳をつけて、中の音を聞いたものよ。さっき言ったように歩く音、行ったり来たりする音、つぶやきとかうめき声」

「彼女はいつそれをしていたのですか？」

「いつも。ずっとよ。一日じゅう。それに……」彼女は顔を逸らしてからまた戻した。「夜も」

　ルーベンは彼女を見つめた。どこかに、すべてが収まる宇宙、すべての意味が通じる宇宙がある。ぼやけた一瞬、ルーベンにそれがちらりと見えたけれど、そのあと流れ去った。

　彼はほかにいくつか細かいことを聞き出した。荷物が届き、発送された。毎晩、部屋の電気が一晩じゅうついていた。彼女は眠らないようだった。何をしていたにしろ、それに取り憑かれていた。やめられなかった。どんな発想、どんな課題であったにしろ、彼女は囚われの身だった。

　そしてルーベンはそれが何か知っていた。知らないわけがない。夜勤の男から聞いたのだ。

　テリーサ・ピレッジは自室に——〝潜りこんで、引きこもって〟——彼がやろうとしていたことをやろうとしていた。彼が行こうとしていた場所へ行こうとしていた。

おれはこの十年、あの子がベンチに頭をぶつけたことがきっかけで行ってしまったところへ行こうと努力した、とデニスは言った。

ルーベンは父の事務所で気が狂うかと思うほど恐ろしかったけれど、雪で閉じ込められたインディアナポリスのこのキッチンでも、彼に夜勤の男が見えた。家族写真から横目で見ていたのは彼、ダグラス・ピレッジという夜勤の男、死んだ男の目の奥から見つめている夜勤の男だった。

テリーサ・ピレッジは自分の部屋に引きこもって、謎を解こうとしていた。からっぽにしようとしていた。うつわになろうとしていた。

ルーベンは落ち着いて呼吸した。自分の紅茶を見下ろしてから、また顔を上げた。

「でも、彼女がいつロサンゼルスへ発ったか覚えていないのですね？」

「十一月よ。感謝祭の前。すてきな感謝祭にしようと思っていたのに」彼女は微笑もうとした。ルーベンに、その目の奥の努力が見てとれた。「奇妙なのは……」

「はい？」

「あの子があそこにいたことは、最後はカリフォルニアだったことはわかっているけれど……」彼女は途中でやめて、首を小さく振り、明るい口調で言った。

「ごめんなさい、お名前を失念しましたわ」

「ルーベンです」

彼女はうなずいた。「ルーベン。そうでした。あのね、とても妙なのよ、ルーベン。でも、あの子はロサンゼルスに行ったのではないのです」

「では」彼は座ったまま背筋を伸ばした。「ほかの場所へ行くと言ったのですか？」

「いいえ、違うの。あの子はどちらにしても何も言わなかった。ある日——きちんと服を着て、靴を履いて出てきたのよ、わたくしはとても嬉しかった。あの子を抱きしめたわ。わたくしたちはハグしたの。とても嬉しかった。でも、あの子はスーツケースを持っていた。出ていこうとしていた。帰ってきたときと同じく突然」

「どこへ、ピレッジさん、彼女はどこへ行くと言いました？」

「それなのですよ。あの子は何も言わなかった。じつはあの子は……あの子は……」彼女の表情が変わっていた。青ざめていた。苦しそうに息を吸っては吐き、目はぼんやりしていた。「ごめんなさい、お名前をもう一度」

「ルーベンです」

「ルーベン、ルーベン、ルーベン」彼女は笑った。高く澄んだ声で。「ルーベン、あの子はここにいたあいだずっと、わたくしに一言も話さなかったの」

「十年間も？」

彼女はハチドリのように素早くうなずいた。そのあとルーベンがぱっと立ち上がったのは、ピレッジ夫人が椅子からゴムのように平たくなってずるずると滑り落ちたからだ。ルーベンは彼女の腋の下をつかんでそっと引き上げた。

「大丈夫ですか？」

「ええ。はい、わたくしは大丈夫です」彼女は肩越しにちらりと窓を振り返って、降りしきる雪を見つめた。

いっぽうルーベンはテリーサのその十年を想像している。世界がぐるぐる回っているあいだ、寝室に閉じこもって小さな円の上を歩くテリーサ、食事をしないテリーサ、うめき声を上げるテリーサ――ルーベンはそれを想像しようとしたけれどできなかった――ここに捕らえられ、幼少期時代の四方の壁の内側を歩くテリーサ、狂気の内側に囚われた動物、彼女をどんどんすり減らしていったもの。

ラビは集中力を保った。ピレッジ夫人が話している。

「これをあなたに見せたかったのよ。さっき申し上げたように、あの子は出ていく理由も、行き先もわたくしには話さなかった。でもこれを見つけたわ、あの子のデスクで……」

彼女がプラスチックの蓋をいじると、きしむ音とともに箱が開いた。ルーベンは心して中をのぞいた。

「手紙はなくなっていたわ」彼女は言った。「ここにあるのは封筒だけ」

ルーベンはそれらを見つめた。十二通。十五通かも。その全部に同じ消印がついているのを彼は瞬時に見てとった。

ルーベンは立ち上がった。ピレッジ夫人は手を伸ばして彼の腕をつかんだ。

「約束したわね。わかったら、どんなことでも知らせてくださると？」

「はい、しました」

「とにかく——どんなことでも」

「わかりました」

彼女も立ち上がった。顎は上げられ、視線は安定し、口元は引き締まっている。彼女の苦悩がはっきりと見えたのでルーベンは彼女を抱きしめた。テリーサの母親を抱きしめながら、自分の身体がどれほど頑丈になったかを感じた。上半身の重み、腕と背中の力強さ、きゃしゃな肋骨が押しつけられたときの彼の胴体の安定感。彼女はうつろだ、彼は思った。実質的な重さはない。

「そうだ」ルーベンは玄関わきに置かれた低いベンチに腰かけて靴を履きながら、最後に言った。あと一つだけ。「お嬢さんが出ていくとき、武器を持っていましたか？」

「いいえ。どんな武器？　持ってなかったわ」

「確かですか？　ご主人は狩猟家だったという話でした。彼女はお父様の銃のどれかを持っていたのではないかと思ったのです」

「いいえ」彼女はきっぱりと答えてから、再び言った。

「いいえ。夫の——ダグラス——は銃を家で保管していました。でも彼が死んだとき、わたくしがそれを全部処分したのです」

　ルーベンはドアを開けた。前はとても悲惨に見えた冬景色が自由の象徴に思えた。雪の中を空港まで走って行きたかった。

「お子さんはおありなの、シェンクさん？」ピレッジ夫人が尋ねた。

「いいえ、いません」

「あらそう」彼女はノブに手を置いてうなずいた。

「でも、まだ時間はあるわ。たくさん」

　ルーベンはときどき、親のことを思う。

　彼がその後の変遷をよく知っているマリリンとジェイではなく、実の親、一般に生みの親と呼ばれる人たちのこと。

　彼はたまに両親を思い描いた。生身の人間ではなく、質素な西洋風の装いをしたアジアの小作人が自宅前できまじめな顔でカメラを見つめる写真を。

　それはルーベンが自分の頭の中で作り上げた、何の根拠もない想像上の画像だった。生みの親とやりとりしたことはないし、写真を見たこともない。親が使った養子斡旋組織に手紙を書いたことはないし、彼に代わって父にそうしてくれと頼んだこともない。

　それでもときどき、こういう妙なタイミングで生みの親が顔を出す。メリディアン通りの邸宅のドアを閉めて、凍って滑りやすくなった敷石をスニーカーで慎重に踏みながら雪の中を歩いた。

　タクシー運転手から電話番号をもらっていた。空港へ戻らなければならなかった。

二〇一〇年一月五日

1

ウェスリーはダンスフロアの端から端まで、ひどくゆっくりと歩いた。向こう側の装飾された巨大なドアに達すると向きを変えて、演奏用ステージに向かって戻ってくる。腕を両横でぶらさげ、前を向いて、目は一点を見つめて。

テリーサ・ピレッジ博士が彼のそばを歩いていた。何かつぶやいて、らせん綴じの分厚いノートに細かく書き込んでいる。寄せ木張りの床を彼とまったく同じペースで、歩数を合わせて歩いていた。ウェスリーが歩くのを数えているようだった。歩数か秒数を。

「そうよ」少し間をあけて彼女はつぶやいた。

「興味深い」ノートに猛烈な勢いで何か書き込み、少し前に行かせておいた彼に急ぎ足で追いついた。

ほかは演奏用ステージから見つめていた。胸元で腕を組んだリチャード、彼に不安そうにしがみつくベス、ポケットに両手を突っ込み、そわそわと踵を弾ませるジェイ・シェンク。シェンクは、ウェスリーを見つめる彼らを眺め、いつものようにベスは息子が生きているしるしをさがしていると感じていた。彼女の目は息子に穴を開け、身体じゅうを這い回り、何かを見つけようといまだに必死になっている。歩く人形の内側でちらつく人間性を。

だが、そこには何もなかった。ウェスリーの目はまっすぐ前を見つめている。彼の足は機械的に動いている。彼はステージに達し、そのすぐ後方にいたピレッジは、彼が向きを変えて戻るのを見つめながら鳥のような奇妙なコッという声を発した。

「おい、お嬢さん――」リッチが言うと、ベスは「しっ」と言い、ジェイは溜息をついて不安を吐き出し、ウェスリーとピレッジの緩慢なパレードはドアのほうへ戻っていった。

最初ピレッジ博士は半時間ほど少年をざっと調べた。脈拍、血圧、舌をこする。両目と両耳。検査のたびにウェスリーは立ち止まり、無限大で無意識の忍耐で待ち、抵抗することなく彼女に従った。終わると彼女は道をあけて彼を行かせ、彼を歩かせて自分もそのあとについてノートを取った。

この風変わりな検査は、一九五四年当時のハリウッド・パラディアム劇場を細かい点までそっくりに復元した場所で行なわれていた。この有名なダンスホールはここバーバンクの〇・五エーカーの私有地に、懐古調のロマンチックコメディ映画のクライマックスシーンのためにゼロから建てられたものの、その後資金繰りがつかなくなった。そしていまは、放浪する奇跡の人、ウェスリー・キーナーの隠れ家となり、三人の武装警備員が周囲をパトロールし、映画好きたちが秘密のキスを分かち合ったはずのステージ裏の模造のバールームでフルタイムで看護師が待機している。

「すごい、ここは完璧だわ」エバーズが彼らをこの舞台セットへ案内したとき、ベスは言い切った。そのあと彼女は「ここを借りる余裕はあるの？」と尋ね、リチャードは「ない」と言ったけれど、いずれにしろ彼らはここにいる。家族はバーバンクの脇道沿いの特徴のないタウンハウスに入り、毎日ウェスリーのようすを確認しに来る。

ウェスリーは、ダンスフロアの市松模様の木目を無視して丸い柱の間や曲線を描くバルコニーの下を歩き、ステージを行ったり来たりしている。

ピレッジがペンを落とし、しゃがんでそれを拾ってから、またよろよろと立ち上がり、ウェスリーに追いついてノートに書き続けた。

「とんでもない」とリッチが言い、シェンクは顔をゆがめた。

これが彼の専門家証人か？

これのためにシェンクは、ピレッジ博士が強く要求した決して安いとは言えない時給のみならず、リバーサイドとの往復のガソリン代に加えて、訴訟のために休暇を取ったせいで今期は教えられなかった科目の補償までし、さらに裁判になればLA郡に住まわせることに同意した——同意するしかなかったのだ。彼は判断を誤った。この訴訟は和解で落ち着くと確信していたが和解には至らず、誰にとっても時間がなかった。彼の切り札は不可解なピレッジ博士と走り書きで一杯のノートと、彼女があると主張する仮説だけだ。

ピレッジが着ているベージュのパンツスーツは、UCリバーサイド校の講義で見かけたときと同じだったかもしれないし、クロゼットに同じ服がずらりとかかり、同じ安物のぺたんこ靴が一ダースあるのかもしれない。シェンクにまかされていたのなら、患者の両親の目のないところで彼女は検査していただろう。彼の専門家証人、特にこの女性をキーナー夫妻——異常なほどの熱心さで仕事に取り組む彼女と二つの悲しみの穴のような二人——に引き合わせたのは間違いだった。危険さえはらんでいるように感じられた。だが、ほかにどうしようがある？ 彼女が専門家証人となるなら、患者を診察するしかないし、ベスが目を離すはずがない。だから彼らはここにいて、ベスはウェスリーを見つめ、ピレッジは彼のそばを歩きながら鉛筆でメモを取っているわけだ。

だがリチャードは——シェンクをじっと見てくるから、シェンクに彼の考えていることが感じられた。いったいこの女は誰だ？

「わかった」ダンスフロアのかなり遠くにいたピレッジが突然声を上げて、そこに立ったまま最後に一言書いているあいだにウェスリーが歩いて戻ってくる。

「正しかったわ」

「何が正しかったって？」リッチは言った。

彼女の声ががらんとした広い空間に響いて戻ってきた。「すべてが」

「ピレッジ博士？」シェンクが声をかけた。「もっと近くで話をしないか」

彼らは部屋の中央に集まった。シェンクがステージの下の物置で見つけた――ダンスホールとは相容れない時代錯誤的な――金属製の折りたたみ椅子にそれぞれ座っている。

「まず第一に、わたしの仮説は正しかった。彼の病因に関して」ピレッジは熱心に、だが独り言のように静かに話した。それはいくつかある習癖の一つであり、証人席に立たせる前に矯正しなくてはならないとシェンクは考えていた。

「病因って何？」ベスがシェンクを見て訊いた。「病因の意味がわからないわ」

「原因のことだよ」シェンクはささやいた。「理由だ」言葉の選択。それもどうにかしないといけない。「ピレッジ博士が言っているのは、病院は起きた事実をごまかしていたということだ」

「必ずしもごまかしたとはいえない」ピレッジは言った。「たぶんわからなかったのね」

「であんたはわかると？」リッチは言った。

「ええ、わかる」

リッチの声は不信でくぐもり、お返しにピレッジの声は冷ややかだった。ベスが身を乗り出した。

「で？」ベスは言った。「教えて。何なの？」

ピレッジは眉間にしわを寄せて、ノートを見てうなずいた。「この患者はプリオン病にかかったのです」

患者じゃない、とシェンクは思った。彼を〝この患者〟と呼ぶな。彼はピレッジにそのことを目で伝えようとしたが、ピレッジはシェンクを見ていなかった。

彼女はウェスリーに集中していた。ウェスリーは、一年以上前に九〇六号室で、興味津々で押し寄せた医師たちのすきまからシェンクが初めて見たときとまったく同じに見えた。成長していなかった。頬に新しい髭は見られなかった。切っていないにもかかわらず髪の毛は同じ長さだった。彼は同じだった。

「人生のある時点で彼はプリオンタンパク質を摂取したか、またはそれに感染した。プリオンは不活性だから覚醒させずにそのままでいられたかもしれないが、外科手術によって神経系が大災害並みに刺激され、患者の現在の状態につながった」

患者じゃない、とシェンクは思った。子ども。少年。ひと。患者は少年だ。少年には名前がある。

「その結果、非常に特殊な形態の神経組織変性障害が起きた。きわめてまれではあるが、症候学に詳しい科学者にはK症候群と特定される」

「それはなに？」ベスが言った。彼女はピレッジからシェンクへと視線を移してからまたピレッジに戻った。「K症候群ってなに？」

「感染したと言ったな？」リッチが言った。「たとえば――風邪とかみたいに？」

「いいえ」ピレッジはいらだちと皮肉の冷淡な気配をまとわせてきっぱり言った。「風邪とは違うわ」

この質問に対する、無知な素人のリッチに対する彼女のさげすみは明らかだった。目を白黒させたのだ。リッチはあからさまな反感をこめて彼女をにらみつけた。

どうか、シェンクは思った。冷静になってくれ。

ピレッジが話を、見苦しいことを続けるあいだ、シェンクはキーナー夫妻から目を離さなかった。いまはベス、次はリッチ。自分の幅広い共感力によって、鈍感なピレッジから二人を守るフォースフィールドを作れるよう願った。彼は、二人が大災害などの言葉に反応しているのを見てとった。ベスが飛び上がったのがわかった。揺るがないリッチでさえ皮膚の内側で震えていた。まったく気づいていないピレッジに向かって、お手柔らかに頼む、と彼はできるだけ大きな声で心の中で呼びかけた。慎重にやれ。

　キーナー夫妻はこうしたことをすべて聞かなければならなかったが、それに圧倒されないように、悲しみの毒性を体内に流れ込ませないように、この悪夢を一つ一つ積み重ねていく必要があった。ベスはすでにぎりぎりだった。彼女の赤い目を見ればそれがわかる。リッチも髪の毛はぼさぼさ、顎髭は伸び放題で手入れもされておらず、見るからに疲れ切っていた。

　シェンク自身に関しては、近いうちに——いまからほんの数週間後、日々はあっというまに過ぎる——この女性を証人席に立たせなければならないという事実に取り組んでいた。陪審の心をつかむには、ともかく彼女が必要だ。

「プリオンは伝染性の病原因子で、ある種の脳内タンパク質の損傷の原因となる」ピレッジは言った。「病原体はたいていは存在を知られることはなく、何年も不活性のままでいるか、大半といえないまでも多くは死ぬまでそのままです」

「それで、ウェスはそれを持っているの？　どうしてそうなった？」ベスの声に混じるヒステリックなものが暴走を始めた。「いつから？」

　ベスの感情の激しい浮き沈みを見てきたシェンクは、専門家証人にテレパシーの呼びかけを続けていた。ゆっくりやれ。落ち着いて。

「いつからなのか、どうしてなのかはたぶんわからない」ピレッジは言った。そのあと、いきなり「肉を食べますか？」

　リッチがうなるように言った。「それが何の関係がある？」

「あるかもしれないしないかもしれない。他のプリオン病とは違って、K症候群の感染経路はまだ明確には判明していない。これはわたしが巡り合った初めての症例よ」

シェンクの口がぽかんと開いた。「待て」彼は言った。「まじめに言っているのか？　初めての症例と？」

彼女はうなずいた。「いままでは完全に理論上の病態だった」

リッチはシェンクを見つめていた。シェンクは彼の視線をひしと感じた。

「ただしウシ海綿状脳症《BSE》と呼ばれるものを引き起こす病原体と似た特色を有する」

「なんだと」リッチはつぶやいた。ベスは両手を髪の毛に突っ込んだ。「それは——待てよ——ウェスリーは狂牛病ってことじゃないのか？」

「K症候群は狂牛病ではない。でも、BSEの原因物に似たプリオンにより罹患する。いったん活性化したプリオンは患者の脳を破壊し、前前頭皮質を含めてあらゆる機能中枢に壊滅的な被害を及ぼす」

「では、こういうことか？」リッチが言った。「息子はロボトミーを受けたようなものだと？」

「いいえ、違う」ピレッジはきっぱりと言った。「それ以上に悪い」

シェンクはたじろぎ、ちょっと休もうというように両手を持ち上げたけれど、ピレッジは続けた。

「ロボトミーでは悪性腫瘍の進行を止めるために前前頭皮質の大部分を、またはすべて切除するため、副作用として鈍麻や人格排除が予想される。K症候群のような急速進行性神経組織変性疾患では前前頭皮質だけでなく、切除されなかった海馬や扁桃体や、その他さまざまな重要な機能域も深刻なダメージを受けるか……麻痺する。いわゆる人格だけでなく、痛みや付随する感情や記憶という感覚が失われる。すべてが」

ベスの目が閉じられた。シェンクには彼女の気持ちが想像できなかった。想像がつかなかった。リチャードがうなるように言った。

「じゃあなぜ息子は歩きまわってる？」彼は言った。「全部なくなってしまったのなら。なあ？　あんたが言うように息子の脳が全部消えたのなら。なんで、車のキーをさがしているみたいに歩きまわってるんだ？」

「自発的機能があるの」ピレッジは室内を歩き回るウェスリーを目で追いながら、きっぱりと言った。「体内に。それが残っている」

「へええ」リッチは難しい顔をして、この高邁な嘘っぱちを拒絶した。「じゃ、ほかの自発的機能はどうなんだ？　ええ？　息子は眠らない。食べない。クソしない。成長しない。それを説明しろ」

「できない」彼女は平然と言った。リチャードを恐れることなく、負けじと見つめ返した。「いまはまだ」

「あの子はわたしを見たの」突然ベスが言い出した。

「おい、やめ――」リッチが言おうとすると、ベスは
「いやよ、彼女に話すわ」彼女が手を伸ばしてピレッジの手をぐいとつかむと、ピレッジは襲われたかのようにそれを引き抜いた。「一月ほど前だった」

「それは間違いよ」ピレッジは冷ややかに言った。

「違う、そうじゃない」ベスは言った。「わたしは一緒にいた。マリナデルレイのホテルにいた。あの子はわたしを見たの。何か言おうとしていた。あの子は――」

「それはありえない」ピレッジは言った。

「わかった」シェンクは言った。「というか――」

「妻にそんな言い方をするな」いましがた同じようにベスの意見を否定したリッチがいまや妻に代わって気分を害していた。「彼女はばかじゃない。ちゃんとわかって言ってるんだ」

ベスは片手を口にあてた。その息が止まった。リッチの目は細められ、彼の胸の中で暗い怒りが膨らみつつあった。シェンクにその高まりが見えた。ちょうど

そのとき、周回するウェスリーが彼らのそばへ来て、動く亡霊のように音もなく去った。

いまがそのタイミングかもしれない、とシェンクは思った。光ったことに触れるなら。〝ああ、そうだ、ピレッジ博士、あなたのノートに書くことがありますよ。事故が起きたとき、彼の友人が彼が電球のように光るのを見たんです、ほんの一瞬ですが。それは診断の要素となりますか？〟

彼は口にしなかった。その代わり、いま必要とされる役割を演じ、緊張を和らげるためにピレッジとベスのあいだに入った。

「まあ、そう言わず、これは——彼女は誰かの頭がおかしいとほのめかしたわけではないのですよ。そうでしょう、ピレッジ博士？」

博士は肩をすくめたが、ジェイは彼女がそう認めるまで彼女を見つめた。「もちろんそんなつもりはなかったわ」

「いいですね？」シェンクは言った。「よかった。おっと——失礼——」

彼の電話がこっけいなほど大きな音で鳴っていた。シェンクはそれをするりと取り出してサイレントモードに変え、あえて画面をちらりと見た。

よりによっていまか。そういうものか。

彼はこの一週間、マヨルスキ訴訟金融に電話をかけて、そこの高利貸しの誰かと電話で話そうとして話せなかったのに、彼がどっぷりと泥にはまっているこのときに電話がかかってきた。

訴訟金融に頼りたくはなかった。強欲な高利貸したちは回収できそうだと見ると和解させないように金を送ってきた。いけ好かないやつらだ、高利貸しというのは。あんなやつらを誰が相手にする？

もちろん彼だ。いまの彼にはなんとしても必要だった。訴訟は冒頭陳述へと突き進んでいたから、財政的に彼に選択の余地はなかった。ダーラを一時解雇した。

ドーナツ屋の上の事務所の賃貸料の支払いをやめた。ルーベンの金持ち学校の財務部の礼儀正しい連中と戦略的に電話でやりとりしていた。それに、抵当に関するウェルズ・ファーゴ銀行からの電話は確実に避けている。

　また電話が鳴った。

「みなさん、ちょっと悪いが」彼は少し席をはずそうと考えながら切り出した。「じつは……」

　いまリチャードは立って、ピレッジに恐ろしげな指を突きつけている。

「いいか、あんた」彼が強い調子で言ったので、シェンクは電話をポケットに戻した。あとでかけ直すしかない。

「息子はこれ、何かは知らないがこの病原体を持っていたとあんたは言った。それを長いこと――長いこと持っていたとあんたは言ったが、そのあいだ彼はずっと元気だった。何が起きたんだ？」

「ああ」ピレッジは言って、まるで初めて彼を見るかのようにリッチをしげしげと見た。「いい質問ね。簡単に言うと、手術が介入することで脳髄液に潜んでいたプリオンが活性化され、それが複製を開始した」

「ちくしょう」とリッチが言い、シェンクが「ピレッジ博士が示唆しているのは――」と言うと、ピレッジは「示唆していない」と言い、リッチは「いや、わかった。やっとわかった。医者だ。彼らが――えーと？　彼らがそれを起こしたんだ」

「そうよ」ピレッジは一度、鋭くうなずいた。「手術のとき、身体は反応し、脳にコルチゾールを満たして外傷に対応する。この事例では、コルチゾールが長らく不活性だったプリオンを活性化させ、悲惨な結果を招いた」

　そのとき、リッチとシェンクとピレッジの三人ともが、うつろな目で足をひきずって通り過ぎたウェスリーに目を向けた。ベスはそばで歩こうと立ち上がった。

ウェスリーではないウェスリーと、決してウェスリーに戻らないウェスリーと一緒にベスは歩いた。二人は白い柱のあいだを歩き、ナイトクラブの長くつややかなバーの横を通った。ベスは片手をウェスリーの腰のくびれにそっと置いて歩いた。

ウェスリーは何も見ていなかった。両腕はいつもの場所で固定され、両脚は機械的に動いている。

ピレッジが言ったことがリチャードの心に響いた。彼の顔を見てシェンクにそれがわかった。逆立った顎髭の下。彼の目つき。理解によって男の心は激しく揺れ動いていた。

「つまり彼らがこれをしたんだ」彼は言った。「彼らがやった。医者たちが」

「そうだ」シェンクは言った。「そのとおり」

この瞬間をこれまでずっと待っていたのだと彼は気づいた。キーナー夫妻がパームズ大通りのシェンク&パートナーズの事務所にやってきた日から、リチャード・キーナーが立場を明確にするのを待っていた。弁護士と医者は違うこと、巨大保険会社と家のローンと十代の子を抱えた愛すべき頑張り屋の弁護士とは違うことに気づくのを。すべての他人が、陰謀を企てる部外者、破滅させるよう設計されたシステムの一部というわけではないことを理解するのを待っていたのだ。

簡単だった。結局は簡単だった。彼らがこうしたのだ。

「あの連中が手術していなければ」リッチはピレッジの奥にいるウェスリーを見て、大きな手で彼を示して言った。「息子は元気なままだったと言っているのか？」

「元気ではない。脳震盪を起こしていただろうから」ピレッジは言った。「脳に軽度の損傷を負ったかもしれない。たぶん。でもこれじゃない」

これじゃない。

「私たちに今わかっているのは」シェンクはリチャー

ドに言い、ベスにも聞こえるように声を張り上げた。

「あの日ウェスリーを処置した医師団が怠慢だったということだ。彼らは無謀だった、そしてその無謀さが……」シェンクは両手を上げてからそれを落とした。そばを歩いていくウェスリーを見つめる。「彼らの無謀さがこの結果を招いた。陪審にそれを理解させなければならない」

リッチは煙草に火をつけて、アーチ状の丸天井へ向かって怒りの煙を噴き出した。シェンクのポケットで、音声メールの着信を知らせる音が鳴った。

「質問があるの」ベスが言った。ウェスの背中を撫でてから戻ってきた。「この症候群――なんて字だっけ？」

「K」シェンクが答えて、ピレッジがうなずいた。

「それはずっと続くの？　というか――えーと――あの子は戻らないの？　全然？」

ピレッジは口を開けてそれを閉じた。戻らないと言おうとしたのだ。シェンクにはわかった――戻らないと言い、そしてベス・キーナーを頑張らせていたロウソクを吹き消し、光と同じく希望を葬るつもりだった。

彼女はそう言うつもりだったようだが、その前にシェンクを見て、戒めるような表情にやっと気づいた。彼女はうつむき、態度を改めてから顔を上げて、ベス・キーナーに小さく微笑んだ。

「わかりません。こういうケースは非常に珍しく、これまで知られていないものかもしれません。ですから、そうだともそうでないとも言えないのです」彼女はシェンクをちらりと見て、ほっとして顔を輝かせた。「遅くなりましたが、ご家族のご苦労を思うと心が痛みます」ピレッジは頭を垂れ、それをわずかに振った。「お気の毒です」

ピレッジが苦悩するキーナー夫妻を本当に気の毒に思っていたのか、このときにふさわしくそう見せかけていたのかは、どちらでもよかった。

アンドルー・ケイツ判事の前で、キーナー裁判の陪審員となる心優しい十二人の前で、彼女にそれらしく振る舞ってもらえればいいだけだった。いま、彼女にそれができることがわかった。

いいぞ、シェンクはテレパシーでピレッジに言った。それでいい、そして微笑みかけると彼女も一瞬微笑み返してきて、二人は思いやりをこめて見つめ合った。

そのあと彼女が言った。「事務所に納品書を送りましょうか、それとも支払いは外部の会計事務所まかせですか？」

「あのね」彼は言って、彼女の腕に手を置いた。「その件はあとで話そう」

2

模造のパラディアムのドアの外で、ルーベンは息をひそめてじっとしていた。

彼はすぐそばにいた。

専門家証人は少年を検査する必要があり、キーナー夫妻が証人をどこどこへ連れてこいとシェンクに告げた結果、彼らはここにいる。このとても意外な秘密の場所に。

ウェスリーが守られていることは言うまでもなかった。監視されていた。ポロシャツ姿のたくましい警備員三人が敷地の周囲に配置されていた。入口を飾る銅像のようにドアのすぐ外で微動だにせず立っていたルーベンに、声をかけたり挨拶したりする人は皆無だった。

ルーベンはポケットにあの名刺を入れていた。夜勤の男に渡されてからずっと持ち歩いている。そんなもの捨ててしまえと何度も思ったのに彼は捨てなかった。それどころか、毎日、翌日着るパンツのポケットに移し替えた。名刺は端が折れ、四隅がはがれかけていた。毎日、今日こそ捨てようと思うのだけれど捨てなかった。

〝もしわかったら教えてくれよ〟、夜勤の男は言った。そしていま突きとめた。ルーベンがやることといえば、電話をかける時間を見つけることだけだ。名刺の番号にダイヤルする。道筋が頭に浮かんだ。四〇五から一〇一へ、バインランドで下りて側道、そのあと別の側道に入る。

もちろん彼はそんなことをする気はなかった。できるわけがない。名刺はポケットの内側にへばりついて熱を持っている。ルーベンはは耳を澄まして、ハチドリの羽音のような自分の心臓の音を聞いた。

「ねえ」イブリンが言い、ルーベンは驚いてはっと息を飲み、彼女はそんな彼を見て詮索するような小さな笑みを浮かべた。「大丈夫、あんた《デュード》？」

彼女はデュードという言葉を小さくスピンをかけて発音した。新しいこと、つまり、ひとにデュードと呼びかえることを試しているみたいに。

「うん」彼は言った。「ぼくは平気だ。やあ。そっちはどう？」

「いいよ。みんなは中にいる」彼女はルーベンの奥のパラディアムの荘厳な外観を指さして言った。

「知ってる」そのあと、どういうわけか、彼は単純な事実を口にした。「またきみに会えてすごく嬉しい」

「すてき」イブリンは言った。「あたしも」彼の不器用さに気づいて、状況的にそうなった以心伝心の相思相愛に気づいて、大胆な彼を許して、その笑顔が大きく魅力的になった。そのすべてが同時に。彼女にキスしてもよかった。二人はダンスホールの閉じられた真鍮のドアの陰にいた。二人は不釣り合いなバーバンクの低木地と、わだちのある側道と草とタンニンの色に取り巻かれていた。彼はキスをしたかった。

「うまくいってるの？」

「うん、まあね。変な感じ。あたしたちの生活とか移動することとか。それにママはすっかり――わかんないけど」イブリンは肩をすくめた。「変な感じ」

「ああ。きっとそうだろうね」

「うん」

カラスが一羽さっと舞い降りてきて、二人の頭上の枝にとまった。ルーベンはダンスホールの中にいる大人たちの低い話し声が聞こえたように思った。建物は見かけ倒しだ。プレスボードと化粧ボード。どこをとっても本物ではない。

「ねえ。耳にピアスを開けたの」イービイが言った。「十三になったとき。前は怖かったのに、なんでそんなことしたのかな」

「へえ。おっと。いかすね」

彼は彼女の大気圏内へ踏み込み、ゴールドの小さな玉に見惚れ、彼女が髪につけているにおいを嗅いでいると心の錠がはずれて、ゲートのように開くのを感じた。また彼女にキスすることを考えて、期待で胸が激しく高鳴るのを感じたけれど、実際に彼がしたのは悲しい秘密を打ち明けることだった。

「ぼくは自分の誕生日を知らないんだ」

「ほんとに？」

「うん」

これまでルーベンは家族以外にこの事実を話したことはなかった。門外不出のシェンク家の秘密だったけれど、彼が幼いころは毎年子どもたちを呼んで誕生日パーティを開いて冗談を飛ばしたものだ。ルーベンとパパは誕生日が同じなんだ！　シェンクの日さ！　彼は幼少のころに養子にされ、サイゴンのティンイェウクイジャ孤児院に確かな記録は残っていなかった。マリリンは、赤ん坊のルーベンを抱いて飛行機から降りた日を記念日として——彼が〝ジェンク〟となった日と彼女は言いたがった——ロウソクを灯すのが好きだった——が、確かな日付はわからなかった。この世には単に手に入らない知識というものがあり、そうした知識の中にルーベンの生年月日が含まれる。

「それってすごくいかすね」イブリンがうらやましそうに言った。「好きな日を選べばいいじゃん。クリスマスとか」

「ふうむ」顔をしかめて彼は言った。「うちはユダヤ人だし」

「ああそうか」彼女は言った。「そうだね。ごめん。でもクリスマスが何かは知ってるでしょ？」

彼女が冗談を言っているのかどうか少し考えて、冗談だとわかったので「聞いたことはあると思う、うん」と言うと彼女は笑った。

じつはいま、安全運転教育教室で会うステイシー・レイトンという女の子をルーベンはかなり好きだった。これまでずっと、ほとんどの女の子がそうだったから彼女のほうは彼に興味はないと思っていたけれど、二週間前、レスリングをしたあと体育館を出たら、横の通路に彼女がいて、彼が出てくるのを待っていたという印象を受けた。彼が「やあ」と声をかけると、彼女はなんとなく笑って「あら、こんにちは」と変な声で言ってあわてて去っていった。

鳥にのみ通じる秘密の言語で空に呼び戻されたのか、カラスが羽ばたいて飛び回り、そのあといなくなった。イブリン・キーナーはステイシー・レイトンとはあらゆる点で本質的に異なっていた。彼女は誰とも異なっていた。彼女はいま彼を注意深く観察していた。なぜか彼女は彼のことを考えていて、ルーベンは調べられている感じがした。彼はその感じが気に入った。注意深く、用心深く、彼は自分を調べさせた。背筋を伸ばした。太陽に顔を向けるように、イブリンの好奇心に自分自身を解放した。

「それはなに?」突然そう訊かれて、彼は右手のぼろぼろの薄いカードに気づいてぞっとした。名刺は手のひらの汗で濡れていた。なんで手の中にある? 何を——

ルビーは夜勤の男の熱い秘密のささやきのとおりにする、ルビーちゃん——

「あ」彼は言った。「なんでもない。これは——どうってことないよ」

〝どうってことないわけないだろ〟、あの声があざけり、彼の心臓のまわりを虫がぶんぶん飛んだ。

でも、それが本当だとしたら? 善き黄金世界がどこかに隠れて待っているとしたら、彼にそれを引き出す手伝いができるのか? ルーベンのうしろはダンスホールだ。ダンスホールの中にウェスリーがいる。ウェスリーの中に無限の未来が、よりよい在り方があり、彼らがしなければならないのはそれを解き放つことだけだ。

ルーベンは名刺をポケットに押し込んだ。なんたってこの瞬間、そばにイブリンがいる。遠くで冬鳥が鳴き、葉の落ちた枝のあいだから日が差し、彼らの背後には偽のハリウッド・パラディアム劇場があるこの世界、実際に住んでいるこの世界はともかくすばらしい。

「でね」不意にイービイが口にした。「はちゃめちゃに聞こえるだろうけど」

彼女はほとんど独り言みたいに小さな声で言って、顔を片側にゆがめた。反抗的誠意の小さなしぐさだ。

「わかった」ルーベンは優しく言った。

彼女を見た。彼女は地面を見つめている。

「ダンスがあるの。学校で。学期の終わりごろ。卒業する八年生のために、それと——その同伴者とか」

「へえ」ルーベンはまた言った。内側がすっかり溶けてなくなり、再び作られてはまた溶けてなくなった。

波で壊されてはまた作られる砂の城、その情景がこま落としで何度も繰り返される。彼女が言ったことがあまりに強烈だったものだから返事できなかったが、怖い顔をしたイブリンから「忘れて」と言われてやっと気づいた。

「違うんだ。ぼくは――つまり――ぼくは……えっと……」ルーベンは漂う空気からふさわしい言葉を見つけだそうとした。「ぼくは――いや、そうだ。うん。喜んで。一緒に。行こう。その――」

いま彼女は彼を見つめていた。

もしカラスが見ていたなら、ぐるりと円を描いてそばの枝にとまって見下ろしたら、そのときの二人は、互いに口をぽかんと開け、最後まで言葉を言えない若さゆえの無能で身をすくめた彫像だと思ったことだろう。

「ていうかイエス。ぼくの答えだ。もちろんだよ。楽しそう」

「よかった」彼女は言った。「わーい」

「わーい」

これが理想の世界なら、ちょうどそのとき大人たちがパラディアムから出てきて、ヒレ肉並みに彼をふにゃふにゃにする感情とホルモンの逆流からルーベンを救い出しただろう。しかし、そのときは終わらなかった。救援隊は現われなかった。不明瞭な話し声がドアの下からいまも聞こえていた。父なら、場の雰囲気を変えるために、会合が終わった合図として高い声で――〝では、みなさん、どうもありがとう、ここに来てくださったことに……〟――と言うが、まだそれは聞こえてこない。

彼は手を伸ばしてイブリンの手を握りたかった。自分のためではなく彼女のために。なぜなら、彼女に彼に似たところが少しでもあったなら、これは彼女にとってかなりの大仕事だからだ。人に頼むこと、人と人とを隔てる境界線を越える苦痛。骨が折れたにちがいない。それに彼女は彼に似ていた。ある意味で完全には理解できなかったけれど、彼女は彼によく似ていた。

「ねえ、あのさ、ぼくはレスリングをやってるんだ」

なぜそんなことを彼女に話したのか、ルーベンにはわからなかった。自分たちはそれをしているように思ったのだ。小さな情報のやりとりを。イブリンは驚いたようだった。

「ウェスリーがレスリングしてる」彼女は言った。二人とも知ってのとおり、いまはもうしていないけれど。

「うん、いや」ルーベンは言った。「知ってる。ぼくは……」

彼はうまく説明できなかった。あの日、学校帰りのはずみだった。一切れの肉みたいに彼の腕を触って満足そうにうなずき、彼を引き入れたコーチのマースデン。でもルーベンは意外にもレスリングの筋が悪くないことがわかった。三大会に出場して、結果はそうひどくなかった。まだ伸びしろはある、コーチはそう言った。でも純粋に練習が楽しかった。だんだん上達していくのが嬉しかった。機敏さ、筋肉量、駆け引き。膝とマットがこすれる感じが好きだったし、打撲と捻挫が好きだった。進歩してはいるが十分でないところが好きだった。満足できるほど上手くない。

いま彼は、イブリンが怒らないかと心配していた。彼女がダンスの誘いを取り消したら、謝ろうと彼は心に決めた。二度とレスリングしないから。けれども彼女は「へえ」と「かっこいい」とつぶやいただけで、そのあと静かになった。その意味を考える二人。この世から一人のレスラーが追い出され、別の一人が加わった。

それでもまだ大人たちは来なかった。

パラディアムの外で一緒にいる時間が伸びた。

「ところで彼はどんな感じ？　兄さんは？」ルーベンは尋ねた。無難な質問だと思っていたのに、もちろんイブリンの顔が悲しみに沈んだ。彼女は肩をすくめた。

「おんなじ」
「ああ」ルーベンは言った。「そうか」
「いつもとおんなじ」

3

ベスの頭がおかしかったのではない。ウェスリーが見つめてきたのを確かに見た。リッチがどう思っているかはわかっていたけれど、それが何だ、彼はあそこにいなかった。彼女は見たのだ。

ほんの二、三週間前、パラディアムの賃貸契約が決まりかけていた過渡期だった。マリナデルレイのアドミラルティ・ウェイのつきあたりにある六階建ての二つ星ホテルで、奇跡の少年ウェスリー・キーナーは最高機密扱いの賓客だった。オーナーの知り合いの誰かが、次の場所が決まるまでの短期間だけ部屋を提供してくれたのだ。

キングベッドが一台しかなかったが、一台で十分、というか一台すら必要なかった。というのもベス――いつもどおりウェスリーと同室――はほとんどといっていいほど眠れないからだ。彼女は半時間か一時間ごとに目を覚まして、歩いている息子、カーペットを行き来し、ヨットハーバー側から差し込む月明かりを出たり入ったりする息子を眺める。

やっと眠ったと思うと、夢を見るか半醒半睡でいつも同じ夢を見る。ウェスリーの七歳の誕生日パーティで、幼なじみのバーニーと遊ぶウェスリーを見ている。その夢の中でバーニーはプールに沈んで手足がもつれてしまい、リッチがその子を水から引き上げて芝生に寝かせ、しばらく大騒ぎしているとその子がぺっと水を吐いて咳き込み、人間らしい顔色を取り戻す――そしてベスは椅子に座ったまま夢を見、半死のあぶくに閉じ込められた小さなバーニーはぺっぺっと唾を吐いて――

そのとき折よく――あるいは何かの音を聞いたか、室内の空気の動きを感じたかして――目を開けた彼女は、すぐに彼女を見ているウェスリーに気づいた。彼は歩く足を止めて、彼女の苦悩に引っ張られたかのようにベッドの横に立ち、死んだような虚ろな目ではなく本当に見つめていた。彼は彼女を見ていた。彼の目は完全に開いていた。

「おまえ？」ベスは言った。

彼女の血が燃え立ち、起き上がって彼の上腕をつかむと、いつもと同じものを指で感じた。十代らしい細い腕の毛と温かく柔らかい肉。手に力をこめて腕をつかむとウェスリーがびくっとした。

「ウェス。ウェスリー！」

彼女が腕を放しても、彼は歩きださなかった。彼は彼女を見つめたままその場にとどまった、目にやさしい知的な色を浮かべて。彼が微笑んだ。

彼は目覚めた。彼は彼女を見ていた。彼は母を愛していた。

「ああなんてこと」ベスは言って電話を手探りした。完全に目が覚めて、目が覚めた以上の状態になり、猛烈に覚醒していて、耳の奥で血が轟音を立てていた。

「ウェスリー？　ベイビー？　ねえ。わたしがわかる？　ねえ！」

　彼女はリッチの携帯電話にかけ、呼び出し音が鳴っているあいだ、ウェスリーの目を見つめた——彼は歩くのを止めて、完璧に視線をあわせて彼女を見つめている。言葉をさがしているかのようにその口が動いた。

「早く、リチャード！」彼女は言った。「電話に出てよ！」

　しかし夫は眠りの深い人で、頭が枕についた瞬間から死んだように眠る。ウェスを車に乗せて、ここからバーバンクの貸家まで四十分かけて走らなければならない。廊下を走って寝室へ行き、ゆさぶって髭を引っ張って顔に水を浴びせて彼を起こさなければならないだろう。それでも彼のところへ行って、実際に見せなければ——

　彼は肉体という枠を捨ててあっちへ行っていた。そしていま戻ってきた。

　彼女がパンツはどこよと言いながら急いで服を着て、キーをさがしまわるあいだもウェスリーは彼女を見ていた。まだ見ているから、彼女は声をかけた。「ウェスリー、どうか——お願い——頼むからそのまま——そこにいて——」

　彼女は次に起きそうな全人生を生きた。すっかり自分に戻ってまばたきし、首をまわし、水をくれというウェスリー、そして嬉し涙を流す彼女を見て彼も泣き、母の胸に混乱した頭を押しつける。そのあと自宅で最初はゆっくりと、新しい環境に、またまっすぐ立つことに慣れていく。彼が学校に戻ったらあの子たちは大喜びするだろう。

　彼は、そこに置いたままだった人生をまたそこから始める。彼はギターで〝ブラックバード〟の練習をしていた。ビートルズの曲。最初の四小節はかなりうまくなった。もう病気でなくなったいま、すぐに続きを練習するはずだ。

キーが見つかった。ベスはそれを手に持った。でも遅すぎた。遅かった。ウェスリーの顔がどんよりしていた。目はうつろだった。彼は歩いていた。

「ちくしょう！」

彼をつかむといつものように逆らわなかったから、その場に立たせて引っぱたいた。そのあともう一度、強く。彼の顔はピンクになり、叩かれると同時に頭は揺れたけれども、身を引いたり泣いたりしなかった。マネキン。人形。仕立て屋のダミー。

彼女はウェスリーを車に乗せて、バーバンクへ走り、ベルを鳴らすと、リチャードが股間をかきむしりながら廊下をのしのし歩いてきて、疑りながら溜息をついた。そして彼の疑いは証明された。ウェスリーは同じだった。

「ベス、ベイビー――」リチャードが言いかけると、彼女は「まったく、あんたなんかくそくらえよ」と言った。

ウェスリーは居間で歩いていて、彼女は座ってそれを眺め、彼女を慰めようとする夫を拒絶し、肩にまわされた腕を押し戻している。

「ほんとうにあったことよ」彼女は言った。「あったの」

ベスの心で希望の火が前とは違った意味でかきたてられていた。あのときから過ぎた時間の一部は、マリナホテルのあの深夜の三十秒で起きたことがいつかまた起きるのではないかという思いで占められていた。

でも、あれは本当にあったことなのか？

ホテルにビデオカメラは設置されていなかった。設置する理由がない。

だから誰もその場面を見ていない。ごく短時間だけ元に戻ったウェスリーも、彼が母に向けた穏やかな笑みも、ベスの想像も。これが実際に起きたことだとしても、まったく記録されていない。

彼は目覚めたのか目覚めなかったのか。母を見たのか見なかったのか。微笑んだのか微笑まなかったのか。これらの事実を証明できないから真偽はさだかではない。だが、あのとき息子が元に戻ったというベスの強い信念は、それじたいが一種の真実となった。〝一種の真実〟というまわりくどい言いまわしで表現されるものではあるが、でたらめな象徴的な意味ではなく文字通りの意味である。

彼女が体験したできごとは、実際のできごとが意識に定着するのと同じ方法で彼女の記憶に焼きつけられている。本物でないできごとの記憶も〝実際の〟できごとの記憶としてニューロンに正確に記録される。だから、長期的にそれは真実だと主張するのと同じである。

つまり本質的に、ベスがそう信じ、その時点から、彼女の手のひらにしっかり押しつけられたダイアモンドのようにそれにあくまで固執するなら、それでいいではないか？　彼女の好きにさせてやろうではないか。

「――この件では残念ながら援助できないことになりました」

「援助できない具体的な理由はあるのかい、ステラ？」

「ええ、たくさん」

「どんな？」

「数多くの理由があるんです。でも決定的なのは、うちの分析局は、あなたが病院側の過失を陪審に納得させるのに苦労するのではないかと考えていることです」

「分析局？　ジェリーのことだろ？」

「シェンクさん、毎度ながらお電話ありがとうございました」

「ひょっとしてジェリーはいるかい？」

「ただいま別件で取り込み中です」

「ステラ」

「シェンクさん」

4

「マヨルスキ金融です」

「ステラ！　お元気ですかな？」

「まあ。シェンクさん。こんにちは」

「お子さんたちも？」

「みんな元気よ。ありがとう、シェンクさん」

「六歳と九歳――そんなところだったね？」

「シェンクさん、ローンの申し込みのことでお電話くださったならあいにくですが悪いお知らせがあるんですよ」

「ああ、きみは――待って。悪い知らせって？」

「ファイルを再検討して――」

「聞かなくともわかった」

「ステラ。ジェリーと話がしたいんだ、ステラ」

「失礼します、シェンクさん」

「ちょっと待って」

シェンクはトレッドミルのストップボタンを押して、コンベアーを止めた。

「待てよ！」

二〇一九年二月四日

1

「あらまあ。イブリンじゃないの。元気だった？」

「まあね」

ベスは茫然として娘に手を伸ばした。ジェイ・シェンクと一緒にリチャードに会いに来て、安全措置をほどこした面会室の入口で思いがけなくもイブリンとばったり顔を合わせた。そのことに何か違和感があった。母と娘がここで偶然出くわすことに。二人は一緒にいるべきだった。二人は一緒に来るべきだった。イブリンを見ながら、腕を軽く回しながら、ベスは、ずっと前に愛していた人の写真を見ているような嬉しさと戸惑いを感じていた。

部屋の隅に、武器を携帯し茶色の制服を着た退屈そうな刑務官がいた。室内には金属製のテーブルと硬いベンチのほかは何も置かれておらず、壁には時計しか掛かっていない。四人に面会する。座り心地の悪いベンチに腰かけて時間が過ぎるのを待つ。

このすべて、リチャードの逮捕と収監、母と娘の親密な結びつきにも希望の光はあるとベスは思っていたかもしれない。距離感と緊張が絶えず変化してきた関係。でも違う――違う。それに、ちょうどイブリンの人気が爆発したころにこの不幸な事件が起きたというだけではなかった。ベスが電話しても出ないし、そのあとイブリンがかけ直してきたときに彼女は鳴る電話を見つめただけで、元気でやっているのと言う意欲がなぜか湧かなかった。最初にイブリンが電話に出なかったときに、じつはほっとしたことを心の奥で認めざるをえない。

「ねえ？　おまえはここで何してるの？」

「あたしがここで何をしてるかって？　マジで訊いてんの？」イブリン――違う、イービイだ、いまはいつでもイービイ――ロックスターらしいつやつやのプラチナヘアのイービイは、ティーンエイジャーのように目玉をぐるりと回した。「パパに会いにきたの。明日になる前に会いたくて」

明日、彼に刑が宣告される。宣告されれば、比較的近い五号線を下りてすぐのピッチェス拘置所から、はるかチノにあるカリフォルニア男子刑務所の死刑囚棟へ移送されることになっている。灰色の未来を待つ身から、死刑宣告という希望のない真っ黒な永遠へ。

「わかってるわ、でもわたしたちは来る予定だったの」ベスはまごついていた。少しシェンクのほうを向いて、根拠として彼を指さした。「一緒に来ればよかったのに」

「うん、ママたちが来るのを知らなかったから」イービイの不機嫌な若者らしい表情がかたくなになり、片手が腰にあてられた。「もういいでしょ？」

「あんたを責めてるんじゃないのよ」

「責められてるとは思ってなかった」

　がたついた金属テーブルの片側に両手を鎖でつながれて座っているリチャードは最初からこのようすを見ていた。彼は何も言わなかったが、今度ばかりは彼の無言は謎ではなかった。リチャードは人を殺してそれを白状する程度の馬鹿だが、口論する妻と娘の仲裁に入るほど馬鹿ではなかった。

　ベスのうしろに立つジェイ・シェンクはそのあいだ、両手を見つめてもじもじしていた。

「わたしはただ……あんたが来てくれて嬉しいのよ、イブリン」ベスが言った。「パパもあんたに会えて嬉しいはずだわ」

　リチャードはうなずいた。ベスは戸惑いを、ぐったりと疲れを感じながら目をぱちくりさせた。ここの照明は明るすぎる。面会室の照明からは何も逃れられない。イービイは最後に母親にキスをし、キスをされ、そのあともう行くねと言った。

「ちょっと待って」ベスは言った。「車で送るから」

「バーニーが送ってくれた」

「ウェスの友だちの？」

「あたしの友だちよ、ママ。あたしのバンドにいるの、覚えてる？」

「そうだったね。わかったわ」

　ベスは弱々しく微笑んだ。正直いって覚えていなかった。娘の顔はいつのまにか大人の顔になっていた。とても見慣れているのに、遠くかけ離れた感じ。真っ白な髪、すぼめた赤い唇。耳のへりに並ぶゴールドのピアス。時間の流れとともに再考され採用される気取ったみせかけ。わたしたちが自分の子どもに対し小さな恐れを抱くのも無理はない、とベスは思った。彼らは未来から来た見知らぬ訪問者、わたしたちが一度も見ることのない世界から来た使者なのだ。

　リッチは、音楽業界でブレークしてからの娘の活躍にずっと注目してきた。彼は何年も前から、人気急上昇中のイービイに妻の関心を向けさせようとしてきたが、ベスはその気になれなかった。彼女はいつも忙しく、いつもとても疲れていた。最近は手がこわばるようになり、進行の遅い若年性関節炎ではないかと案じていた。両方の膝にいつも痛みがあり、家の清掃のときの姿勢を工夫している。だが、可能なかぎり、働けるときはいつでも働かなければならなかった。ウェスリーと砂漠で長く過ごすために貯金している。彼女とリッチは二人でどうにか賃貸料と介護士の給料分を稼いでいた。かつては在宅介護助手やいかつい警備員らがチームを組んで、ウェスリーの快適性と安全保持に努めていた時期もあった。それもずいぶん昔のことだ。

　だから申し訳ないが、ベスはイービイのことを十分にかまってこなかった。夜、歌う娘を観るために、あちこちのいかがわしいクラブへ出入りしなかった。雑誌のインタビュー記事を読んだとかＹｏｕＴｕｂｅでＮＰＲタイニー・デスク・コンサートを見たとか友人から来たｅメールに返事もしなかった。ベスは忙しすぎて嬉しさをかみしめている暇がなかった。

　そうした奥でベスは自分の気持ちに気づいていたけれど、その気持ちが気に入らなかった。あまりにも不公平だという気持ちだ。ウェスリーはミュージシャンだったし、ウェスリーは彼女のかわいい詩人だった。ウェスリーは傷つき、円を描いて歩いているのに、イービイは彼が占めていた地位を奪い、彼の人生を送っている。

　あの子のあとを追おう、ふと彼女は思った、そして神話の登場人物のように自分の未来がくっきりと見えた。通路を走り、金属探知機を過ぎて日の光の中へ飛び出し、素晴らしい娘をつかまえて彼女に許しを請う自分。

なのに彼女はリチャードの向かいのベンチに腰をおろして、元気にやっているかと尋ねた。

「元気だよ」

「大丈夫なの？」

「うん。大丈夫」

ベスはぼんやりと夫を見つめた。彼のことはよく知っているのに、わずかさえ知らない。

彼はここで、檻の中で残りの人生を生きるのだ。金属テーブルの上で指をからみあわせて彼女を見つめ返してくる。彼は爆発して散らばった破片のように静かだった。彼は終わりを迎えた熱狂のようだった。二人はしばらく無言で座り、刑務官たちは立ったまま体重を移動させた。二人のまわりで聞こえる低く希望のない話し声。

「彼はどうしたいんだ？」両手をポケットに突っ込んで二、三フィート離れて立っているシェンクのほうに頭を傾けて、リッチが言った。

「あなたの弁護士よ」

「弁護士と話し合うことは何もない」リッチは言った。

「刑の宣告は明日だろ？　だから明日には終わる」

「訊きたいことがあるそうよ」

彼女と入れ替わりにシェンクが座り、リッチの顔全体が変化した。目はきつくなり、口は引き結ばれた。跳ね橋は引き上げられた。ベスが親指の爪を噛み切りながら心配そうに見つめる中、ジェイは仕事にかかった。

「では訊こう、リッチ、とても簡単なことだ」シェンクは額をひっかいた。「きみがテリーサ・ピレッジを撃ったのか、それとも彼女がきみを撃ったのか？」

「なんだと？」彼が言い、そのあとベスが言った。

「なんですって？」

「最初にきみが彼女を撃って、それがはずれたから彼女をランプで殴ったときみは言った。だが、えー――」彼は少しためらい、咳払いした。「証拠があるんだ、最初に彼女が撃ったから、きみがランプで彼女を殴ったのかもしれないことを示唆するような」

時計が長い三秒をかちかちと刻んだあとでリッチが答えた。

「どうしてそんなことを訊く？」

シェンクは力なく微笑んだ。「どうして答えない？」

リッチは餌に食いつかなかった。彼は椅子の背にもたれ、腕を組んで顔をしかめた。

「あなた？」ベスは言った。すると彼はシェンクではなく彼女に向かって言った。

「おれは彼女を撃った、でそのあとランプで殴った。それが事実だ。いいな？」

「うちの調査員はそうは思っていない」シェンクは言った。「正当防衛だったかもしれないと考えている」

「こいつが言っているのはどんな調査員だ？」リッチはベスに言った。「こいつがこの件に費やしてる金は誰の金だ？」

「リッチ」シェンクは言った。「いいかい――」

「待って、待って、待って。ちょっと待って」シェンクのとなりにベスがどすんと腰をおろし、両手でテーブルをぴしゃりと叩いた。刑務官全員がさっと顔を上げ、シェンクはたしなめるように彼女の肩に手を置いた。

「それはほんと？」彼女は言った。「そうなの？」

「いや。話しただろ。みんなに話したとおりだ。おれが彼女を殺した。おれがやった」

「そうよ、でも正当防衛だったの？　彼が言うように？」

「ちがう。だって――どうでもいいだろ？」

「どうでも、いいですって？」

「なあベイビー――」リッチは額がベスの額とほとんど触れるくらいまで乗り出した。だが彼女はうしろに身を引いて避けた。「ベイビー――」

「待て」シェンクが言うと、リッチはひどく冷たく厳しい顔でシェンクを見た。それを見てベスは心から不安を感じた。それが彼なのだ。人を殺せる男なのだ。

　シェンクは続けた。「つまり、きみが彼女を殺したのは、彼女がきみを殺そうとしたからだ。私たちはそれを証明できる。免責になる。だから――」

「だめだ」リッチは言った。

「きみの申し立てを変更でき――」

「だめだ」彼はシェンクを相手にしなかった。ベスだけを見ていた。「何度言ったらわかるんだ？　長い裁判はしない。そうなると上告とかいろんなものがついてくる――そんなことしたいやつがいるか？」

　ベスは驚いた顔で夫を見つめている。

「彼はこれを望んでる」彼女はシェンクに言い、そのあと夫を指さした。「あんたはこれを望んでる。あんたはこのあと一生刑務所に入りたいのよ。死にたいのよ」

　リッチは首を振りながら、両手を見つめてつぶやいた。「違うんだよ。頼むから」

「リチャード！」

　彼女はかっとなって怒り狂い、両脇で手を握りしめた。

「リチャード！」

　シェンクは言い争う二人を眺めていた。彼は顔をゆがめた。白髪交じりの一房の髪を耳のうしろに押し戻した。この生半可で早計な新戦略にその価値があるのか疑わしく思った。ルビーがなんとインディアナポリスへ行くといって空港の出発ゲートから電話をしてきた。ピレッジがリチャードを撃ったのであって、その反対ではないと彼は言った。ピレッジが最初だ。ルーベンはそれを証明しようとしていた。

　ただし、依頼人はまったく関心を示さなかった。

　いまリチャードは立ち上がっていて、ガラスのこちら側にいるベスを見下ろしている。

「いろいろあったあとで、おまえにもイービイにもこんなことは必要ない」

「あんたはうんざりしてる。全部に。ウェスリーにうんざりしてるし、わたしにもうんざりしてる」

「してない」

「あんたにこんなことはできない」ベスがリチャードに叫んでいる。「あんたは逃げられない」

リチャードがドアのほうへ歩いていったので、刑務官がドアを開けている。

ベスがいっそう大きな声で叫んだ。「なによ！」彼女がテーブルを激しい勢いで叩いた。歩き去るリチャードに絶叫する彼女を、犯罪者とその情人全員が見つめた。

「この弱虫」彼女は叫び、シェンクはたじろぎ、刑務官が進み出たけれど彼女は叫び続けた。「臆病者」

刑務官は、彼女の夫を下界へ戻す分厚いドアを開け、ベスは叫び続けた。

「くそ野郎！」

砂嵐のように激しく渦巻く言い争いを見ながら、役者歴の長いシェンクは、このすべてが一種の演技のようだと思いあたった。ずっとリッチを生きてきた、不機嫌な顔と揺るぎない大木のような肉体のリッチと、時間と運命に翻弄され、ピッチェスの面会室で吹き荒れる突風に耐え、狂乱状態になる哀れな女ベス。完璧に役を演じきる二人。

ベスはくるりと向きを変え、足を踏み鳴らして出口を出て、外へ出る通路を突き進み、シェンクはその後を追いながら、また最初から彼女のことを考える。ずっと始めからこの取り乱した妻である母親は怒っていた。不条理な不幸のほとんどを引き受けたように見えた人。

シェンクは自分の妻のことを、あの最後の最もつらい日々に妻にしてしまったことについて考えた。彼女を守るために自分はどこまでやれたのか。
　時間に限りのある愛情のさまざまな局面のすべてにおいて。

2

　バーニーは、子どものないジャスパーおじさんが乗っていたチェリーレッドの一九七二年型シボレー・インパラに乗っている。特に車好きではなかったけれど、機械類をきちんと調整し、ボンネットはいつもきれいに磨いてあった。

　ピッチェス男子拘置所の駐車場に置かれたインパラは、父親や恋人やいとこに面会するために不運なはぐれ者たちが乗ってきたおんぼろ車やピックアップトラックに囲まれていた。バーニーが車にもたれて、スマホをぼんやりとスクロールしているところへ、ぷりぷり怒ったイービイがやってきた。バーニーはうなずいて、よお、と声をかけた。彼女はその横で車にもたれた。彼女はべたべたとメイクしないほうがずっときれいだ。バーニーは前に一度、楽屋で本人に言ったことがある。彼はソファに座って、愛器フェンダーの音を合わせていた。

「顔にそんなものを塗りたくらないほうがかわいいよ、知ってる?」

彼女は肩越しに彼に向かって鼻を鳴らした。「なによあんた、美容師のつもり?」

彼はスマホをポケットに押し込んで耳を掻き、沈黙を破った。

「父さんはどうだった?」

「がんばってる」彼女は言った。「でもママは頭がおかしい」

「ベスがここに?」

「うん」

彼は彼女がもっと何か言うのを待ったけれどそれだけだった。

彼女がそこまで腹を立てているわけを話してくれるのを待ったけれど話してくれなかった。バーニーは最近、イービイのバンドが忙しくないときは、別のメンバーと音楽を作っている。男友だち数人で集まって、ベース中心のネオR&Bを即興でやるのだ。彼らはリバーフィーバーと称し、本格的に活動を開始することを考えていた。バーニーはそのことをイービイに話すつもりだったけれど、怒るんじゃないかと心配だった。

でも、彼が本当に心配していたのは、彼女が気に留めないことだった。

空を見上げていると、イービイの怒りがゆっくりと和らいでいって、気持ちの落ち着いた彼女がもう行こうと言った。

「うん」バーニーは言った。「そうしよう」

何か考えているらしいが、バーニーにははっきりわからなかった。兄と似て彼女はとらえどころのないときがある。キーナー家の全員に、彼らの内側に隠された、外から見えない秘密がある。

「ママを待たなくていいの？」彼が尋ねたときにちょうど彼女が現われた。ベス・キーナーが正面玄関から飛び出してきて肩に掛けたハンドバッグを押しのけるように早足で歩き、弁護士があとからついてくる。

「ううん」イービィは車のドアを開けて乗り込んだ。「待たなくていい」

3

ラビは郵便局の中をのぞいてためらった。それらしく見えなかった。長い道のりを、途方もなく長い道のりをやってきて、正確な住所にたどりついたはいいが、そこは郵便局には見えなかった。カウンターの奥の、野球帽をうしろ向きにかぶり、フランネルのシャツを着て、耳のうしろに煙草を差したいかつい男はどう見ても郵便集配人に見えなかった。

いかつい男がパイントグラスのビールを飲み終えてグラスを下に置くまで、ルーベンは入口にとどまって眼鏡の曇りを晴らした。

「怖がらなくていい」彼は愛想よく言った。「郵便局は誰でも歓迎だ」

よし、行くか。ルーベンは足を踏み入れた。

足がふらついた——エレナー・ピレッジの家からアラスカ州のクジアートまでの旅路は簡単ではなかった。インディアナポリスからシアトルへ飛んで空港で五時間をうんざりして過ごし、店が並ぶコンコースをまごつきながらうろついてブーツと黒いレインコートとくたびれたオレンジ色のバッグに代わる防水リュックを買った。乗継便でアンカレッジへ到着してすぐに、すでに限度額ぎりぎりまで使われていたジェイ・シェンクのクレジットカードでホーマー行きのチケットを買おうとしてばつの悪い思いをした。だから、冴えないエアポートホテルに泊まらずに、その夜はホテルの〝ビジネスセンター〟でのろいコンピュータで気の向くままネット検索をして過ごし、アラスカ・マリーン・ハイウェイシステムとかいうチケットを予約した——てっきり本物のハイウェイだと思ってタクシーを下りてバス停をさがしていたら、制服を着た警察官が長いタラップのほうに手を振った。タラップはフェリーへ続いていた。

そこに着いても、まだその先があった。クジアート郡にはエドという男が経営するエズカーズというレンタカー屋一軒しかなく、レンタル用の車輛は二台だけだった。一台はすでに出払っていたからルーベンはもう一台のほう、おんぼろのレンジローバーを——レインコートからフェリー料金まですべてと同じく——父のアメリカン・エキスプレス・カードで支払った。ジェイ・シェンクに明細書を見せたらどんな顔をするだろう。〝父さん、ほら——ぼくにこれだけの借りがあるんだよ〟。

ここまでの行程でルーベンは本も雑誌もちらりとも読まなかった。機内オーディオサービスも使わなかった。テリーサ・ピレッジのことを考えていた。知っていること、または自分が知っていると思っていること、あるいは自分が知っていると思い込んでいることをつなぎ合わせようとした。

キーナー裁判のあと、ピレッジは自分の人生を捨てる。隠遁する。インディアナポリスの実家へ戻る。

彼女はなかば気が狂っているし、じきに完全に狂う。こともあろうに彼女はデニスとその仲間、その活動、善き黄金世界の物語の魔力に取り憑かれてしまった。これほどの年月が経ったのちもルーベンに些細なことまで全部思い出せるばかばかしい空想物語に。

昨年十一月、彼女は去る。感謝祭の前に、突然、辛抱強い母親に一言もなく。その後しばらくして、リチャード・キーナーは奇妙な電話を受けて動揺する。イービイがふと耳にした電話。「ほっといてくれ」彼は叫んだ。「あんたたちとは関わりたくない」

あんたたち。一人以上。ピレッジとほかの誰か。誰なのか？

――〝誰だか知っているくせに、ルーベン〟――

そのあと彼女はアラスカへ行く――なぜアラスカ？

――何を――あるいは誰をさがしに？

――〝おまえは知ってる、ルービーちゃん、自分が知っていることはわかっているだろ〟――

そしてアラスカからロサンゼルスのモーテル、コズモズとリチャード・キーナー。

壁に食い込んだ二発の銃弾、頭骨のつけねにランプ。

郵便局の中でラビは立った。ブーツの端についた雪が解けていく。眼鏡は汚れて曇っていた。郵便屋は唇についたビールを舐めて、大きな声で言った。「まごついた子どもみたいだな、あんた。どうした？」

「はい、では――」

どこから始める？

「質問がある」ルーベンが言うと、郵便屋は言った。「答えはある。どうぞお先に」

ドアの下からくぐもった話し声とロック音楽が聞こえてきた。クジアート郵便局は、米国在郷軍人会ホールと同じ建物と駐車場を使っている。

「そうだ、言っておくと」郵便屋は言った。「小包計量用の秤はぶっ壊れてる。それに切手はすっかり品切れだ。もし何かを郵便で送りたいなら、お門違いの場所に来ちまったな」

　郵便屋は飲み終えた一本めの奥に二本めを用意していて、いま彼はそれをたっぷりと飲んだ。ビールに加えて、紙皿から鶏の手羽とマッシュポテトを食べていた。彼は頭が大きく、アラスカの男と聞いて連想するような斑《まだら》の頬と濃密な顎髭を生やしていた。フランネルのシャツの下にメタリカの黒いTシャツを着ている。

「それでかまいません。そのためにここに来たんじゃないから」

「ほお」郵便屋は言った。「面白くなってきたぞ。絵はがきはどうだ？」

　彼は鶏の手羽で、ドアのそばに置かれた薄汚い手製のはがきのようなものを並べた小さなラックを示した。そのうしろのショーケースに雑然と積まれた〝優先郵便〟の封筒と箱が、ここが本来は郵便局であることを示す唯一の物理的事実だった。

「人をさがしているんだ」

「へえそう？」郵便屋の顔に用心深い表情が浮かんだ。他人に関心を持ちすぎる人間を信用しないアラスカ人。

「これを」

　ルーベンはポケットからスマホを取り出して、狭いカウンターに置いた。アンカレッジより北に来てから電波は届いていなかったものの、電源は入れたままだった。身体を近づけると、鶏の手羽のソースとビールの酵母臭がした。郵便屋の襟元から汗と体臭の嫌なにおいがした。

「女だ」ルーベンは写真アプリを開いて、UCリバーサイド校の教職員ページにあったテリーサ・ピレッジの古い写真をさがした。「この人」

　十年前かたぶんもっと古い写真だったが、郵便屋はすぐに気づいた。彼はピレッジを見てから顔を上げてルーベンを見て、またピレッジを見直している。

「ああ」彼は言った。「そうだ。知ってるよ」

この情報を得たという喜び——的中した、直感を信じ、感覚に従い、はるばるアメリカ大陸の外辺までやってきた彼は正しかった、現実だった——にルーベンが浸る前に、男は後退する額に野球帽をかぶり直し、疑るように目を細めてルーベンを見た。

「この女？ あんたの友だちか？」

「はい」

「仲のいい友だち？」

なぜか、ルーベンはその言い方に不安を覚えた。

「えーっと、ちがいます。ええ。そうじゃなくて……」そして、不可解にも。「姉なんです」

このほうが明らかに、もっと信じがたい。

「この人の弟には見えないな」

「まあ——そうですね。ぼくは養子なんです」

確かにそれは事実だがまったく無関係だ。

「へー」郵便屋は言って、わかったようにうなずいた。

「彼女を見たことがありますか？」

「ああ」郵便屋は言った。「見たよ」

「最近？」

「そう」

ルーベンが次の質問をしようと息を吸ったとき、在郷軍人会ホールとこちら側とを隔てるドアが開いて、両手に缶ビールを一缶ずつ持った男が入ってきた。そのうしろから、どっと上がる笑い声とパール・ジャムの〝ジェレミー〟のリフレインが追いかけてきた。

「よう、おばさん」郵便屋は新顔に言うと、その男は「よう、ちんぽ顔」と答え、ルーベンに気づいて急に止まり、非難するように彼をじろじろ見た。「こいつは誰だ？」

「愛しのラングストロムさんよ、こちらは任務中の男だ」

「へえそう？」

ラングストロムは郵便局のカウンターに缶ビールを置いて、握手しようとするかのようにジーンズで両手を拭っただけで、そのあとも彼はただ見つめ続けた。痩せた男で真っ赤な顔と斜視、あぶらっぽい長髪をポニーテールにまとめている。郵便屋と同じく、郵便屋の友人も袖なしTシャツを着ていて、筋ばった腕は針金のように細かった。

「このダチが誰をさがしているか見当もつくまいよ」

ラングストロムは細目で見た。だから表情は変わらなかった。

「誰だよ?」

「おい」彼はルーベンを指さした。「ラングストロムに写真を見せてやれ」

三人は頭を寄せてスマホを見つめた。ピレッジを見たラングストロムは、前歯のすきまで、動物を呼ぶような長く大きな口笛を鳴らした。

「きみはこの女を知っているのか?」

「はい」

「姉だとさ」郵便屋は言った。

ラングストロムは目を細めた。「ほんとに?」

「彼はもらわれっ子なんだよ。この人種差別主義者め」

ラングストロムは「だまれ」とうなってから、「おれたち彼女に会ったよなあ。そのことは話したか?」

「話せなかった」郵便屋は言った。「おまえが入ってきたから」

ラングストロムが郵便屋に中指を突き立てると、郵便屋は突き立て返した。ルーベンは待っていた。彼の心臓は高鳴った。一度、二度。

「話してもらえますか?」

テリーサ・ピレッジは、去年の十二月一日に郵便局にやってきた。男たちは二人とも彼女をはっきりと覚えていた。ひとつには、ここにはあまりよそから人は来ない――「彼女が来て、そのあと……えっと……あんたかな……」――もうひとつは、彼女は特に痛ましいくらい薄着だったからだ。

「コートもなけりゃ帽子もない。オフィス靴みたいのを履いてた。よな？」

「ああ。無茶もいいとこだぜ」

話を聞いていたルーベンは身動きしなかった。ほとんど呼吸しなかった。少年のとき、興奮していると見られたくないあまり、その場で身をすくめていろと自分に命じていつもそうしていたように微動だにせず立っていた。

「ほかに何かありませんか？」

「何かって？」

「この女性。姉。どういうふうに見えましたか？」

「そうだな……」

男たちは一瞬顔を見あわせた。気乗りしない目。〝くそ、こいつの姉貴だぞ〟。郵便屋は肩をすくめた。

「ちょっと変だった。ちょっとずれてる、っていうか？　森林警備基地《レンジャー・ステーション》へはどうやって行けばいいかって訊くんだよ。だから、観光案内所のことかいって言った。だって、ほれ、ここから六マイルくらいのところに州立公園があって、そこに新しい観光案内所が建って――」

「新しいはずはないぜ、とんま。おれたちが小学生のときだ」

「まあそんなとこだ。ところが彼女は――あんたの姉さんは、ちがう、レンジャー・ステーションだと言い張ってさ、それがレンザーステーションのことだとやっとわかったけどな。あんなとこ、誰も行かないよ」

「どうしてです？」ルーベンは言った。「レンザーステーションって何ですか？」

「レンジャー・ステーションだよ、彼女が言ったとおり。一九三〇年くらいからレンザーズピークの上にある。閉鎖されたけど。使用中止か何か」

「ずっと使われてないよな」ラングストロムが口をはさんだ。

「レンザーはここらじゃ人がしょっちゅう行く場所じゃないんだ。あんたが気づいたかどうか知らないが、ここはものすごく辺鄙なんだよ。レンジャーステーションを運営する金なんかない。観光案内所でさえ開いているのは、そうだな、週に四時間だ。おれのおじのジミーの父ちゃんがあそこで働いてたよ、むかし」

「あの男はひどい問題児だった」

「誰が？　ジミー？」

「そう」

「頭が少し弱かったからな」

「ああ、で、子どもにいたずら」

「では、それで――」ルーベンは指でカウンターをとんとんと叩いて、男たちの注意をまた引きつけた。「姉は変だったと言いましたね。それはつまり……」

ルーベンはほかの言葉で言い換えようとしたけれどできなかった。「頭がおかしいと？」

郵便屋は騒々しい笑い声を上げ、いっぽうラングストロムはただ首を振った。

「あんたね」彼は言った。「おれはアラスカの凍ったおっぱいで郵便局をやってるんだよ、何が言いたいかっていうとな。おれが会うやつは全員が少なくともちょっと頭がおかしい。それが基本だ。でもさっきも言ったけど、うん、彼女はひどくずれてた。目を見たらわかるよな。どこへ行くか知らないが、なんとしても行きたがってた。どうしても行かないとならないっていうか。おれは一日がかりのハイキングになるし、上着が必要になるぞって彼女に言った。ブーツも手に入れろって」

「それで彼女は手に入れたのですか？　衣類や装備を？」

変な感じ。ルーベンは彼女に代わって不安を感じた。

まるで本当の弟みたいに心配が胸にあふれ、彼女を助けに走っていた。でも彼女はもう死んでいる。何があったにせよ、すでに済んだことだ。

「いや。そのまま出てった。すぐに。おれが指さした方向へ歩きだしたよ」

ルーベンにはコートがあった。しっかりしたブーツがあった。用意はできている。

「そうだ」彼は言った。「もう一つ。彼女は武器を持っていましたか？」

「姉さん？　いや。おれは見なかった。銃のことだろ？」

「ええ」ルーベンはなんとか思い出そうとした。「拳銃？　八ミリで――」

けれども郵便屋は首を振っていた。「なあ、ハンドバッグすら持ってなかったよ。どんなものでも銃を持っていたらおれが見たはずだ」

「なるほど。そうですね。いや、どうも。ありがとうございます」彼はコートのジッパーを上げてドアのほうを向いた。「いろいろ教えてくださってありがとう」

「なあ、おい、待てよ」ラングストロムが声をかけた。「食堂の近くの家でいとこのテリーがナイフやなんやかやを売ってるんだ、もし見てくならどうよ？」

「テリーのばかナイフなんぞ欲しくないさ」

ルーベンは足を止めて聞いていた。彼の意識は、次に起きるとわかっていることに向いていた。

彼はドアを開けて寒さの中に踏み出した。


ラビは向かった。

二〇一〇年四月五日

シェンクに必要なのは望ましい陪審員だった。

もちろん、望ましい陪審員はいつでも必要だ。そうであることを祈り、そのための作戦を練る。今回は絶対に無理だが、金があれば、フォーカスグループの取り澄ました采配師に金を払う。

シェンクのゴルフ仲間のミッキー・トレバニーというグレンデールを拠点とする転倒事故専門の弁護士は、陪審員選考はブロードウェイ・ミュージカルの一曲めのようなものだと言った。そのあとの仕上がりがいかに素晴らしくても、オープニングナンバーが空振りしたら尻に火がつく。

しかし今日のシェンクには優秀な陪審がどうしても必要だった。優秀というだけではなく——手に入る中で最高の陪審が必要だった。心が広く、被害者に同情的で、会社組織に反感を持ち、裁判の神が意のままにできる南カリフォルニアの陪審員が必要だった。なぜか？　それはいま、シルバーのストライプ入りの紺のスーツを着たシェンクが民事法廷へ入っていき、空《から》元気でジョン・リッグズにうなずき、アンドルー・ケイツ判事がようやくもったいぶって着席してキーナー対バレービレッジ病院法人裁判を開廷しようとしているとき、そのものずばりの陪審員がただ一つ残る希望であると訴訟のプロとしてわかっていたからである。

この数カ月で何も変わらなかった。何も進歩しなかった。いま悲惨な状態へ急速に近づいているシェンクの経済状況も、もちろん彼の訴訟も。シェンク最後の捨て身の作戦行動として、ベーカーズフィールド近辺にある出来高払いの医療調査コンサルタントに調査を依頼した。過去五年間に行なわれた二百七十五件の硬膜下血腫の手術結果の調査が迅速に実施された――カタンザーロと彼のチームが目もくれなかった適切な処置を見つけるためである。調査の予備結果は励みになるものではなく、シェンクが最終結果を目にすることはなかった。二回めの支払いに使われた小切手は不渡りになったからだ。

こうして彼の運命は、来週初めの証言の日に、提出してある請求書を彼が現金で支払ってくれることを期待して、感情をこめない声でＫ症候群のことを話すために証人席に立つテリーサ・ピレッジ博士の細い肩にかかっていた。

つまり、要するに彼が自分で陪審員を選ぶ必要があった。

シェンクは気力を奮い起こした。髪をなでつけた。階下の待合所からウシのように連れてこられた三十六人のロスっ子のところまでさっさと歩いていき、陪審員席の前を歩きながら暖かい笑みを浮かべた。陪審員候補者はとんでもなく広大なＬＡ郡のあちこちから集められた、街と同様に民族性も性別も年齢もさまざまな人々だ。黒人、アジア系、白人、ラテン系の老若男女。腹の出た労働者とひょろ長い事務員タイプ、スクラブ姿の看護師、鋳造したばかりの貨幣のようにきらびやかなスーツをまとったハリウッドのエージェント。

「おはようございます、ジェインズさん」シェンクは言って、最初の候補者、組合のＴシャツを着てけんかっ早そうな怖い顔をしたでっぷり太ったアフリカ系アメリカ人男性のほうににじり寄った。「ご機嫌はいかがですか？」

「あまりよくない」ジェインズは腹の上で腕を組み、陪審の義務に対する、長時間座ることに対する、こんなくだらないことのせいで一日の給金を捨てることに対する嫌悪感を必死で抑えていることを伝えている。

「わかります」シェンクは言った。「言いたいことはわかります」

この陪審員候補者たちが彼に注目し、彼が値踏みしているのと同じく、彼らもみな彼の人物を見定めていた。彼らの装いとまなざし、髪型、肌の色、丸めた肩。故意か故意でないかはわからないが、一つ一つがある種の心構えを示していた。不安に思っているか、いらついているか、退屈しているか、あるいは——めったにないが——選ばれることを願っているか。ジェインズ氏は願ってはいなかった。

「ジェインズさん、以前陪審員を務めたことがありますか？」

「はい」そのそっけない一言で、前回の奉仕がひどく腹立たしいものだったことがわかる。

ジェインズにとってはあいにくだが、シェンクは彼の回答のすべてをとても気に入った。労働者階級という環境、高卒、医師に治せなかった椎間板ヘルニア。

「ああ、それは」シェンクはこの男にどんな贈り物を進呈するかを考えながら「残念です」と言った。懲らしめることのできる医師だ。

「ジェインズ氏を認めます」シェンクはそう言うと、彼の反応を見ないですむように自分のテーブルに顔を向け、最前列に座って木の手すりを折れそうなほど強く握っているベス・キーナーにウインクした。

茶色のスーツを着た不格好なヘアスタイルのリッグズが、深海から浮上してきた大きいがちっとも怖くない怪物のようにゆっくりと立ち上がった。おそらく〝異議あり〟のセリフを本当に異議のあることのために節約しているのだろうが、彼はジェインズ氏を認め、判事は木槌を叩いてから次は誰かとジャッキー・ベンソンに尋ねた。

次はロッドウェイ嬢、そのあとはビッセル氏、さらにそのあとと続き、温度計シェンクは全員の体温を一人ひとり測っていった。シェンクはそのやり方を知っていた。シェンクはルールのすべてを知っていた。老人より若者のほうがいいし、男より女のほうがいいし、知的専門職より労働者のほうがいい。人種的少数者は概してより同情的だし、病院などの場所や保険会社の専門職といった人々にどちらかというと利用されてきた側だ。

だが、おおざっぱな判断は禁物だ。各陪審員候補者を個々に見ていく必要がある。近ごろ妻パティを病院でなくしたサミュエル・リックスにシェンクは飛びついたはずだと思ったかもしれない。だが、質問を重ねるうちにリックスは、主治医たちはパティを救おうとして〝献身的〟に働いてくれたと震える声で語った。シェンクは彼の手にそっと手を重ねて、彼をお払い箱にした。

リッグズはリッグズで、電話会社社員で、企業の支配力に懐疑的なあまり、いかにも会社におもねるスーツ姿のリッグズが近づいてくるのを見て唇のあいだでぷっと息を噴き出したイライシャ・ジャクソン嬢を捨てた。だがシェンクは、大学を最近卒業して社会福祉（社会福祉！　彼女の犠牲的精神に幸あれ！）に携わるナンシー・コークナーを加えた。また元小学校教員というだけでなく少なくとも八十代のダーリーン・スティーブンズもだ。さらに、リッグズが理由不要で忌避できる最後の権利を無駄にしたあと、シェンクは、アフリカ系アメリカ人男性というだけでなく二十七歳で、すぼめた口元で反権威主義的不信をあからさまにするマービン・レイトンに恵まれた。

ケイツが木槌を叩いてレイトンを正式に認めたとき、シェンクはネクタイの結び目をいじった。彼は頑張った——かなりうまくやっていると思った。

よく考えると、裁判がこうした仕組みになっていることが狂気の沙汰だ。陪審員の前で事件を審理してきた者には、司法は永久不変に確立された不動のものだとはとうてい思えない。各人——それぞれの偏見と好み、予断と雑念を持つ各人——が新たに加わるたびにわかりにくい要因が増えていくのに、それが可能であるはずがない。本質的に異なる人間が意見交換することにより、魔法のように正しい評決に達するだけでなく、こうむった被害に正確に該当する賠償額を決められるものか？　それが可能だと考えることじたいがばかげている。

　シェンクの最も大胆な選択はその日最後の、まだ四十七歳だが二年前にロサンゼルス警察を退職し、現在は民間警備会社勤めのシーリア・ゴンザレスだった。

　シェンクが陪審席から離れ、両手を背中で組んで「原告側はゴンザレス警官を加えます」と言ったとき、リッグズは胡散臭そうにシェンクを見た。警察官は原告側にとって不利な陪審員であるという定説がある。警官は組織尊重主義者だ。警官は迷惑行為訴訟に慎重だ。警官は伝統的に、専門業務中に行なわれた行為で専門家を非難する気はない。だがシーリア・ゴンザレス警官はシェンクの愛情を勝ち取った。

　一つには彼女は女性警官であり、一つには若い女性警官であり、最後の一つは——ああ、シーリア！——ゴンザレスという名字ではあるものの金髪に青い目の持ち主だった。すなわち、ゴンザレスという名の男と結婚した白人女性だった。

　これで十二人がそろい、シェンクはその全員を愛した。

　ケイツはいつもの瞑想的な間を置いて、『ザ・ミュージックマン』の〝おやすみなさい、誰かさん〟をハミングしながらキーナー裁判の陪審団を念を入れて調べた。ようやくミズ・ベンソンに時刻を尋ね、彼女が四時半ですと答えると、彼は顎を上向けて、憲法修正第四条判決の微妙な問題を考慮するオリバー・ウェンデル・ホームズ最高裁判所陪席判事のように、しばしこの事実についてあれこれ考えてから、明日は陪審説示から始めると発表した。

　ケイツが木槌を打ち下ろすと全員が立ち上がり、シェンクは肘に何かがあたるのを感じた。

「どんな感じ?」

「いいね、いい。なかなか順調だよ、ベス」

「ほんとに?」

ベス・キーナーは、枝をしっかりつかむフクロウのように彼の肘に指を食い込ませた。

「そうだよ、ベス。きみが毎日来る必要はない。きみに来てほしいときは知らせるから。いいね?」

ベスはひどく疲れているようだった。目の縁は赤く、まだ始まったばかりのこれの一部始終を見逃すまいとして指が少し震えている。すべてのことに反応し、すべてのことの意味を考えている。彼女は生き残れないだろう、シェンクは不安を感じながらそう思った――彼女は死ぬだろう。

装いは黒一色だった――服もハンドバッグも靴も――まるでこれが裁判ではなく葬儀であるかのように。

「こちらとしてはよくやっている」シェンクはどっちつかずの表情のまま、声を落として言った。まだ法廷内だ。いまも注目されている。彼は少しだけ姿勢を変えて、ベスからやや離れ、決まったばかりの選りすぐりの陪審団に苦悩する母親がはっきり見えるようにした。彼女がここにいるからには、その姿を彼らに見せてやる。彼女の怒りに満ちたやつれた顔を、その目に光る正義への渇望を彼らに見せてやる。あの連中が彼女にしてきたことを彼らに見せてやる。

もしかするといけるかもしれない、新たな楽観があふれてくるのを感じながら彼は思った。このすばらしい陪審団、被害者にやさしい善意の南カリフォルニアの陪審団は、ピレッジ博士が聞かせる話を信じ、彼のケツに火がつかないようにしてくれるかもしれない。

そして実際、席を立って出ていくときに陪審員の一人が、手すりに手を置いて、ベス・キーナーに明らかに同情のまなざしを向けた。

ゴンザレス警官だった。シェンクは思った、思ったとおりだ、警官。あなたが大好き。

シェンクは口笛を吹きながら、気の毒で馬鹿なリッグズにいたずらっぽくウインクまでしてからケイツの法廷を出て、家に帰ったら帰ったで、明日朝の準備をする前に、ルーベンの夕食としてベーコンエッグとトーストを作ってやった。

そして、それの残り全部――目に見えない幽霊船が、近くの水平線の向こうから近づいてきていた。

二〇一九年二月五日

レンザーズピークにとがった頂き《ピーク》などない。山というよりは丘に近く、実際には丘でさえなく、かすんだ白い頂上に向かって続く長い坂道にすぎなかった。登り口は州道のすぐそば、何の標識もないぬかるんだ長円形の土地の片隅にあった。

ルーベンはレンタカーを離れて細道を歩きだした。不揃いなジグザグ道を上がっていく。そのうち車が見えなくなり、さらに歩き続けた。

四分の一マイルほど進んだところで、トウヒの伸びすぎた枝の下に入って頭の先でそれをかすめてしまい、どさっと落ちてきた半解けの雪がシャツの襟とコートのあいだに入った。

「くそ」ルーベンがそう言ったあと、空が開けて雨が降りだした。「くそ」彼はまた言った。

郵便局を出たとき雨は降っていなかったし、町を出るときも登り口をさがしているあいだも降らなかったのに、いまになって嫌な霧雨が降りだした。彼が首をすくめて三度めに「くそ」と言うと、まるで呼び寄せたかのように雨脚が激しくなった。

ルーベンは歩み続けた。足を慎重に置いて、レインコートのフードを頭からずれないようにして。

道は細かった。何度も大きく折れ曲がり、斜面を左右に横切る道。ルーベンはつまずいてよろめき、体を起こし、またよろめいた。歯を食いしばった。レインコートのフードを強く引いて頭と首にぴたりと張りつけてあったから、肌を刺すような冷たい風にさらされているのは顔だけだ。

雨はときには真上から、ときには斜めから吹きつけた。最初はなんとも思わなかったのに、やがて厭《いと》わしくなった——不快なことこのうえない。

「最低だ」ラビは無人の森にうなったものの進み続けた。

つま先にいくつもマメができかけていた。歩幅を大きくして、つま先にかかる力をなるべく減らす。

長いあいだ歩いた。全天候型の高品質の靴下がじめついてふやけていた。三度も足を止めて靴下を引き上げたあとは、もうあきらめて靴下を足首にまとわりつかせたまま歩いた。

一歩一歩歩きながら、目は正面を見据え、動きは内側にしまい込む。右の太腿に遠い痛みを感じた。走ったときにときどきうずくレスリングの古傷の記憶。

酔いつぶれて道に寝転がった酔いどれのように太い倒木が斜めに横たわっていたので、それをまたいで反対側に滑りおりたら、木のとげが尻に刺さった。

どれだけ歩いてきた？　一時間？　疲れを感じ始めたとき、全身びしょ濡れになったとき、ひょっとして間違いだったかと思い始めたとき、ペースを落とすことを考えるのでなく走ることに決めた。

違う。そうしようと決めたのではない。それが自分の中から飛び出してきたから走った。とにかく走りだした。

眼鏡をはずしてレインコートのポケットにするりとしまい、両手はこぶしを握って、車の跡だらけの道、ひどくぬかるんだ道を走った。頭を低くして、呼吸の仕方を知っているランナーのように規則正しく深い呼吸をし、首の筋肉が固くなるのを感じた。両脚は岩や木の根をよけた。ハムストリングが痛みはじめ、冷たい空気を吸うたびに肺が燃えた。

彼は速く走った。そしてもっと速く。

登れば登るほど寒さは増したが、寒さは心地よく好都合だった。寒さが彼の肌を刺激した。もっと速く。

雨はあられに変わって彼を叩き、頬とむきだしの手の甲をちくちく刺される感覚が気持ちよかった。一つ一つがナイフの切っ先となって彼の角を削り、彼の皮を剥ぎ取った。何かを吸い、何かを吐きながら、もっと速く走って坂をのぼった。厳しい天候が彼の皮膚をはいで中身をあらわにし、生々しく赤い彼を空気にさらす。身をかがめて風に向かい、何が待っているにしろそれに近づいていく彼を、あられは手を休めずに小突き、燃やし続ける。

丘の頂上に達した。地面は平らになり、道が少し開けて、両側にぬかるんだわだちのある広い道が走っていた。頭上に伸びて雪をかぶって太り、霧に包まれた枝の下を彼は走った。その少し先で本道から細めの道が分かれているが、どちらへ進めばよいかわからない。どちらの道も正しくない。

でもいまのラビはやる気だった――はまり込んでいた。肚《はら》で道を選び、また分岐に来たとき、再び足の向くまま何も考えずにただ進んだ。もっと本来の、もっと強い、もっと利口な自分が悪天候にさらされていたとしても、それが進むべき道を示していた。

ここ。

ここ。

道はいきなり終わって、小道のもつれとなり、それもすべて空き地の縁で消えてなくなった。ルーベンは走るのをやめた。

開けた土地に一棟の建物が建っていた。四方のレンガの壁と褪せた緑色のドアと傾斜したスレートの屋根。

皮膚の内側で肉体がどくどく鳴って、走りたいと叫んでいる。脈拍と呼吸と血液が抗議の声を張り上げている。

建物の屋根の隅から頑丈な小さな煙突が鼻のように突き出しているが煙は出ていない。

ラビは突っ立って見つめていた。ブーツを泥に沈ませて立ち、古いレンガと緑のドアを見つめた。ポケットの眼鏡をさぐった。ひび割れた唇を舐めた。そして口元に両手をあてて叫んだ。

「おーい？」

彼の声が響き渡ったのち、アラスカの広大な静寂に飲み込まれて消えた。

「おーい？」

遠くで小さな物音、茂みの中か枝のあいだを動く動物のキーキーいう鳴き声を聞いて、突然ふと、これまで抑えていた、または黙殺していた恐怖心が騒ぎだした。胃液が出てきた。小便か大便か、その両方をしたいような気がした。

いまはまずい。

戻れ。

自分を過——

少なくともテリーサ・ピレッジにはここに来る理由があった。彼女は気が狂っていたかもしれないし、狂気じみた考えに取り憑かれ、その下にずり落ち、表に出られなくなって溺れ死んだのかもしれない。もしかすると、怪物たちと殺人の陰謀か何かにはまりこんで、それらをさがしにここに登ってきたのかもしれない。では、彼はどうなのか？

ルーベンはここで何をしている？

　彼は、赤い糸に引っ張られるかのように、フィルムの逆回しのように前へ前へと駆り立てられて、この血なまぐさい物語をたどってきた。でもいま、そのすべては――リチャード、ランプ、モーテルの部屋――そのどれも結びつける力はもはやなかった。永遠に続く灰色の空の下、ここにはなかった。森のこのレンガ小屋から伸びるなだらかな上り坂を見上げる、空の広さに比べるべくもないちっぽけな立ち姿。

　私たちはいつも一つでいようとするが、ときにはばらばらだと感じる。それは仕方がない。自分がさがしていたものを見ながら、ペンキははがれ、屋根はひび割れ、樋がはずれてぶら下がった古い赤レンガの建物を見ながら、この家を見ているのは自分ではないような、ばらばらになっていく感覚があるのは、自分自身などというものは存在しないからだ。形ある分子があり、互いに矛盾する思想があり、記憶と夢と未来像と感情がある。自分とは、組み合わされ、混ざり、重なり合うほかのもので作られる有形の物体なのだ。

　理由はあとで明らかになることがある、ルーベンはそう願うしかなかった。

　ポケットでスマホが震えたので驚いて飛び上がってから、飛び上がった自分を笑った。電波が届いた。アラスカ滞在三日めにして突如、携帯電話の神秘の神が彼に微笑んだ。

　スマホを引っぱり出して、今度は声を上げてまた笑った。通知が来ていた。ポストメイツの次回のデリバリーで十五ドル割引クーポン進呈。アラスカの森の奥深く、石を投げればテリーサ・ピレッジがロサンゼルスで死ぬ二週間前にやってきた傾いたレンガ小屋にあたるところにいるルーベンは「ありがとよ、ポストメイッ」と言って、スマホをポケットにしまいかけた。

待てよ。電波が届いてる。

父にかけると、すぐに出た。

「ああ、ルビーじゃないか。ルビー！　何度も電話したんだぞ」

「ねえ――」

「死んだかと思ったよ」

「まさか」彼は言って、旧レンジャー・ステーションに一歩近づいた。「あのね」

「大丈夫なのか？」

「元気だよ。いまアラスカにいる」

「いま――何だって？」

「謎を解こうとしてるんだよ、父さん。彼女の足跡をたどってる」

「ルーベン――」

「ピレッジはLAに来る前にここに、アラスカに来た。そしてリッチを殺すためにLAに来た。ぼくは正しかった。彼は正当防衛で彼女を撃ったんだ」

もう一歩近づく。レンジャー・ステーションの壁に小さく四角い窓が二つあり、レースのように霜がこびりついていた。窓の一つに何かが――黒いもの、影、それとも――

「裏付けは取れるか？」

「何を？」

「ルーベン？」

ルーベンは話すのをやめた。窓の向こうに男がいた。外を見ている。

「ルーベン？」

ルーベンは答えなかった。男は彼を見ていた。もつれてこんがらがった長い髪、真っ白な歯の並ぶ口。光沢のあるゆがんだ醜い頬の傷痕。小屋のすすけた窓からまっすぐ前を、ガラスのように平らな目でルーベンを見ている。

ルーベンはじっと見た。見つめていた。男はゆっくりと窓に背を向け、両腕を脇にぶら下げて奥へと歩いて離れていく。

どこか遠くで甲高い音。父親の声、彼の手から、電話から、腰のあたりから。「ルーベン？ おまえ？ 聞こえてるか？」

彼だ——

ルーベンは目をぱちぱちさせて小屋の中で歩いている夜勤の男を見ながら、長い弧を描いてゆっくりと歩いてその窓に近づいていった。小屋の裏側へ行って振り向いたルーベンはまたそれを見た。すすけた窓ガラスの枠の中のぼんやりした無表情の顔。ルーベンの全人生に渡って彼の悪夢をそっと支配してきたこの人物、さわやかで気楽な黄金色のジャッカルは、いま、重しのように両腕をぶら下げて、ぎこちなく機械的に動いている。

からっぽ。ウェスリーのようにからっぽ——

「おまえは何なんだ？」ルーベンは言った。寒気の中でその言葉がはっきり見え、また父の声がしたものの、彼はもう聞いていなかった。彼は窓の男に話しかけていた。夜勤の男に。「おまえはいったい何なんだ？」

そのとき、何かが彼の後頭部に恐ろしい勢いであたり、彼の意識は星と激痛で光った。彼は悲鳴を上げて倒れた。

これが映画だったなら、サミールはルーベンの後頭部をシャベルの平たい皿部分で強打し、一度の快打でルーベンは動かなくなっただろう。そして、ルーベンが意識を失っているあいだに、彼を木か何かに縛りつける。

実際は、シャベルの皿はルーベンの頭の片側をかすめ、サミールの力不足かルーベンの石頭のせいでたいしたダメージもなく、彼は意識を失わなかった。

とはいえ、頭を車のドアにぶつけてコンクリートに当たって跳ね返ったように、ものすごく痛かった。ルーベンは頭を抱えて顔を上げ、野球のバットみたいにシャベルを握って彼をぽかんと見下ろしているTシャツとジーンズ姿の痩せこけた黒い肌の男を見た。

「おい」彼が声をかけると、サミールは再びシャベルを打球槌《マレット》のように振りまわした。ぎりぎりのところでルーベンは転がって離れ、シャベルの先が凍った泥に刺さったときの妙なごつんという音を聞いた。サミールは動物のような金切り声を発してルーベンの背中に飛びつき、前腕を使ってなんとか起き上がろうとするルーベンをひっかいたりつかんだりした。

サミールは背中に乗ったままルーベンの首に指を突き立て、ルーベンは背骨に巻きついた骨と皮だけの細い体を感じた。

昔のレスラー魂がよみがえってきてルーベンはうなった。居並ぶ兵士二人のように見える肩、綱を引っ張る犬のように張り詰めた太腿の筋肉。彼はその二つを動かして身体を反転させ、背中のサミールを地面に釘付けにした。ルーベンは一度、相手の顎にみごとなパンチを食らわしてから、これで終わったと思いながら身を転がして離れた——が、しゅーとうなるサミールに長いギザギザの爪で頬をひっかかれ、傷から血が流れた。

ルーベンはもう一度激しく殴りつけ、さらにもう一度別の手で殴った。両方のこぶしに熱い痛みを感じ、針金のような首の上でサミールの頭が揺れるのを見つめ、その口の横側から血が筋となって噴き出すのを見た。三度めにパンチをお見舞いしたとき、歯がぐらつくのを感じた。はね散った血がぬかるんだ雪を染めた。でもサミールはまるで悪がきだった。サミールはあきらめなかった。痩せて尖った膝をルーベンの腹に突き入れて彼の息を切らせてから、また彼の上に馬乗りになって首を絞めてきて、おまけに口の端から血まみれのよだれが、気色悪いことにルーベンの口の真上に垂れてきた。まいった、こいつはくさい、こいつから腐敗の悪臭が雲となって漂ってくる。

この男は死んでる、ルーベンは思った。すっかり終わってる。

十年前に二度、事務所で一度、自宅で一度、サミールに会っている。そのときはスリムで健康そうで清潔で、明敏でまじめな若者だったのに、いまは見る影もない。まるで難民だ。ビー玉のような目、歳月と飢えで削げ落ちた頬。ぼうぼうの顎髭と難破船の乗組員のような死に物狂いの力でなんとか生き延びようとしている。運命に見捨てられ、あと一日生き長らえることと引き換えに最後の人間性をずっと前に手放した、おとぎ話に出てくる道に迷った男。

「いいかげんにしろよ、あんた」ルーベンは言った。「やめろ」だがサミールはやめず、指でひっかき、ルーベンの腹に尖った両肘を押し込み、目をつぶしにかかった。手首に嚙みつかれて、ルーベンは痛みと思うようにいかないもどかしさで悲鳴を上げた。二人は取っ組み合って解けた雪のぬかるみを転げ回りながら道をはずれてはまた戻ってきて、泥道に点在する動物のこんもりした糞をつぶしまくった。

ようやくルーベンが男の両腕を背中にまわしてぐいとねじ上げると、サミールは喉の奥で空気の抜けたような音、むせび泣くような悲鳴のような音を発して体の力を抜いた。

こうして彼を拘束しながら、男の体がどれほど衰弱していたかルーベンは痛感した。皮膚の下の骨の一本一本が鉛筆のようにもろい。

ルーベンはつかんでいる力をゆっくりと、ほんの少しだけ緩めたけれどサミールはもう動かなかった。目を閉じて息を切らして横たわり、疲れ果てた子どものように身を震わせている。ルーベンはわりとすぐに息が整った。ずきずき痛む嚙みつかれた手首をじっと見て、狂犬病か何かにかかっていないことを願った。

彼は襲撃者から注意を転じた。そして窓を向く。

人影はまだそこにあった。窓のところに現われては消える。見えては見えなくなる。円を描いて歩いている。

「ここはどうなってる？　あれはあんたの友だち？　デニス？　彼なのか？」

「違う、あれは――」サミールは言いかけて、話そうとして頑張ったせいで彼の声は生気のない咳の発作に変わった。まるで長年話していなかったかのように、話す能力がもたもたと戻ってきた。

「あれは人じゃない」

窓にまた顔が見え、そして見えなくなった。行ったり来たり、行ったり来たり、行ったり来たりを永遠に繰り返している。

「うつわだ」

「なあ」ルーベンは静かに言って、サミールのそばの雪に膝をついた。知りたいことは山ほどある。

彼はサミールを助け起こして自分のそばに膝をつかせた。ぬかるみで悔い改めた二人のように、二人は膝立ちになって建物を見上げていた。

彼はサミールの手を取った。兄のように。父のように。両方の手を引き寄せて、自分の手のあいだではさむ。

「なあ、あんた《デュード》」

彼はなじみあるへんてこりんな言葉を使った。なぜかそれがふさわしいと思った。ずいぶんばかなことをしたもんだが、おれたちは男同士だろ？　こんな森の中に二人だけ。

「全部話してくれないか？」

サミールはうなずいた。彼は建物に向かって這いだした。ルーベンはあとをついて行った。

二〇一〇年四月、キーナー少年を連れ去るという彼らの最後の手荒な試みが失敗に終わったあと、デニスと信奉者たちは南カリフォルニアから逃亡した。最初にテンピへ行った、とサミールは思い出して語った。そのあとテキサスに少しいたように思うがオクラホマだったかもしれない。デニスのカリスマ性につられて新顔が出入りした。道を見失った人間たち。分裂気質の者たち。永遠のアウトサイダーたち。長いあいだ、デニスはロサンゼルスに戻ることを、ウェスリー・キーナー誘拐を再度試みることをあきらめなかった。裁判が終わって、世間の注目は静まった。少年の身辺警護は甘くなっているはずだ。いまなら手に入れられるかもしれない。彼を割って開けよう。

　ところがある夜――半年か一年後だったとサミールは思っている――モンタナ州のビッグスカイカントリーとかなんとかいう場所にいたときだった――彼らの信念の核心となった啓示を得た指導者にまた別の啓示があった。

　ルーベンは話を最後まで辛抱強く聞いた。サミールに話をさせ、自分は聞き役にまわった。

　雷雨があった。彼らはキャンプ地でぼろぼろのテントをいくつか円形に張って滞在していた。この新たな予言に襲われたデニスが息を切らしながら身を震わせて目覚め、ほかのみんなを起こした。真夜中だった。雷鳴が何度もとどろき、土砂降りの雨の中で彼らは立っていた。そのときの彼の侍者、信奉者、信者は十人ちょっとだった。もちろんケイティもいて、新たな真実を聞いて狂喜し、雨混じりの涙を流して恍惚としていた。サミールは身をかがめて、デニスの言葉を一字一句、持っていた小さなノートに書き留めた。

　もう一度チャンスが来る、デニスは言った。これが啓示の本質だった。その核心だった。キーナー少年が化したうつわを開ける機会を逃したとしても別の機会がある、だから準備しておかなければならない。未来はつねに訪れる。われわれの痛みと悲しみを取り去るために、善き黄金世界はおのれをこれに注ぎ込もうとする。だから準備しておかなければならない。

今回、デニスは自分がうつわになることを決心していた。これは彼の宣告だった。彼は一人ずつ順に触れていった。雷が鳴り響く暗い空の下、彼はみんなの目を見た。彼らには十年あった――そのモンタナの雷雨の夜から十年ではなく、前回の、キーナー少年から十年。

彼らは雨に打たれて身を震わせた。有頂天になって叫んだ。使命ははっきりした。未来は訪れる。

いまサミールは身震いしていた。両手で細い腕をつかんでいる。ルーベンはレンジャー・ステーションのほこりまみれの床の彼のそばに腰をおろした。二人は、中学校の食堂で昼休みに静かに話す子どものように背中を壁にもたせかけている。

サミールが語るあいだ、デニスは歩いていた。窓からドアへ、ドアから窓へ、そして二人のすぐ横を、ルーベンのブーツの靴底から数インチのところを通り過ぎた。デニスは頑丈なワークパンツとぼろぼろの灰色の襟なしシャツを着ていた。頭を動かさなかった。両腕は脇にまっすぐ伸びていた。彼はただ行ったり来たり、小さな部屋の中をコンパクトな円を描いて歩いている。彼が通り過ぎるたびにルーベンは小さく戦慄した。

現役時代のこのレンジャー・ステーションは、観光案内所などではなく純粋な前哨基地だった。寝台一台、デスク、補給用品を入れたトランク。以前は基地であったとしても、いまは違った。寝台は錆びた金属の枠となり、トランクの蓋は開いたまま蝶番がはずれていて、端から毛布が垂れている。そこらじゅうに食品の包装紙や木の破片やペンキの剝片が落ちていた。

それに血だらけだった。サミールが話しているあいだ、室内を見回したルーベンは、どの隅にも血がついていることに気づいた。二方の壁に飛んだ血しぶき。床に点々とついた血。

ルーベンは新しい血痕かどうか見ようとした。コズモズで見出した調査能力を呼び覚まそうとした。血はねばねばしているか？　どの程度赤みが残っているか？　新しいものには見えなかったけれど古くもなかった。

過去の一時期、サミールは旅に出た。まだデニスだった彼と、むさくるしい一団の中心でカリスマ性を放っていたころのデニスと一緒に、向こうの世界を呼び出すという彼らの秘密の輝かしい任務を帯びて詐欺師と狂人と泥棒をやった。麻薬を盗み、金を盗む。くだらない仕事をし、知らない他人の金品を奪い、この音のない極北の告解室にいるいまでも、告白できないさまざまなことに手を染めた。

デニスは自分をからっぽにしようとしていた。世俗的なことをほかの者に任せる一方で彼は錯綜した意識の中に姿を消し、善き黄金世界が彼を見つけてそれを満たせるように、自分の中をからっぽにすることに専念した。

やがて彼らはこの雄大な未開の地に流れ着いた。寒い未知の国。去年のなかば——九月ごろだろうとサミールは言う。時期はおぼろげだし、季節はわからない。

「なぜ？」ルーベンは訊いた。「どうしてアラスカへ？」

「安かったんだ。それにタコマを離れなければならなかった。急いで」サミールは、タコマでのできごとを思い出してつかのま辛そうな顔をした。「誰かの兄弟がここを知ってた」

彼はいまだに上手く話せない。ルーベンが町の商店で買った水筒から水をがぶがぶ飲んでいる。ルーベンが彼の前にグラノラを小さな山に積み上げると、サミールは鳥のように指でつまんで、ひび割れた唇のあいだにそれを押し込み、かりかり噛んでから水を少し飲んだ。

「それに時間がなかった。デニスはもうすぐだった。

もうすぐだと彼は思ってた」

そのころには、ほかの連中はほとんど離れ、また三人に、十年前シェンク&パートナーズ事務所を訪れたときと同じメンバーに戻っていた。ケイティとサミールとデニス。デニスはだいたいいつも地面にうずくまり、かがんで、手のひらを合わせてぶつぶつつぶやいていた。

起きそうだ、意識がはっきりしていたときに彼は言った。彼が部屋にいたときに。時間は刻々と過ぎていく。いまにも起きそうだ。

「それが起きるときには彼は安全な場所にいたかった。おれたちだけになれるところに」サミールは言葉を切って、ひび割れた唇を舐めた。

そのころ、テリーサ・ピレッジはインディアナポリスの実家に、子ども時代の鳥かごの中にいて、これと似た狂気に縛られていたんだ、とルーベンは考えていた。行ったり来たりしてつぶやく。引きこもる。同じ場所をぐるぐる歩き、ロックしたドアの奥でうめき声を上げる。

去年の十一月に彼女自身が啓示を得るまで。

デニスが話さないことにした極秘部分を含めて、彼女はすべてを理解した。

理解したことにより彼女は外へ飛び出した。スーツケースを手にようやく自室を出て、とまどう母親を残し、遠路はるばるアラスカへ行き、デニスと支持者を見つけて、同じ奇跡を行なおうとした。

デニスがまたそばを歩いて通り過ぎた。ルーベンは彼を、まっすぐなブロンドの髪の毛と青白い頬を見つめた。

長年の腐れ縁の敵に対して非現実的な哀れみがルーベンの胸にあふれてきた。落ちぶれたものだ。中身をくり抜かれてしまった。

それは十一月十二日に起きた、とサミールは言った。ウェスリーに起きてからちょうど十年後だ。インディアナ州にいたピレッジが啓示を得たのもそれと同じ日だったことにルーベンは賭けてもいい。

ついにデニスが成功した日。

彼がうつわになった日。

「でそのあと……」サミールは咳をして唾を吐いた。

「そのあとおれたちは待った」

「何を待っていたの？」

空がまた泣き出して、ルーベンがサミールを結末へそっと誘導したいま、雨がしゃーっと音を立て、基地の屋根をざわざわと鳴らした。

「それをするときを待ってた。もう未来は彼の中にあったから」うつろな目のデニスがそばをゆっくりと歩いていって、ドアまで行くと向きを変えた。「それを取り出すことがおれたちの務めだった」

ルーベンはサミールが言った意味がはっきりわかった。それを忘れることはないだろう。はるか昔、ウェスリー・キーナーを手に入れたらどうするつもりかと尋ねたとき、彼の自宅の芝生の上で微笑んだ夜勤の男を。

それを取り出す、あの男は言った。割って開ける。

「ケイティは自分でそれをやりたがってた」サミールは言った。「彼女がああなって——どうしてか」そうなったケイティを思い出してサミールは身を震わせた。

「彼女はとても敏感だった。でもそうなんだ。銃があった。ここに、基地に一丁あった。ジョナサンという男、しばらくいたけどそのうち逃げてった。彼と女の子、エルシー。彼が置いていった」

「どんな銃？」

「拳銃」サミールは言った。「セミオートマチックの」

当然ルーベンはほかのことも知っていた。ドナーP90。非常に珍しい銃。ここまで来た——あと少しだ——だいたい全部わかった。そのあとの顛末をサミールに話せるくらい。

「問題は、いつなのかはっきりわからないことだった。いったん彼が」――彼は話をやめて、むなしく前を見つめてそばを歩くデニスを指さした――「ああいうふうになってしばらく経ったら、彼は光を発するはずだった。少年が、あんたの少年みたいに。ウェスリーが。明かりが灯るんだよ、えっと、内側で。でもデニスは全然……そうならなかった。だから、そうしていいかどうかわからなかった。おれはわからんと言い続けた。彼は――ただの病気――かもしれないし。だって、もし――もしもだよ――彼を殺してしまって……で何も起きなかったらどうする？　待つしかないと思ったからケイティにそう言った。だから待った。ケイティはすっかりその気だったけど、おれは一週間待とうと言った。一カ月。待とうって」

サミールは身震いした。咳き込んだ。ルーベンは間を置いてから彼をうながした。尋ねたわけではない。次に起きたことをサミールに話したのだ。「するとテリーサ・ピレッジがやって来た」

「テリーサ」サミールはそっと、楽しい秘密をやっと知ったような、愛情が感じられるくらい優しく言った。「それが彼女の名前か？」

ルーベンはうなずいた。指のように窓ガラスをひっかく雨の筋。

「そうだった、うん。そのとおり。彼女が来た。ここにいた」

ルーベンはその光景を思い浮かべた。テリーサ・ピレッジにはいつも決して変わらない、断固としたものがあった。筋は通る。事実を――真実を――彼女が真実と信じることを――解明した彼女は迷わず、機関車のごとくやってきた。銃口から放たれた弾丸のように。

彼女は歩いているデニスを見つけ、彼を殺す――彼を割って開く――決心をして目に狂気をたたえた、やつれた二人のはみだし者を見つけて、二人にやめろと言った。やめるべきだと彼女は言った。

〝そんなことをしてはいけない〟、彼女は言った。

〝それはできない〟。

彼女は実際に起きることを説明した。インディアナポリスの寝室で得た啓示。彼女はデニスが除外した部分を説明した。彼らがそれをやり抜いたらどうなるかを。

ケイティは受け入れようとしなかった。彼女は到着したばかりの人物にあんたは間違っていると告げた。デニスに命じられたことをしなければならない——善き黄金世界を解放しなければならない。

そしていま、サミールはすべてをルーベンに語った。雨が屋根を叩いている。デニスは目を見開いて歩いている。

「で、あんたは彼女が言ったことを信じたのか？　納得したのか？」

サミールは笑った。けたたましく鋭い乾いた笑い声を立て、そのあと笑いが止まらなくなった。腰を曲げて身をゆすり、腹をかかえて笑った。

「納得したかって？」唇に唾と血の斑点をつけ、妙にはしゃいで目を見開いてようやく彼は言った。「納得したかって？　そんなことで納得するかよ？」

哀れなサミールはこれに一生を捧げてきた。このすべてに。彼の人生は、狂信者、カルトのえじき、手を血で染めた原理主義者の板ばさみだった。彼はそのすべてを信じてきた。いまになって信じることをどうして止められる？　そのとき、真実の最後の一つを持ってテリーサ・ピレッジが入ってきた。パズルの最後の一ピースを。

ルーベンの質問に対する答えは結局はイエスだった。サミールは彼女を信じた。彼は信じたかった。たぶん最後までやり通したくなかったのだろう。デニスにやれと命じられてはいても、彼がデニスを割って開けたくなかったのは、つまりは人殺しにほかならないからだ。だから彼はそれをしない理由をさがしていた。彼はテリーサの忠告を受け入れる準備ができていた。彼女を信じる準備ができていた。

「おれは彼女を信じたよ、ああ。でも、う――でも――」

ルーベンは彼の向こう側を見た。跳ね飛んだ血を。

「ケイティは信じなかった？」

壁についた血。床の血。真っ赤な血の世界。

「ああ、彼女は、その――彼女はいやだと言った。おれたちははるばるここに来た。こんな遠くまで来た。なんとしてもやり遂げる。でも――なんて名前だった？」

「テリーサ」

サミールはうなずいた。目から涙を流している。テリーサ。

「うん。テリーサは絶対に引き下がらなかった」

サミールは銃をめぐる争いについて語った。テリーサがケイティに突進して拳と腕で殴りかかり、ケイティは小屋の壁にでたらめに発砲した――あそこに弾孔が一つ、あそこにも――頭のおかしい余所者を撃とうとして失敗した。その間サミールは金切り声を出して二人を引き離そうとし、自分の細い体を割り込ませようとし、かたやデニスは彼らのあいだをゆっくりと歩き、取っ組み合っている彼らにぶつかりそうになると自動的にコースを変えた。混乱と喧騒の修羅場、悪夢。

するとそのときテリーサが――「おれは知らなかった」とサミールがまたつぶやいた。「彼女の名前を知らなかった」――その彼女が銃を手にしたのに、ケイティはやめようとしなかった、やめられなかった、だから彼女は撃った。至近距離の一発。壁と床に血。

「あたり一面」

「そこらじゅう血だらけ」サミールは締めくくった。

悲惨な物語の結末が近づいてきた。屋根にあたる雨音が消えたことに気づいてルーベンが外を見ると、いまは雪になっていた。大雪ではない。インディアナポリスのテリーサの実家でそうだったように窓に雪が積もっている。同じ世界、同じ水。

一文が遠い過去から彼に手を伸ばしてきた。中学校時代に少しだけ参加した古典詩談話会から。

〝これは空気の詩である。無音の音節でゆっくりと録音されたもの〟。

ワーズワースだったか？　それともロングフェロー？　どっちかだ。

〝これは失望の秘密である。陰った胸に長く秘められたもの〟。

気に留めたことは一度もなかった。覚えているのは、熱弁をふるうハッチンズ先生の赤らんだ頬だけだ。覚えているのは、胸という言葉に赤面したことだけだ。

いま、それらの言葉が彼の心をとらえて震わせた。

〝いまささやいて森と野に明かした〟。

テリーサはケイティを殺し、デニスをここに放置した。サミールは彼を守るためにその場にとどまった。十年来彼らが望んできたこと——うつわを割って開けること、デニスの内側の世界を解放すること——が起きないように。決して起きさせないように。

そして彼女は去った。銃をつかんで丘を下りていった。戒めの言葉を広めるために、狂気で目を光らせてカリフォルニアへ向かった。

「彼女は戻ってくるのか？」サミールは、立ち上がったルーベンをすがるように見た。終わった。彼は必要なものをここで得た。サミールは両手を髪の毛に突っ込み、目は困窮してぎらついている。「彼女は戻ってくるのか？」

「いや」ルーベンは言った。そのあと彼は哀れな男を両腕でしっかりと抱きしめた。「でも、ぼくが」

二〇一〇年四月九日

　シェンクならごく控えめに言うだろうが、彼はかなりきっちりとジョン・リッグズを演じた。

　この土曜の午後から夕方まで延長した証言練習会の時給を五割増しで支払うことに同意したのち、証人席に見たてた事務所の回転椅子にテリーサ・ピレッジを座らせ、いまだに事務所で現役の大昔のイエローページで宣誓させてから、シェンクはその役になりきった。

　彼は肩を丸め、顔を太って見せるために頬を膨らませた。両手をポケットの奥に突っ込み、室内をゆっくりと歩いた。原告側の専門家証人に尋問するせいであいにく胃が不調になったとでもいうように、質問の前にいちいち小さくうなった。

「もう一度言ってもらえますか……」止める。息を吐く。「この……疾患名を？」

「K症候群です」

「〝K症候群〟」シェンク演じるリッグズは、手錠のようにその言葉に懐疑的な引用符号をつけた。ピレッジはドラッグストアで買った分厚い眼鏡の奥から動じずに彼を見返した。

「それで、すみませんが、正確にはKは何を意味しますか？」

「Kはイニシャルではありません。この症候群の同類だが異なる一群内の十一番めの変種で、いまのところは完全な仮説であることを意味します」

　この言い回しはほんの少し専門的すぎるがかまわずに放っておいた。もっと大きな魚を料理する。シェンクはピレッジの外見について思い巡らしながら、むっつりと不満げなリッグズの顔をこしらえた。彼女は黒い髪を梳かしもせず、女の子っぽいバレッタ二個で額の上でまとめている。メイクはしていない。冴えない淡黄色のトップみたいなものの上に不格好な紺のブレザーをはおっている。まるで高校のディベートチームのキャプテンのようだ。

少し買い物しないとならないな、リッグズの殻をかぶったシェンクは、さまざまなカードの中で彼に残された切り札がひどく少ないことを不安に思う気持ちを抑えて考えた。

彼は波乱なくやろうとしていた。裁判の最初の日々を通してコースとスピードを保って船を進めた。彼は証人を一人ずつ立たせていき、彼らによって得られたかもしれない小さな優位を、リッグズが一つずつ帳消しにした。身体に合っていない脚も腕も短すぎるスーツ姿で、ウェスが負傷した衝撃の瞬間を語ったウェスの友人バーニーがそうだった。救急車の車内で固定したＥＭＴもそうだし、彼をＥＲへ運びこみ、プロトコルに正確に従って神経科医を呼び出した救急外来看護師もそうだった。

各証人と共に、シェンクは陪審員に見せたい絵を描こうとした。手術されるべきでなかった子ども、それまでのいきさつをまったく知らなかった救急救命班、慌てて行なわれた手術。昼食時に一杯やる習慣を暴こうとしてカタンザーロ医師の養育権問題すら持ち出そうとしたが、ケイツ判事に裁判官室に呼ばれて二十分間叱りつけられただけだった。いくらかの前進を期待して、ＥＲのアマンドポア医師の診断の正確性と重大な決断を切り刻んだ。「少年が運び込まれたとき、容体は安定していましたね？……スキャンで血腫だと判明した、しかし急を要する割合で大きくなってはいなかったのですね？……あなたの経験では、アマンドポア医師、ＥＶＤをつけて、様子を見ることが適切な処置ではありませんでしたか――」

「私の経験は関係ありません」アマンドポアはその線をすっぱり断ち切った。「カタンザーロ医師の決断でした」

　こうした証言が終わるたびに彼はゴンザレスを、陪審席の二列めにいる彼の大好きな元警察官をちらりと見やって、彼女の表情をうかがった。それは意志の力であいまいに保たれていた。

　しかし、それは問題ではなかった。彼がここまで提示してきたのはすべて注意を逸らすためのものだった。本当にしたいただ一つの質問へ誘導するための間接的な接近法だった。テリーサ・ピレッジが陪審に、ウェスがこうなったのは手術のせいだと――そしてカタンザーロはうかつに手術すべきでなかったと――納得させることができれば彼らの勝ちだ。でなければ勝ちはない。

　深夜のシェンク＆パートナーズは、涼しい夜気を取り入れるために窓は少し開いていたものの静かだった。夜分遅くに犬を散歩させながら電話をかける人間の話し声がときどき下から聞こえてきた。四分の一マイル北を走るインターステート一〇号線から低く一貫しないエンジン音が聞こえてきた。パームズ大通りとオーバーランド通りの交差点のちらつく黄色の街灯が見えた。それがときどき弾けるような音を発した。

　シェンクはまたリッグズの不満そうな溜息をついてから、紙に包んだ魚の切身をカウンターに置いたようなぴしゃりという音とともに次の質問に進んだ。

「この症候群を発明したのはあなたですか？」

「失礼ながら、誰かが症候群を発明するのではありません」

「いいね」リッグズの仮面の下でシェンクはつぶやいた。「『失礼ながら』がいい」

「わたしと同僚がこの病気の存在を確認した方法をお尋ねでしたら、ＰＶＳ患者の七百十二件の研究データを統合したメタスタディの結果です」

「気楽にやろう、テリーサ」瞬間的に自分に戻ったシェンクが首を振り、笑顔で言った。「スポックになりすぎないように」

彼女は顔をしかめた。彼女をテリーサと呼んだせいだろうかと彼は思った。彼女はステンレスの魔法瓶から無限に出てくる紅茶を飲んでいる。「スポックに？」

「そう。スポックみたいに？　あ、そうか、きみは若いから『スタートレック』を知らないか？」

「スポックのことは知ってるわ」

「それはよかった。私の質問ですべての詳細をきみから引き出すから、彼の反対尋問では、もうその必要はない。彼との複雑なやりとりに引きこまれないように。簡潔にいこう。いいね？」そして即座にシェンクはリッグズに戻って口調と姿勢を変え、テープを巻き戻した。「どうやってこの症候群を確認しました？」

「他の研究結果を調べるのです。パターンをさがします。範囲を絞ります。この表現でいいと思いますが、枠にはまらない考え方をするのです」

「よし！　いいぞ！」シェンクはぱっと自分に戻って手を叩いた。「顔に気をつけて」

「顔？」

残念ながらピレッジは憤慨して顔の問題を悪化させた。

「そうだ。つまり――きみの顔に悪いところはない。きみの顔はいいんだよ」

ピレッジは目を細めた。「それはお世辞なの？」

「きみは彼より頭がいいと思っているように見えてはいけない」

「彼はばかだとあなたは言った。彼は角材だと言った」

「ああ、そのとおりだ。私を信じろ。角材というのは思いやりある比喩だ、この男に関しては」

テリーサは口元をほころばせた。ほんのわずかだが彼女は微笑んだ。

「でも、ここでのきみの仕事は、きみが利口であることを知られずに利口でいることだ。きみはあそこでかわいげのある人物でいなければならない」

「かわいげのある？」ピレッジは腕を組んで椅子の背にもたれ、小さくきしむ音を立てた。「男性にもそう言うの、シェンクさん？」

「言うと思う。きっと言うだろうね。でもね――現代の大問題を解決している時間はない。この裁判に勝つことに集中しよう、いいね？　何か欲しいものはないか？」

「ないわ」

「紅茶は？」

「いらない」

「トイレ休憩は？」

「続けましょう」

「時給で働く人みたいな言い種だな」彼は陽気に言った。

　彼女は小さく微笑み、シェンクはまた別人になり、両手をポケットに突っ込み、体重をつま先にかけ、顎を膨らませて始めようとした。

　しかし、専門家証人の時給の冗談を言ったことにより彼自身の上機嫌を損ねてしまった。彼は今夜、ひどく追い詰められた財務状況のことを考えまいとして必死になっていた。マヨルスキ金融のステラから丁寧にだが断固として拒否されたあと、ほかの訴訟金融会社に連絡したが結果は同じだった。彼に勝ち目があるとは誰も思わず、だから誰も彼に賭けようとしなかった。これまでシェンクは貯金をかき集め、ポケットをひっくり返し、ダーラに給料の支払いが遅れていることを謝るメモに、彼を訴えたいならいい弁護士を紹介するよと自虐的な冗談を書いた。彼は特別に自身が出廷して間に合わせていたものの、だからといってイアマーク訴訟金融はすでに貸し出した金を容赦なく取り立てることをやめなかった。

　そして家のこと。家と車。

　そして――それを考えるとシェンクの胸は詰まった。だから考えないようにしていたのだが――ルーベンの学校のこと。二日前、モーニングスター校の財務部がついに電話でシェンクを捕まえて、今学期の授業料と未払いの前学期の分の支払い最終期限はいまから三週間後であると残念そうに告げた。

　そういうわけで昨晩遅く、事務所はニュージャージー州にあるがジョーイ・ボストンという名の会計アドバイザーに電話をかけた。

　シェンクの妻マリリンは、大金を携えて彼の人生に入ってきた。ベラルーシのユダヤ人の小村で生まれた彼女の父親はアメリカでダイアモンド業で富を築いた――ロスチャイルド家の富とは比べるべくもないわずかな富ではあったが――その資産は、結婚してマリリンが持ち込んで以来、手がつけられていなかった。家族に必要なものはシェンク自身でまかないたいとずっと思ってきた。彼女がその金のことを口にしたとき、たとえば家具を買うとか養子縁組の謝礼などをそこから出そうとか言い出したとき、シェンクは彼女に一本の指を立てて振った。「何の金だ？　そんな金は存在しない！」

　シェンクはやんわりした曖昧な信念に基づいて反対したにもかかわらず、ルーベンを幼稚園から高校三年生まで私立学校へ通わせようとマリリンが言い張ったときにようやく、彼はその金の存在を思い出し、年に四回それを削りはじめた。だがそれでも、その金のことを勘定に入れない癖をつけてきた。家族を養うための事業運営にはもちろん使わない――裁判費用といった取るに足りないもののためにはもちろん使わない。その金はマリリンのもので、彼女が悲劇的な最期を迎えたあとは少年のものだ。将来のため。ルーベンの将来のため、私立学校の卒業のため、大学のため、法科大学院のため。

　だから、昨日の裁判を終えて帰ってきて真っ暗なシェンク&パートナーズを見たときのジェイの気持ちを想像してほしい。市に電気を止められたのだ。

暗い中、彼は腰をおろしてジョーイ・ボストンに電話した。

「なあ、おい、いいか」ことの重大さに対していらいらするほど元気にジョーイ・ボストンは言った。「あんたの金だぞ」

シェンクは考える。ふむ、そうであってそうではない。そのあと、全部返すからなと自分に言い聞かせる。評決が出たらすぐに、病院の金、病院の保険会社の金が戻るはずだ。すぐに入ってくる。

「では」リッグズになりきったシェンクはピレッジをじっと見つめて、よけいなことを考えるなと自分に命じた。「昨日のあなたの証言によると」――実際にはまだ証言されていないが、シェンク本人としては、その時が来たら、たぶん来週なかばには、慎重に引き出すつもり――「K症候群というものがあるとすれば――」

「あります」

「だめだ」

「何が？」

「彼の話の腰を折るな」

「絶対に？」

「絶対だ。急ぐんじゃない。そのまま流せ」そしてまたリッグズ。「K症候群というものがあるとすれば、またあなたの証言を私が正確に理解しているとすれば、ウェスリー・キーナーがそれを保有していたことをカタンザーロ医師が知る手だてはありません。なぜなら――すみません、もう一度お願いします」

「プリオン」

「そうでした、『プリオン』――顔だ、テリーサ、顔に気をつけて――『プリオン』でした」リッグズになりきったシェンクは、ユニコーン、ビッグフットのようにプリオンという言葉を発音した。「プリオンは目に見えず、何の予兆もなく活性化するまではダメージを及ぼさないのですね？」

「はい」

「では、手術によって面倒な事態が引き起こされる可能性をカタンザーロ医師が予想できたはずはないと言っても誤りではありませんね？」

「まあ」ピレッジは言った。「じつは」

「ブー」

「はあ？」

「じつはは言わないようにしよう。じつはとは決して言わないように。それと口調」シェンクは列車に合図して知らせる制動手のように、頭の上で両手を振っている。「口調に気をつけるんだ。特にこの部分、彼は知っているべきだったという点に入ったら。いま三巡めで、ここが山場だ。陪審に思わせたくないんだよ、きみが……」

「わたしがなに？」

「きみが……」シェンクは溜息をついた。「傲慢なやつだと」

　正直なところ、彼が彼女に与えた任務は非常に難しいものだった。少年の疾患の権威であることを——尊大にならずに、鼻持ちならない人物にならずに——示す。

「いいわ」彼女が言い、シェンクは「よろしい」と言ってすぐにリッグズに戻った。「では明確になりました、ピレッジさん——」

「いま何と？」ピレッジは憤慨して言った。

「おっと！」シェンクは言った。「落ち着いて、お嬢さん」

　ピレッジは言った。「それは彼なの、それともあなた？　落ち着いてとわたしに言っているのは？」

　彼だった。どんよりしたリッグズの目の奥から凝視しているのはシェンクだった。「彼はときどき、きみの肩書きを無視するだろう、むっとさせようとして。

いやがらせだよ。怒らないように。反応してはいけない。丁寧に訂正しろ」

ピレッジは唇を固くすぼめて首を振っている。

「気分を害してはいけない」シェンクは言った。「そこでは」

「わたしは気分を害してはいない。じれったいのよ。証言の練習をしたいのしたくないの?」

「テリーサ、これがそうなんだ。これが証言の練習なんだよ」

シェンク自身が気分を害していた。ピレッジ博士には骨の折れることだろうと同情するが、この仕事をさせてくれと働きかけてきたのは彼女なのだから言われたとおりにしてもらわないとならない。そのために彼女に時給を払っているのだ。

「再開するぞ?」

「いいわよ」彼女が激しい勢いで息を吐いた。

「それもやめてくれ」

「なにを?」

「息」

「息をするなと?」

冷たい沈黙の一瞬ののち、何かの決まったコメディの出し物が終わったことを互いに認めたかのように二人は笑い出した。

「まあいいか」ジェイは言った。「おしっこしてくる」

彼が戻ってきたとき、テリーサ・ピレッジは事務所にいなかった。

さがすと、シェンク&パートナーズの外の鉄の通路で駐車場に顔を向けて煙草を吸っていた。

「まさか!」彼は言った。

「まさかって?」

「きみは煙草を吸うのか?」シェンクは心から驚いて叫んだ。

「ええ」彼女は言った。「ときどき。とくに――」彼女は用心深い目で彼を見た。「とくに攻撃されたと感じているとき」

「きみが吸うとは信じられない」シェンクはなぜか裏切られた気分だった。「きみは自分で思っているほど賢くないかもしれないぞ」

ピレッジは目玉を白黒させた。「計算したことあるのよ、シェンクさん、人口統計的かつ遺伝的要因から、多くても六週間で一パックという事実を考えるとわたしがガンになる確率はかなり低いわ」

「ああ。それは失礼。お許しを、みなさん。この若い女性は科学で作られた力場《フォースフィールド》で守られておいでだ」

彼は首を振りながら顔をゆがめて微笑み、手すりに並んで立った。真夜中だから下の駐車場には二台しかない。彼の黄褐色のスバルとピレッジのみすぼらしい小型ニッサン。彼女は裁判が終わるまで、サンタモニカ二十丁目通りにあるコートヤード・バイ・マリオットというホテルに宿泊している。もちろん彼持ちだ。通りの先に、シルバーのカローラ・セダンが停まっている。エンジンはかかっていて、暗い運転席に誰か座っている。この世界の生命をもう一つだけ示すもの。

ジェイは煙草を吸うピレッジをちらりと見ながら、二十年くらい前、独身で法科大学院生だったころに乗っていた古いシルバーのカローラを思い出していた。過去からやってきて、現在の彼を見るために、うまくやっているか見るためにパームズ大通りに停まったかのようだ。

「妻はそれで死んだんだ」

「ガンで?」

「吸ったことはなかったけどガンになった」

「そんな。ああ、くそ」

「だから、それに関してはちょっとうるさいんだ」

彼女を横目で見ていると、手がかりを見つけようとしてピレッジの頭の中で宙返りする適切な言葉や言い回しがシェンクに見えた。彼女はひどく若かった。学識があって落ち着いているが若い。

「いいんだ」彼は言った。「人は誰でもいつか死ぬ。なんとも科学は素晴らしいよな？」

彼女は半分ほど吸った煙草をはじいた。それは回転しながら落ちていき、下の黒いアスファルトに消えた。

シェンクはそれが落ちるのを見て力なく微笑んだ。

「きみはどうなんだ？」

「はい？」

「家族だよ、ピレッジ博士？　きみには親がいるだろう、それともゼウスの頭から出てきたアテナみたいに、そのままの姿で現われたのか？」

「いいえ、ちがうわ」ごくまじめに彼女は答えた。

「母がいる。インディアナに。わたしはそこの出身なの」

「インディアナ？」

「行ったことある？」

「ない。そこにユダヤ人はいるのか？　落ち着けそうにないかもな」

ピレッジが微笑むと、その顔は千倍怖くなくなる。そこにはいまでもチャーミングなほど不器用な高校生のオタクがいて、しゃくにさわるほど才能ある大人と場所を分け合っている。

彼は半分くらい彼女のほうを向いて、もろい鉄の手すりに肘をついた。

「よし。インディアナ生まれ。ブルーミントンか？」

「インディアナポリス」

「きょうだいは？」

「いない」

「夫は？　子どもは？」彼女は不安そうな顔になった。

シェンクは笑った。「わかった、じゃあ両親だけ」一瞬の沈黙があり、シェンクはもう少し間を置いてから最後にひと押しした――「こんどは学校にしよう」彼は言った。「公立？　私立？　いや待てよ――カトリック？　きっとカトリックだね」

　だがシェンクは読みを誤った。やりすぎてしまい、ピレッジを警戒させた。

「どうして？」彼女は言った。「何の関係があるの？」

「本当のことを言うとね、テリーサ？　かまわないかな、テリーサと呼んでも？」

　彼女が肩をすくめてそれを認めると、シェンクは大きな譲歩を勝ち取ったと思わずにはいられなかった。

「きみはあそこで等身大の人情ある人間でいる必要がある。証人席できみの論文のそっけない解説をするだけなら、私がその論文を読み上げるほうがましだ。きみへの支払いを節約できるし」〝金のことを言うのはやめろ、ジェイ。やめておけ。頼むから〟。「これを成功させるには、彼らにきみを信用させなければならない。そのためには彼らがきみを好きになる必要がある。グロリア・スタイネムには申し訳ないが、きみは好かれる必要がある。だからきみの本質をさぐってるんだよ、私にそれが見えれば陪審にも見せられるから」

　ピレッジはそのことをじっくり考えた。不快な黄色い街灯の明かりが彼女の眼鏡に反射して目の表情は読み取れない。アイドリングしていたシルバーのカローラが突然車線へ入り、パームズ大通りを走って消えた。

　ようやく口を開いてくれた。「そうね、ママのことで一つ。この手のことが大好きよ」

　シェンクは心の奥底で幸せの震えを感じた。彼は身を寄せた。「この手のこと？」

「訴訟。法律。そういう番組を全部観てるの」

「どんな番組？『ロー＆オーダー』とか？」

「ええそう。『ロー＆オーダー』、『犯罪捜査官ネイビーファイル』、そういうの全部。『ＬＡロー・七人の弁護士』が大好きだったわ」

「ああ、あれね。マリリンが大好きだったやつだ。妻が。私たちは見逃したことがなかった。コービン・バーンセン。私は嫉妬深い夫じゃなかったが、マリリンがコービン・バーンセンを見る目ときたら」

「どの人かわからないわ」ピレッジが言った。シェンクは話を進めた。

「お母さんはきっと気に入ってくれる。きっと。きみが専門家証人になるとかそういうことを」

「ええ、そうね」

「お母さんに話すのかい?」

「まだ」ピレッジは言って、少し顔をしかめた。

「話さなくちゃね」

「そうする」

シェンクは静かに微笑んでうなずいた。やっぱりそうだ、彼は思った。シェンクに一つわかっているのは、彼が学んだことの一つは、人が何かするときには理由があるということである。本人たちが必ずしもそれを知っているわけではないし、つねに明確でもないが、理由はどこかに必ずある。〝私は彼女にあんな大金を払っているが、彼女がこれをしているのは、母親に理解できることが彼女の中にあることを母親に知らせたいからだ。自慢に思ってもらいたいからだ〟。

「父上は?」

長い間。ピレッジは口元を引き締めて暗い駐車場をじっと見ていた。「死んだわ」

「お気の毒に」シェンクは言った。「きみが幼いときのこと?」

ピレッジはしばし考えてから、ひどく小さな声で言った。「もっと幼かったらよかったのに」

彼女は笑みも浮かべずにこのちょっとした冗談を口にした。そしてシェンクは、彼女の安定感、ロボットを思わせるほどの落ち着き、ほぼ定期的なメンテナンスを必要とする雰囲気の理由を察した。そこには要塞と銃眼つき胸壁の体系が完備されている。

いま彼は彼女を見ていて、その視線を捕らえて見つめ返してくる目に、残酷な夜の経過がはっきり現われていた。追い込まれた少女、人の内側で騒ぎたつ怪物。シェンクにそれが見え、それが感じられた。この欠陥ある証人をこれまでとは違った目で、これまでずっと実際には誰も見なかった目で見て感じることができた。自分の特質は本質的に人を人として見ないことにあるとシェンクは十分に認識していた。人を見て、役に立つか立たないか、気が利いているかいないか、依頼人か部外者か、敵か味方かでそれぞれの役割にはめこむきらいがあるのだ。だが目の前の街灯に照らされた静けさの中で、彼は三次元の——彼女のまわりで冷光を発する過去を含めれば実際には四次元のテリーサ・ピレッジを見ていた。彼女が出てきた暗闇は目に見える光で照らされた。

　本心では彼はいまでも、彼女はひどくお粗末な証人となるような気がしていた。しかし、彼女のような人には二度と逢えないのもわかっていた。

「仕事に戻りましょう」彼女は言った。

「うん。そうだね。でも、よかった」

「何が？」

「きみのことがわかって。話したように——これできみをあそこに出して、きみが現実の人間であることを陪審に示すことができる。心と感情を持つ人間だと」

　非難を避けようとするかのように、ピレッジは話題を変えた。「間違いなく、わたしが正しいことのほうが重要よ」彼女は言った。「この患者については。その点では絶対の自信がある」

「ああ、知ってる」シェンクは言った。「きみの自信はたいしたものだ。きみの自信を私は心配していない」

　この全文をのちに彼はくつがえすことになる。その他いくつかの重要な節目、決断、偶然の言い回しとともに、小道で拾った石のように永遠に持ち歩くことになる。ポケットの中でかちかち音を立て、布地に穴を開けながら。

「とはいっても」シェンクは言った。「もう遅い。きみを帰して、明日またやろう。それでいいかな？」

「時給を払っているのはあなたよ」ピレッジは言った。「だからあなた次第」

　愛情は、その他すべてのものと同じく、複雑な化学作用により発生する。それは漠然とした感情ではない。それはニューロンの道筋と化学物質の結合および再結合から生まれ、それじたいからそのものを形成し、分子と他の分子を結合させる。視床下部のドーパミン、回路に放出されるエピネフリン。

　だからといって愛情の現実味は薄れるどころかいっそう増す。

　詩人の愛は一種のでたらめ、無から作られた無、宙に指で描かれた図形だ。だが科学者の愛は構成要素に分解され、計算されて訂正され、公式として表現されうる。
黒板に書けるような愛をくれ、そんな大きな黒板が
あるのなら。

二〇一九年二月五日

「ああ、ルビーじゃないか。ルビー！　何度も電話したんだぞ」

「ねえ——」

「死んだかと思ったよ」

「まさか。あのね」

　スキャンロン判事の法廷の外の人でごったがえす通路の喧騒のなか、シェンクはなんとか聞こうとしていた。反対の耳の穴に指を突っ込んだ。回線がぱちぱち音を立てた。「大丈夫なのか？」

「元気だよ。いまアラスカにいる」

「いま——何だって？」

　シェンクは静かな場所を求めてぐるぐる歩いた。ベンチのそばでしゃがんで電話しているだぶだぶのジーンズを穿いた若者の不機嫌な顔を無視して、彼もそこにしゃがんだ。

「謎を解こうとしてるんだよ、父さん。彼女の足跡をたどってる」

「ルーベン——」

「ピレッジはＬＡに来る前にここに、アラスカに来た。そしてリッチを殺すためにＬＡに来た。ぼくは正しかった。彼は正当防衛で彼女を撃ったんだ」

　この方向不定の情報に逆らってシェンクは立ち上がり、壁で体を支えた。仕切るのは彼だ。彼は弁護士なのだ。「裏付けは取れるか？」

「何を？」

　ルーベンが話していたとしても、シェンクには聞こえなかった。何も聞こえなかった。シェンクは悪態をついて、強力な電波を求めて廊下の反対側へ歩いた。警察で面通ししているみたいに壁側にずらりと並んで立つ人々を通り過ぎた。腕組みしている出っ歯の老婦人と腰をかがめ両腕に顔を埋めて涙を流す中年の娘、そしてタトゥーをいれた両腕でベビーカーの取っ手を握る孫娘とそこで泣き叫びながらこぶしを振り回す赤ちゃん。

シェンクはそのすべてを遮断するために耳にまた指を突っ込んだ。

「ルーベン？

ルーベン？

ルーベン？　おまえ？　聞こえてるか？」

すべてが夢のようだった。

彼女の人生のどの一日とも変わらず、結婚して以来の毎日と変わらず、その日も太陽は昇った。ベス・キーナーは目覚めていた。昇ってくる太陽を見つめていた。コーヒー、服、車、それらすべてが鮮明でリアルだった。

けれどもいま、市街地の、高名なスキャンロン判事の法廷で明快なものは何もなかった。この十年間、折に触れて彼女を包んでいたもやは今日、ほぼ完全に彼女を飲み込んでしまい、混乱状態にせよ慈悲にせよ、この日の彼女は自分が完全に存在していないように感じた。彼女に送られてきたホログラムを見ているような、それとも彼女自身がホログラムだったのかもしれない。夢の中で、人々ではなく、もう一つの世界のちらつく奇妙な幻想を見つめている。

薄い鉄板の鎧のようにファイルを胸元で抱えて廊下からふらふら入ってきた、憔悴してぼんやりしたジェイ・シェンク。ファイルにシャーピーの黒い油性マーカーでねじれた字で〝キーナー〟と書いてある。ベスはまばたきして、その語の意味を考えた。

そのとき、保安官代理たちが全身オレンジ色で、手かせ足かせをはめられた時の人を連れて入ってきた。昨日ベスが夫に対して感じた激しい怒りはしぼんで、いまは熾火に、彼女の奥の種火となっていた。彼女は遠くから眺めるかのように彼を見た。千マイルの距離と百年の時を隔てて。それが現実だった。それがこれからの現実だった。

スキャンロン判事が入廷し、世界は起立を求められ、ベスは立ち上がった。

なぜこんなことになったのか、彼女はどうすればいいのか？　ベス・キーナーがその答えを知ることはないだろう。

「さて。おはようございます」スキャンロン判事は唇を一度舐めて、法廷をすばやくトカゲのように見回し、いるべき全員がいるのを一瞬で確認した。「みなさん、用意はいい？」

「じつは、その——いいえ。申し訳ありません」

「ただの挨拶ですよ、シェンクさん」

「はい、いや、わかっています。ですが、あのう——」

「よろしいわね、トーマスさん？」

美男子の黒人検察官トーマスはいつでも準備万端だ。彼は立ち上がってうなずき、カリフォルニア州に異存はありませんと宣言して、また腰をおろした。

「よろしい。州側出席、被告出席」

リチャードはシェンクの横、すぐうしろで彫像となって真正面を見つめている。

シェンクは立ち上がって咳払いをし、これから言おうとすることを前もって謝るかのようにいくらか縮こまって片手を挙げた。彼は気もそぞろだった。ルーベンの状況がさっぱりわからなかった。アラスカにいるだと？

「裁判長」

「なんです、シェンクさん？」スキャンロンの不機嫌な顔がいっそう不機嫌になった。「どうしたいの？」

「はい、始める前に少しだけお話ししたいのですが?」

シェンクはついていた小テーブルの奥から出た。廷吏が警戒して彼のほうに進み出た。

「あら。ちょっと。ゆっくり」スキャンロン判事は両手を挙げた。『裁判長席に近づく許可を求めます』と言いなさい」

「裁判長席に近づく許可を求めます」

「認めません」

シェンクはたじろいだ。検察官のトーマスはテーブルについたまま、笑い声かどうかはっきりしない低いくっくっという音を立てた。判事と検察官は互いをよく知っているはずだ。シェンクは彼らの住むこの世界にパラシュートで降下した。彼らは彼のことを無知なやつ、でないとすれば物好きなやつと思っているにちがいないが、その認識が間違いであることを証明していなかった。シェンクはこの刑事法廷という異質な世界ですっかり途方に暮れていた。ここでは彼の好きなように現実を歪曲できず、まわりの雰囲気を作ることもできなかった。自分が力の源を奪われた呪われた魔術師のように思えた。

リチャード・キーナーは正面を見つめて無言で立っていたが、その沈黙の裏でこの依頼人がシェンクの大きな不安とまごつきを喜んでいることは確実だった。ジェイ・シェンクがばかな真似をするのを見てひそかに楽しむだけのために人を殺したのか?

ベスはぼろぼろの幽霊のような姿で傍聴席に座っているはずだ。

「裁判長。お願いします」彼は再び手を挙げ、そのあと別の手を挙げた。彼は両手を挙げて降参した盗賊だった。裁判官席へ近づかせてくれないなら、壁越しに訴えるしかない。「新しい情報が入ったのです。しかし——説明しにくいのです」彼は咳払いした。笑みを浮かべようとしたが浮かべられず、その努力をやめた。

「私が予行演習できるような仕組みがあればいいのに

と思います。それなら今日の刑宣告を延期できたでしょう」

　スキャンロンは怖い顔をした。「その件は話がついています」

「そうですが、新しい情報が入りまして」

「さっきも言ったわね」

「裁判長?」検察のトーマスが口を開きながら立ち上がった。「被告側に証拠があるとしても、それは知らされておらず――」

「ええ、そうね」それにかぶせるように判事が言い、トーマスが「――私たちにはそれを調べる権利があります」と言い終えたときには、判事が彼に代わって「いずれわかるでしょう」と述べた。予定が詰まっているため、効率を上げるために全員が同時に話さなければならないかのように、二人の発言が重なった。

　シェンクは、テニスの試合を観戦しているかのように、自分ではどうすることもできずにその二人を見つめていると、スキャンロンが彼を指さした――「それで? その内容は?」――となると、新しい証拠といえるものではないことを認めざるをえない。「進行中のことがあるかもしれないというだけです」

「どのようなこと?」

「現地に調査員を派遣しました、裁判長、ですが彼と連絡が途絶えてしまったのです」彼は携帯電話を持ち上げて判事に見せた。まるでルーベンがそれで自分と話していないという事実が自分の主張の正しさを証明するかのように。

「裁判長」憤慨したトーマスが再度立ち上がったが、スキャンロン判事はもどかしそうに手を振って彼を座らせた。〝座って、座って。必要ないわ〟。

「シェンクさん、今日のあなたの役目は、キーナー氏の刑について考え直す減軽の条件を法廷に提示することです。新しい証拠の提示ではありません。また、あなたが見たこともない、また存在するかしないかもわからない証拠がある可能性を持ち出すことでもありません」

「はい、いやわかっています。ですが、その、息子が――」

「あなたの息子さん？」

「ええ、彼は……私の息子は調査員でもあるのです。その逆も。そして、えーと彼は――これから――アラスカと言ったように思うのですが――彼と話すことができず……けれども彼の、あー、彼が考えていることは……」シェンクはイバラの茂みをさまよっていた。ルーベンが戻ってきてすべてまとめて提示できるまで、彼の仮説、正当防衛説を話しても意味はない。

目の片隅でカリフォルニア州代理人トーマスがうつむいて両手を見つめている。

「正直なところ、裁判長」シェンクはスキャンロン判事を力なく見上げた。「短時間の延期をお願いするだけです」

スキャンロンは非難の声を上げた。「あなたの依頼人は延期を望んでいますか？」

シェンクはリチャード・キーナーをすばやくちらりと見た。被告人は少し時間を置いてから、シェンクを見ずに首を振った。

「記録のために発言してください」スキャンロンが言った。

「やろう」リッチは言った。「さっさとやろうぜ」

トーマスは自分の手に笑いかけた。スキャンロン判事は低い冷ややかな含み笑いを漏らした。

「被告人はさっさとやりたがっていると記録に残してください」

二十分後、終わった。

シェンクは法廷を出て、エレベーターに向かった。とにかくヒル通りに出れば、またルーベンに電話できる。あの子にいったい何があった？　もしあの子に何かあれば――

　誰かが彼の腕に触れた。

「ジェイ？」

　ベスの髪はひどくぼさぼさだった。顔色は悪く、放心状態に見えた。細い鉛筆で描いた彼女を消しゴムで半分ほど消したような感じ。

「このあとどうなるの？」

「どういう意味だ？」シェンクは言った。話をしたい気分ではなかった。もう無理だった。「彼は死刑を宣告された。刑務所へ行く。いずれ処刑される」彼は手のひらで額をこすった。「いつかはわからない。まだずっと先だろう。わからないよ」

　彼が顔を上げると、ベスはおろおろと見返してくる。

「でも……」

「でもなに？」

「控訴できる？」

「ベス？　彼は有罪を認めたんだ。私にできることは何もないと言っただろう、でそのとおりだった。いいかい？　これで満足か？」

「いいえ」ベスは言った。ひどく小さな声で。通路はごった返して騒がしいため、ほとんど聞き取れない。

「いいえ」

「あのね」シェンクは言ってポケットに両手を突っ込み、背を向けた。「他の方法を検討したいならそうしろ。でも、別の弁護士をあたってくれ」

二〇一〇年四月十一日

ルーベンは、裁判中は毎日同行するものだとばかり思っていたけれど、最後の最後にシェンクは気を変えた。あきれたわ、いまは四月なのよ、学期の途中で子どもを学校から連れ出さないでと、耳元でささやくマリリンの声を聞いて気づいたにちがいない。ようやくのことでルーベンとジェイとマリリンの思い出の折り合いがついて、ルーベンはテストや学業に支障がないかぎり、裁判中の三日を選んで同行することを許された。

　未成年の子どもは原告側テーブルにつくことはできないので、非公式ながらシェンク&パートナーズ代表団の一員として、白いワイシャツと金ボタンつき濃紺のブレザー姿ですぐ後ろに控え、膝にノートパッドを載せた。その朝シェンクは、特価で契約したダグラス・カドリーという名のずんぐりした男性医師を出頭させて、陪審にCTスキャンの初歩的説明をさせることにしていた。午後はメインイベントにあてられる。カタンザーロ医師の登場だ。

　ルーベンの仕事は、陪審員七番ことゴンザレス警官から目を離さず、彼女の共感の度合いと集中度を測ることだった。

　問題は、裁判官がガベルを叩いた瞬間から、ルーベンは、入ってきたときに「こんちは」とはにかんだ挨拶をかわしただけのイブリン・キーナーが気になってしかたなかったことだ。二人とも厳粛な法廷と雰囲気に少々怯えていただろうし、一緒に行く約束をしたダンスパーティという大イベントが近づいていたからかもしれない。今日は彼女は来ないんじゃないかと彼は思っていたから、両親が彼女を連れてきたことに驚いたけれど、彼女も日を決めて来ていいことになったのかもしれないし、偶然二人が今日を選んだのなら、それはそれでいいかしてるよね？

彼と同じく、イブリンは法廷向けにきれいな服を着ていた。薄手で襟にカットアウトの刺繍をしたオフホワイトのブラウスだ。薄い布地から透けて見える細いストラップに気づいて、ブラウスの下にタンクトップを着ているのか、それともブラなのかと考えてから、おまえは変態かとわれに返って、あわてて七番陪審員に注意を戻した。さまざまな種類のスキャンについて、CTでは、周囲の脳の灰色に対して脳内出血は真っ白に見えると説明するカドリー医師を見つめる彼女をルーベンは見ていた。ある程度聞いているように見えたので、ノートに〝ある程度聞いている〟と書きつけた。

ダンスパーティは四月二十四日だ。いまから二度めの土曜日。デスクの上の壁に掛けたカレンダーのその日を丸で囲んで、スマホの通知を設定してあった。

数々の抗議と手を揉み絞る懇願をしてきたシェンクだが、ジュニアパートナーであり心から愛するルーベンが、この裁判のあいだじゅうそばにいてくれる以上のことは望んでいなかっただろう。下唇を噛み、小さな額にしわを寄せて、さまざまなやり方で強い関心と愛情を示しながらそばにいてくれれば十分だった。

ただ一つの問題は、ルーベンと目が合って心得顔でウインクするたびに――〝ここまで来たな、おれたちは同志だ〟――彼の心臓はつかまれ、締めつけられる。金の管理を任せているニュージャージーの男に週末にかけた電話のせいだ。

「あんたの金だ」ジョーイ・ボストンは言った。いまはその金さえ、決して手をつけないと誓ったその金さえほとんど使い果たしてしまった。

心配ないわ、向こう側からマリリンが言った、なんとかなるわよ。

だからシェンクは心配するのをやめた。なんとかなるだろう。じつは多くの場合、私たちを慰めるそうした声、最も賢明な助言者や大切なご先祖様や死んでしまった愛する人たちの声は私たち自身の声だ、ちがうか？　それは単に自分の脳が自分相手に話している声であり、自分が聞きたい、または聞く必要のあることを自分に言い聞かせている声である。

落ち着いた目と修道士のような顎髭のカタンザーロ医師が宣誓する。彼は肉づきのよい片手を彫像のように挙げて、真実のみを述べますと誓った。

「こんにちは、先生」シェンクは言った。「本日の証言にお時間を取っていただいたことに感謝します」

「どういたしまして」彼は穏やかに言った。「ここに来られて嬉しいです」

そんなわけないだろ、シェンクは思った。声に出さずに最大の力で念じた。くたばりやがれ。

トーマス・アンジェロ・カタンザーロ医師は、宣誓供述のときと同様に証人席でも動じず、大理石の仏像のようにどっしり構えていた。彼はシェンクの意地悪な追及を、テレマカー・ゴールデンスタインの会議室で見せたのと同じ勇敢な自制心で耐えた。彼は当時のウェスリーの容態について述べ、手術は必要であり、しかも急を要するという判断について説明した。それは急いでなされた決断ではないか、手術しかないと思い込んだのではないかなどの質問を幾度もかわした。宣誓供述と同じく、カタンザーロは無茶な性急さを決断力の証とした。低い声と知的な目と白いふさふさの顎髭のカタンザーロ。

手術後のウェスの状態に関して、カタンザーロは医学的には謎のままであると悲しそうに締めくくった。

「謎ですか？」シェンクは驚いた。

「そうです」

「そして、それを防ぐことはできなかったと？」

「悲しいことですがそうです、シェンクさん。できることはありませんでした」

これは罠だった。シェンクに未来が見えた。ピレッジの明日の発言内容を知っている彼からすれば、カタンザーロは確実に自分が落ちる穴を掘っていることになる。

ただ、シェンクは気に入らなかった。この医師の見解を真実そのものとして陪審に定着させるようなやり方に反発を感じた。ルーベンを見ると、ルーベンは、おそれ敬うような目で証人を見ているシーリア・ゴンザレスを見ていた。

「もう一つ言ってもいいですか？」カタンザーロは言った。彼は判事に顔を向けた。「かまいませんか？」

「弁護人は？」ケイツは当然ながら、発言権を持っている弁護士に返答を譲ったが、シェンクは傍聴席の人物に目を奪われていた。傍聴席の後方で、〝キーナー裁判〟を見にきた物見高い傍観者の中に座る一人の部外者。シェンクに男の顔は見えなかったが、男の輪郭、肩のこわばりに目が留まった。

シェンクは、どこかで見たというぼんやりとだが強い感覚に引っ張られた。あの男を知っている。なぜか、ピレッジと裁判の予行演習をしていた先日の夜、事務所の外に停まっていたシルバーのカローラが頭に浮かんだ。昔の自分だ、覚えているか？　昔乗っていた車の運転席に座る昔の自分――未来の自分に会いにきた前世のシェンク。

「シェンクさん？」ケイツ判事がもう一度声をかけると、シェンクはその部外者をしっかり見ようとしてよそ見をしたままうなずいた。

「付け加えたいのです」真剣な目に涙を浮かべてカタンザーロは続けて言った。「この少年のためにできることがあればよかったのにと心から思います」

シェンクがはっとして、ずるい野郎がしようとしていたことに気づいたときには手遅れだった。カタンザーロ医師は白衣という住処の奥から巨大なハンカチを引っぱり出して入念に鼻を嚙んだのだ。

「私たちは医者ですが人間でもあります。私は父親です」

シェンクは狼狽していらいらし、両手を腰にあてて立ったまま、後ろにいる部外者をまだ目でさがしていた。「なるほど、それはありがとう、先生」シェンクは言った。「感謝します」

かわいそうに、原告側テーブルの席についてカタンザーロをにらみつけているベスに、彼の空疎な涙に納得したふうはない。だが陪審の要であるシーリア・ゴンザレスはあけすけに共感を示して医師を見ていた。ウェスリー・キーナーが木偶の坊になるのを防げなかった悲劇を身をもって体験した気の毒な男性。

「カタンザーロ医師……」シェンクは言いながら、この証人をさらに褒めそやすことしかしないはずのリッグズへ返す前に、心の中でもう一つ、メイシーズの感謝祭の巨大風船並みに膨らんだ証人の鼻をへし折るための針をさがした。

後ろの列の男が立ち上がった。シェンクは彼が立つのを見たが、その顔を確認する間もなく彼は背を向けた。

「シェンクさん？」ケイツ判事が呼んだ。

「はい？」

男は行ってしまった。法廷のドアが男の後ろで閉まった。

しまった。なんてこった。

「シ、シェンクさん？」

ちくしょうめ。

「裁判長、少し時間をいただけませんか？」

「何ですと？」

「ほんの少し——少しだけ時間が必要なんです、裁判長」

「シェンクさん、証人が席についているのですよ」

もちろんケイツはこの非常識な要求を却下するだろ

うが、それでよし、かまわない、彼にはお手伝いがいる。彼は被告側テーブルへ急ぎ、メモを走り書きしてそれを丸め、最前列のルーベンに投げた。ルーベンはそれを読み、眉間にしわを寄せて立ち上がった。

〝シルバーのカローラ、彼をつかまえろ!〟

「私の依頼人に法的措置を取るぞという圧力をかけても無駄です。依頼人にやましいところはありません」

「あなたの依頼人は真夜中に私の事務所の外で、出かけていって話す勇気を奮い起こそうとしていたんだ」

シェンクは白いシャツと細いネクタイにブルージーンズの若い男を指さした。シェンクが前に会ったときは、テニスクラブのプールサイドで浴槽の水と憤りを滴らせていた男だ。

いま彼はパオロ・ガーザをじっと見つめていて、パオロ・ガーザはケイツ判事の裁判官室で弁護士たちに囲まれてうつむいている。「そうだね、きみ?」ガーザはぼそりと言った。「そうです」

彼はみじめな思いをしていた。彼の弁護士でダナ・ロークという名の赤ら顔のだらしない女も不満げだった。なんでもこのハンサムな若い放射線技師は二、三週間前に、友人の友人の紹介だと言ってウィルシャー通りの三階の彼女の事務所にやってきた。彼は係争中の訴訟に関する情報を握っていて、彼女は依頼料を受け取り、何もするな、自分にまかせろと明確な言葉で指示を出した。彼女が様子をうかがい、彼の知る情報を法廷に持ち込むことに意味があるかどうか、あるとしたらその時期を彼に知らせることになっていた。

だが繊細なガーザはその指示に従うことができなかった。

「それが——それに取り憑かれてしまって」彼は片手で別の手をつかみ、シェンクだけでなく判事とジョン・リッグズと、自身の弁護士である激怒する女ロークの視線を避けて小声で言った。「取り憑かれたんだ。知らん顔しようとしたけど——できなかった」

「できるに決まってるでしょ」ロークが言った。彼のすぐ後ろでニコレットを噛んでいる。部屋の反対側にいるシェンクに、気の抜けたミントの嫌なにおいがした。「あなたはそうするべきだった。そんなの無視するの」

言うまでもなく、それは良心の呵責だ。何が正しくて何が間違っているかを告げる内なる小さな声だ。この世間知らずの若者に対して、また一般的な人間の、特に依頼人の弱さに対して残念そうに首を振っているロークに、シェンクは礼儀正しく微笑んだ。

「何がどうなっているのか」唖然としながらも厳しい顔つきのケイツ判事が言った。「誰か教えてくれないか」

「はい、わかりました」とガーザが答えるとロークが「待ちなさい」と言い、判事は首をまわして彼女をにらみつけた。

「謹んで申し上げます、裁判長」と彼女は言ったものの、ガムのせいで〝ハイハンヒョウ〟と聞こえた。「謹んで申し上げますと、なんらかの保証を得るまでは私の依頼人は何も話しません」

ケイツのまなざしがきつくなった。リッグズは抑えたカバのうなり声を上げた。彼ら全員が、陪審の耳から離れて判事の私室に押し込まれ、ありったけの椅子を使い、加えてシェンクは気詰まりながらも喜んで足台《オットマン》に尻をのせていた。ケイツ判事の部屋は当然のことながらケイツ判事の記念碑置き場だった。飾り額と賞状だらけの壁。そびえ立つ本棚には法律書と照合司法審理の論説が並んでいる。別の本棚は彼の秘密の興味を明かしていた——『第一次大戦から第二次大戦までのヨーロッパ』、キーツ詩集、女優タルーラ・バンクヘッド自伝。

「どんな保証のことを言っているのかね、ミズ・ローク？」

「ガーザ氏は正しいことをしたいと思っているのです」彼女は言った。「彼は善良な青年です。もちろん彼の目的は、そこから、つまり彼が知っていることから真実を引き出すことです」

「したくてもしたくなくても」ケイツ判事は容赦なく言った。「それをするのが彼の義務だ」

「言わせていただきますが」リッグズは危険を冒して言った。「こんな遅い時期に新しい情報が加えられることに賛成できません」

「ああ、私もだ」シェンクは言った。「それを知っていたならきっと加えていただろうから」彼はガーザを非難するように見た。「内容にかかわらず」

「私も知らなかったんだ、シェンクさん」気分を害してリッグズが言った。

「それは確かか？」

彼の不愉快を大いに喜んでウインクしてみせたシェンクに向かってリッグズは目を細めた。シェンクはオットマンに座ったままわずかに背を倒して、これから話題に上がりそうな隠された秘密の中身を予想しようとした。結局カタンザーロは飲んだくれだった？ 彼の別れた妻が、彼女に似合わぬ親友の若いガーザに思いのたけをぶちまけた？ シェンクの最初の読みどおり、アリン医師は手術の騒ぎを目撃し、解雇されて街を出た？

シェンクが唯一残念に思うのはルーベンが——外の通路をうろうろ歩いているにちがいない——この大団円に立ち会えないことだった。窮地を脱したのは、ルーベンの思い切った遣り口のおかげなのだ。六階から階段を飛ぶように下りてパオロ・ガーザより先にオリーブ通りの短時間用駐車場へ着いた。実年齢より幼く見えるルーベンは、父親とはぐれ、携帯電話を失くし、困って不安がる子どものふりをした。ガーザのスマホをありがたく借り受けて電話をかけてから「じつはあなたのためなんだ」と言ってスマホを返して離れていき、残されたガーザは何のことかわからずに「もしもし？」と言い、口やかましい神のようなシェンクの声を聞いた。「お若い人、私に話すことがあるはずだ」

「あのですね、つまり」いまロークは両方の手をそれぞれガーザの肩に置いて話している。「この青年が、彼が個人的に将来的に懲罰を受けないことを保証してもらえるまでは彼に腹のうちを吐き出させるわけにはいきません」

「ここにいる誰も、きみが我々に話そうとしていることを知る前にきみを免責できないのだよ」判事は言った。

「彼は罪を犯してはいません」すかさずロークは言った。

ガーザは何か言おうとしたように見えたが、ロークはやめておけというように彼の肩を強く握った。

「彼は情報を手にしただけですし、それを引き渡すために集中砲火を浴びることのないようにしたいのです」

ケイツは少しの間ゆっくりと顎髭を撫で、そのあともう少し間を取った。こうした時間が流れるあいだもロークはその姿勢をくずさずにガーザから離れなかったが、判事の時間をかけた慎重なやりかたに慣れていないようで、最初にシェンクを、次にリッグズを見た。判事は脳卒中の発作でも起こしたかと思ったのかもしれない。

「私には」ようやくケイツが言った。「あなたが求めている保証を提供できる人物は……シェンクさんだけのように思う」

すべての目がシェンクに向き、彼はうなずいて、傾けたオットマンを元に戻し、底辺のすべてをカーペットに着地させた。

「では、ミズ・ローク」そう言ったものの、彼はガーザをまっすぐに見た。「お約束します」

ガーザはちらりと彼を見てから、首を後ろに倒して訴えるようにロークを、彼が全面の信頼を置いているだらしのない女性を見上げた。彼は話したかった。話したくてたまらなかった。彼の良心は、蓋と乱闘しながら解放されるのを待っている、箱に閉じ込められた哀れな動物だった。

「そう、ならいいわ」ロークが言い、シェンクは息を吐き出し、そしてキーナー訴訟は戦艦のように進路を変えた。

それは単純なミスだった。

人はいつでもミスをするものだが、放射線技師になって五年のパオロ・ガーザは、それまでそうしたミスを一度もしたことがなかった。

ウェスリー・キーナーが運ばれて来る三日前、頭部に外傷を負った別の患者がバレービレッジ病院のＥＲにいた。シャーマンオークスに住むマーティン・スミッソンという十六歳の少年だ。ホッケーの練習中の事故だった。反応なし。脳の膨張あり。

というわけでウェスリーが運ばれてきたとき、カタンザーロ医師はスキャンを要請し、アリン医師が撮影を指示し、ガーザが撮影して画像を処理し、そして——
——ここでガーザはロークに彼の手を握らせ、シェンクの目には、カントリークラブのプールで初めて会ったとき、水を滴らせて裸同然だった彼より千倍も傷つきやすく見えた——彼は医師たちに間違った画像を見せたと語った。彼はコンピュータに入力するときに日付を誤り、別のＣＴを表示させてしまった。

カタンザーロ医師は、アリン医師およびアマンドポア医師と大急ぎで協議してウェスリー・キーナーの手術を行なったが、その決め手になったのはマーティン・スミッソンのＣＴスキャン画像だったのだ。

「なんてこった」シェンクがささやくと、唇の色が失せたケイツから静かにしていろと注意された。これから質問をしようとしている。

「いつそのミスに気づいたのかね、きみは?」

ガーザはまたもや目を閉じた。「だいたい――たぶん――半時間後」

そのころにはカタンザーロはもう始めていた。ウェスリー・キーナーの頭皮はすでに引き剝がされ、彼の頭骨はすでにドリルで穴を開けられていた。

リッグズは、むっちりした指でさらってきた子どものように鉛筆を握りしめ、猛烈な勢いでメモをとることで驚きと嘆きを処理している。脂肪のついた頰と下顎の震えを見て、シェンクは密やかな喜びを感じた。

「なんと」ケイツ判事はわめいて、びくついている人物を呆然と見つめた。「どうして何も言わなかった?」

「関係なかったからです」彼は口を滑らせ、そのあとケイツが何か言う前に補足した。「というか、もちろん関係あるし、関係なかったわけではないけど、まったく同じ種類の負傷だった、問題は同じだった。医師たちは同じ処置をしたでしょう。スキャンはほとんど同じだったんだ」

彼は言葉を切った。大きく息を吸った。だが彼はすべて吐き出した。言ってしまった。

ケイツはショックを受けて言葉も出ず、ロークはガムを嚙みながら首を振り、リッグズはただひたすら書き続け、かわいそうな鉛筆はちびてしまった。シェンクはあえて訊いてみた。「ほとんど同じとはどういう意味だ?」

「それは……」

ガーザがロークを見やると、彼女は〝いいんじゃない?〟の意味で肩をすくめた。ここまで来てしまったのだから。

「CT。新しいやつ」

「ウェスリーのか」

「そうです。それが――じつは。そこに光のようなものが」

中休み。部屋にいる全員が静かに呼吸をして待った。

「それに何か意味があると考えもしなかった。でも、そういや、光ってる部分が、まあ、あって。出血した箇所は白いんです。CTスキャンでは血液は白く見える。大脳皮質は灰色。あいだの空白は黒。脳室やくも膜下は全部黒です。でもこれは……」

彼は途方に暮れているようだった。彼は肩をすくめた。

「光っていた。輝いていたというか」

ケイツは立ち上がって窓辺へ歩いていった。リッグズはやっと書くのをやめ、自分が担当する訴訟の展開にようやく仰天した。がシェンクは違った。シェンクにはもっと訊きたいことがあった。

「どのあたり？」

「うしろ」ガーザは自分の頭を指さした。「脳幹の近く。ただ……光ってた。でも、さっき言ったように、何でもないんです。たぶん重要なものではなかった。手術の意思決定に影響を及ぼすことはなかったと思います」

「そうか、きみはそう思うのだな」シェンクは言ってから――抵抗できずに――「リッグズさん？　聞きましたか？　ガーザ氏の意見では――悪気はないんだよ、きみ――放射線技師として五年のキャリアを持つ彼は――そう判断したと」

リッグズはゆっくりと息を吐いて彼のほうに顔を向けたが、シェンクがそれ以上攻めなかったのはその必要がなかったからだ――ガーザにその決断を下す資格はなかったことは、リッグズにはわかっていたし、判事にもわかっていたし、陪審員全員がわかるだろう。

そして、カタンザーロは、その洞察力にもかかわらず、事実のすべてを知らずに手術していたことを。

「すみませんでした」ガーザは両手に顔を埋めて言い、ケイツ判事は窓際に立って、このお粗末な無能の世界に首を振っていた。

シェンクはというと、「本当にすみません」と謝り続けるガーザの首に腕をまわした。

シェンクにはこの新情報による今後の展開が完全に見えていたが、それは思ったよりもずっと早くやってきた。明日まで休廷して訴訟の進行について考える必要があるとケイツが宣言し、裁判官室から全員が追い出されてから二分とかからなかった。

「シェンクさん？　ジェイ？」両手をポケットに突っ込み、背中を丸め、あいまいな表情でごまかしながらリッグズが言った。「ちょっと話せないか？」

二人一緒にエレベーターで下り、裁判所の丸天井の正面ロビーで、ずらりと並ぶ天窓の明かりに照らされ、鉢植えの木の森に囲まれてリッグズは本題に入った。

リッグズは核心に触れたが、シェンクはしらばっくれた。彼が最も慣れない演技の一つだ。

「すまない、ジョン。わからないんだが」

「そうか。こうなっては、この件を双方に好ましい妥協案でまとめることを考慮することが適切だと思う」

言うまでもなくシェンクは状況を把握していた――手榴弾が彼のテントの中で爆発したため、リッグズは降伏しようとしている。

ところが、交渉に入ろうとするリッグズのふっくらした小さな口を見ていたら――なぜか嫌悪を感じて腰が引けた。

「和解したいのか？」ロビーで声が大きく響いてしまい、エレベーターからドアへ濃紺のかたまりとなって移動する若いアソシエイト弁護士たちがいっせいにこちらを見た。「いまになって？」

「おいおい」リッグズは言った。「これは予想外だというふりはやめよう。新事実が現れたんだ」

ほほう、うまい具合に現われたものだ。確かに現われた。シェンクは確実にやってくるさまざまな感情の波を待った。偽りのない満足感。目のくらむような喜び。金銭的心配がなくなった安堵。波は来ず、自分が材木になったように感じた。誰かがカートに載せてこの太陽に照らされたロビーに運んできて、壁に立て掛けたトーテムのように感じた。

「まあ」リッグズが再び口を開いた。「私としては、この件は迅速かつ友好的に結論を下したいとずっと思っていた」

「はん、それは妙な話だな」シェンクは言った。「ビバリーヒルズできみに瓜二つのある男とランチをして、私がいくつか数字を挙げたときに、彼は大きく異なる見解を示したぞ。まったく異なる見解を」

シェンクに自分の辛辣な口調が感じられた。リッグズは慎重に微笑んだ。

「その言い方はフェアだろうか、シェンクさん。私の助言に反して、私の依頼人はぜひとも裁判に進みたがっていると話したと思うが」

「そしていま、私は有利な立場に立った。方針を変えることだな」シェンクは言った。

リッグズは両手を挙げた。異存はない。

つまりはここまでだ。シャンパンを開けようか。だろ？ キーナー対バレービレッジ病院法人という不可能な訴訟に手を染めて一年半、ついにガレージに場所を作るときがきたぞ、現金輸送車がバックで入ってくる。

だがシェンクは和解したくなかった。彼はそれを望まなかった。

一般市民の一団が通っていった。全員がコーヒーの紙コップを手に持ち、ばかみたいににやにやして、どうでもいいことをくっちゃべっている。彼らにはわからないのか？ とシェンクは思った。ロビーのここでヤバいことになっているのがわからないのか？

「シェンクさん、私たち二人とも、これまでも複雑な訴訟事件に関与してきた」リッグズは言った。「きみなら私の軌道修正を尊重してくれるはずだ」

「ほう？　で、何だ？」

「何だとは？」

　ジェイは陰気な笑みを顔に張りつけたままにした。

「数字だよ、ジョン？」

「四・九」

　シェンクは両眉を上げた。四百九十万ドルは大金だ。

「おやまあ、ジョン」シェンクは言った。「言葉が出ないな」

「そうか？　難しい決断ではないと思うが」

　別の一団がガラスの玄関からエレベーターホールへ向かってきたので、リッグズはわずかに身をそらした。シェンクも同様だ。

「どうかな。今日判明したことを考えると、その提示額が私の依頼人にとって正当だとは思わない」

「きみの最初の和解案とは数十万しか違わないのに？　数十上げたんだぞ。それとも私の記憶ちがいか？」

「きみはその提案を拒んだ」シェンクはしばらく、引っ込み思案、おどおど、二重顎というリッグズの印象を思い浮かべた。「それとも私の記憶ちがいか？」

　リッグズは両眉を上げてみせた。「それに加えて、この新情報はかなり破滅的ではあるが――」

「ああ」シェンクは言った。「そうだな」

「――医療過誤訴訟においては、それは落ち度を示すに足るものではない。その落ち度が負傷の原因であったことも証明しないとならない」

「ほう。なるほど。教えてくれてありがとうな」

「皮肉か。まあいい。私はただ、この件は、いまきみが思っているほど単純明快でないかもしれないと気づいてほしかっただけだが、それにもかかわらず非常に寛大な額を提示している。それならせめて対案を示せばいいだろう」

　〝希望額を言え〟、彼はそう言っているのだ。〝数字を口にしたら、それをかなえてやる。額を提示して、うちの依頼人をここから逃してくれ〟。五百万――それ以上でもいい、とリッグズは言っている――の和解金を、医療過誤訴訟にしては巨額の和解金を経済的損失なしで受け取れる。最初の五万の四十パーセント、その次の五万の三十三・三三三パーセントと続いていく額をシェンクに支払うことになるが、キーナー家は生活していくに十分以上の額を手にする――治らないし治ることはないが次善のものが提供される。

　しかも些少ではない。大金だ。とはいえ。

「対案はないよ、リッグズさん」

　リッグズは困惑して、悲しみすらかすかに浮かべて彼を見た。「わかった……では……」彼は両手を開いた。「いつ聞かせてもらえる？」

「はっきり言って、ジョン、今日の事態の変化を考えて、これを陪審の手に委ねたいと強く思っている」

「そして、もっとうまくやれると思っていると？」

「そうだ」

「四・九よりも？」

「それよりはるかに」

「では……」リッグズは一瞬手で口元を覆い、頭を前後に揺らした。「五・二は？」

　ジェイは目を閉じた。五百二十万とはすごい額だ。

「いや」彼は言った。目を開ける。「交渉はしない」

「本気か？」

「ああ。本気だ」彼はリッグズを挑戦的に見つめた。「一年と半年のあいだ、きみの依頼人は公明正大だ、カタンザーロ医師と天使たちのチームはあそこで神のなせる業を行なっているときみは言ってきたが、正直いって彼らは完全にヘマをしたことがわかった。彼らはあの少年を木製の兵隊に変えたんだ」

　五百二十万ドルという額を提示したにもかかわらず、相手は頑として怒りを収めないことにリッグズは心から当惑しているようだった。結局、やり方の問題だった。これはゲームで、シェンク自身がやってきたように、リッグズはそれをプレイしていただけ——プレイしているだけだった。

「だから、きみの提案を飲む気はない。私がしたいのはパオロ・ガーザを串刺しにしてゆっくり回すことだ。きみの五・二を十五に、ひょっとして二十にできないか見ようじゃないか」

シェンクは顔を赤らめて、リッグズのすばらしく分厚い胸板を指の先で突いた。リッグズは頬の内側を噛みながら、奇妙に思える動物行動の謎を解こうとする飼育係のように彼をじっと見つめていた。

エレベーターのドアがひそやかな音を立てて開き、もっと多くの人が下りてきて、多くの人が乗り込んだ。もっと多くの物語、もっと多くの衝撃的体験、正されるべき不公平。

「わかった、シェンクさん。だが、私の提案を依頼人に知らせてくれるのだろう?」

「もちろんだ。ああ。もちろん知らせる」シェンクは大きく二度うなずいた。「彼らに訊いてからきみに知らせるよ」

そして彼もしようとはしたのだ。

事務所へ戻り、ネクタイを緩めてチェリーレッドの携帯電話を取り出し、ベスの番号をさがした。

彼女は毎日やっているように、ガベルが叩かれて閉廷されるなり法廷を出ていった——ウェスリーのところへ戻り、寝ずの番をするために。彼と一緒に行ったり来たりし、彼の目をじっと見て、決して戻らない生命の光をさがすために。

シェンクは〝発信〟ボタンを押さなかった。電話をぱたんと閉じて、散らかったデスクに置き、発信するかどうか決めるのは電話の仕事であるかのようにそれをじっと見た。

そのあとシェンクはトレッドミルでひとっ走りして、

その日の垢を落とすことにした。狂気を整理して、脳を休める。

ランニングウェアを持っていなかったので服を脱いでTシャツと仕事用ズボン姿になり、時速四・五マイルというごく楽な、ゆったりしたペースで走り出した。ウォームアップ。

問題は、ベスとリチャードが何と言うか察しがついたことだ。

二人にこう言う。〝確かにこれは申し分のない提案だが、裁判ならもっとやれる。CT画像のこの新情報、これは貴重だ。すばらしい財宝だ。明確な医療ミスがあり、その後隠蔽された。これは陪審を興奮させるだろう。彼らは主張のすべての根拠を失った〟。

だがリッチは――リッチは納得しないだろう。シェンクは走るスピードを少し上げ、血の巡りがよくなり始めると頭の中で架空の会話を開始した。額にしわを寄せて考えるリチャード。〝提示された額はこっちが提示した最初の額より高いんだ。それは勝ちってことじゃないのか？〟

金銭を目的としたことはないベスは反発し、首を振り、最後までがんばろうと言い張る。だがリッチは顔をしかめて〝待てよ〟と言い、数字を検討し、ベスの元気は消えてしまう。いかに主張が正しくとも、裁判はものすごく厄介だし、日ごとに不愉快になっていく。

けりが付くのなら神の思し召しではないか。

シェンクはマシンの目盛りを五から六、そのあと七に上げ、傾斜もつけた。さらにスピードを上げて坂を上り、首で脈打つ心臓を感じた。

リッチがやりそうなことは、これを決めるのは誰か、おれたちかそれともあんたかと尋ね、シェンクはその点を認め、リッチはうなずく。

〝そうだよな〟。一度だけうなずく。明らかだ。はっきりしている。

ばかばかしいが、帰宅してルーベンにどう思うか訊いてみようと思った。そのあと声高らかに笑い、スピードを八に上げた。〝ルーベンはまだ子どもだ。この決断は彼の基本給でははるかに及ばない〟。和解の提示額を依頼人に正直に示すことは、弁護士の倫理的かつ法的な責務である。いったいどうして十五歳のルーベンが、その責務を放棄するのが適切かどうかの相談に乗れるというのか？

　もちろん現実問題として、ルーベンは自分の考える答えを言うだろうし、なぜそんなことで悩むのかと不思議に思うだろう。つまり、ルーベンは躊躇しないだろう。

　しかし、通路でリッグズに叫んだことは本心だった。和解なんて正気じゃない、そんなのはおかしい！　陪審がこれを聞いたら、シェンクと同じように激怒するだろう。過ちを犯したカタンザーロ医師を罰したいだろうし、それを隠蔽した共犯者であるバレービレッジをいっそう罰したいだろう。五百二十万は大金だが、彼ならもっとせしめられる。彼にやれるのはわかっている。

　この先ずっとウェスリー・キーナーの介護を専門職にまかせられる金額、彼の安全と快適性の確保に必要な武装警備員と専属看護師を雇える金額、シェンクが銀行からかき集めた金を全額返済し、ルーベンのための口座とその他すべての口座にまた入金できる金額。

　だから彼はリッグズの提示額をベスとリチャード・キーナーに知らせなかった。二人の将来を彼の優れた見識にゆだね、二人に代わって彼が決断した。彼はトレッドミルのスピードをますます上げて走り、マシンの光るパネルだけががらんとした事務所でただ一つの明かりだった。

　ジェイ・シェンクの心に隠された部分——その部分の大きさはどうあれ、また弁護士としての一部なのか肉と感情を持つ人間としての部分なのかは不明——があったとしても、シェンクの心にテリーサ・ピレッジ博士のことを思う部分、彼女の証言の前のこの時点で和解すれば、あれほど懸命に練習したのに、彼女が苦労して手に入れた専門知識を証人席で披露する機会を奪うことになると考えている柔らかい部分があったとしても——その部分が彼の判断に影響を及ぼすようなことはさせなかった。

　ひたすら走りに走り、猛烈に体を動かすシェンクは心臓がうなって胸から飛びだしそうに感じるまで、身体を置き去りにするまで走ってから帰宅し、電話の電源を切り、シャワーを浴びて眠りについた。

第4部
夜勤の男

二〇一〇年四月十四日

その晩は、信じられないことに、アイスクリームを三スクープ載せたルートビアフロートだった。

この上なくうきうきして慈愛に満ちたジェイが踊りながらキッチンの冷凍庫まで行って、歌いながら、へこんだ厚紙の箱に入っているアイスクリームをしまってある引き出しの最下段へ手をのばした。ジェイはトールグラス二個、長いストロー二本、長スプーン二本をさがしだして、喫茶店を経営しているかのように全部をきちんと並べる。

「シェンクさん」おどけた澄んだ声で若シェンクに声をかけると、父の上機嫌に応えて、ルーベンが自分の役を演じる。「はい、シェンクさん？」

「チョコレートがいいですか、それともバニラ？」

するとルーベンは、期待されたとおりに少し頭を下げてお辞儀してからルートビアフロートの流儀にのっとってバニラを選んだ。チョコレートだとルートビアフロートではなくブラウンカウとなり、とても美味しいが伝統的ではない。

今夜は伝統行事の夜だった。お祝いの日。今夜は栄誉に輝くシェンク家。

「いま、ほんとにフロートを食べるつもり？」ルーベンは眉をひそめて自信なさそうに、喜びにあふれた父の顔を見ても声から不安を完全に消せずに言った。

「食事はまだなんだよ」

「たまには」父は重々しい厳粛な声でそう言うと、霜のついたグラスにたっぷりのアイスクリームを落として、それがゆっくりと回転しながら泡となって溶けるのを見つめた。「デザートが先になる夜もある」

ルーベンは笑ってジェイが滑らせてきたグラスを受け取り、父の目に映る自分を見た。

ジェイはどたんばになって、社会科の最終試験を受けそこねるとしてもルーベンにもう一日学校を休ませて、今日のクライマックスの証言を見学させることにした。追試験が受けられるだろうし、あれほどの学費を払っているのだからモーニングスター校が社会科で落第させるわけないだろう？　息子はそこにいるべきだ――肥満したジョン・リッグズと不公平な世界にいる四角四面の全リッグズたちに致命的な一撃をくらわす父親を見るために。

そして神はその日を与えてくださった。

弁護士になってからここまでを振り返っても、これほど満足した日は、勝利の予感に浸った日は一度もなかった。

朝一番に出てきたのは、髭を剃り、髪を切り、証人席で恥じ入るパオロ・ガーザだった。ケイツの部屋で打ち明けたように、彼の軽率なミスとそれがもたらした結果を慎重に繰り返し、かたやロークは傍聴席の最前列に座ってガムを噛み、リッグズはどうすることもできずに見守り、その頬は、沈んでいく太陽のようにゆっくりと黒ずんでいった。陪審から上機嫌な目を離さず、すべてが理解されるのを大喜びで見守るシェンク。

間違った画像。彼らはこの少年を傷つけた、彼らは少年の脳をいじくった、間違った画像に基づいて……

そして、昼休憩のあと、テリーサ・ピレッジ博士が登場した。

「彼女を見たか？」彼はいま、喜びで目を踊らせてルーベンに言った。「見た？」

「見たよ、父さん。あそこにいたんだから」

「ああ、彼女はくそがつくほど素晴らしかった。ああ。しまった。すまん」自宅では汚い言葉を使わないようにしている。ジェイは天井を見上げてその上の天を見つめ、マリリンに詫び代わりのキスを投げかけた。

「でもあの子は完璧にやってのけた」

ピレッジの証言は、〝記録のために氏名を述べていただけますか〟から美しく的確だった。彼女は簡潔で、彼女は明確で、彼女は――差別主義者のダブルスタンダードなど知ったことか――かわいげがあった。それまで内気さのように見えていたものは礼儀正しさとして、気どりは節度ある謙遜として、傲慢さは当然の自信として見えた。

彼女は自分の資格を簡潔明瞭かつ適度な謙遜を持って説明した――カリフォルニア工科大学の優等な成績の数々とデューク大学で取得した博士号、そしてリバーサイド校との現在の契約――ただの講師ではあるが、名の知られた学部に属し、弱輩にもかかわらず終身在職権取得途上にある。ピレッジ博士はK症候群に関する驚くべき事実を細大漏らさず説明した。分子大の病原体として発生し、不活性時は目に見えず、潜伏期間は長期におよび、活性化すると脳に――病変した脳の部位だけでなく脳の機能全体に壊滅的な影響を与える。シェンクはピレッジをいじめているように見せかけ、重い口をこじあけて、それを発見したのは彼女自身であることを最後に認めさせた。

「つまり基本的に」最後に要約しろと言われて、彼女は答えた。「K症候群は、異常タンパク質沈着による神経組織変性疾患の中の非常に珍しいタイプです」

「私たち素人にわかる言葉でお願いできますか、博士？」

「はい」にっこり。笑顔！「まかせてください」誇らしいのと嬉しいのとでシェンクの内側はすっかり和んでいた。まかせてください！「みなさんは狂牛病という言葉を聞いたことがありますね？　別の病気なのですが、一般的には同じ部類です」

「なるほど。でもウェスリー・キーナーは病気にかかった牛のせいでこの病気になったのではありませんね?」

「まあ、そこは微妙なところです。彼がどうしてプリオンに感染したかは決してわからないでしょう。わたしたちにわかるのは、何がそれを発現させたかだけです」

「発現?」

「脳の外科手術は外傷性のできごとです。外傷性のできごとに対処するために肉体はある種の化学物質を放出します。こうした化学的な突然の変化によって休止状態のプリオンが活性化しました」

「では——はっきりさせましょう。手術がなければK症候群はない。そう言って間違いありませんか?」

「はい、ありません」

この証言と証人に対するシェンクの仕事は、しかるべきときにうなずき、顔をしかめて見せ、ピレッジが次に何を言うべきかがわかっていないからではなく、彼がシーリア・ゴンザレスに特別な関心を持ってもらいたい部分を強調したいためにときおり質問をさしはさむことだけだった。

いまジェイは、すくったアイスクリームを野蛮人の勝利のこん棒のように振りまわしながら、そのすべてを追体験し、余韻に浸っている。そしてフィナーレだ。

「さて、ピレッジ博士。あなたはカタンザーロ医師の証言を聞きましたね?」

「はい」

「その証言で、ウェスリーの症状は以前は見られず、それゆえ発見も予測もできなかったと医師は言いましたね?」

「はい。その証言を聞いていました」

「では、あなたはどう理解しましたか?」

「はい。つまり、わたしはあいにく……」彼女は息を吸った。唇をゆがめた。ためらいを小さく表現した。夜遅くに事務所で彼らはこの謙遜のリズム変化を何度も練習した。公開の法廷で自分の優秀さをひけらかしたくない小柄な三十前の女性。彼らはそれを何度も練習した。

「いいんですよ、ピレッジ博士。どうぞ。こうなることは決して予測できなかったという証言は正しいのか正しくなかったのか？」

「いいえ、シェンクさん、正しくなかったのです」彼女は言った。「わたしは同僚と共同で『神経病理学会報』二〇〇六年春号でK症候群に関する論文を発表しました」

「ほう」シェンクはリッグズに顔を向けて、驚いた表情を作って見せた。「カタンザーロ医師は購読契約を切らしていたのかもしれません」

「異議あり」リッグズは力なく言い、ケイツはそれを認めたが意味はなかった。目的は果たされた。カタンザーロはその危険性を知らなかったが、知ることはできたのだ。彼は知っているべきだった。

シェンクはあえてゴンザレスをまっすぐに見たが、彼女はうなずいただけでなく、彼と視線を合わせて旧友のようにまっすぐ見返してきた。ピレッジに対して彼は「ありがとうございます」と言ったものの、そこには「きみがとても誇らしい」の意味が含まれていた。

　早くもリッグズは反対尋問のために立っていたが、ケイツ判事は腕時計を長々と見つめ、考え込んで長々と溜息をついたあと、休廷した。

　その日、判事の大学生の息子が帰ってくる予定だったのだ。オバーリン大学が春休みなので帰省することになっていた。

　それはカレンダーのいたずら、まったくの偶然だった。

　シェンクはあとになって、実際には数年経ってから、長いこと会っていなかったので、最初は彼のことも誰かわからなかったジャッキー・ベンソンにバーで出くわし、そのことを知ったのだった。いつもならケイツ判事は証言があと一時間くらい長引いても気にしないのだが、そのときは息子のエリス・ケイツがオハイオから飛行機で向かっていたし、判事の妻はプラヤにある家族行きつけの海鮮レストランでちょっとした特別ディナーを計画していた。

そして私たちが知っているように、宇宙はそうしたささいなことで決まる。

「明日、進めます」ケイツは宣言し、ガベルを持ち上げて振り下ろし、未来を固定した。「午前十時」

「父さん？」

「うん、どうした？」満面の笑みを浮かべて片手にアイスクリームサーバーを持ったジェイは夢想から覚めた。

「父さん、家に誰かいるみたい」

「おい、何だと？」とジェイは言った。テイバー通りで父子の役割の逆転はときどきあって、ジェイは我を忘れて幸せな思い出に浸り、ルーベンは神経をとがらせて注意を怠らないでいるのだが、このときは彼の言うとおり、何者かが家にいて、しかも彼はそれが誰なのか知っていたのに、彼がもっと何か言う前にジェイの背後のライトが消え、グラスがジェイの手からリノリウムの床に落ちて割れたのは、デニスがポニーテールをつかんで彼の頭を引き寄せ、その喉にナイフを押しつけたからだった。

ルーベンは悲鳴を上げ、デニスはにたりと笑って真っ白に並ぶ歯を見せた。「好都合だ」彼はのんきに言った。「あんたたちが家にいてくれてよかったよ」

そのとき誰かがルーベンをつかんで、背後からしっかり押さえこんだ。彼の胸に棒のような前腕が押しつけられ、個々の指先が肩に近い上腕に食い込んだ。彼を押さえつけているのはサミール、あの日デニスと一緒に事務所に来たインド系の男で、あのとき着ていたような白いワイシャツを着ていた。ルーベンは相手の力にあらがい、身体が浮くほど激しくもがいた。とはいっても彼はまだ子どもで、成熟した男であるサミールがきつく締めつけてくるので、ルーベンは足を蹴ったりわめいたりした。

「落ち着けよ、ルーベン」デニスは優しく言ってナイフを立て、ジェイの首にもう少し刃を食い込ませた。月光を浴びた刃がルーベンにちらちらと光を返した。「いい子にしてろ」

それはのこぎり歯のナイフ、カウンターの包丁立てに差してあったパン切り用ナイフだった。死ぬ前年、マリリンは余命わずかと知ってキッチンのナイフを全部買い換えた。男やもめになったジェイが使いやすいキッチンにしたかったのだ。

のこぎり歯の大きなナイフはベーグルやバゲットなど切りにくいもの用だった。いまデニスはそれをジェイの喉にぐっと突きつけていた。彼の髪の毛は金色で糸のように細く、月明かりを受けて光り、青白いにやけた顔の縁にまっすぐ落ちていた。彼の手は汚れてたこができていたけれど——そのときルーベンは気づいた、なぜいま？——爪は貝殻のように傷がなくきれいなピンクだった。

「いいんだよ、おまえ」ジェイはルーベンに言った。「私は大丈夫」

「いいんだよ」デニスは眉毛をくねくねさせ、薄青の目を茶目っ気で光らせて大げさな調子でつぶやいた。「彼は大丈夫だ」彼は声を張り上げてほかの部屋に呼びかけた。「ケイティ、おおい？　何か見つかった？」

「まだ。さがしてるとこ」

「あわてるな。好きなだけ時間をかけろ」

「わかった」

居間から聞こえたケイティの声はかぼそくて頼りなく、パニック寸前だった。こんな一味に加わる前の彼女は何をしていたんだろう。会計係かな、とルーベンは思った。医学生かも。彼女が紙類をぱらぱらやったり箱を開けたりしてさがす音がルーベンに聞こえた。ロールトップの事務机を開ける音。

ルーベンの肩に食い込んだサミールの指が震えていた。彼もケイティに劣らず怯えている。その二人はやらなければならないことを、命じられたことをしている。二人は言いなりになっている。ルーベンは逃げる方法を考えた。サミールから両腕を引き抜いて、彼のタマに蹴りを入れ、腹にパンチを食らわす。でもそうすると夜勤の男が父を殺すだろう。父の喉を切り裂いて、つかんでいた手を放し、ジェイが床に滑り落ちて事切れるのを見つめる。彼は父を虐殺する。

「なあ、いいか、おい」デニスはシェンクの耳元で溜息まじりに言った。「これが最低なのはわかってる。暴力、暴力をふるうぞという脅し。でもわかってくれ、おれはこれを何年も追いかけてきた。おれは、なんていうか――ちょっと取り憑かれてるんだ。あの人たちの居場所をどうしても知りたいが、ほかに手がないんだ」

「彼の居場所は知らない。そう言ったじゃないか」

「ああ、そうだな、うん、それがあんたのセリフ。弁護士としてのセリフ。誰も何も教えてくれなかった。おれは何も知らないままだ」彼はナイフの取っ手を持ち直した。刃がジェイの喉仏に触れた。「ならいい、おれたちでやる。あんたの事務所を調べ、いまここを調べてる。ケイティがさがしてる」そして、大声で「ケイティ？」

「ない――ない――まだ何も」

「まだ何もない」彼はにやりとした。「じゃああんたが白状すれば、ケイティはさがさないですむし時間の節約になる。でも」彼は唇を舐め、頭をわずかに揺さぶった。「でも。知らないと言ったくせにずっとそこにあったなら、そんときに血相変えても遅いぞ」

デニスの声は落ち着いていつもと同じ調子だったが、彼の目はぎらついていた。眼窩の奥でひきつっていた。ルーベンがなすすべもなくジェイを見ると、父は彼をまっすぐに見て愛してると口を動かしたので、ルーベンはもっと怖くなった。

「わかるか、おれはこれを自分のためにやってるんじゃない」デニスは続けた。「何ひとつ自分の利益のためにやっていない。おまえたちのためだ。この野蛮で過酷な世界で、生きて呼吸しているみんなのためだ。人類のためなんだよ、わかる？　それは」──その声がわずかに高くなり、彼の目の奇妙な熱気をルーベンは見て取った──「それはここだ。未来、善き黄金の未来、それはここだ。出たいんだ。でも、あの少年の中に閉じ込められたままなんだよ」

　どすんという音がした。ケイティがファイル箱をデスクから落としたのだろう、そのあと彼女が「くそっ」と言うのが聞こえてデニスがしーっと声を出した。

　ルーベンは目を閉じた。サミールの肌のにおいがした。

　あの日、彼はパラディアムでキーナー家の人々を見かけた。中でウェスリーがとめどなく歩いているあいだ、彼はイブリンと小声で話した。あのときデニスに電話してもよかった──〝いたぞ！　見つけた！　彼はここにいる〟──でも、電話しなかった、そんなことができるはずがなかったが、いま後悔していた。とても悔やんでいたし、とても怖かった。いまはキーナー家はどこかにいる。裁判が終わるまでどこか秘密の場所にいるが、彼はその場所を知らない。知っていたら話していただろう。ひどいことだが、この人たちが消えてくれるなら彼は話しただろう。ルーベンはおしっこを漏らしそうだった。

　彼は、外の通りを散歩する犬の吠え声を聞いた。「おい」男が犬に呼びかけるたしなめるような口調がはっきりわかる。「静かにしろ」

あのコリーだ、ルーベンはすがりつくように思った。あの不細工で小さな茶色のボーダーコリー。飼い主はなんで吠えるのか不思議に思っているだろう——きっと犬は助けを呼んだのだ。シェンク家の恐怖はまぎれもない事実として、割れたグラスの散らばる騒然としたこのキッチンから煙のように立ちのぼっている。

「教えてよ、シェンクさん」最後にデニスは言った。「彼はいったいどこにいる？」

「言っただろう」ジェイは低い哀れっぽい声で言った。「知らないんだよ」

「なあ、ぼくは——」サミールが口を開き、デニスがきつい目で彼を見た。「この子をよそへ連れていったほうがよくないか？」

「とんでもない！」デニスは言って、そのあと大声で「ケイティ？　まだ？」

「ないわ」逆上したような声だった。「ここにはない」

「書き残していない。そうだな、ジェイ？」彼は人質と視線を合わせるために少し身を引いたものの、ナイフは喉元から離さなかった。その二人は、自分自身に尋問する二つの頭を持つ一人の人間に見えた。「もう一度訊く。彼はどこだ？」

ジェイはごくりと唾を飲み込み、喉仏がナイフの刃の下でごろりと動いた。「知らない」

「もう行こう」サミールが言った。「行ったほうがいいと思う」

デニスは考えていた。ナイフを持ち換えて、反対の指を曲げた。そして喉の奥で小さくうなるような声を出したとき、その目がルーベンを見て光った。

彼はナイフをサミールに渡した。

「ガキの指を切り落とせ」

「なに？」サミールは言い、ジェイが叫んだ。「やめろ！」

ルーベンは脚に温かいものを感じた。やってしまった。漏らした。彼は泣き出した。

「人差し指だ。左手の」デニスはせせら笑った。「手始めに」

シェンクはもう一度「やめろ」と、そのあと「頼むから」と叫び、デニスが彼の側頭部をすばやく思いきり殴りつけ、ジェイの頭がごろりと動いて戻ってきたときにはその目はどんよりしていた。彼はまばたきし、まるではるか遠くにいるかのように、数年前にいるかのようにルーベンに笑いかけた。

「ルビー」彼は静かに言った。「ああ、ルビー……」

デニスはサミールに「やれ、指だ」と言ったがサミールは首を振り、唇を震わせて「できない、できない」と弱々しく訴えている。ルーベンはゆるんだ手からよろめいて離れたものの、デニスに腹を蹴られてうしろ向きに倒れそうになって腰のくびれた部分をキッチンの戸棚にぶつけて、今度は前のめりになって倒れた。こぼれたルートビアの海に突っ込み、割れたグラスが刺さり、かけらが膝頭に食い込んで苦痛の声を上げた。

いまはまたデニスがナイフを握っていて、ジェイの喉元に押しつけられた刃が首の青白い肉に食い込んでいる。サーカスの奇術みたいに、真っ赤な線となって血がにじんだ。ルーベンの父はべそをかいた。うめいた。

ルーベンがその音を忘れることはないだろう。それを絶対に忘れないことはすぐにわかったし、決して忘れなかった。

「なあ、おい、ガキめ」デニスはルーベンを注意深く見下ろした。二人のあいだだけの親しげなささやき。「親を何人失えば気が済むんだ？」

ルーベンはガラスの破片を、砂糖と血でべとべとのグラスの分厚いかけらを手に、しゃがんだ状態から立ち上がった。何も考えていなかったし、考えているひまはなかった。夜勤の男の頬にガラスを突き刺して深く沈め、ひねった。デニスの忌まわしい笑顔が真っ赤に爆発した。彼はうなって二本の手でルーベンを強く押し、床に倒して上からのしかかった。

と、そのとき甲高いサイレンの音が夜に響き渡った。デニスはルーベンの顔に血を降らせながら頭を持ち上げた。一瞬、彼は怯えているように見え、次の瞬間、そう見えなくなった。それは彼の目を行き来し、前後に飛び跳ね、出入りした。彼は夜勤の男、ルーベンの心の暗い場所に巣食うけだものであると同時に、ただのうじ虫野郎、詐欺師で狂信者——その両方であり、犯罪者にしてルーベンの前に立ちはだかり、ちょっかいを出し、目に血を滴らせるだけのために生きる怪物だった。

「きみの血は部屋のあちこちに飛んでいる」サイレンが鳴り響くなか、ジェイ・シェンクは体を縮こめている壁際から静かに言った。弁護士シェンク、どのレバーを動かせばよいか知っている専門家。「きみの指紋。証拠だらけだ」

デニスは立った。サイレンが近づいてくる。

「私がきみなら」ジェイは言った。「逃げる」

「ああ」デニスは考えながら言った。「かもな」

恐怖で目を飛び出させたケイティがキッチンへ駆け込んできた。サミールは彼女をぎゅっとつかみ、彼女は彼をぎゅっとつかんだ。サイレンはすぐそばだ。

「何してるの？」彼女は言った。「行こう。行くよ？」

「ああ」デニスは言った。「行く。すぐに」

ジェイは息を吐き出した。それは咳に変わった。

「おれたちは行く」デニスは言い、もう一度身をかがめてルーベンの顔に触れた。少年の髪の毛を整え、ほつれた一房を耳の後ろにかけてやった。「さよなら」

とても長いあいだ、シェンク家の父と息子は身を震わせてキッチンの床に座り込んでいた。のろのろと動きだしたけれど声は出さなかった――何も話さないまま長い時間が過ぎた。ルーベンは救急箱を取りに行き、恐る恐る互いの傷を消毒し、ネオスポリンを塗った。包帯を巻いた。

かなりあとで詳細を刑事に話した。どちらも髪をきつく結い、まじめくさった疑り深い表情の女二人組。証拠が集められた――壁の指紋、裏口ドアの指紋、ナイフの柄の指紋。

事件として捜査された。実質的にはたぶんいまも捜査中だろう。デニスたちは逃亡者となった。震えるシェンク親子を置き去りにし、血と壊れた物のかけらを残して彼らは消えた。彼らは闇へ、暗黒の世界へ姿をくらました。その後の数年間と数カ月、彼らはアリゾナを、ニューメキシコを、テキサスを、モンタナを転々とした。メンバーの数を増やし、そののち減らした。そしてルーベンは彼らの誰一人として再び見ることはなかった――何年も。

ジェイとしては直後が心配だった。次に起きそうなことを考えてひどく怯えた。あの暴力的な狂人たちがキーナー家の居場所を、ウェスリーの秘密の居場所をどうにかして知ったらどうなる？

しかし、そうはならなかった。

テリーサ・ピレッジ博士はコートヤード・バイ・マリオットの部屋で、紅茶を飲みながら、その日の証言に使ったノートを見直し、明日の被告側弁護士による反対尋問の準備をしていた。

上がってくるエレベーターの音が廊下から聞こえてきて、彼女は顔を上げた。

二〇一九年二月八日

「悪に安らぎはない――」

情熱のイービイ――賢明なるイービイ――はスタジオで、ばかでかいヘッドホンで真っ白な髪を覆い隠し、音楽に没頭していた――

「――でもあたしたち愚か者はみな、毎晩赤ん坊のように眠る――」

彼女はやめて顔をしかめた。「もう一度。最初から」

防音ガラスの向こうにいる彼女からは、自分のいらだちは見えないと思っているかのようにエンジニアは目玉をぐるりとまわし、口元をふくらませた。エンジニア助手のボビーだかロビーだかはリコリシュ味のグミを嚙みながらノートパッドに何か書き、録音された音声を聞いて秒数をカウントしている。イービイ・キーナーは歌姫《ディーバ》というには若すぎるが、そう言い切るには惜しい人材だった。れっきとしたハリウッドのこの歴史あるスタジオで彼らが制作しているのは、名目上はセカンドアルバムの一枚めのシングルで、レコーディング産業に携わる人々はみな、アルバムとシングルはいまでも重要な商品であり、宣伝広告用装置ではなく、ツアー契約が入るまでの、また話題となってインタビューされるまでの時空を埋める行事でもなく、手厳しいコメントや物議をかもすやりとりがインスタグラムから広がって関心を呼ぶはずだという思い違いをしているが、イービイ――天真爛漫なイービイ、頑固なイービイ――は、時代遅れの大ばか者のように自分の音楽、美意識を信じており、彼女の頭の中に、〝赤ん坊〟の部分でビブラートに似た特別なメロディーが浮かんでいた。そして、ファットフェイスとレッドバインがそろそろ次へ進もうよと幾度となく言っても、心から納得できるマスターテープができあがるまで進もうとしなかった。そのとき、彼女の目の端で、フォーム素材の壁にもたれた兄が笑って彼女をけしかけている。イービイは自分の内側で息づいているような過去をはっきり意識して日々を生きていた。中心でまっぷたつに裂かれたジャングルの木のように、森の大地にしっかり根をおろしてその二つの部分は成長を続け、断ち割られた内側を蔓が渦巻きながら這い登り、まわりに小さな木が芽生えている。

　だから、たとえば、いま彼女はサンセット大通りとガウアー通りの角のスタジオで、巨大なヘッドホンのせいで顔に汗をかき、たいして好きでもない歌詞をぶち壊しにしないように努力してはいるものの、ここにいる彼女は十二歳でもあり、Bクラスの映画スターが所有する来客用宿泊棟の非の打ち所なく整えられた裏庭の四角いプールから出て、ピンクのコーデュロイのパンツを穿いてすそを折り返し、ラウンジチェアに座って頭をもたせかけ、つま先はプールの水面を撫でる一方で、兄は塀で囲われた庭で輪を描いてゆっくりと歩いている。その映画スターは撮影でバンクーバーに行っていて、寛大にも裁判中のキーナー家にこの家を使わせてくれている。

　すべてが同時だ。スタジオにいるイービイは向こうみずだった十二歳の自分のことを考えていて、十二歳のイブリンは二十二歳の自分を思い出していて、そして私たちはまたぐるりと回り、彼女はマイクに向かって体を折ると、自分が書いたくせに何もわかっていない詞を歌い上げ、声を遠くへ届かせようと両腕を伸ばし、クライマックスに向かって盛り上げていく――他人のプールのそばで自分の疑問へと登っていき、歩くウェスリーを肩越しにちらりと見ながら最後の音を絞り出す。

　よお《ヘイ》、あんた《デュード》。

兄が彼女を〝あんた〟と呼び始めたのは最近のこと、事故の数ヵ月前のことで、それは彼が自分の妹を仲間に加えたしるしだったから、いま水から上がり、芝生を歩いて行って道筋に立ちはだかると兄は歩く足を止めた。彼女は兄の胸に頭をもたせかけた。

よお、あんた。

反応なし。誰も聞いていないときに、ときどき彼女は冗談を言う。

「なんであたしに黙ってるの、ウェスリー？」

「なんか考えてることがあるわけ？」

「はっきり言いなよ、あんた。聞こえないよ」

とか、ノートを開いて、詩を読んであげるねと言い、答えずにただ歩き去る兄に「ねえ、聞いてよ。兄さんはあたしに囚われてるんだからね」と呼びかける。

全部が、これが自分の兄ということとそのものがおもしろくて仕方なかった。人の形をした肉体を持つ生き物。何があっても彼は答えなかった。決して話さなかった。自分の居場所を知らなかった。家族の最大の関心事、病院に対する訴訟のことを知りもしなかった。でも彼の心臓は動いていて、Tシャツと皮膚の奥からそれがメトロノームのように聞こえてくる。彼女は歌い終えて、顔を上向けて再生される録音を聞いてから、ガラスの向こう側で、彼女が何か言うのを、〝もう一度やるよ〟とか〝最高だね〟とか〝休憩しよう〟とか言うのを待っているエンジニアと助手を見たけれど、じつは彼女が見ているのは彼らではなかった。彼女は防音ガラスに映る自分の顔を見て、映画スターの家の庭であんなに兄を愛した人間とどういう意味で同じ人間なのだろうかと思い巡らしていた。

彼女はここまでの道のりをいつも忘れてしまう。成長し、高校を出て最初のバンドを、そのあと別のバンドを作り、ときどき両親と住み、ファックしたことのある男たちとファックし、行ったことのあるパーティへ行くが、こうした瞬間のすべてはなぜか、うしろ向きのアーチでプールサイドの少女と、前向きのアーチでスタジオでごつい真っ黒なプロ仕様のヘッドホンで自分の声の響きをがっかりして聞いている若い女とつながっている。それは、数十から数百万個の一つ一つのきら星のような小さな光の点が存在しているようなもので、気が向けば見方を変えて、つまり、小さなものがたくさん集まっているのではなく一つの大きなもの、一つの完成したものとして見ることができる。人間、存在の積み重ね、時間の経過とともに安定するもの。そして、自分でそう見ることに決めたなら星々は星座となる。でなければ、それらはただの星だ。いや、星でさえない。ガスのかたまり。はかない幻。かなたで光る無。

　イービイはまた歌い始めた、録音しているかと訊かず、これから歌うよとも言わず、坂道をころがり落ちる岩のように歌いだした。歌ったのは物憂げなワルツで、森の中の怪物が出てくるけれど実はそれは兄のことで、というのは彼女の歌はすべて兄のことばかりだから。自分の歌声を聞きながらプールの水がタイルにあたる小さな音も聞いていて、そのあとリフレインに入ると、ウェスリーから少し離れ、兄の目をのぞきこんでも兄は彼女を見返してこないから、使っていないならギターを借りてもいい？　とウェスリーに訊いて、もう一度訊いて、三度めに訊いてもまだ何も言わないから、イエスだと解釈した。そして道筋からどいて兄を歩かせる。

　電話の電源は入れてなかったはずなのに、ポケットの中でうるさい音で鳴ってテイクを台なしにした。彼女はヘッドホンをはずして、電話に出るために外へ走り、風を切ってそばを通ったとき、レコーディング・エンジニアが「いいかげんにしろ」とつぶやいた。

「イービイ？　もしもし。ルーベンだ。えーと――ルーベン・シェンクだけど？」

「もしもし、うん」スタジオの階段室に来たイービイはすぐに、ここの音響は少なくとも防音ブースと同じくらい良質だと気づいた。「ほかのルーベンは知らないよ」

「ああそうか。だね」

遠距離のせいかかすかな雑音が聞こえた。ルーベンの声を聞いてイービイは心が温まり嬉しくなった。

「どこからかけてるの？」

「アラスカ。いま――」

「アラスカ？」

「うん、でも――」彼の声はなにかの爆音でかき消された――遠くでビリヤード玉がぶつかる音。大音響のクラシックロック、『ドント・ストップ・ビリーヴィン』の圧倒的な出だし。

「待って」彼は言った。「切れるかもしれない。電波が不安定で」

「バーにいるの？」

「うん、まあね。郵便局だけど」

「ふうん」

「無罪にできる。きみのパパを」

「ルーベン」だめ。イービイは目を閉じた。だめ、だめなの。彼女は階段室の壁にもたれた。

「あの銃は彼の銃じゃなかった。ピレッジが持ってきたものだ。アラスカの森林警備基地からそれを盗んで、彼を殺すためにロサンゼルスに持っていった」

「ルーベン」

「彼が彼女を待っていたと言うけど、じつは彼女が彼を待っていたんだ。彼がランプで彼女を殴ったのは、彼女が彼を撃ったからだよ」

「ルーベン。ねえ」

彼がついに話すのをやめると、彼のまわりの話し声、大きな笑い声や酒の注文、クライマックスにさしかかるロックミュージックのばかでかい音が彼女の耳に入ってきた。

「もう遅いよ」

「そんなことない」

「終わったの」

「待って――」彼は言った。「今日は何日？」

彼女はそこにいる彼、アラスカの知らない人たちに囲まれた、そわそわして若くて優しくてハンサムで静かなルーベンを思い浮かべた。水から永遠に出た魚。

「父はもう刑を宣告されたの、ルーベン。チノに行くのよ。終わったの」

電話の向こうで打ちひしがれた長い沈黙があり、ルーベンはいったい何をしていたのか――それを解決するためにどんな苦労をしたのか彼女は想像しようとした。彼女は前かがみで階段の手すりにもたれた。ずっとずっとずっと下へ続いている階段。

「ねえ」彼女は言った。「帰ってきたら電話して、いい？」

「わかった」

「してくれるよね？」

「うん」彼は優しく言った。「するよ」そのあと、どこかまったくわからない場所で彼は言った。「あのダンスに行かなかったことが心残りで」

イービイは笑った。ああ、ルーベン。ルーベンよ永遠に。「あたしも。ほんとは、そのことですごく頭にきてた」

「そうだったの？」

「うん」

「結局行ったの？　たとえば、きみひとりか、友だちと？」

「ううん。家にいた。兄とぶらぶらしてたと思う。連れていってくれればよかったのに。あなたは行こうって言ってくれた」

「ぼくたちはきみをがっかりさせたから、ぼくのこと怒ってるだろうなって思ったんだろう」

「がっかりさせてないよ、ルーベン。あなたは十五歳だった。覚えてる？」イービイは確固たるものを感じた。まっすぐ立ち上がり、階段室でひとり、彼にはっきり聞こえるように大きな声で言った。「あなたは子どもだった」

「ありがとう」ルーベンは言った。

「それがね」イービイは言った。「あれは毎年やるんだよ」

「あれって──なに？」

「ダンス。うちの学校で」

ルーベンはほとんど聞こえないくらいの悲しげな笑い声を上げたけれど、イービイは笑っていなかった。

「もちろんあたしたちは部外者よ。でも開催してる」


クジアートの郵便局に隣接する在郷軍人会ホールで電話機を耳に押しつけたラビは、ダンスフロアの中央で両手を広げてくるくる回るヒッピー風のロングスカートの中年女性を見ていた。眼鏡の分厚い窓ガラスの奥で涙が盛り上がった。

「本気？」彼はイービイ・キーナーに訊いた。「ダンスに行くの？」でもそのとき次の曲が始まり、『ロンドンのオオカミ男』のオープニングリフが万雷の拍手喝采を招き、彼女の言葉を飲み込んだ。

二〇一九年二月十日

ロサンゼルスへ戻る長旅の最初の区間の中ほどで、ルーベンは機内のトイレに入って、左手の人差し指にぐるぐる巻きにした包帯をゆっくりとほどいた。腫れて赤むけた指先をそっと触り、口をすぼめて優しく息を吹きかけ、むきだしの神経でそれを感じた。治りきってはいなくても治りかけてはいる。

座席に戻ると、傷ついた指でコールボタンを押して、コーヒーをブラックでくださいと丁寧に頼んだ。そのあとコーヒーを飲みながら、節々《ふしぶし》の痛み、背中の打ち身、サミールに噛まれた手首の痛みを感じて座っていた。先週からかかっていた霧が晴れかけるのを感じながら、自分に戻る自分を感じながら。となりの座席のごま塩頭のアラスカ人漁師と雑談はしなかった。出発ラウンジの新聞雑誌販売所で買った《ニューヨークタイムズ》紙は読まなかった。目の前の垢じみた小型スクリーンはつけなかった。経由地シアトルの空港でごま塩頭の漁師は降り、代わりにクモの巣のようなしわのある白髪をひっつめにした老婦人が乗ってきた。

ラビはじっとしていた。彼には、自分の内側にすっぽり収まった、信じがたい目に見えない秘密があった。彼のではなくテリーサ・ピレッジの秘密だ。

彼女が実家でついに得た啓示、彼女をはるばるアラスカまで引き寄せた啓示。

善き黄金世界に関する邪悪な真実。

〝そんなことしないで〟。小屋に飛び込み、状況を理解して取り乱し、彼らにやめろと叫ぶ。〝そんなことしてはだめ〟。

それを通してはだめ。

それを入れてはだめ。

南へ数千マイルを飛ぶあいだ、ラビは無言で座っていた。それは彼の内側をかき混ぜた。新しい知識のごつごつした感覚。それがぴくぴく動きだした。彼の指先にとまったかのように繊細に脈打った。

オレゴン州北部上空あたりで、となりの老婦人がトイレへ行くというので彼も席を立ち、戻ってきて腰をおろしたあと、うとうとしたのか頭が少し横に傾いて

ルーベンは森林警備基地に戻っていた。

彼がそれを見つけたときではなく、テリーサがアラスカへたどりついてそれを見つけたとき。なんとしてもやめさせようと決心して南の本土から狂ったようにやってきて基地に飛び込んだとき。彼らに教えるために。

彼は窓の外を眺めて、空が形を変えるのを見つめた。

頭の中で短いフィルムがエンドレスで再生されている。暴力的なダンスのステップ——ある意図にかられて孤立した小屋へやってきて、銃をつかみ、手に感じる重みの意味もわからないピレッジ。その目的の重み。彼らを止めること。

ルーベンはサミールから聞いた最後の状況の中にいた——銃につかみかかるケイティ、銃を撃つテリーサ——二人を引き離そうとするサミール——三人はもつれあって——

三人。

最終的な認識がいま彼の中でひらけ、ロウソクの炎の中心に集中する濃密な青い光のように光り始めた。

ルーベンは機内にいて、ルーベンは森林警備基地にいて、ルーベンはコズモズにもいた。そして犯罪現場を調べている。

室内に三人。三人。

「ああ、そんな」声が出てしまった。「まさか」

「大丈夫よ」老婦人がささやいた。「心配しないで」

「ああ。ありがとう」ルーベンは言った。彼女は紙やすりのような小さな手を彼の手に重ねた。降下を開始

した飛行機の振動のことを言っているのだ。乱気流によるさながくんという揺れにルーベンは気づいていなかった。

「夫はいつもとても落ち着いていたわ、機内で」彼女は言った。「呼吸しなさいと励ましてくれるの。とにかく呼吸しろって。エドワードっていうの。すてきな人だったわ。いかす男だった」

「そうみたいですね」ルーベンは自分の手を彼女の手の上に置いた。「怖がっているんじゃないんです。ぼくは大丈夫です」

「あら」彼女は言った。「じゃあ、どうして泣いてるの？」

　コリアンタウンのアパートメントで、ルーベンは黒いノースフェイスのレインジャケットをハンガーに掛け、厚底のウィンターブーツを片付けた。

　少し水を飲んでバスルームを使い、二十六日前に裁判所のカフェテリアで父から手渡された書類のフォルダーを開いた。彼は床に腰をおろして足を組み、もう一度ページを広げた。

　しばらく読んで、下線を二、三本引いてから窓際へ行って、ウィルシャー通りの赤信号で停車したり発進したりする車を見つめた。

　以前の間借り人はネコを飼っていたらしく、窓枠についた薄い引っかき傷にルーベンは初めて気づいた。彼がネコを飼えばいいのかもしれない。最終的に、こうして明らかになるのだろうか。ネコを飼ってはいるが、彼は以前と変わらぬ同じ人間だと？

　調査は終わった。あと一つだけ。すぐにでも行かなければならない。行きたくなかった。二脚ある椅子の一つに座って眠りたかった。目覚めたら走りに行く。そのあとシャワーを浴びて仕事に出かける。

　それが彼の望むすべて、もう一度したいことだった。

　ラビは過去に戻りたかった。

二〇一〇年四月十五日

「おはようございます。ピレッジさん。私はバレービレッジ病院法人の代理人ジョン・リッグズです」

「わかりました。どうも」

シェンクはぱっと顔を上げた。リッグズがさん付けで彼女を呼んだからだが、彼がうっかりを装って意図的に彼女の身のほどを知らせてくることはわかっていたし、彼女はどう対処すべきか知っていた。気分を害さずに、やんわりと訂正する。彼に言い負かされたり弱みを突かせたりしない。シェンクが彼女と視線を合わせると、ピレッジはうなずいて間違いを訂正した。

「そのぅ――博士と呼んでいただいたほうが」彼女がリッグズにそう言うと、リッグズは「失礼しました。博士」と言った。

シェンクの身体に汗がにじみ出した。ブレザーの下に黒いタートルネックを着て、首の周囲にぐるりとついたナイフの浅い傷を覆う喉元のガーゼを隠している。変則的な装いだが、彼は変則的な弁護士だし、こんな小さなかすり傷のせいで法廷に入れてもらえなければ自分を許せないだろう。とにかく今日は。

「さて、これは重要なポイントにつながります、ピレッジ博士」リッグズは言った。「あなたは医師ではない、それは正しいですか？」

「はい。正しいです。わたしはただ……わたしはいくらか研究しています。教えています」

違う、シェンクは思った。違う、違う、違う。きみは〝いくらか研究している〟どころじゃない。きみは神経生物学の大家だ。カリフォルニア工科大学とデューク大学で学位を取得した。きみは専門分野でぬきんでた存在だ。

彼の専門家証人はそういうことを何も言わなかった。汗がシェンクの背中を伝い落ちた。ピレッジは準備していた。覚悟を決めていた。シェンクが覚悟させたのだった。

ただし今朝の彼女は準備が整っているように見えなかった。髪の毛は梳かされてバレッタできちんとまとめられ、シェンクがとても丁寧かつ申し訳なさそうに頼んだとおり薄く化粧をしていたが、目は落ち着きがなくうわのそらだった。疲れているようだった。浮き足立っているようだった。いまにも自分の上に崩れてしまうかのように、やや背中を丸めて座っていた。シェンクはこんな彼女を見たことがなかった――これに似たものすら。

どうなってる？

エレベーターがあえいでぎしぎしときしんだ。ピレッジ博士はホテルの部屋の薄い壁を通してその抗議の声を聞いた。彼が来る。もうすぐ来る。

彼女は座ったまま背筋を伸ばした。

誰？　誰が来るの？

エレベーターが三階で止まり、溜息のような機械音、そのあと抑えたチャイムの音。彼女はドアが開く摩擦音を聞いた。

彼は廊下にいる。

誰？

コートヤード・バイ・マリオットの廊下のカーペットで軽い足音。彼は彼女に会いに来る。どうしてそれが彼女にわかったのかは不明だが、彼女は知っていた。それが誰であろうと、彼女が目的でやってくる。

彼女は資料をコーヒーテーブルに置いた。ジェイから、夜はリッグズの反対尋問の準備のために時間を使うなと言われていた。のんびりしろ、休むんだ、ケーブルテレビでも見ろ、下のバーで酒を飲めと彼は言った。でも、彼女は準備していた、素人にもわかる言葉で何度も何度もK症候群について説明する練習をしていた。廊下で男が近づいてくる音がしたいま、彼女はファイルを下に置いて、息を殺して待った。

部屋のドアはとても薄いので、男がノックしたとき、それが蝶番を震わせた。

テリーサは立ち上がった。

「では、あなたは医師ではなく」リッグズは慎重に発音し、自分に合ったゆったりしたリズムで言った。

「硬膜下血腫を治すどころか、どんな手術もしたことがないと」

彼はそこで言葉を切り、意見を質問へ変えた。

「はい」ピレッジは小声で言った。

「病院で勤務したことは？」

「ありません」

「何らかの医療経験はありますか？」

「いいえ」

「では、失礼ながら、ピレッジさん……」その質問が彼を悩ませているかのようにリッグズは溜息をついた。

「あなたはここで何をしているのです？」

ピレッジは目をぱちぱちさせた。「わかりません」

シェンクの口があんぐり開いた。ゆっくりとした歩調で行ったり来たりしていたリッグズが足を止めて振り向いた。彼は何かのたくらみを思わせるような目でシェンクをちらりと見てから、視線を証人に戻した。

「わからない？」

「ええ。いいえ。つまり――」彼女は言った。「本当にわかりません」

シェンクは仰天した。わからないだって？ 彼女は確かにわかっている。わかっているに決まっている。彼は必死で証人にテレパシーを送った。〝それを片付けろ。戻れ。何をしている？〟

だが、もう遅かった。巡ってきた幸運に驚きながら、リッグズは続けた。「なるほど」彼は言った。「あなたにはわからないと」

　シェンクはパニックに陥った。休廷を要求しようと考えた。さっと立ち上がる。火災警報を鳴らす。

　傍聴席に腰かけているベスに目をやると、彼女は彼を見返してきた。この状況を把握している人がいるとすれば彼だろう。

テリーサ・ピレッジは手のひらを取っ手に置いてドアのそばで待った。二度のノックのあと、音はしない。帰ったのかもしれない。

　彼がまたノックした。

　ルームサービスはなかった。誰かが訪ねてくる予定はなかった。

「ジェイ？」彼女は小さな声で言った。「あなたたなの？」

「違う」外の声が言った。「ジェイじゃない」そのあと、ごくひっそりと「ドアを開けて」

　彼女はためらった。すると声はただ「テリーサ？テリーサ、とにかく入るよ」

　目の高さに安っぽいロックがついていた。そっと、ゆっくりと彼女はチェーンをはずした。一歩下がってドアを引き開けた。薄いカーペットとこすれてしゅっと音がした。訪問者はタンクトップとジーンズの短パン姿で、日焼けしていてハンサムで若かった。肌は金色だった。ウェーブした金髪。にっこり笑ったとき、真っ白な歯と前歯のあいだの小さなすきまが見えた。顔から血を流していた。頬の真ん中の太い曲がった傷にでたらめにガーゼが貼られ、端から血がにじんでいる。

　ピレッジが見たことのない男だったが、彼は旧友同士であるかのように微笑んだ。その笑顔には、立っている彼には何かときめかせるものがあった。戸口の彼の姿。「ここにいたんだね」彼は愛情こめて言った。「見つけたぞ」

彼は入っていいかと訊かなかった。ただ彼女のそばを通って狭い部屋へ入り、ソファ、テレビ、キチネットを感心したように見回した。

「さすがマリオット」満足げにうなずきながら言った。

「なかなかすてきだね」

テリーサ・ピレッジのホテルの部屋に、夜勤の男はナイフを持ち込まなかった。仲間も連れてこなかった。ケイティとサミールは車の中か、もしかするとロビーで、気を鎮めようとしながら恐怖で身を震わせて待っているのだろう。夜勤の男は一人で来た。

「あなたはだれ？」ピレッジはそっけなく厳しい調子で尋ねたものの、その堅い声はすでに、彼女がどうにか奮い起こした努力の結果だった。「何が目的？」

「正直なところ」見知らぬ他人は、彼女の腕にそっと触れて言った。顔の傷は気にならないようだ。痛みはないようだった。彼は、彼女がさっき座っていた場所に腰かけ、茶色のサンダルを履いた足を彼女の資料に載せた。「きみが最後の頼みの綱だ」

「何の話かわからない」

彼は溜息をついた。「きみはわかってる。わかってるに決まってる」彼はソファをとんとんと叩き、彼女は近づいて彼の横に座った。

リッグズは血のにおいを嗅いだ。表情を見てシェンクがそれを察したのは、彼も何度も血のにおいを嗅いできたからだった。リッグズはとても堂々として折り目正しかったが、それでも彼の鼻の穴が震えており、シェンクには血のにおい――ピレッジの血――と彼自身の血のにおいでそれが震えているのがわかった。

リッグズはまっすぐ喉元をねらった。

「ピレッジ博士、あなたは昨日、ウェスリーはいわゆるK症候群と呼ばれる、これまで知られていなかった病気にかかっていると述べました。あなた自ら発見したと主張するものであり、原因は――失礼、何でした?」

「え、ええと……」彼女は嘘を見破られたかのように動揺して見えた。「プ——プリオンです」

「そうでした。ウェスリーの脳内に休眠状態で不特定期間存在していたものが——活性化した? そうですね? 手術によって。お訊きします。これがウェスリー・キーナーの病状の唯一の説明であるとあなたはどうしてそこまで確信を持てるのですか?」

ピレッジは遠くを見ている。目の焦点が合っていないように見えた。リッグズは落ち着いて答えを待った。シェンクも息を止めて待った。二人でこれを練習したのだ。まさにこの問答を。だから彼女はどう答えるか正確に知っていた。

「持てません」

シェンクは目を閉じた。

「すみませんが、ピレッジ博士、もう少し大きな声で話してもらえますか? よろしくお願いします。ということはつまり——あなたにはウェスリー・キーナーの病状の原因ははっきりわからないのですね?」

「ええ」彼女は言った。「はっきり——わかりません」

彼女は椅子に座ったままがっくりと沈み込んだ。彼女はあらゆることについて確信が持てないように見えた。

テリーサ・ピレッジはキーナー少年がどこにいるか知らなかった。

彼のスキャンの画像やカルテを何度も調べた。大脳皮質のしわの内側の分析に長い時間を費やして、彼が患っている奇病の正確な原因についての彼女の仮説を確認した。だが、彼と直接会ったのは、三カ月前に検査したときの一度だけだったし、いまどこに隠れているのか見当もつかなかった。

彼女はそのすべてをデニスに話した。デニスと呼んでくれと言われたからだが、彼は鼻歌を歌いながらそのことについてじっくり考えた。彼は彼女の顔をしげしげと見た。目を見て嘘をついた証拠をさがし、ダイアモンドの傷を調べる宝石商のように注意深く確かめた。彼は彼女を痛めつけなかったし、それをにおわせなかった。強要したり脅したりおだてたりしなかった。彼は長いあいだ、自分の金髪の一房をいじりながら彼女をじっと見つめ、そうしてようやく彼女の話は本当だと結論を下した。

それで終わるはずだった。彼は出ていかなくていいのか？

シェンク家のキッチンを粉々にし、ちっぽけな家じゅうに血痕を残していった無能な薄汚い浮浪者、逃げるしかなかった男、まもなく法律の一歩先で生き、これからの十年は腹を空かせたホームレスとして国じゅうを逃げ回ることになる男——とにかく逃げなければならない男。

だが、それがすべてではなかった。彼は出ていかなかった。彼に利用できるものがここにないかどうかゆっくり楽しみながら考えつつ、ものうげに、眼力のある目で彼女に注目した。

テリーサ・ピレッジも彼を見つめていた。流し台へ行って、ゆっくりとグラスに水を注ぐ彼を、彼女はうしろから見ていた。彼は振り向いて水を飲み、にっこり微笑んだ。

「きみは検査をした人だな？」子どもみたいに手首で顎をぬぐいながら、やっと彼は言った。顔のガーゼがはがれてはためいたので、彼はそれを押し戻してテープで留めた。

彼女はうなずいた。彼が足を置いたせいでテーブルじゅうに資料が広がっていた。何枚かは床に落ちていた。

「さあて」夜勤の男は言った。「では——聞かせてもらおうか」

「あなたが言っていることを確実に理解したいのです」リッグズは言った。「また、陪審のみなさんに確実に理解してもらいたいのです。あなたは〝K症候群〟の専門家としてここにいるが、今回の症状で目にしたものがその一例だとはいまは確信していないということですね」

ためらい。ピレッジは練習したとおりに法廷に顔を向けず、膝の上でねじり合わせている両手を見下ろしていた。「そうです」

リッグズは青白くむくれた首の上の頭をあちらこちらと回した。「K症候群というものがあることは断言できますか？」

「それは……いいえ」

陪審の誰かがはっと息を飲んだ。シェンクは再び目を閉じた。胸の奥のどこかが、ねじられるように痛んだ。

「ピレッジさん、つまり、ウェスリー・キーナーのどこが悪いのかあなたにはわからないのですね」

「脳、というのは……」テリーサ・ピレッジは両手を力なく宙に持ち上げてから、それを膝に落とした。「不可解なのです」

シェンクは異議を唱えるためにぱっと立ち上がった。だが、何に対して？ 彼にどんな異議があるというのか？

「そうだ、ちがう、でもおれが言っているのはつまり――どうしてわかる？」

これが見知らぬ他人の質問だった。何度も何度も、どう答えても同じ質問。二人はK症候群の病因と症状について、長々と込み入った話をしていた。彼女が『神経病理学会報』二〇〇六年春号に掲載された自分の論文のことを話すと、デニスはうなずいて、神経系統内の血流とプリオンウイルスの標準的一生についていくつか鋭い質問をした。Ｋ症候群の原因となるプリオンはＢＳＥの原因となるそれとは分子構造が異なるため、症状はおそらく根本的に異なるだろうとテリーサは慎重に説明した。

すると彼はまた言った。「でも、どうしてわかる？」

彼女はじつはよくわからないと答え、彼はいたずらっぽく挑発的に微笑んでからまた水を飲みに立ち上がり、その間彼女は、仮説を立てるには事実が不足していること、さらに多くの事例が見つかり、もっと多くの病状を研究しないと、Ｋ症候群の恒久的な定義は確立できないだろうと説明した。訪問者は礼儀正しく聞いていたが、喉の奥で疑るような低い音を鳴らした。

デニスは、部屋に入ってくるときにかすめた以外は彼女に触れなかった。肉欲を満たすことが目的だったとしても、彼はそれを隠していた。

彼の物腰は明るくさっぱりしていた。彼の議論の眼目は認識論、というか反認識論だった。彼女はウェスリーの理解しがたいＭＲＩ結果を説明し、彼の体は代謝を拒絶しているという説を口にすると、彼は「でもきみにはわからない――どうしてわかる」と言い、しまいにはそう言われるたびに彼女は笑みを浮かべて彼と一緒にそれを口にし、彼より先に――どうしてきみにわかる？――と、新しく友だちになった二人のあいだのちょっとした内輪のジョークのように言った。どうしてわかる？　きみにどうしてわかるんだ？

夜遅かった。とても遅い時間になっていた。彼女の目はぼうっとして、準備した資料は床じゅうに散らばっていた。

「きみがどうしてわかったかを教えてあげよう」最後に見知らぬ他人は、自分の執拗な疑問に答えた。「きみは知っておかなければならない人物だからだ」彼は身を乗りだした。「だろう？　きみはいつも知る必要があった」

ピレッジは息を飲んだ。

「そうだろう？」

彼女はうなずいた。そのとおり。

彼女はそこにいて、ほかのどこかにいた。この男はここにいて、彼はデニスだった、そして彼はほかの誰かだった。

「つまりきみは要塞のように知識を築き上げた」彼は小声で言った。「そして中へ這い入った。逃げるために。彼から逃げるために」

テリーサの息が喉で詰まった。彼。

彼女の幼少時代のすさまじく恐ろしい〝彼〟。部屋の戸口を横切る影。愛情と恐怖の重み。

でも、どうしてこの男がそれを知っている？　ホテルの部屋に入ってきたこの見知らぬ他人、彼にどうして知ることができたのか？　そして彼女は、彼自身が繰り返してきた質問、「どうしてあなたにわかるの？」と訊きそうになった。

「きみはそのすべてを要塞として築き上げた」彼は散らばった資料、カルテやスキャン結果を指さしてまた言った。彼が意味する〝そのすべて〟とは科学のこと、真実のことだ。「でも、要塞を別の言葉で言い換えようか、テリーサ？　監獄だ」

彼女は、散乱する紙類に目を落とした。ウェスリー・キーナーと、彼を破壊した疾患に関する彼女の研究。ただの紙だった。大量の紙、虫のように這い回る文字。

「あなたは何者？」訪問者に尋ねた。妙な空気の部屋。彼の顔は邪悪で優しかった。「なんでここにいるの？」

夜勤の男はまたソファに深々ともたれて、善き黄金世界について語り始めた。

「カタンザーロ医師が誤った行為をしたと仮定しましょう。彼は異議を唱え、間違いはしていないと主張し、私は彼を信じていますが、彼が間違っていたということにしましょう」

リッグズは後ろで手を組み、頭をやや前に倒している。

「原告側の他の専門家証人が示唆したように、彼は硬膜下血腫の手術をするべきではなかった、EVDをして様子を見るべきだったとしておきましょう。

昨日、あなたは本法廷で、手術の――いまの私の仮説ですと、不必要だったもの――のせいでウェスリーはK症候群となったと話しました。今日は、K症候群というものの存在さえ確実ではないと言っています」

彼は待った。ピレッジは何も言わなかった。

「ピレッジ博士」彼は言ったが、いま〝博士〟という言葉は小さな冗談のように、あてこすりのように響いた。「ピレッジ博士、お尋ねします。カタンザーロ医師が異なる行為を行なっていたなら結果は違っていたことに、どの程度確信がありますか？」

「確信？」彼女はうるんだ大きな瞳で彼を見た。「だって――どんなことでも確信できる人がいるのですか？」

そしてリッグズは宣言した。棺桶に釘を打つようにはっきりと。

「質問は以上です」

あの世はつねに私たちのそばにある。私たちのまわりに、目に見えないけれどいかなる時も存在している。関わろうとしている。

彼はサミールやケイティ、これまで出入りしてきたその他全員に話してきたのと同じ話を彼女に語った。テイバー通りの家の戸口でルーベンに話したのと同じ話。何世紀も前からそれについて書かれた本があるから、知ろうと思えば知ることはできる。数世紀にわたって興味を引かれた者と信じる者がそれを実現させようと努力してきたルートがいくつか存在する。

人間の人生の歴史、その人生を耐えられるものにするための長きにわたる努力以外の人間の歴史とはなんだろう？　平和を築くため、恐怖と悲嘆なしで生きるため。マンドレークの根からメタンフェタミンまで、あらゆる麻薬とあらゆる媚薬。瞑想と占星術と探求。べつの場所へ行こうとした人々、それがここだ。最初からここだった。テリーサ、中へ入ろう。

「誰にもましてきみはそれを望んでいるはずだ、そうだろう？　苦難を離れて生きること」

彼女が答えないので、彼は少し身を近づけた。彼は手で彼女の両手をはさんでぐっと握った。彼の手は柔らかく、寛大で、ほんの少し温かかった。

「誰よりもきみはそうだろ、テス？」

震える彼女を彼は抱きしめた。

そのあと、しばらくして彼はささやいた。甘い声でささやいた。「なぞなぞを出そうか？」

二〇一九年二月十一日

「二つのピースは辻褄があわない」考えこんで顎を撫でながらルーベンは言った。彼とサニーは一〇号線を西へ、コリアンタウンのアパートメントからコズモズ・モーテルへと車を走らせていた。「それが問題だ」

「待って、こんどはなに？」

サニーは聞いていない。片手で運転しながら、別の手でスマホのスポティファイを起動してプレイリストをスクロールしている。ルーベンは自分に話していた。それでかまわない。

「ぼくが正しければ、あの夜襲いかかったのはテリーサだ、でリチャードは自己防衛のために彼女を撃った……」

「待って――なんて？　ねえちょっと、ラビ」

目当ての曲を見つけた彼女は、スマホをまたプラグにつなごうと手をもぞもぞさせていた。

「そうすると、彼が自分は有罪だとあくまで主張することに意味はない。裁判や敗訴のショックから自分と家族を守ることは重要だ、もし自分がやったのなら。でも、無実なら？　リチャードがそうした犠牲を払う必要もない」

「あんたが言ってることはてんで意味が通らないよ」サニーは言った。「でも話してるときのあんたはかわいい」

サニーはいいよと言って、アパートメントに迎えにきてくれた――電話したとき、彼女はキラーグリーンズを閉めて〝訳もなく閉店〟の看板を掛けてあると言ったのだ。

「でもさ、ラビ、あんたが夢中になってるこれ？　陰気な探偵仕事はすごくマーロウっぽい。すごくマクナルティっぽい。すんごく、セクシー。マジで」

彼はそのことをあれこれ考えながら、彼女をときどき道案内した。センティネラを左折、ワシントンプレイスを越えてカルバーへ。

ただ一つ残る説明は、リチャードがあれほど頑なに有罪を主張したのは、彼は有罪でなかったからだ。正当防衛でテリーサ・ピレッジを殺したからではなく、そもそも彼女を殺していないからだ。

彼女が死んだのは誰かが彼女を殺したからだが、誰がやったかラビは知っていたし、知りたくなかったし、証明しなければならなかったけれど、それをしてはならなかった。

「ここ」彼が駐車場のほうを指さしてサニーに言うと、彼女はそこへ入ってスペースを見つけた。トップレスのメイドを宣伝するピンクのバンが駐まっているか、このスペースが確保されているかのどちらかだった。

「へえっ」荒れた駐車場、築数十年のモーテルのはがれたペンキに目を留めてサニーは言った。「なんなの、ここ？」

「殺人現場」一〇九号室のドアに目を向けながらルーベンがつぶやくと、サニーは身を震わせて、いつもの彼女らしからぬ神妙な顔をした。「じゃあ、あたしはやめとく。殺人現場なんか行きたくない」

「行かないよ」彼は言った。「そこから逃げる」

「はあ？」彼女が言ったときには彼はすでに車を下りていたので、サニーは急ぎ足で彼を追った。

「もし逃げるとしたら」ルーベンは言った。「ぼくなら自分がしでかしたことと少しでも距離を取りたいから北へは行かない。南へ行く」

コズモズのすぐ北はハイウェイの出口車線になっていて、一〇号線西行きはカルバーシティへと、ハイウェイからとめどなく車が流れ下りてくる。

「待ってよ——あんたは誰なの、いま？」

「知らない」

知っていたけれど知りたくなかった。子どもの遊びのようだった。リチャードはモーテルの部屋で警察が来るのを待っている。ピレッジは床で死んでいる。では、ぼくは誰か？

ルーベンは頭をわずかに下げ、両手をポケットに入れ、口をゆがめて南へ歩いた。歩調を早め、本当に彼がやったかのように、現場から逃げる最中のようにパニックになった熱い頬を感じる。サニーは並んで急ぎ足で歩きながら調子を合わせてくれた。

「で、あんたはあそこで誰かを殺した」

「うん。と思う。殺したと言っておこう」

「悪い子だ、ラビ。どうやったの？　銃で？」

「ランプ」

「ほんと？　鈍器ね」

「だからぼくは血まみれ。全身血だらけだ」

「そんなのいやだな」

綱を何本もつかんで、大きさがばらばらの犬の群れに引きずられている犬の散歩人を避けるために、ルーベンは道をはずれた。サニーはポメラニアンを飛び越えて、足並みをそろえる。

ベニス大通りから二、三ブロック南、セプルベーダ大通りを四分の一ブロック行くと橋があった。汚い茶色のバロナクリーク川にかかる短い橋だ。

ルーベンは交差点で止まり、サニーは彼の横で止まった。

「で、あんたは血だらけの服を着てる――」でも服じゃない、ルーベンは思った、いまは間違いなくわかっていたからだ、だよな？　彼は自分がさがしているものがはっきりわかっていた。

「そいであんたはそれを捨てたい。そうね？」

「そう」

「よし。じゃそうしよう」サニーは歩道をはずれてゴミの散らばる砂利道へ入った。川とおおよそ平行に走る、岸へ下りる道だ。ルーベンはサニーのすぐ後ろを慎重に歩いて、低い堤防を下りていった。でこぼこした道が水辺まで続いていて、ところどころに残るコンクリートでルーベンの踵が不快に滑った。坂道のわだちに川の泥がこびりついている。腐ったようなにおいがした。

「うわあ」サニーが言った。下におりた彼女は、ホームレスの野営地を見つけた。このあたりの川幅は狭いが両側のじめついた岸はかなり広く、セプルベーダ大通りの高架を屋根代わりにして、泥よけのテントの小さな村ができていた。

ルーベンお気に入りの母の思い出の一つは、彼ら行きつけの礼拝堂が運営する食料無料配布会のときのことだった。母と子は並んで立ち、足をひきずって列を進んでくる貧しい人たちにサンドイッチの包みを一つ一つ渡す。そのとき小さなルーベンは、誇りと悲しみの混じった気持ちを感じ、そういうふうにできている世界にまごついた。小さな子どもが、子どものように困っているような大人たちに食料と慰めを配っている。「その気持ちを忘れないでね」母は優しく言った――彼には何も言わせず、テレビ画面のような彼の柔らかい心で感じている気持ちを読みとって、母はつねに一歩先にいた。

そして彼は忘れなかった。いま、舗装された土手を踵で引っかいて、汚い水がパイプから流れ出ていく場所へと下りながら、そのことを思い出していた。

「ねえ」ルーベンは言った。「それをくれる？」

いまやすっかり冗談のネタが尽きたサニーは、川に半分ほど沈んでいた曲がった長い棒を彼に渡した。彼はそれを片手で握り、できるだけ低くしゃがんで、ちょろちょろした流れに逆らって狭い穴に突っ込んだ。

水が盛り上がって下がり、波打ちながら下水管から幾度も流れ出した。ホームレスたちはテントから出ず、侵入者たちを無視して、彼らの個々の世界で眠るか煙草を吸うかしていた。

ルーベンは狭いパイプの入口からできるだけ奥をのぞいたけれどたいして見えなかった。

いずれにしろ、これは時間の無駄だろう。あてずっぽうの骨折り損。何かあったとしても流されてしまったか、岸の浮浪者に拾われて再利用されただろう。

ルーベンは自分の誤ちをとがめないことを心に決めた。彼はそれにうんざりしていた。自分をけなすのをやめろと自分に呼びかける辛辣な非難の声にすら辟易していた。彼は自分にうんざりすることにうんざりすることにうんざりしていた。ひどく疲れていた。

ルーベンは泥の中で腹ばいになって、棒をずっと奥へ突っ込んだ。

もしそうだとしたら？　ルーベンは思った。

「どう？」サニーは言った。すぐそばでうずくまり、彼の肩の上から暗がりに目を凝らしている。

間違いであってくれ、彼は思った、そこにありませんように、その瞬間でさえ祈った。棒の先が何かの繊維をかすめた。彼は棒をそれに引っ掛け、棒の先からはずれないようにそろそろと引いた。

彼はそれを引き出して持ち上げてから、川の水でぐしょぐしょの布を慎重に開いていった。もつれて潰れたレースと針金。

「なにそれ？」彼の背後でサニーが言った。「誰かのブラ？」

「違う」それを広げ終えて、ぽたぽた落ちる水を手のひらで感じながらルーベンは言った。「翼だよ」

もちろん彼は証拠袋とかそういうものは持っていなかったから、濡れた翼をリュックサックに押し込んだ。歩いて戻るとき、そこから水が垂れてズボンのうしろ側が濡れた。

コズモズの駐車場に戻ると、車に乗り込む前に彼とサニーは並んで立ち、殺人現場となったモーテルを見つめて物思いにふけった。

彼は飛行機旅行の疲れを感じた。気が変になりそうだった。この一月《ひとつき》は夢だった。この十年間は。

そのときサニーが、今度ばかりは笑いもせず、にらむふりもせず、優しく親しげなそぶりで彼の眼鏡をはずしてそれを折りたたみ、彼の胸ポケットに滑り込ませたので、一瞬、彼にキスしようとしているのかと彼は思った。

「言っていい？」彼の顎をぐいとつかんで目をのぞきこみながら、彼女は言った。「あんたとファックしたいって、あたしが冗談で言ってると思ってるよね？　うん、確かにそうなんだけど、それはあたしが百パーセントのゲイだから。あんたはまじヤバいんだ、ルーベン。冗談じゃないよ、これ本気。あんたにはそれがある。わかった？」

「わかった」

「ほんとに？」

「うん」

彼女は彼の頬を撫でた。「よし。さあ、早く殺人事件を解決してきて」

二〇一〇年四月十五日

そのあとはすべて粉々の断片だった。粉砕されたガラスのドームのように降り注ぐキーナー対バレービレッジ病院法人裁判の日々。

シェンクは元へ戻すために、出血を止めるためにやれることを片っ端からやった。彼の努力を記録に残すのだ。彼は最後に残った闘志をかき集めて、再直接尋問でピレッジに容赦なく対峙し、彼自身の中心的証人を敵対者として扱い、彼女が行なった自信に満ちた主張を思い出させ、彼女の研究と文句のつけようのない彼女の資格に対して確固たる姿勢を示した。ウェスリーの症状と彼女が特定した仮想の症候群との明確な一致。

だが、こうした努力は失敗する運命にあり、実際に徒労に終わった。彼が押せば押すほどピレッジは後退し、その声はどんどん小さくなり、言葉は少なくなり、存在感は風船のようにしぼんでいった。

彼の最終弁論は、これまでの裁判を、証拠一つ一つを点描画家として作り直した、死に物狂いの素晴らしいものだった。ガーザの間違いについて、他人のスキャン結果に基づいて行なわれた手術について激しく言い立てたが——リッグズが彼の最終弁論で陪審に念を押したように——この誤ちは、それがウェスリーの病状の原因となった場合にのみ重要なのであって、原告側はその重要なつながりを立証できなかった。K症候群における世界的権威は、ウェスリーの病因がそれではない可能性を、カタンザーロ医師のせいで発症したのではないことを、そしてそれが存在すらしない可能性を認めたのだ。

無駄だった——シェンクは陪審に見捨てられた。小学校の教員を退職したダーリーン・スティーブンズは彼の言葉に納得していない様子を見せ、胸元でしっかりと腕を組み、薄い唇を引き締めていた。ジェインズ氏は憤慨の目でシェンクを見つめ、ゆっくりと首を振って、時間を無駄にしたのは彼のせいだと責めようとしていた。

シーリア・ゴンザレスはそもそも彼と目を合わせようとしなかった。

評決が下るとシェンクはすぐさま立ち上がり、ブリーフケースに書類を突っ込んだ。

ベスが「待って」と言って彼の腕をつかんだ。息も絶え絶えで、立っているのもつらそうだ。遅れて不意に下りてきた評決、希望を抱いて数カ月待ったあとに落とされたハンマー。彼女はショックにより、二倍になった悲劇により、ここ数年——ひどく長い時間——の心労に加えて経済的不安定により取り乱していたが、そんな彼女に弁護士は慰めの言葉も助言もかけようとしない。シェンクは彼女のそばを急いで通り過ぎてドアへ向かった。

リッグズは握手を求めたがシェンクはそれを無視して、第五法廷のオーク材の大きな扉を押し開けて通路に出て、ロビーまで階段で下りた。

「上訴するよね？」

これは誰だ？　ルーベンか。彼の腕を引っ張っているのは息子だ。

ルーベンは法廷を出て階段を下りる彼を追いかけてきて、幼児のときのように父のコートを引っ張っている。彼は父の肩をつかんで落ち着かせようとしていた。

「父さん？　上訴できるよね？」

けれどもシェンクは首を横に振った。彼は歯を食いしばった。申し立ての根拠はなかった。金はなかった。何もなかった。

彼は立ち止まって、ルーベンの顔をつかんだ。しっかりと、荒々しく。そしてルーベンは父の赤い目を見て、父がしたことの一つ一つはわからないまでも——いずれはすべてわかる——彼は知った。現在十五歳の彼は知った。二人が共に落ちていき、別々に這い出すことになる穴の深さを。

二〇一九年二月十三日

ルーベンはノックしたけれど返事がないので、粘り強い求婚者のようにまたノックした。イービイはエコーパークそばのモントローズ通りにあるバンガローに住んでいた。公園のすぐそばだ。

バンガローは石壁とテラコッタの屋根の小さくて古い建物だった。ドアベルはなかった。彼はもう一度ノックして待った。

水曜日の昼下がりだった。イービイは夜働いている。彼女は家にいる。

イービイは居間の床に腰をおろして、玄関ドアに背中を押しつけていたから、ルーベンがノックするたびに背骨で振動を感じていた。その感じはよかったけれど、彼には帰ってもらいたかった。

でも何度もノックしてくる。

彼は決してあきらめない。

彼女は在宅、家にいる、彼女が出ていくまで彼は帰らない。

だから彼女はドアを開けた。彼はときどきやるように口を横にゆがめて立ち、哀れみと非難に満ちた目をしていたから彼女はただ「くそっ」と言うと、彼が両腕を広げたので彼女はそこに飛び込んで彼にキスし、二人は長いことキスをしていた。すべてが明るみに出た、すべての真実とすべての気持ちが。

二人は離れ、彼女は彼を上から下までじろじろ見た。

彼は魅力的な長身の男に成長していた。彼女のルーベン。彼女の顔は彼の首元にすっぽりと収まり、そのまま呼吸しながら、彼女は彼の体にあたる自分の温かい息を感じる。

「さて」しばらくそのままでいてから彼が言った。

「いいかい？」

　二人は、プラスチックのアディロンダック椅子二脚が大通りと公園に向けて置いてある庭に出た。椅子ではなく草地に腰をおろし、普通の人間活動を監視するよそ者二人組となった。タコス屋台でタコスを買う人々。カモでひしめく浅い沼をペダルボートでぐるぐる漕ぎ回る家族。

　もちろんイービイはバレー育ちだ。だからこそ彼女はいまここに住んでいるんだろうかとルーベンは思った――ここが魅力的な若者が住む街だからではなく、彼女の人生を形作った場所と無関係だからだ。

「まず実際にあったことから話したい」ルーベンは静かに言った。

　イービイはうなずいた。彼女はペダルボートを見ている。彼のほうを見なかった。

「きみはウェスリーの事故からちょうど十年めの日に両親と砂漠へ行った」

　彼女はうなずいた。イエス。

「そしてきみのお父さんは神経が参っていた。泣き崩れた」

　またうなずき。だから、二人で初めて話したとき、エコーの楽屋で彼女が話したことはだいたい事実だ。ルーベンは、犯行時に心神喪失状態だったと主張すればリチャードの刑は減軽されうるという考えに行き着き、イービイはその可能性に飛びついた。そこまでは現実だ。

　そこでやめておけばよかったのだ。この世界ではずっと二人は協力してきて、共通の目的で団結した盟友だった。永遠にこの世界に住めたらいいのにと思った。

　でも――そうではなく――

「そのあと、中国料理レストランできみは電話の話が耳に入ったと僕に話した。〝あんたたちとは関わりたくない〟とリチャードは言ったと。そしてきみからそれを聞いたとき、ぼくは新しい仮説を信じる気になった。正当防衛だったことを。でそのあと、手がかりを追ってぼくがインディアナに行くことを考えて二人ではしゃいだ」彼は彼女のほうにやや向き直り、彼女の横顔を見つめた。「その部分は事実だったのかい？」

彼女は何も言わなかった。首を横に振った。

「イービイ？」彼は言った。法廷の判事になった気分だった。「記録のために必要なんだ」

実際に電話はかかってきた。ピレッジがリッチにかけてきた電話で、時間もだいたいイービイが言っていたころだった。

「けど、その場で聞いたわけじゃなかった」イービイは言った。「謎でもなんでもないよ。パパがあたしに電話してきてそう話したの。しょっちゅう電話してくるよ。あたしたちはいろいろ話してる。北西部のライブツアーから帰ってきたらパパが『あのピレッジという女からいま電話があった、覚えているか？』って言うからさ――うん。忘れるはずないよって言った。パパは電話を切ったのに、十五分のあいだに十回もかけてきたんだって」

ピレッジは道端のガソリンスタンドの公衆電話らしいところからリチャードに電話してきた。古い電線のパリパリいう音、車が高速で走る音。どこで電話番号を知ったかはわからないけれど、彼女は自宅に電話してきた。警備や秘密主義は遠い昔話になっている。気にかけるものはもう誰もいない。ウェスリーのことでぜひとも話したいとピレッジは言った。これからそっちへ行く、いま向かっている、まもなく到着する。重要な情報がある。決定的な情報。彼女が来る。彼女は向かっている。

彼女はどうしてもウェスリーに会う気だった。

「パパは、なんていうか、怯えてた」イービイは言った。池に目を向けたまま。「それにひどく腹を立ててた」

「だろうね」ルーベンは言った。自分の感情は抑えていた。彼は知りたがっていて思いやりがあった。

「またこんなことになるなんて信じられないとパパは言った。ホラー映画みたいだ、また同じことが起きてるって。わかる?」

ルーベンはうなずいた。確かに。気持ちはわかった。

いまのルーベンは、イービイ以上にわかっていた。ピレッジはデニスを割って開けようとしたケイティとサミールを止めたあと、アラスカから戻る途中で電話したのだ。

でも彼は何も言わなかった。いま話しているのはイービイだ。ルーベンは彼女に話をさせた。

「ウェスリーに会わせて」

とうとう電話に出たリチャードにピレッジが言ったことを、いまイービイがルーベンに話した。〝彼に会わなければならないウェスリーに会わなければならないわたしはどうしても——〟

必要に迫られて。なんとしても。

「するとパパは——ほら、うちのパパを知ってるよね。『くたばりやがれ』って感じ?」

ルーベンはにっこりした。「そうだね」

「でもパパは、何をしても彼女を止められないとわかってた。彼女はLAに来る、うちに来る、何があってもやめない。パパはなんていうか、あたしたちにはもう無理。前にこれをやってきたんだし、二度めはもう耐えられない。あのひとにあんな思いはさせられないってこと」

「ママだね」

「うん。パパはママをものすごく愛してる」イービイは感心半分あきれ半分で首を振った。「パパは心の底からママを愛してるから、どうなるかわかってた。ピレッジにどんな新しい考えがあったとしても、ベスはまた神経をたかぶらせる。また無茶な希望を持つ。それだけは要らなかった。やめてほしい。だからあたしは賛成したの。ほんとにもうやめてって」

　イービイは真っ白な髪を染め直していないようで、茶色に戻りかけていた。自然な色の髪がロックスターのブロンドと混じり合っている。重なり合うイービイ。さまざまな顔のすべて。

　ルーベンは何も考えずに彼女に腕をまわした。彼女は彼をだました。彼の目をごまかした。彼を手こずらせた。

　いっぽうで、彼は何年も彼女に腕をまわしたいと思ってきた。もしかすると全人生で。

「だからあたしたちで作戦を立ててた」

「あたしたち？　きみたち二人ってこと？」

「そう。パパとあたし、この……全体の。ウェスリーのことがあってからずっとそうだった。たぶんね」彼女は弱々しい二月の太陽に向けて微笑んだ。「ダチなのよ」

　ルーベンは胸をぐっとつかまれた気がした。ちょうどそのとき、意識下から派遣されてきたかのように、池の岸に、それぞれの手で二人の子どもの手を引いた父親が現われた。歩く三人を眺めながら、ルーベンは親と子の関係が取りうるさまざまな形態について考えを巡らした。

　イービイとリチャードは、彼らの人生に舞い戻ってきたテリーサ・ピレッジという不気味な災厄に対処するために計画を練った。ウェスリーを守るため。ベスを守るため。それをうまく処理するため。

「で、こんど電話がかかってきたら――彼女はもっと近くにいて、そうね一週間後くらいかな、毎日、一日十回は電話がきてた――そのときはピレッジに、パパが基本的にこう言うことになった。わかった、会おう。いいとも。彼女はウェスリーを連れてきてほしい、彼女はなんとしてもウェスリーに会わないとならない、そしたらパパはいいよと言う。わかった。でも、ここには来るなと言う。モーテルの部屋を取ってくれ、そこで会おう。計画ではパパがそこへ行って、二度と近づくなと言い聞かせるはずだった。それだけ。彼女のホテルかモーテルかへ行って、あたしたち家族はこれ以上彼女と関わりたくないとはっきり知らせて、もしまた彼女があたしたちの近くに顔を出したなら……」彼女は肩をすくめた。「わかんないけど。パパがどうにかするって」

ルーベンはうなずいて待った。イービイは溜息をついた。「あたしは行くはずじゃなかったの。二人で一緒に計画したけど、絶対だめって言われた。その晩ギグがあったから、パパがおまえは演奏しろ、自分の仕事をしろって言った。でもあたしは……」彼女の声がからまった。心痛のせいで表情は硬い。「あたしは知りたかった。彼女がなんて言うか聞きたかった。ばかだよね？　あたしはどこかで、それが本当だったら？――って思ってて。彼女が治せるとしたらって？」

やれやれ、ルーベンは思った。彼女にみごとに利用された。二人のあいだの古いよしみ、彼女に対する彼の生涯にわたる好意につけこまれた。なんとも利口で直感的だった彼女。ルーベンがリチャードの心神喪失に思い至ったとき、両天秤にかける方法がイービイに見えた――彼女が犯した罪の咎を免れると同時に、父親は最悪の刑を免れる。ところがそのあと、ルーベンが核心に迫りつつあることに気づいて、彼を街から追い出す方法を見つける。正当防衛説を補強すると思われるリチャードにかかってきた謎の脅しの電話〝あんたたちとは関わりたくない〟のことを突然思い出し、ルーベンは進んで調査に出向き、イービイは……

彼女はあらゆる段階で彼を欺いてきた。その全部にしかるべき理由があり、心から理解できるものの、やっぱり彼女は彼をばかにしていたのだ。確かに彼はすぐれた私立探偵ではなかった。

それでも彼は彼女に腕をまわしたまま、しばらく静かに泣かせてやった。話の腰を折らなかった。

「だからあたしはライブの準備を全部してから、車でモーテルへ行った」

準備を全部、ルーベンは思った。翼など全部つけて。外の駐車場に立って、モーテルのドアに耳を押しつけて。すっかり狂気に駆られたテリーサ・ピレッジが彼女の父親に叫ぶ声を聞いて。

「彼女がどんなだったか、想像もつかないでしょ、ルーベン」

じつは想像できた、もちろんだ。彼はアラスカへ行った。森林警備基地を見た。彼女がどんなだったか正確に知っている。

モーテルの部屋に入ったリチャードは、拳銃を手にして待っていたテリーサ・ピレッジを見て悲鳴を上げた。彼女にはあの少年が必要だった。あの少年を連れて行かなければならない。彼はどこ？

ルーベンはそのことを考えて身を震わせた。デニスと仲間が少年をさがしに、彼をよこせと言いに、ティバー通りの家のキッチンに侵入したあの夜。彼らのうつわ。開けられるべき彼らのゲート。

でも今回は違った。イービイによるとピレッジは、少年を守らなければならないから確保する必要があると口走っていたという。彼の安全を守る。もし彼に何かあれば、そのときは彼の内側にあるものが解き放たれる。

「彼女はそう言った」イービイは言った。「解き放たれる」

ルーベンはうなずいただけだ。

彼女はアラスカでそれと同じ言葉を使って、それをやり抜くことは絶対にできない、デニスを断ち割って、中に閉じ込められた未来を自由にさせることはできないとケイティとサミールに言い聞かせた。

なぜなら未来は破滅だからだ。

ウェスリーの中に詰められた約束、恐怖と苦悩と不安をはぎとる霊魂は、すべてのものをはぎとることでそれを成就する。情け深い霊魂は、クロロフォルムの恵み、エーテルの恵みだ。これが善き黄金世界の秘密、これが夜勤の男が信奉者たちを解放に突き進ませながらも誰にも明かさなかった秘密だった。

知識とともに苦悩はやってくる、だから知識をなくせ。愛とともに喪失の苦悶はやってくる、だから愛をなくせ。良識とともに苦痛はやってくる、だから良識をきれいに洗い流し、われわれの世界をうつろな世界に、歩き回るウェスリーたちの世界にならしめよ。

それが、インディアナポリスの狂女の寝室でピレッジが最後に得た啓示だった。それがあったから彼女はアラスカへ行き、キーナー家に知らせるためにロサンゼルスへやってきた。あの世が入ってこようとしているが入れてはならない。永遠に封じ込めておかねばならない。

ウェスリー・キーナーに何かあれば、想像を超える悲惨な結果になる。だから彼を連れに来た。彼をアラスカへ連れていく。北極へ連れていく。彼をどこかへ連れて行き、その後一生かけて彼を守り、うつわを封じておく。善き黄金世界を閉じ込めておく。

この話のどこにもリチャード・キーナーは理解を示さなかったので、彼女は銃を向け、息子のもとへ連れていけと命じたが、彼が飛びかかってきたので彼女は発砲した。イービイは悲鳴をあげて部屋に飛び込んだ。リチャードはピレッジをつかんで押さえつけて銃をもぎとろうとしたものの彼女は銃を放そうとせず——

「手がつけられなかった」イービイは鼻をこすりながら言った。「限度を超えてた。あたしはどうしていいかわからなかった。わかっていたのは、彼女がパパを殺すだろうってこと。このバカ女があたしの父を殺すこと」イービイは、彼に信じてもらいたくて、わかってもらいたくて、認めてもらいたくて、知ってもらいたくてルーベンの目をまっすぐ見た。「彼女は父を殺していたと思う」

ルーベンはうなずいた。彼はそれを疑っていなかった。イービイはピレッジのしつこさ、ウェスリーに対する執着のことを話していて、ルーベンはデニスのこと、サミールとケイティのことを考えていた。彼の父の喉元に押しあてられたのこぎり刃のナイフ。彼は全然疑わなかった。

けれども最後まで聞いておかなければならない。

「それで?」

「それであたしは彼女をランプで殴った」イービイは言った。「ありったけの力で」

そういうことだ。ルーベンは待った。彼女は続けた。

「彼女はその場で倒れた。へなへなと――座り込むように。殺すつもりじゃなかった」

「わかってる」ルーベンは言った。「わかってる」

「わかってる、の?」彼女はわかってもらいたくて彼に顔を向けた。「あたしを信じるの?」

「もちろんだ。イービイ。もちろん」

もろい頭骨内部のピレッジの脳は、ランプで一撃されて使い物にならなくなった。彼女はそこにいる、インディアナ州インディアナポリスのテリーサ・ピレッジ、目的と欲望と誤解と記憶でいっぱいの人間から、そういうふうに命の火が消える、というのは結局、人間というものは存在せず、線でつながれた記憶の集積にすぎないからだ。

リチャードは、と彼女は言った、一瞬も躊躇しなかった。イービイがこん棒と化したランプをつかんだまま恐怖で身をすくませていると、彼がそれを取り上げて「行《い》け」と言った。

「なんで?」イービイは言った。「いやよ」しかし彼は執拗に繰り返した。「逃げろ。イブリン。かわいい娘。早く」

物語のこの最後の部分をルーベンに話しながら、イービイ——罪を犯したイービイ、地獄に落ちたイービイ——の目に涙がこみあげた。まばたきして抑えても、次から次へあふれてくる。彼女はとてもたくましく、度胸があって凛としていて自信にあふれていたけれど、ルーベンがやっぱりまだ子どもであるように、というか私たちみんながいつもそうであるように、彼女はまだ子どもだった。表面からそれほど深くないところで。ウェスリーが囚われたように誰もが囚われて過去の虜となり、永遠に同じ円を歩き続ける。

「パパにそんなことをさせるべきじゃなかった。だけどパパは——どうしても聞かなかった」

そのあと、リチャードが望んだのは彼女が逃げることだけだった。

彼が言ったのは一言だけ。「おまえまで失うわけにはいかない」

彼に残されたのは娘だけだった。ウェスリーはいなくなり、ベスはほとんどウェスリーの影の世界に行ってしまった。

そのうえ娘まで？ そんなことができるものか。

だからイービイは部屋を出た。翼をはずして下水に捨て、ギグへ行って歌った。到着したのがちょうど九時十五分、そして殺人が行なわれた時刻の九時二十五分にはステージ上にいた。だがじつは、そしてルーベンが自分のアパートメントにあった警察ファイルを見直して再確認したところ、殺害時刻の根拠はたった一つ、殺人犯の自白にしかなく、殺人犯は十五分から三十分の時間を置いて警察に通報したのだった。

娘が仕事場へ到着し、着替えてステージに上がる時間を作るため。彼女を自由にする時間を作るため。

自由なイービイはその夜、できたてほやほやのナンバー、ストーリーを変えたボブ・ディランのカバーさえ演奏した。彼女はそれを大急ぎで書き、目を閉じ、バンドは苦労して変更を加え、それに気づいたオーディエンスは彼女と並んで走り、一千の声が彼女の声と溶け合った。

〝誰も。

　どんな痛みも。

　感じない……〟

　そのあいだ、リチャードは逮捕されるのを待っていた。リチャードは警察署からエバーズに電話して、登録されていない拳銃を保有するにいたった経緯をどういうふうに説明すれば納得してもらえるかと尋ねた。リチャードは、自白すれば警察はこの件をそれほど深く捜査しないだろうと考える――血だらけの凶器を手にして座っている犯人を現場で逮捕したわけだから。

　そして有罪を認めた。この件を〝できるだけ早く〟終わらせ、彼自身を処分し、事件は解決。

　ラビは立ち上がった。彼はまずまずうまくやり終えた。謎を解いた。でも安堵も満足も感じなかった。なんという世界だ。なんともわかりにくく、いらだたしく、苦悩に満ちている。

　イービイを見ると、彼女は自分の足下を見つめていた。

「あたしにやっていけるかな、ルーベン。こんな状態で、パパを刑務所に入れたまま生きてけるんだろうか。どう生きていけばいい？」

「方法はあると思う」

　そのあと二人はまた子どもになった。初めて会った日。覚えているかどうかは別として、ルーベンは同じセリフを口走った。その瞬間、過去が現在に穴を開けたのかもしれない。

「ねえ、イブリン。うちの父さんはすご腕だ」彼は言った。「きっとなんとかしてくれる」

コーダ
二〇一九年夏

ラビは約束したとおり戻ってきた。丘を登っていくとサミールが待っていた。

クジアートのエズカーズでまた運に恵まれた。このあいだと同じベージュのレンジローバーで郵便局へ行ったルーベンは、旧友のように迎えられた。

ルーベンが予想していたように、郵便局員と痩せっぽちの友人ラングストロムは妙にはりきっていた。荷物を満載したソリを引いて、長時間かけて丘を登る。旧基地で一日労働。ルーベンと男二人は笑い、木を持ち上げ、窓にベニヤ板を釘で打ちつける。郵便局員がソリでケースで運んできたビール、ラバットを飲みながら。

サミールは木の幹に腰かけて、目をきょろきょろさせて警戒するように眺めていた。ときどき立ち上がって、中に閉じ込めてある男のようにあたりをうろうろ歩く。

ルーベンの最初の考えは、デニスをロープにつないで森に連れ出し、小さな谷間か岩の亀裂を見つけるか、彼を押し込められるくらいの幅の穴を掘るかするつもりだった。

でも、こっちのほうがいい。道理にかなっている。旧森林警備基地を閉鎖するのだ。窓をレンガで埋め、ドアを溶接する。二ヵ所しかなかった出入口がいまはゼロになった。

ラングストロムは蛍光色のスプレー缶で〝放射能注意〟と四方の壁に描いた。

「うまいぞ、くそ野郎」郵便局員がはやしたけれどラングストロムは相手にしなかった。彼はうしろに下がり、驚くほど思慮深い小さな笑みを浮かべて自分たちの作業を検分した。

ルーベンは右耳の軟骨をさすって、男たちにうなずいてから言った。「行こう」

歩く夜勤の男を中に残して彼らはそこをあとにした。

前回いつ祈ったか思い出せなかった。

でも、いまレンザーズピークを下りていきながら、ルーベンは祈った。ルーベンのノースフェイスのジャケットの下で身を震わせるサミールと、少しふらつきながらオオカミのように吠える陽気なアラスカ人二人組と奇妙な隊列を作って彼らはとぼとぼ歩いた。冷たい雨がルーベンの頬を刺した。

彼は母に祈った。天国かどこかにいるマリリンに。

「彼を守ってやって」彼は言った。「いつまでも」

そして丘のふもとへ下りてきて、そこからイービイの待つはるか地元をめざした。

「この話し合いでは」ジェイ・シェンクはリチャード・キーナーに言った。「口を開いて話してくれると助かる」

リッチがいつものようにただ見つめ返すだけの無為の時間が続いたので、シェンクは依頼人がここでもまた協力しないつもりではないか、ベスを通じて知らせておいた計画の意味をわかっていないのではないか、彼はそれを拒絶した、または賛成したが気を変えたのではないかと案じていた。

「ああ、わかってる」とうとうリッチが言った。「聞いてる」

彼は不機嫌ではなかった。ひねくれていなかった。怯えているようだった。彼はへまをしてしまい、チャンスは尽きかけていた。

シェンクはそうしたことを見て取り、その男をハグできるものならしていただろうが、二人は金網入りの分厚いガラス越しに向かいあっている。ここはチノのカリフォルニア男子刑務所だ。死刑囚棟には独自の規則があり、面会時にじかに接することはできない。

　だからシェンクは身を乗り出してガラスに額を押しつけて言った。「大丈夫だよ」

　私たちの体はつねに新しい細胞を生み出し、死んで廃棄される細胞と入れ替わる。脳細胞など身体の組織は休むことなく発達し、劣化し、再配置され、作り直される。だからよく見かける比喩的表現も文字通り事実である。ジェイ・シェンクもリチャード・キーナーもそれまでと同じ人間ではない。

「ジェイ」リッチが言った。「すまなかった。いろいろと」

「リッチ」ジェイが言った。「私も同じことをきみに言おうとしていたんだ」

　州刑務所の死刑囚棟の面会室では、深い本当の意味で心からの笑顔は見せられないものだ。だが、彼ら二人は少なくともほんのわずかに笑みを浮かべた。そしてシェンクは言った。「では行くぞ。真実を話そう。いいな？　これから私たちは真実を話す」

　そのあとジェイ・シェンクはこれまでの人生の日々でいつもやってきたことをやり、物語のふさわしい細部を選び、概略を変え、事実を新たな形にはめ込みながら、その真実がどういうものになるかをリッチに明した。

　この刑務所では一度の面会で会えるのは一人だけだった。シェンクが出ていき、ベスが入ってきた。

「ねえ、あなた」彼女は声をかけたのに、彼はそれに応じることすらできなかった。なんということだ。手におえない状況をどうにかしようとして、よくもあんなとんでもなくばかげた大それたことを思いついたものだ。自分はずっと何かのゲームで駆け引きをしていたんじゃないか。ガラス越しに見てくる彼女を見る。黒く濃く太い髪のベス。まさしくこれだ。あの目。この女。

彼は泣いていたにちがいない、彼女に見られないように下の台を見下ろしていたにちがいない、なぜなら彼女が指の関節でガラスをこつこつ叩いたからだ。そして彼女は言った。「ねえ、だんまり男。ねえ、くそばか野郎。ねえ」

彼はまばたきし、目の涙をこすり取った。

「何年でも」彼女は言い、そして彼が「何を？」と言い、鼻水が泡となって垂れていた鼻を太い前腕でぬぐった。

「わたしたちには何年もあるわ」

彼が大きな手をガラスに置くと、彼女は自分の手をそこに押しつけた。彼らは何物にも隔てられることなく触れ合った。そこにあるのはガラスと針金だけなのだから。

「何年も何年も何年も」

「ノー」イービイは歌う——激情のイービイ、自由なイービイ——観衆が繰り返す。「ノー！」

「……バディ、バディ！」

「バディ！」

誰もどんな痛みも感じない。

今日の彼女は絶好調だった。とてもセクシーだった。ステージまわりに漂うマリファナのにおいが強烈に心地よかった。少し風があった。晩夏の日光には不思議な効果があった。

彼女は細い脚でステージをしっかりと踏みつけてギターを派手にかき鳴らし、ピックをつまむ手を何度も何度も押し下げ、ゆっくりと展開するメロディにあわせて、背後に控える大きくなった新しいバンドが仕事を引き受ける。彼女は、ぼろトラックのような骨董品セットを叩くビッグニコラスという名の男を第二ドラマーとして加えた。ドラマーを二人にしたいとずっと思っていたのだ。

「あのね」その曲が終わるとイービィ・キーナーは言い、客席から上がった叫び声、〝イービィ、愛してる〟という騒々しい呼びかけに気づいてにっこりした。「みんなはあたしたちがここで何してるか知ってるよね?」

軽い歓声、まばらな拍手。観衆は旧動物園の芝地に不規則に広がって、敷物の上で寝そべったり、昔はキリンやライオンが入れてあった囲いの手すりに腰かけたりしている。

「じゃ、知らないときのために言っておくと」彼女は言った。「あたしのパパのためなんだ」

リチャード・キーナーの上訴のために設立された裁判支援基金の資金集めのコンサートだった。話は大きく広まっていた――心揺さぶる大河物語だった。インディーの秘蔵っ子イービィ・キーナーの物語、すでにつらい人生を生きていた彼女だったのに、なんといま彼女の父親が虚偽の殺人罪で告発され、さらには自分の弁護士にひどい目に遭わされた。人の不幸につけこむいかさま弁護士の一人だ。その男はキーナーの裁判を担当すれば楽に大金を手にできると考え、十分間で準備して法廷に顔を出し、有罪を申し立てた。ところがその後、キーナーは無実だ、彼の行為は正当防衛だったという証拠が出てくる。手がかりを追うにはかなりの時間がかかること、この依頼人の代理として精力的に取り組むには時間と金がかかることに弁護士は気づき、依頼は嬉しいがやめておこう、となった。証拠を葬る。自分の時間と手間を惜しんでイービィ・キーナーの父親が死刑囚棟へ行くのを見守る。

ところがいまになって――二、三週間前――弁護士があらいざらい告白した。自分の専属調査員に見捨てられた弁護士――名前は確かシェンクだかシャンクだかシンク――が《LAタイムズ》の紙面で一流コラムニストと並んで座り、激しく後悔している、自分が悪かったと表明した。こうした――シンガーソングライター、彼女の哀れな兄、不当に投獄された父親、そして父親の弁護士――波乱に満ちた家族の物語に、はらはらどきどきの法律ドラマをひっくるめたすべてが、格好の新聞種と派手な宣伝となった。それは人々が聞き耳を立てるような話だった、特にニューサム知事が死刑執行停止を発表したいま、その死刑宣告はあまりにひどいと誰もが口にした。

次の曲を始める前に、イービイは魅力あふれるアースキン・バクスリーをステージに連れてきた。弁護人から効果的な援助を受けられなかったケースについて再審を請求している有名な訴訟当事者である。CNNのおかげで、最高裁判所の階段の上にいた男の顔はよく知られていた。長身でグレーの短いアフロヘアという人目を引くバクスリーは、励ましの言葉をかけるためにマイクを手にした。

要は、「＃リッチキーナーを自由の身に」するのだ。そしてこの弁護士、くそ野郎シェンクは弁護士資格を確実に剝奪される。少なくとも資格剝奪。

バクスリーはイービイの横に立つと、二人それぞれの放つカリスマ性が互いに磨きをかけた。二人は手を握り合って、チャンピオンのように高々と持ち上げた。観客から喚声が上がった。彼らはこの場にいるために、イービイ・キーナーを見るために、彼女の父親の資金集めのために最高額を支払い、加えて募金箱も回されている。上訴には時間がかかるだろう。いまだ青臭い作品をレコーディングしているインディーの秘蔵っ子が手にするよりはるかに高額が必要だろう。

話が終わってまた演奏を始められるようになったとき、イービイはとても幸せだった。〝あたしに忘れさせて〟というミッドテンポのちょっと切ない新曲で、イービイとベース奏者が交互に歌う。じつはこの曲の作者はバーニーだが、それを明かさないでくれと彼から頼まれたのだ。でも、彼は嬉しそうに歌っていた。曲のあいだじゅう笑みを浮かべていた。

イービイはルーベンを見ていた。観客は大勢いて、彼女はサングラスをかけていたのに彼を見つけた。はしゃぎまわる人々の海でじっと動かず落ち着いたブイのような、内に秘めた彼の静かなエネルギー。この週末は一緒に過ごす予定だから、彼は旅から戻ってきた。彼はアラスカとインディアナに行っていた。調査のことで片付けなければならない件が二つある、と彼は言って出かけた。詳しく話したいかと尋ねたら、彼は首を振った。「終わったんだ」と彼は言った。「全部うまくいった」

不可解なルーベン。寛大なルーベン。コードのあいだで、きっと彼は手を振り返していると思いながら彼女は手を振った。

そのとおり。彼は手を振っていた。

「いいわよ」おごってくれてありがとうと言うようにビール瓶の口をシェンクのほうに傾けてベスは言った。

「それで？　あなたはどうなの？」

「私？　私のことなんか誰が気にする？」

二人はパームスプリングスから十五から二十マイル離れたハイデザートにある無害な旅行者向け宿屋のバーへ直行して、古参兵のように横並びに座った。ベスはビールを一口飲んだ。

「どうするつもり？」

「いいじゃないか」彼は言った。「二、三年はなんとかやるよ、息子が私を養えるようになるまで。私だって弁護士補助職くらいはできる。テレマカー・ゴールデンスタインに就職するかもな」

それが冗談なのか本気なのかベスにはわからなかったが、彼が幸せでいることはわかった。髪はこっけいなほど小さなポニーテールにきつくまとめられている。顔はあけっぴろげで満面の笑みが浮かんでいた。バーの音響装置からボブ・シーガーが流れている。シェンクはくつろいでいるようで、どういうわけか、初めて会ったときより若く見えた。

ビールを飲み終えたベスはシェンクを宿屋に残し、道路を渡ってウェスリーに会いに行った。

数年間、費用をかけて警備員つきであちらこちらへ移動を続けたのち、彼はここに落ち着いた。金が尽き、世間の関心が薄れたころ、七四号線そばのこの場所を見つけたのだ。バンガローが無計画に並び、バンガローのあいだのほこりっぽい小道に夜咲の花とユッカの木が群生するモーテル〈デザートスター〉である。バンガロー一戸が一部屋なので、会いたくなければほかの宿泊客に会わなくていいし、ウェスがここにいることを誰に知らせる必要もない。一年を通して旅行客が出入りする。コーチェラ音楽フェスティバルの参加者、天文学者、孤独を求める人たち。彼を目撃したものは誰もいない。彼は音を立てない。

ベスは四番バンガローの外に植えられたぎざぎざの砂漠性植物を通り過ぎて、ドアを優しくノックした。最近のウェスリーの遊び仲間はモシェというがっちりしたイスラエル人で、たぶん元モサドだが、いまは何の仕事もしていない。平和が好きなんだ、と彼は言った。少年は元気をくれたと彼は言うが、元気をもらって彼がしたのは、ひっくり返した靴箱のいくつかにチェス盤をセットしたことだけだ。ウェスリーは自動的にそれを避けて終わりなき部屋の周回を続ける。

ベスがノックしたとき、モシェはチェス盤の一台でクイーン側のキングをルークで守っていた。彼は立ち上がると、腰のホルスターに片手を置いてドアを身体で塞いだ。ウェスリーのそばをかすめるように通ったとき、いつものように「失礼した、きみ」とまじめに丁重にささやいた。

「こんにちは、モー」ベスが言うと、彼は「こんばんは、奥様、ご機嫌いかがですか?」とハスキーな声で生粋のイスラエル風アクセントで話しかけた。

「奥様はやめてって言ったでしょ、このろくでなし」

彼は両腕を上げて降参するふりをした。ベルトの銃以外にブーツの中に短刀を隠し持っている——と彼は話したことがある。

「あんたを立たせたまま絞め殺すわよ」ベスは言った。

「はい、奥様」砂漠の砂のように乾いた口調で彼は言い、ベスはその腕にパンチした。彼女はモシェが好きだった——広い胸と物静かなところがリッチを思い出させる。

夫のこと、彼女たち夫婦がいまだ手にできない未来のことを考えたら心臓がどきどきした。彼女は微笑んだ。

「少し部屋を使わせてもらえない、モシェ？」

大柄の警備員は頭を下げて、彼女の横をするりと抜けて夜の中へ出た。大きな身体なのに、動くときにまったく音を立てない。生まれながらのスパイだ。

「わたしの愛しい子」ベスがウェスリーの前に立ちはだかったので彼は足を止めた。そして彼女は両方の手のひらで息子の肩をつかみ、つま先立ちになって額にキスをした。

「報告することがあるの」彼女は言った。「いい？」

彼の道筋からどくとすぐさま彼は歩きだした。ベスは大きなハンドバッグをベッドに投げ出して、その横に腰をおろした。壁にぴたりと押しつけられたベッドは整えられていなかった。モシェは椅子で眠るし、ウェスリーは眠らない。

「聞いてる？」

もちろん聞いていない。歩いているだけだ。そこからここへ、ここからそこへ。

ウェスと話すことでベスは自分と話している。自分に話を聞かせている。

この部屋には小さな窓が一つあり、その窓から道路の向かい側、野球のシーズンについてバーテンダーとおしゃべりしていたシェンクのいる宿屋が見えた。

「おまえはヒーローよ」ウェスの前に立って彼をじっとさせたまま、彼女は言った。「わたしのヒーロー」

ベスはK症候群の話を全面的に信じたことはなかった。

　それが彼女の家族に正義をもたらしそうになったときは、それを信じる必要があった。けれども、少し無理があるようにいつも感じていた。不活性状態の病原体、手術の外傷性ショック、脳内をめぐり回路のように脳を停止するコルチゾン。テリーサ・ピレッジ博士が正確かつ明瞭に表現した医学、陪審が心を動かすとシェンクが確信していた事細かに説明された細部……それが彼女の心をつかむことはなく、彼女は納得しなかった。

　ところがその後、別の話を耳にした。息子の中には暗く危険な霊が閉じ込められている。この霊を解き放てばそれは人類全体に広がって、すべての人の感覚、感情、意志、そして自身を解放する。意識の苦悩だけでなく意識そのものを取り除く。

　彼女は愛するウェスリーを、何も見ていない彼の目を、ただ動いているだけの彼の身体を見た。そして確信した。これは、運の悪い事故と神経の化学作用という恐るべき偶然が重なって起きたことではない。違う。何かが彼になされたのだ。ある種のエネルギーが侵入したのだ。彼はその闇で満たされてしまい、もしもそれが外に流れ出れば、地上のすべての人間に取り返しのつかない害が及ぶだろう。彼らを良くも悪くもする。

　その規模たるや驚くべきものだ。

　それが意味することは、彼女の息子は角材のブロックではなく、野菜でもなく、洞穴の口を塞いで全人類を守る岩だということだ。すべてが常軌を逸して聞こえるが、つまりは脳というものがこの土くれ、奇跡の中枢であるということ同様に常軌を逸していない。

　真実は決してわからないということの利点は、あなたが、あなた自身が決められることにある。私たちに確実にわかっているものなどない——あるのは徴候、印象、そして私たちがそれらに割り当てようとする意味だけだ。

　こうしてベス・キーナーは自分で意味を選び、それを寝袋に入れてジッパーを上げ、繭のように自分を包みこんだ。

　ウェスリーは無意味に人生の残酷な気まぐれによって頭をぶつけたにしろ、何か理由があって頭をぶつけたにしろ、人類の運命は永遠にこの状態にある彼にかかっている。

　ベスに答えがわかった。彼女の答えだ。彼女はそれを心にしっかり留めた。そうでなければならない、そういうことだ。

　ベス・キーナーはハンドバッグを肩に掛け、外の暗がりに出てモシェを持ち場に戻し、ジェイを乗せて街に帰る前のわずかな時間、親ならするはずのこと、最終的に親にできる唯一のことをした。息子の道筋に入るのではなく一、二歩うしろを歩きながらこう言ったのだ——

「ありがとう。

　ありがとう。

　ありがとう」

謝辞

本書を執筆中の私に時間と知識を快く分けてくださった専門家の皆様に深く感謝している。聡明な人々に持っている知識を分けてくださいと話しかける理由ができることが、物を書くときの楽しみである。

まず弁護士の方々。アレックス・フィッカー、セアラ・クリスチャン、ダイアナ・ピュー、ランディ・レイスとキンバリー・カークランドの各氏、特にロサンゼルス公選弁護人事務所のロリス・チュングとは数度、意味深長で非常に有益な話ができた。

いつもと変わらず、私のお気に入りの法律関係の解説者は、私と話さざるをえない人物、弟にしてニューハンプシャー州コンコードでコーエン＆ウィンタース法律事務所を営むアンドルー・ウィンタースである。

二〇一八年八月、ＬＡのジラルディ＆キース法律事務所のジム・オカラハン弁護士と忘れがたい時間を過ごした。私たちは自分の家族、法律、法廷サスペンスについて話した。彼は医療過誤訴訟に関する私のささいな質問に嫌な顔ひとつせず、詳しく答えてくれた。二〇一九年一月二十九日にオカラハン氏が急死されたと聞いて悲しみに堪えない。ご家族とご同僚のお気持ちをお察しいたします。
大勢の医師や科学者、ことにインディアナ大学医学部のウィリアム・トゥルート、ロサンゼルスの神経外科医アレグザンダー・タクマン、UCLAの放射線学者（にして我が友人）ホイットニー・ポウプと話した。

人間の脳に関係する小説を書こうとする人がいるなら、脳を研究する学者というだけでなく、その奇妙な発露を熱心かつ炯眼を持って観察する人を近親に持つことをお勧めする――ボール州立大学心理科学部のステファニー・サイモン＝ダック博士にはいくら感謝しても足りないだろう。

養子縁組についてはロブ・カーシュに、私立探偵のフランク・ナイトに、またミュージシャンのゲイブ・ウィッチャー（伝説のパンチブラザーズの）とマディソン・カニングハムに感謝する。

初期の草稿を読んで重要な意見をくださった小説家のクリス・ファーンズワースに感謝する。

担当編集者のジョシュ・ケンドールは何度も何度も――最初も最後も途中でも――読み、優しく、しかし断固として本質へと導いてくれました。マルホランドブックスのジョシュとチーム――パム・ブラウン、サブリナ・カラハン、ミシェル・アイエリ、リーナ・リトル、ヘレン・オヘア、サリーナ・カマス……これで全員だよね？――のみなさんとの作業はいつもとても楽しかった。最終的な難関を突破できたのはベン・アレンと原稿整理部長のアイリーン・チェティのおかげです。

著作権代理人のジョエル・デルボーゴ、海外代理人のジェニー・メイヤー、ときにはハリウッドの代理人になる永遠の友ジョエル・ベグライター、そして、弁護士のことを書いた本書で、私の弁護士、きりっとして動じないブルース・ゲルマンに感謝する。

なにより家族に感謝している。

両親のシャーマンとアデル・ウィンタース。

妻のダイアナと、子どもたち、ミリー、アイク、ロザリー。

（ロザリーは六年生の新学期が始まる前の週に、犯罪の証拠物件の隠し場所をさがしにカルバーシティへ行くときにつきあってくれた。本書が完成するころには彼女は八年生を終えているから、もう読めるかもしれない。）

本書にはたくさんのことが書かれているが、主としては家族のことだろう。私に家族があって本当に幸運だった。

ロサンゼルスにて

ベン・H・ウィンタース

二〇二〇年十一月

解説

落下事故によって病院へと運ばれ、脳の手術を受けたウェス・キーナー少年は、手術後に感情表現を行うことができなくなってしまった。ジェイ・シェンク弁護士は、少年の両親に医療ミスであるとして訴えることを勧める。この事件から十一年後、ウェス少年の父親であるリチャードが殺人事件を犯したとして起訴される。ジェイはキーナー家に関わったことのある弁護士として、リチャードの弁護を担当することになるが……。

The Quiet Boy（Mulholland Books, 2021）の全訳をお届けする。著者は『地上最後の刑事』三部作でアメリカ探偵作家クラブ賞最優秀ペイパーバック賞とフィリップ・K・ディック賞を受賞した、ベン・H・ウィンタースだ。

『地上最後の刑事』三部作は、小惑星が地球に衝突し、人類が滅亡することが予測されている世界で、元刑事のヘンリー・パレスが不可解な謎に挑むことになるという魅力的なシチュエーションを背景に描かれる謎解きミステリであったが、著者の最新作にあたる本書は、それとは少し毛色の違うリーガル・スリラーになっている。

　感情表現を失った少年と、その原因となった医療ミスに対する訴訟を描いた過去パート、そんな少年の父親が殺人事件の被疑者となった裁判を描く現在パートのふたつのストーリーが交互に語られ、読む者を翻弄しながら予想もつかない真相へと物語が進んでいく。『地上最後の刑事』三部作のような現実から少し離れた世界を描く小説ではなく、現実社会を背景に本書は書かれているので、物足りなさを感じる向きもあるかもしれないが、そこは安心してほしい。本書を読めばウィンタースが決してシチュエーションだけの作家ではないことが分かるはずだ。

　少し毛色の違う、とは言ったものの『地上最後の刑事』三部作と通底するところも本書にはある。三部作の最終作『世界の終わりの七日間』（ハヤカワ・ミステリ、２０１５）の解説で、ミステリ研究家の霜月蒼氏が「思えばこの三部作は家族の物語だった」と言っているが、本書もまさしく〝家族の物語〟だ。ジェイ弁護士と彼の息子ラビの物語であり、ウェスと父親のリチャード、母親のエリザベスの物語であり、ウェスと妹のイービイの物語でもある。特にウェスとイービイの関係は、『地上最後の刑事』三部作におけるヘンリーと彼の妹ニコの関係を思わせる。世界が終わりかけていようとも、感情表現をなくそうとも、兄妹の絆は絶対なのだ。

　本書は本国アメリカで刊行されるやいなや、たちまち話題になり、〈パブリッシャーズ・ウィークリー〉誌や〈カーカス・レビュー〉誌などで絶賛を寄せられた。本書がその賛辞に値する作品であることは間違いないだろう。

ベン・H・ウィンタースの新たなる代表作を、ぜひ楽しんでいただきたい。

（M・I）

HAYAKAWA POCKET MYSTERY BOOKS No. 1982

上《うえ》野《の》元《もと》美《み》

英米文学翻訳家

訳書

『地上最後の刑事』

『世界の終わりの七日間』

ベン・H・ウィンタース

『燃える川』ピーター・ヘラー

『モサド・ファイル』

『秘録イスラエル特殊部隊——中東戦記 1948-2014』

マイケル・バー＝ゾウハー＆ニシム・ミシャル

（以上早川書房刊）他多数

この本の型は、縦18.4センチ、横10.6センチのポケット・ブック判です。

〔その少年《しょうねん》は語《かた》れない〕

2022年8月10日印刷　　2022年8月15日発行

著　者　ベン・H・ウィンタース

訳　者　上野元美

発行者　早川浩

印刷所　星野精版印刷株式会社

表紙印刷　株式会社文化カラー印刷

製本所　株式会社川島製本所

発行所　株式会社　**早川書房**

東京都千代田区神田多町2－2

電話　03-3252-3111

振替　00160-3-47799

https://www.hayakawa-online.co.jp

（乱丁・落丁本は小社制作部宛お送り下さい
送料小社負担にてお取りかえいたします）

ISBN978-4-15-001982-2 C0297

Printed and bound in Japan

ハヤカワ・ミステリ〈話題作〉

1943 **パリ警視庁迷宮捜査班** ソフィー・エナフ 山本知子・川口明百美訳

停職明けの警視正が率いることになったのは曲者だらけの捜査班⁉ フランスの『特捜部Q』と名高い人気警察小説シリーズ、開幕！

1944 **死者の国** ジャン＝クリストフ・グランジェ 高野 優監訳・伊禮規与美訳

パリで起こった連続猟奇殺人事件を追う警視が執念の捜査の末辿り着く衝撃の真相とは。フレンチ・サスペンスの巨匠による傑作長篇

1945 **カルカッタの殺人** アビール・ムカジー 田村義進訳

一九一九年の英国領インドで起きた惨殺事件に英国人警部とインド人部長刑事が挑む。英国推理作家協会賞ヒストリカル・ダガー受賞

1946 **名探偵の密室** クリス・マクジョージ 不二淑子訳

ホテルの一室に閉じ込められた探偵に課せられたのは、周囲の五人の中から三時間以内に殺人犯を見つけること！ 英国発新本格登場

1947 **サイコセラピスト** アレックス・マイクリーディーズ 坂本あおい訳

夫を殺したのち沈黙した画家の口を開かせるため、担当のセラピストは策を練るが……。ツイストと驚きの連続に圧倒されるミステリ

ハヤカワ・ミステリ〈話題作〉

1948 **雪が白いとき、かつそのときに限り**
陸 秋槎
稲村文吾訳
冬の朝の学生寮で、少女が死体で発見された。その五年後、生徒会長は事件の真実を探りはじめる……華文学園本格ミステリの新境地。

1949 **熊の皮**
ジェイムズ・A・マクラフリン
青木千鶴訳
アパラチア山脈の自然保護地区を管理する職を得たライス・ムーアは密猟犯を追う！ アメリカ探偵作家クラブ賞最優秀新人賞受賞作

1950 **流れは、いつか海へと**
ウォルター・モズリイ
田村義進訳
元刑事の私立探偵のもとに、過去の事件についての手紙が届いた。彼は真相を追うが――アメリカ探偵作家クラブ賞最優秀長篇賞受賞

1951 **ただの眠りを**
ローレンス・オズボーン
田口俊樹訳
フィリップ・マーロウ、72歳。私立探偵はとっくに引退して、メキシコで隠居の身。そんなマーロウに久しぶりに仕事の依頼が……。

1952 **白い悪魔**
ドメニック・スタンズベリー
真崎義博訳
ローマで暮らすアメリカ人女優は、人気政治家と不倫の恋に落ちる。しかしその恋は悲劇を呼び……暗い影に満ちたハメット賞受賞作

ハヤカワ・ミステリ〈話題作〉

1953
探偵コナン・ドイル
ブラッドリー・ハーパー
府川由美恵訳
十九世紀英国。名探偵シャーロック・ホームズの生みの親ドイルがホームズのモデルのベル博士と連続殺人鬼切り裂きジャックを追う

1954
最悪の館
ローリー・レーダー＝デイ
岩瀬徳子訳
〈アンソニー賞受賞〉不眠症のイーデンは星空の景勝地を訪れることに。そしてその夜殺人が……誰一人信じられないフーダニット

1955
果てしなき輝きの果てに
リズ・ムーア
竹内要江訳
薬物蔓延と若い女性の連続殺人事件に揺れる街で、パトロール警官ミカエラは失踪した妹が次の被害者になるのではと捜査に乗り出す

1956
念入りに殺された男
エルザ・マルポ
加藤かおり訳
ゴンクール賞作家を殺してしまった女は、出版業界に潜り込み、作家の死を隠ぺいするため奔走するが……一気読み必至のノワール。

1957
特捜部Q
―アサドの祈り―
ユッシ・エーズラ・オールスン
吉田奈保子訳
難民とおぼしき老女の遺体の写真を見たアサドは慟哭し、自身の凄惨な過去をQの面々に打ち明ける――人気シリーズ激動の第八弾！

ハヤカワ・ミステリ〈話題作〉

1963 **マイ・シスター、シリアルキラー**

オインカン・ブレイスウェイト
栗飯原文子訳

〈全英図書賞ほか四冠受賞〉次々と彼氏を殺す妹。姉は犯行の隠蔽に奔走するが……。数々の賞を受賞したナイジェリアの新星の傑作

1964 **白が5なら、黒は3**

ジョン・ヴァーチャー
関麻衣子訳

黒人の血が流れていることを隠し白人として生きる青年が、あるヘイトクライムに巻き込まれ——。人種問題の核に迫るクライム・ノヴェル

1965 **マハラジャの葬列**

アビール・ムカジー
田村義進訳

〈ウィルバー・スミス冒険小説賞受賞〉藩王国の王太子暗殺事件の真相とは？『カルカッタの殺人』に続くミステリシリーズ第二弾

1966 **続・用心棒**

デイヴィッド・ゴードン
青木千鶴訳

裏社会のボスたちは、異色の経歴の用心棒ジョーに新たな任務を与える。テロ組織の資金源を断て！ 待望の犯罪小説シリーズ第二弾

1967 **帰らざる故郷**

ジョン・ハート
東野さやか訳

出所した元軍人の兄にかかる殺人の疑惑。エドガー賞受賞の巨匠が、ヴェトナム戦争時のアメリカを舞台に壊れゆく家族を描く最新作